이세계의 황비

I

이세계의 황비

임서림 장편소설

Ratio

D&C BOOKS

차 례

프롤로그. 수능과 지하철, 그리고 이세계의 여행자

수능과 지하철, 그리고 이세계의 여행자

낯선 공간. 낯선 공기. 낯선 사람들.

낯선, 빛.

내 머리 위로 위압적인 색색깔의 빛들이 베일처럼, 혹은 만장처럼 내리덮인다.

햇빛은 멀었다. 그 빛의 흔적만이 찬연한 색의 유리를 지나 색을 입고서 나의 머리 위를 짓눌렀다. 잔인한 화려함. 그것이 너무나도, 지독스럽도록 무거웠다.

주변의 웅성거림이 너무나도 잔인하게 들려온다. 대체 내가 왜 지금 여기 서 있어야 하는 거지? 힘이 빠진 다리는 어이없이 쉽사리 꺾여 버렸고, 잔인하기 짝이 없던 웅성거림은 토할 것만 같은 긴장된 고요함으로 뒤바뀌었다. 다리에 힘을 주어 보았지만 소용이 없다.

그런 내게 내밀어진 손이 있었다. 희고 기름한 손. 그러나 잘 눈에 띄지 않는 상처로 가득한 손.

나는 떨리는 고개를 들어 간신히 그 손의 주인을 보았다.

"——."

잠시 시간이 멈췄다. 분명히 찰나에 불과한 시간이었겠지만, 나는 그 짧은 시간을 마치 영원처럼 느꼈다.

그는 지옥 속에서 만난 유일한 사람처럼 내 눈에 박혀들었다.

지금 생각해 본다면, 어쩌면 그의 손을 잡은 순간 모든 것이 결정된 것인지도 모르겠다.

귀를 찢는 듯한 이명이 울린다.

—빠아아아아아앙!!

그리고 누구 것인지 모를 비명 소리가 잇따라 울렸다.

"꺄아아아악!"

경악한 비명. 그 목소리가 꽤나 익숙했던 것도 같다.

비몽사몽 속에서 헤엄치며 나는 저 목소리가 누구의 것이었는지 가까스로 기억해 낼 수 있었다. 그래. 미현이의 목소리다. 같은 반 친구.

같은 시험장에 배정되어서, 어제 소집일에 함께 시험장을 다녀왔었다. 오늘 아침 역에서 만나서 함께 가기로 했었지.

귓가에, 정말 마지막으로 들은 목소리가 다시 되감기듯 재생된다.

"안 돼! 비나야!"

"헉!"

나는 지독한 악몽 속에서 몸부림치다 간신히 눈을 떴다. 꿈속의 혼란에서 갓 빠져나온 정신이 잠시 현기증으로 휘청거렸다.

뻑뻑한 눈을 억지로 끔뻑였다. 그래, 눈이 있구나. 아, 눈 감을 수 있다. 그리고 다시 뜰 수 있다.

아직은 부옇게만 보이는 천장이 시야를 가득 채운다.

무의식적으로 몸을 일으키려다가 사지가 있음을 뒤늦게 깨달았다. 팔다리에 기분 나쁘게 젖은 천이 감겨 있었다. 아예 온몸이 축축했다.

아, 정말 지독한 악몽이었어. 자세한 내용은 기억 안 나지만.

오른팔로 가슴을 쓸어내리며 안도했다. 그때쯤에야 거의 정상으로 돌아온 나의 이성은 정말로 중요한 사실을 하나 기억해 냈다.

입이 절로 움직여 문제의 단어를 허공에 던졌다. 그 무게감이 다시 바닥으로 떨어지며 나를 짓눌렀다.

"맞다, 수능!"

기겁하며 벌떡 몸을 일으켰다. 오늘은 수능날이다!

지금 몇 시지? 분명히 알람을 맞춰 놨을 텐데? 설마 못 듣고 늦게 일어났다거나 한 건 아니겠지? 말도 안 돼! 설마 아닐 거야!

다음 순간, 나는 수능에 대한 걸 완전히 까먹을 수밖에 없었다.

그도 그럴 것이, 눈앞에 있는 광경이 너무나도 놀라웠기 때문이었다.
나는 누구에게랄 것도 없는 질문을 더듬더듬 허공에 던졌다.
"여기…… 어디?"
당연히 대답은 없다.
그저 분명한 것은 단 하나. 눈앞의 이질적인 광경.
평범한 아파트인 우리 집 내 방에서 깨어나야 마땅했다. 그러나 지금 눈앞의 광경은 그것을 부정하고 있었다.
우리 집은 그냥 평범한 서민 가정이다. 10년 넘게 융자가 남았다는 20년 된 32평형 아파트. 지금 내 눈앞에 펼쳐진, 방 하나만 10여 평이 넘을 것 같은 집이 절대 아닌 것이다!
내 침대도 이렇게 넓고 푹신거리지 않는 데다가, 네 귀퉁이에 기둥을 올려 거미줄처럼 얇은 레이스 커튼을 치렁치렁하게 달아 놓지도 않았다!
이게 뭐야?! 대체 뭐지? 꾸, 꿈인가?
몸을 보았다. 다행히 입고 있는 옷은 기억하고 있는 내 것이었다. 얼떨떨한 채로 얼굴과 팔 그리고 몸을 만져 보았다. 정상적인 감촉 같았다.
손에 닿는 옷과 내 피부의 감촉은 내가 아는 그대로였다.
그럼 이게 꿈이 아니라는 소리야?
뺨이라도 꼬집어 볼까 하는 생각도 들었지만, 곧 고개를 저었다. 아픈 건 질색이다.
다시 고개를 들어 주변을 둘러보았다. 딱 보기에도 엄청 비싸 보이는 삐까번쩍한 가구들. 박물관에 진열되어 있을 법한 앤티크로 가득 찬 방. 움찔거리며 조심스럽게 발끝을 내밀어 디디자, 바닥에는 실크처럼 부드러운 붉은 융단이 깔려 있었다.

어이없는 목소리가 다시 툭 낯선 공기 속으로 굴러 떨어졌다.

"여기, 어디야?"

당연히, 이번에도 대답해 주는 사람은 없었다. 이 방에는 나 혼자만 있었던 것 같다.

멍청하니 주변을 관찰했다.

비싸 보이는 가구들과 소품들은 너무 호화찬란해서 손을 대기도 꺼려질 정도다.

그동안 나는 눈으로는 관찰하고, 동시에 손으로는 팔을 꼬집어서 꿈이 깨도록 시도했다. 아픈 건 싫지만, 시간을 아끼는 편이 좋다. 필사적인 꼬집기가 정신을 더 맑게 하는 데는 확실한 도움이 되었다. 멍하던 머리가 많이 맑아졌다.

그러나 문제는 그게 아니었다.

"왜 꿈이 안 깨는 거지?"

이러다간 팔에 멍이 들 때까지 꼬집어야 할 것 같은데? 그건 싫다.

언뜻, 이질적으로 휘황찬란한 가구들 사이에서 유일하게 익숙한 물건이 보였다.

"아, 내 코트!"

침대에서 구르듯이 빠져나왔다. 잰걸음으로 달려가 구석 의자에 걸쳐져 있는 겨울 코트를 집어 들었다. 이것도 친숙한 내 물건이다. 미칠 듯이 안도감이 몰려들어 그대로 주저앉을 뻔했다.

울 것 같은 기분으로 코트를 주섬주섬 걸쳐 입었다. 따뜻하다. 익숙한 것을 하나 되찾은 것만으로도, 조금 전의 격렬한 불안감이 조금은 가라앉았다.

그때 무언가가 내 시선을 끌었다. 저건…….

"창문?"

나는 무언가에 끌려 들어가듯, 침실 한쪽 벽에 크게 나 있는 창으로 다가갔다.

내 눈앞에 펼쳐진 것은 너무나도 충격적인 풍경이었다.

"이게……, 뭐야?!"

창밖에는 끝도 없는 녹색 바다가 펼쳐져 있었다.

지평선이 아닌, 나무들이 이루어 내는 수평선. 그 지독히 넓은 숲 한가운데에 우뚝 선 고성古城.

나는 그곳에서 깨어난 것이다.

아무리 눈을 비벼 보아도 풍경은 사라지지 않았다. 환상이 아니다. 놀랍게도, 컴퓨터 그래픽 같은 것이 아니었다.

누가 보아도 알 수 있을 것이다. 나도 알 수 있을 정도다. 우리나라에, 대한민국에 이런 숲이 있다는 이야기는 들어 본 적 없다. DMZ 쪽의 민간인들이 들어갈 수 없는 지역에라면 대규모 숲이 남아 있을 수 있다고 해도, 여긴 평지다. 우리나라에 산이 많다는 건 지리 시간에 귀에 인이 박히도록 들은 이야기다.

무엇보다, 유럽의 문화재로 지정될 법한 성이 우리나라에 있을 리가 없다!

그때였다. 눈 아래 펼쳐진 숲을 보자마자 불현듯 충격으로 잊힌 흐릿한 기억이 수면 위로 솟아올랐다.

저 숲.

그래, 저 숲……!

난 저 숲에서 헤매고 있었다.

머릿속에서 떠오른 기억은 나를 경악으로 몰고 가기에 충분했다. 분명 지금 입은 옷을 입고 저 숲 속을 힘들게 헤매고 다니는 기억이 갑자기 떠오른다.

뭐야, 이게? 뭐지? 이런 기억이 왜 내 머릿속에 있는 거지?

생각에 집중했다.

'그래, 수능! 난 분명히 수능을 보러……! 그리고……?'

가로막고 있던 둑이 터지자 한 번 물꼬가 트인 기억들이 우르르 내 머리 위로 쏟아져 내리기 시작했다.

난 그저 수능 치러 지하철을 타려고 했을 뿐이다.

전날 긴장 때문에 잠을 전혀 못 잔 덕에 컨디션을 완전히 망친 것이 원인이라면 원인이라 할 수 있을까. 그러나 그 정도 실수에 대한 대가로 이 빌어먹을 상황을 감내해야 한다는 건 너무 가혹하다.

전국 수십만에 이르는 수험생 중 전날 밤잠을 설치는 사람은 적어도 십분의 일은 될 것이다. 최소 수천수만은 될 그들이 모두 나와 같은 상황에 처하지는 않는다.

나는 수능 전날 정말 단 한숨도 잠들지 못했고, 시험을 보기도 전부터 몸과 정신 모두 완전히 녹초였다. 그래도 어떻게든 붕괴 상태인 정신을 수습해서 씻고 아침을 한 술 뜬 뒤 시험장으로 향했다. 버스나 택시는 오히려 차가 막히면 늦을 수도 있을 것 같아, 일찌감치 나와 지하철을 이용하려고 했다.

그게 문제였을까?

하지만 분명히 합리적인 판단이자 선택이었다. 지하철을 탄 게 문제였다고 하는 건 내가 컨디션 조절을 못했다고 탓하는 것보다 더 말이 안 된다.

어찌 되었건 당시 내 거지같은 상태와 지하철이라는 장소의 조합이야말로 지금 내가 처한 말도 안 되는 상황의 직접적 계기다.

나는 기다리던 지하철이 도착하자 다급하게 노란 선 앞에 섰다. 전동차가 들어오자, 플랫폼으로 불어오는 바람을 정면으로 맞으며 시선을 차 쪽으로 돌렸다.

—빠아앙!!

눈이 부셨다. 전동차 정면에 켜진 서치라이트가 지나치게 밝아 아플 지경이었다.

머리가 아찔했다.

몸의 균형이 무너진다는 것을 스스로 느낄 수 있었지만 깜부기불처럼 꺼져 드는 정신으로 몸을 가눌 여력이 없었다.

—빠아아아앙!!!!

다급한 비명 같은 전동차의 소음이 흐려지는 의식을 뒤흔들었다.

"꺄아아악!"

그 길게 꼬리를 끄는 소음에 누군가의, 아니, 미현이의 비명이 섞여 들었다.

이것이 내 마지막 기억이다.

“지하철에 치인 거야?!”

나는 육성으로 비명을 질렀다. 당연히 이번에도 대답해 주는 사람은 없었다.

잠시 패닉에 빠져 있다가, 다시 의문점을 발견했다.

뭔가 이상하다.

내가 지하철에 치였다고 치자. 그러면 당연히 죽었을 거다. 흐릿한 기억 속에 나는 철로로 떨어지며 바로 역으로 들어오는 전동차의 불빛을 보았다. 그 타이밍에 살아남기는 힘들겠지.

그런데…….

“난 지금 살아 있잖아?”

그것도 난생 처음 보는 곳에 와 있다.

지하철에 치였는데 사지 멀쩡하게 갑자기 유럽의 고성 같은 곳에 와 있다? 대체 일이 어떻게 돌아간 거야? 이해가 되지 않았다.

지하철 철로에 다른 세계로 통하는 문이 뚫려 있는 것도 아니고.

“하하.”

입에서 튀어나온 메마른 웃음소리는 내가 듣기에도 어색했다. 나는 허탈하게 몇 번 웃다가 다시 침대로 돌아가 걸터앉았다.

이게 뭐지? 지금 대체 무슨 상황인 거지?

아무리 해도 이해할 수가 없다. 완전히 곤죽이 된 것처럼 뒤죽박죽인 기억을 다시 정리하려 애썼다. 성과가 있었다. 흙탕물이 된

연못처럼 혼탁한 기억 속에서 무언가 선명한 것이 손끝에 걸려 나왔다.

그래. 이상한 기억 하나가 더 있다.

그렇다. 나는 지하철에 치인 뒤, 지금 처음으로 눈을 뜬 것이 아니었다. 지금보다 이전의 기억이 있었다.

숲. 숲에서 헤매고 있었다. 이 차림새 그대로.

정신을 집중하자 다시 기억의 파편들이 뚜렷하게 형체를 갖췄다.

"이게…… 뭐야? 숲?"

길도 없는 빽빽한 침엽수림 한가운데, 나는 오도카니 떨어져 있었다.

그대로 얼이 빠져 한동안 주저앉아 있었다.

짙은 그늘을 드리운 나무 위 조각난 하늘로 새들이 날고, 발치에선 자그마한 풀벌레들이 바스락거리며 적갈색 부엽토 사이를 헤치고 다녔다. 갈색으로 물든 바늘 같은 나뭇잎이 무수히 떨어져 쌓인 바닥은 푹신하게까지 느껴질 정도였다.

모든 것이 어이없고 현실감이 없었다. 말이 안 되는 상황이지 않은가.

그래서 가장 이성적이고 합리적인 결론을 내렸다.

"아, 꿈이구나!"

틀림없다. 꿈 이외의 결론이라는 게 있을 수가 있겠나?

수능 날 아침, 지하철이 들어오는 플랫폼에서 의식을 잃은 것이 마지막 기억이다. 그러니 당연히 그 뒤로는 꿈을 꾸고 있는 거겠지. 정말 철로 위로 떨어진 것도 아닐 거다. 지하철이 들어오는 순간 의식을 잃어서 착각한 것이리라.

머리 한편으로 지금 상황이 이미 죽은 사람이 마지막으로 꾸는 꿈은 아닌가 하는 불안감이 얼룩처럼 자리 잡았지만, 의도적으로 무시했다. 설사 그렇다 하더라도 내가 할 수 있는 것은 없으니까.

꿈이다. 꿈이 맞다. 그래야 한다.

그런데 깨지를 않았다.

기왕 기묘한 꿈속에 있으니 이리 저리 돌아다녀 보기로 했다. 길은 없었으므로, 미끄러지지 않게 애쓰며 마른 나무 등걸과 뾰족한 바위를 정처 없이 걸었다. 그나마 아침에 나올 때 운동화를 신고 와서 다행이다.

숲에서 얼마나 헤맸는지는 정확하지 않다. 나무 그림자에 가렸을망정 햇볕이 보이던 낮에 눈을 떴다. 곧 어둠이 깔리고 달이 떠올랐다. 탐스러운 보름달. 꽤 밝은 달빛에 기대어 숲 속을 헤매었다. 뜬 눈으로 밤을 지새우다가, 결국 다음날 아침 해가 떠올라 내 약을 올렸다. 그리 긴 시간 동안 정처 없이 헤매기만 한 거다!

물 한 모금도 못 마신 채로 숲을 헤매면서 나는 의아함을 느꼈다.

분명 꿈속일 텐데 왜 이렇게 힘들지? 꿈속에서도 목마르고 숨찬 건 그대로인가? 원래 이랬나? 과거의 꿈을 떠올려 봐도 기억나지 않는다. 누가 꿈속에서 목마르고 배고픈 것도 그대로인지 신경을 쓰겠나.

한계에 이른 머리와 몸으로도 어떻게든 꾸물꾸물 움직였다. 이대로 발을 멈추면 그 자리에서 쓰러져서 죽어 버리지 않을까 하는 불안감이 있었던 것이다. 머리로 생각하고 걷는다기보다는 발이 알아서 걷는 데 가까웠다.

그러던 중이었다. 전혀 예고도 무엇도 없었다. 아니면 내가 작은 소리나 기척을 제대로 인식할 수 없을 정도로 쇠약해져 있었는지도 모른다.

—탕!

숲 전체가 흔들리는 소리였다.

소음을 만든 '것'은 내 몸에서 몇 미터 쯤 떨어진 곳의 땅을 파고들며 흙과 나뭇잎, 그리고 부서진 나무뿌리를 사방으로 흩뿌렸다. 그 충격에 비명을 지를 사이도 없이 뒤로 벌러덩 넘어졌다. 고통에 절로 비명이 튀었다.

"아악!"

"————!!!"

—컹컹!

어지럽고 속이 메스꺼웠다. 하늘이 빙글빙글 돌았다. 다급하게 달려오는 발소리. 누군가가 외치는 목소리가 들렸다.

혼미한 정신 탓일까. 무슨 말인지 전혀 알아들을 수가 없었다.

그 말을 이해하지 못한 것이 정신이 흐린 탓이 아니었다는 것을, 그 당시의 나는 알지 못했다.

너무나도 지치고 힘들었다.

차라리 이대로 죽어 버렸으면 좋겠다는 생각을 하며, 다시 한 번 의식을 잃었다.

그리고 지금, 바로 여기.

내가 넘어지기 전에 들은 큰 소리는 분명히 총소리였다. 함께 들렸던 건 아마도 사냥개의 울음소리. 누군가가 나를 동물로 오인하고 쐈다가 발견하고 자기 성으로 데려온 것 같다.

다시 온몸을 점검했다. 어디 상처 없나? 누가 총을 쐈는데.

천만 다행히도 별다른 상처는 없었다. 팔다리에 약간 찰과상 같은 게 있었지만, 아마 숲을 헤매다 긁힌 상처들인 것 같다.

잠시 안도하고 결론을 내렸다.

그러니까, 정말로 믿기 힘들지만 말이다.

일단은 가설로라도 정리하고 시작해야 할 것 같았다.

첫 번째, 나는 수능 날 아침 지하철에 치였다.

두 번째, 그리고 어떻게 된 건지 모르겠지만, 이 이상한 성이 있는 숲에 떨어졌다.

마지막으로, 숲에서 헤매던 나를 누가 발견하고 데려왔다. 아마도 이 성의 관계자겠지.

만족스럽게 고개를 끄덕였다.

역시 나는 똑똑해. 정말 합리적인 결론이야.

"—이럴 줄 알았냐!!"

절로 욕설 섞인 분노의 외침이 입에서 튀어나왔다.

"이런 게 말이 될 리가 없잖아! 소설에서도 이렇게 뜬금없이 튀어나오는 전개는 욕먹는다고!"

그런데 그 말도 안 되는 상황이 진짜로 일어났다. 어이없는 현실이다.

내가 사실을 인정하는 데에는 시간이 필요했다. 그것도 상당히.

상황이 너무나도 갑작스러웠고, 지나치게 가혹했던 탓이다. 누구라도 나와 같은 상황에 처하면 당연히 현실부터 부정하리라.

때문에 나는 꽤 시간이 흐른 뒤에야 상황을 인정할 수 있었다.

내가 외치는 소리를 듣고 놀라 달려 들어온 하녀들이나, 나를 숲에서 구해 온 남자와 그의 가족들을 만나서도 한동안 현실을 받아들이기 힘들었다. 그들이 전혀 들어 본 적도 없는, 외국어조차 아닌 말들을 떠드는 모습을 보고도 그랬다.

내가 꿈을 꾸고 있는 것이 아니며 이곳이 말도 통하지 않는 이세계異世界라는 것을, 인정할 수 없었다.

인정하고 싶지 않았다.

결국 잠들어서 이 악몽에서 깨어나려 시도하기를 포기한 건, 약 한 달의 시간이 흐른 뒤였다.

그렇다. 나는 완전히 다른 세계에 뚝 떨어져 버린 것이다.

은인인 남자의 가족들은 대체적으로 친절했다. 한 명은 제외였지만. 숲에 사냥을 나갔다가 나를 구해 온 남자의 부인은 어째서인지 못마땅하다는 듯한 시선을 보이곤 했다. 어쨌든, 그들은 수능 날 아침보다 더욱 정신이 피폐해진 나를 따스히 대해 주었다. 풍족히 먹여 주고 따뜻하고 부드러운 침대에서 재워 주었으며, 녹아서 사라져 버릴 것 같은 매끄러운 비단 옷을 입혀 주었다. 오히려 집에서와는 비교할 수 없을 정도로 호사스런 생활이었다.

그들의 상냥함과 보살핌 속에서 천천히 안정을 되찾을 수 있었다. 그저 고맙고 또 고맙기만 해서, 그들이 제공한 호사스런 의식주와 사려 깊은 교육이 닭을 잡아먹기 위해 살찌우는 것과 큰 차이가 없음을 알지 못했다.

내가 전혀 다른 세계에 떨어진 날은 지금으로부터 딱 1년 전.

즉, 그 난리와 혼란이, 어떻게든 다른 세계에 적응하기 위한 뼈를 깎는 노력이 사실은 전초전에 불과했다는 것을 깨닫게 되는 것은, 이계에 떨어진 뒤 정확히 1년 뒤의 일이었다.

1. 그 공녀가 아니라 이 공녀

1. 그 공녀가 아니라 이 공녀

사방이 쥐죽은 듯 고요했다. 새카만 밤을 건너 새벽으로 넘어가는 시각.

숙면을 가장하여 숨을 죽이고 있었다. 의식적으로 호흡을 규칙적으로 유지했다. 실제로 잠든 척하는 몇 시간 동안, 나를 감시하는 이들은 정말로 푹 잠든 것이 맞는지 몇 번이나 확인하려 들었다.

몇 번의 고비를 간신히 넘겼다. 지금까지 눈은 감은 채로, 그러나 의식은 유지하는 데 성공한 것이다.

그래도 방심하지 않았다. 여전히 깊이 잠에 취한 듯 연기했다. 아직 안심할 수 없기 때문이다. 조용히 규칙적으로 숨을 들이쉬고 내쉬며, 귀를 기울여 주변의 소리를 듣는다.

깊이 잠든 듯 나와 비슷한 숨소리를 내는 오를린. 방 밖에서는 딱히 발소리가 들리지 않았다. 그렇다고 방 앞을 지키는 자들이 없으리라 속단할 수는 없다.

힐끔, 눈을 반쯤 떠 보았다.

"……."

방 안은 온통 고요하다. 이쪽을 감시하던 오를린은 완전히 깊이 잠이 든 것 같아 보였다. 이미 3번의 도주 시도가 있었기에, 오를린은 나를 감시하느라 3,4일 정도 제대로 잠들지 못했다. 드디어 견디지 못하고 완전히 곯아떨어진 것이다.

속으로 쾌재를 부르며 살금살금 밤 고양이처럼 몸을 일으켰다. 다행히 오를린이 깨는 불상사는 벌어지지 않았다. 깊이 안도하며 발끝으로 살금살금 걸어 창가로 다가갔다.

"후……."

빗장이 창문에 질러져 있다. 숨 쉬는 것마저 잊어버린 채 그 낡은 쇳조각이 제발 소리를 내지 않기를 빌며 손을 뻗었다.

달칵. 작은 소리를 울리며 빗장이 떨어졌다. 극히 미미한 소리였음이 분명하지만, 내게는 천둥소리처럼 크게 들렸다. 심장이 이대로 창밖을 구르는가 싶을 정도로 놀라 주변을 두리번거렸다. 천만다행하게도 여전히 주변은 고요하기만 했다.

소리 없이 안도하며 창문을 열어젖혔다. 작게 삐걱거리는 소리마저 내 심장을 덜컥거리게 했다.

이곳은 운 좋게도 2층이었다. 오를린은 3층 이상으로 방을 잡고 싶어 했으나 빈 방이 여기뿐이었다. 불행 중 다행이란 이런 걸 말하는 모양이다.

나는 살금살금 창틀 위에 섰다.

"……."

휘이잉. 바람이 길게 꼬리를 끈다.

때는 가을. 아직 여름의 열기가 남아 춥지 않은 공기가 유달리 서늘하게 느껴지는 건, 발아래 펼쳐진 2층 높이 때문이다. 여기서 뛰어내리면 다리가 성하긴 힘들겠지.

잠시 번민했다. 객관적으로 봐도 다치지 않고 뛰어내리긴 힘들다. 하지만 이대로 있다간…….

작게 중얼거렸다. 애써 용기를 북돋우기 위해서다.

"기회는 오늘밤뿐이야."

내일이면 제도 롬부르크에 도착한다. 거기서는 탈출 시도도 불가능하리라.

'에라, 한 번 죽지 두 번 죽나?'

막 마음을 정한 참이었다. 등 뒤에서 날카로운 비명이 울렸다.

"아가씨!"

"이런!"

열린 창문으로 들어온 찬 공기에 오를린이 정신이 든 모양이다. 나는 눈을 질끈 감고 뛰어내렸다. 마치 번지점프를 하듯 발아래가 일시에 꺼져 가는 아득함. 그리고…….

"아악!"

순간적으로 팔이 뽑혀 나가는 줄 알았다. 황급하게 위를 올려다보았다. 무시무시한 표정으로 내 팔을 잡아챈 오를린이 내려다보고 있었다.

"젠장……!"

문 밖에서 오를린과 내 비명 소리를 들은 사람들이 달려오기 시작했는지 소란이 커졌다.

제도에 도착하기 전 마지막 밤.

그렇게, 나의 마지막 탈출 시도마저도 무위로 돌아가고 말았다.

덜컹덜컹. 마차가 요란하게 흔들렸다.

나는 속으로 온갖 욕을 다 퍼부었다.

누구에게?

몸뚱이 하나만 이세계로 뚝 떨어진 나를 1년여 동안 잘 먹여 주고, 화려한 비단 드레스를 입혀 주고, 언어와 교양을 공부할 수 있도록 보살펴 준 보네피트 가문의 모든 인간들에게 말이다.

배은망덕하다고?

머리 검은 짐승은 거두는 게 아니라고?

그딴 말 하는 인간이 있으면 머리털을 죄다 뽑아 놓겠다. 지금 내 상황에 걸려 봐라. 욕 정도는 간지럽게 느끼게 될 거다.

그 인간들에게 열 대는 갈 저주를 내리고 정말 효과가 있다 해도 그 인간들은 내게 단 한마디 불평할 자격이 없다. 차라리 내가 머리 검은 짐승은 믿는 게 아니었다고 고래고래 외쳐도 부족하다.

보네피트 일가의 가장 에일 공작은 이 세계에서는 드물게 검은색에 가까운 머리카락과 눈 색을 가지고 있었다. 그렇기에 나는 그들에게 더 깊은 유대감을 느꼈었다. 마치 새롭게 생긴 가족처럼, 고맙고 또 감사하게 생각했다.

……멍청했던 거다.

조금이라도 의심해야 했다. 어느 날 갑자기 하늘에서 뚝 떨어진 것과 같은 여자애를, 가족처럼 아껴주는 일가가 그리 흔할 리 없다. 내가 다른 세계에 떨어질 확률과, 그런 아이를 진심으로 친절히 대해줄 가족을 만날 확률, 이 둘을 동시에 충족시키기란 하늘에서 별을 딸 확률만큼이나 낮다.

순진하게도 그저 행운이라 여겼다. 그리고 감사했다.

어디까지나 일주일 전까지의 이야기다.

마차에 뚫린 작은 창문으로 저 멀리 백색의 거대한 성이 점점 가까워지는 것이 보였다. 내 무덤이 될 것이 분명한 성.

손톱을 물어뜯었다. 초조함이 목까지 치밀어 꼴딱거린다. 나는 흘금 내 맞은편에 굳건한 벽처럼 앉은 시녀장 오를린을 훔쳐보았다.

물론 명목상 내 시녀장이나 사실은 감시자인 여자다. 자기 아가씨 리즈벳을 목숨처럼 아끼는 유모이니 당연하다. 애초에 돌아오지 못할 것을 알면서도 이 일행에 참여할 것을 자청한 일 자체가 나를 감시하기 위함인 것이 분명하다.

불손한 시선을 눈치챈 그녀는 비죽이 웃으며 한마디만 짧게 던졌다.

"그런 버릇은 대大 보네피트 가의 공녀公女로서 어울리지 않는 천한 짓입니다."

승리감에 가득한 표정과 목소리. 실제로 그녀는 승리했다. 나를 기어이 이곳까지 끌고 왔으니.

"……."

웃기지도 않는다. 나는 입술을 사리물고 오를린을 노골적으로 노려보았다. 그녀는 눈썹 하나 까딱하지 않고 여전히 이쪽을 조롱한다.

"……역시 근본 모를 천박한 출신은 어찌할 바 없군요. 하지만 적어도 숨기려고 노력은 해 보시는 게 어떠신가요? 그게 에일 공작 각하의 은혜에 보답하는 길 아닐는지요? 황궁에서 그런 태도로 굴다가는 에일 공작가의 이름에 먹칠을 하게 될 겁니다. 이상하군요. 분명 가정교사들은 당신이 신기할 정도로 학습 속도가 빨랐다고 했는데. 뭐, 그렇다고 해도 천출이니 어찌할 수 없는 것이겠지만요."

오를린은 '오호호' 웃었다.

에일 공작가. 보네피트 가문. 모두 같은 집안을 이른다. 이 세계에 떨어진 나를 주워온 공작과 그 부인, 두 사람의 금지옥엽 같은 딸 리즈벳. 이 사람들의 집안. 작위는 에일 공국의 주인인 에일 공작. 그 가문의 성姓은 보네피트.

얼마 전까지 고마운 이들의 이름이었다. 그러나 지금은 이가 갈리는 이름이다.

웃기지도 않는다. 무르팍에 올린 두 손이 푸른 비단 드레스를 거칠게 감아 쥔 채 부들부들 떨렸다.

오를린의 시선은 못마땅하게 내 손을 보고 있었다. 하긴 드레스가 상할까 걱정되는 것이겠지. 그 사실을 인식하자마자, 손톱을 세워 거미줄을 모아 짠 듯 부드러운 드레스 자락을 긁어 버렸다.

"아가씨!"

저렇게 경멸하는 말투로 존칭을 쓰기도 힘들 것이다. 한마디 대꾸도 없이 소매를 장식한 새털구름 같은 흰 레이스를 휘어잡고 잡아당겼다. 가는 실들이 맥없이 끊어지고 뜯겨 나갔다.

"세상에……!"

오를린은 마치 자신의 살이 뜯기고 머리카락이 뽑힌 것처럼 비명을 질렀다. 그녀는 내가 바닥에 내던진 흰 레이스 조각을 두 손으로 주워 들고 비난했다.

"이 드레스가 얼마나 고급인지 알지도 못하고 이런 무도한 짓을 하십니까?! 공작님께서 당신에게 내리신 분에 넘칠 정도로 자비로운 선물인데, 감히 그리 다룰 수 있는 겁니……!"

그녀의 쨍쨍거리는 목소리는 더 길게 이어지지 못했다. 마차 바닥에 앉아 거의 울 것 같은 얼굴로 땍땍거리던 얼굴이, 거하게 뺨을 맞아 고개가 팩 돌아갔던 것이다.

누가 때렸냐고? 이 마차에 탄 사람은 나를 빼면 오를린 뿐이다. 그녀가 제 손으로 뺨을 친 게 아니면, 한 명만 그런 짓을 할 수 있다.

시원하게 살과 살이 부딪치는 소음이 울렸다.

—짜악!!

"……."

"……."

너무 힘을 주어 손을 휘두른 데다 계속 흔들리는 마차 안이었던 탓에 균형을 잡지 못하고 뒤로 쓰러졌다. 어차피 앉아 있던 자리다. 푹신한 쿠션 위에 찧은 엉덩방아는 간지럽지도 않았다.

오를린의 표정은 멍했다. 상황을 믿을 수 없는 듯이 보였다. 나는 욱신거리는 왼손—나는 왼손잡이다—을 털며, 처음으로 입을 열었다.

"염치가 있어야지."

"뭐…… 뭐, 뭐라고요?!"

"너희 그 귀한 리즈벳 아가씨 대신 날 사지로 팔아넘기는 주제에, 은혜? 은혜에? 게다가 자비이?!"

나는 언젠가 TV에서 본 아침 드라마의 여배우가 '교양? 교호양?!" 하고 외치던 장면을 떠올리고 쏘아 붙였다. 사실 나는 드라마 속 등장인물보다 훨씬 더 분노하고 있었다.

당연하다! 내 20년 인생이 통째로 날아가게 생겼으니까!

"순진한 사람 하나 속여서 너희 그 귀한 아가씨 대신 나이 칠십 먹은 사디스트 할아범의 첩으로 팔아 버리는 주제에 어쩌면 그렇게 뻔뻔해? 곱게 포장해서 그 돼지 할아범 앞에 바쳐야 하는데 포장지 좀 흠집을 냈다고 *지랄*을 떠냐고?!"

"*지…… 지랄?*"

오를린은 멍한 얼굴을 했다.

아, '지랄'은 딱히 이곳 언어로 표현할 마땅한 단어가 없었다. 그래서 한국말 그대로 쏟아 냈더니 제대로 못 알아먹은 모양이다.

어쨌든 대충 어감은 충분히 전달되었으리라. 그것으로 충분하다. 굳이 친절하게 설명까지 해 줄 기분이 아니니까.

그러나 오를린은 조금도 기세가 줄지 않고 벌떡 일어나 내게 버럭 외쳤다.

"어디서 갑자기 나타난 근본도 모를 천것을 그리 귀하게 대우해 주셨는데, 얼마나 큰 은혜인가요! 게다가 첩이라니, 팔아넘기다니요! 크렌시아 제국 황제의 후궁이 되는 겁니다! 이 얼마나 큰 영광을 그리 말하다니!"

"대단한 영광을 왜 당신 주인 친딸인 리즈벳은 못 시켜서 이 난리인데?!"

오를린의 말문이 턱 막혔다.

"……리, 리즈 아가씨는 올해 겨우 열넷이세요! 아직 어리시니까……."

"어차피 여기 결혼은 열둘에도 한다며? 열넷이면 초경은 했겠지. 애초에 어떻게든 미루고 미루다가 안 되어서 올해는 꼭 보내야 하는 상황이었다며?"

"그, 그건! ……어찌되었든 당신 같은 천출이 공녀로서 공작가의 말석에 이름을 올리게 된 것이 얼마나 큰 은혜이고 자비인지 모르는 건가요? 마땅히 감사하며 공작가를 위해 헌신하는 것만이 당신이 당연히 해야 할 일이에요!"

어이없는 말이다. 고개를 모로 꼬며 비웃었다.

모르긴 몰라도 아마 꽤나 재수 없어 보이는 표정이리라. 확신할 수 있었다. 왜냐면 내가 이런 표정을 지으면 우리 부모님이나 언니도 정말 재수 없다고 감탄하곤 했기 때문이다.

공작가에 감사하고 지낸 지난 1년간, 그들에게 이런 표정을 보인 적이 없었다. 살아남기 위해 언어를 익히고 문화를 배웠다. 내 은인이라 생각했던 그들 앞에서는 특히 좋은 모습을 보이려 노력해 왔다. 그 가족의 가신인 오를린이 본 건 그런 모습들뿐이다.

오를린의 얼굴에 떠오른 당혹감은 더욱 커졌고, 연이어 선명한 분노가 그 자리를 대신했다. 내게 낭패감 따위는 없었다. 화내라고 한 짓이니까.

드글드글 끓는 속이 조금, 아주 조금 풀리는 것도 같았다. 상황이 나아지지는 않지만, 적어도 화풀이는 할 수 있겠지. 이거라도 못 하면 어쩌라는 건가.

한껏 입꼬리를 끌어 올렸다.

"고귀하신 공녀? *입은 삐뚤어져도 말은 바로 해야지!*"

"뭐, 뭐라는 거죠?"

아, 뒤에 또 한국어로 말한 모양이다. 어쨌든 끊지 않고 바로 연달아 다다다 쏘아붙였다.

"공녀公女가 아니라 공녀貢女겠지!"

일 년 전까지 수능 준비를 하던 차라 그런가. 아주 생생하게 떠올랐다. 고려시대 원나라에 바치던 '공녀'. 물건처럼 보내지는 처지의 여인들. 물론 기황후처럼 출세하는 사람도 있었다지만 그건 극히 예외 중의 예외다. 모두들 어떻게든 피하려고 애를 썼다고 교과서에서 본 기억이 난다. 공녀로 가는 것을 피하려고 조혼 풍습이 생겼다던가. 지금은 전혀 쓸 데가 없는데도 수능 공부를 할 때 외운 지식들이 줄줄이 소시지처럼 딸려 나왔다.

머리를 흔들어 잡념을 떨쳐 버렸다. 그리고 다시 심호흡을 했다.

그러니까 지금 내 처지가 딱 고려시대 공녀 꼴이었다. 이런 상황이 올 줄도 모르고, 약 반년 전 에일 공작이 내게 내민 양자 입적서에 감격하여 서명했다. 할 수만 있다면 그때로 돌아가, 감동에 겨워 울먹거리며 깃펜으로 사인하고는 공작을 아버지라 부르며 품에 안겼던 내 뒤통수를 후려쳐서 기절시키고 싶다.

하지만 당연히 가능할 리가 없잖은가.

제국 크렌시아의 제도 롬부르크로 향하는 마차에 태워지기 일주일 전, 벌써 반년 전 서명한 그 서류가 내 신체 포기 각서라는 것을 까맣게 몰랐다.

그날 보네피트 가문 사람들은 방긋이 웃는 얼굴로—지금 생각하면 역겹기 그지없다— 나를 배웅했다.

그저 리즈벳 대신 귀한 손님을 맞이하러 가까운 곳에 가 달라는 부탁을 한 사람들치고는, 마차를 배웅하는 표정들이 기묘했다.

지금은 그 표정이 무엇을 의미하는지 똑똑히 안다. 약간의 동정과 먼지 한 톨만큼의 죄책감. 그리고 그 모든 것을 덮는 압도적인 안도감.

구역질이 났다.

안 그래도 일주일 동안 매일같이 한시도 멈추지 않고 흔들리던 마차 안이다. 그 면면들을 떠올리자 정말 참기 힘들 정도의 토기가 울컥 치밀었다. 참고 싶지도 않았다.

"읍!"

오를린은 화를 내던 것도 잊고 기겁하여 호들갑을 떨었다. 창백한 얼굴로 마차 벽을 두드렸다. 꽤 절실한 소리였다.

"마차! 마차 세워요! 아가씨께서……! 세상에, 드레스에 토하면 그대로 버려야 해요! 비단은 세탁도 못해……!"

좋은 걸 알려 줘서 고마워요, 오를린.

나는 한번 보란 듯 싱긋 웃어 보였다. 그리고 손가락을 목구멍 안쪽으로 밀어 넣었다. 이미 목까지 차오른 토기는 손가락에 딸려 매끄럽게 끄집어내졌다.

바로 내가 입은 푸른 드레스 치맛자락 위로.

"우웨에에에엑!"

"꺄아아아악!"

호사스런 흰 드레스가 온몸을 감싸고 있다. 마치 부드러운 감옥에 갇힌 느낌.

긴장과 절망감에 질식할 것 같은 기분으로 눈앞의 문을 바라보고 있는데, 등 뒤에서 작게 소곤거리는 재수 없는 목소리가 울렸다.

"어제처럼은 안 됩니다."

오를린이다. 언제 들어도 기분 더러운 목소리.

듣는 사람의 기분이 어떠하든 상관없다는 듯, 그 여자는 계속 소곤거렸다.

"황제 폐하 앞에서 어제처럼 구셨다가는 가장 먼저 아가씨의 목부터 날아갈 겁니다. 죽고 싶지는 않으시죠?"

그리고 공작가도 같이 화를 입겠지. 어쨌건 지금 나는 공식적으로 황제의 후궁으로 바쳐진 에일 공국의 공녀, '사비나 데 보네피트'니까. 내 잘못은 곧 가문의 죄이며, 내 공은 곧 가문의 영광이 되리라.

전자는 좀 마음에 들지만 후자는 끔찍하다. 공작가더러 엿먹어보라고 막 나가기엔 그 전에 내 목부터 떨어질 이 상황이 문제였다.

죽어도 상관없다, 혹은 죽을 때 죽어도 혼자는 못 죽는다는 생각이라면, 어제 한 것처럼 첫날밤 황제의 옷자락에 오늘 내가 먹은 것을 일일이 확인시켜 주는 것도 해 볼 만하리라.

하지만 아직 난 죽고 싶지 않았다. 수능 공부만 죽어라 하고 정작 시험도 못 봤는데, 지금 죽을까 보냐! 초등 6년, 중등 3년, 고등 3년, 도합 12년을 공부만 하다가, 게다가 여기 와서 1년도 생존과 적응을 위한 공부의 기간이었다. 내 인생 한 번 피워 보기도 전에 이렇게 죽기는 너무나도, 억울했다.

오를린은 어제와는 전략을 다르게 잡은 듯했다. 그 이상 나를 자극하려 들지 않았다. 입을 다물고 공순히 내 뒤에서 고개를 숙인 채 때를 기다렸다.

앞에 선 선전관이 나를 흘금 보더니 손에 든 금제 회중시계를 확인했다. 시간이 된 건가.

그는 시계를 주머니에 넣고는 손에 든 두루마리를 펼쳐서는 소리 높여 읽었다.

"에일 공국의 첫째 공녀이시며 폐하의 열다섯 번째 후궁 마마 사비나 데 보네피트 님 드십니다!"

호명이 끝나자 흰색으로 칠하고 금으로 포도덩굴을 조각한 화려하기 짝이 없는 문이 벌컥 열렸다.

"왓!"

나는 무의식적으로 아주 작게 비명을 질렀다.

웅성거리는 소리와 빛이 홍수처럼 쏟아졌다. 본능적으로 두려움에 굳은 내 등을 오를린이 쿡 찔러 그제야 정신이 들었다. 와들와들 떨리는 다리를 움직여 천천히 앞으로 걸어가기 시작했다. 내가 걷는 건지, 여러 사람들이 모인 홀이 이쪽으로 다가오는 건지 모르겠다.

금빛 술이 달린 붉은 비로드 양탄자가 길게 이어져 정면으로 높이 오른 계단을 뒤덮고 있었다. TV에서나 보던 레드카펫보다 더

고급스럽고 구둣발로 밟기 미안할 정도로 부드러웠으나, 감촉을 음미할 정신이 없었다.

주변에서 무어라 떠드는 소리들이 마치 날파리처럼 일제히 날아올랐다.

"어머, 정말 밤하늘처럼 짙은 색의 머리카락이군요."

"정말 공작의 딸일까요?"

"숨겨 두었던 서녀라는 이야기도 있던데요?"

"전 먼 친척이라고 들었어요."

"원래는 더 어린 공녀가 오기로 되어 있지 않았나요? 폐하께서 그래서 더 기대하셨다던대."

"세상에, 정말 특이한 피부색이에요."

조금이라도 알아들을 수 있었던 것은 이 정도뿐이다. 하긴 원래 리즈벳 그 애가 오기로 되어 있던 자리에 반년 전 갑자기 나타나 공작가에 입적된 스무 살짜리 딸이 대신 보내졌으니 다들 어떻게 보고 있을지는 안 봐도 뻔하다.

간신히 중간에 주저앉지 않고 계단 아래 서는 데 성공했다. 어제 황궁에 도착한 뒤로 오늘 아침까지 귀에 인이 박히도록 들은 예식 순서가 원하지 않아도 머릿속에 똑똑히 새겨져 있었다.

나는 머리로 생각하기보다는 거의 척수반사에 가까운 동작으로 예에 따라 허리를 굽혔다. 그리고 또 오를린이 옆구리를 찌르기 전에, 손 안에 받은 물이 손가락 틈 사이로 다 빠지기 전 단번에 들이마시는 것처럼, 기억하는 단어들을 일시에 토해 냈다.

"영광을 입은 사비나 데 보네피트가 감히 크루가디아와 올렌, 노스산투스의 주인이시며 일한의 왕이신, 대제국 크렌시아의 황제 폐하를 뵙습니다."

등 뒤에서 오를린의 흘리는 안도의 한숨이 분명하게 느껴졌다. 잘못 말하지는 않았나 보다.

내 인사가 끝나자, 천천히 발소리가 들려왔다. 앞에 높인 12계단에서 황제가 내 앞으로 내려오고 있는 것이다.

마침내 눈앞에 코가 뾰족한 금색 남성용 구두가 보였다. 말도 안 되는 센스에 뿜을 뻔했으나 내 목의 안위를 생각하여 간신히 참아냈다.

낯선 목소리가 들려왔다.

"고개를 들도록."

쇠를 긁는 듯한 목소리.

덜덜 떨리는 이를 악물며 고개를 들어 황제, 빌어먹게도 오늘부터 내 남편이 될 인간의 면상을 처음 마주했다.

그리고 넋을 놓아 버렸다.

"……."

"호오~, 꽤 괜찮군. 독특한 면이 있어. 그것도 나쁘지 않지."

나이 칠십 넘은 돼지 할아범이라고 했다. 제발 아니기를 빌었다. 어딘가 이야기 속에선 신랑이 나이 많고 못생긴 줄 알고 시집갔는데 막상 젊은 미남이라 서로 사랑에 빠졌다든가, 괴물이 신랑이라도 저주가 풀리면 짠~ 하고 미남이 된다든가, 많지 않나. 머릿속 한 구석에서 그런 요행을 좀 바라고 있었던 모양이다.

눈앞에 선 내 남편은 검버섯이 듬성듬성 핀 쭈그러진 얼굴을 한 돼지 같은 노인이었다. 살이 쪘는데 주름이 많은, 어떻게 보면 정반대의 조건을 동시에 충족시키는 사람을 오늘 처음 보았다. 살갗에서 불쾌한 냄새까지 풍기는 것 같다. 완전히 희게 센 머리카락은 마치 석회를 뿌린 밀짚 같았다.

일찍 돌아가셨다는 할아버지가 살아 계신다면 일흔 정도이실 것이다. 사진으로만 몇 번 본 할아버지의 모습은 지금 내 눈앞의 저 추물과는 비교할 수 없을 정도로 단정하셨다. 때문에 그 정도 수준을 생각했다. 완전히 오산이었던 거다.

이제야 실감이 난다. 난 내 할아버지보다 나이 많고, 저렇게 추한 노인네의 첩이 되어야 한다.

눈앞에 용서 없이 들이닥친 현실에 가까스로 버티고 있던 무릎이 꺾였다. 그대로 주저앉자 오를린이 등 뒤에서 경악하며 숨을 집어삼켰다. 갑작스런 사태에 소란스럽던 홀 안에 괴괴한 정적이 내리깔렸다.

당장 일어나야 한다는 것을 머리로는 알았지만, 완전히 다리가 풀려 제대로 힘을 주어도 의미가 없었다.

바로 그때, 내 앞에 흰 장갑에 감싸인 손이 다가왔다.

“공녀께서 먼 길을 오느라 몸이 약해지신 모양입니다.”

제정신이 아닌 채, 무의식적으로 그 손에 의지해서 간신히 몸을 일으켰다.

좋은 향기가 풍겼다. 눈을 들자 조금 전의 지옥과 정 반대의 모습이 시야를 가득 채웠다. 누군가의 질 나쁜 장난처럼.

수려한 이목구비. 기묘하게 붉은 빛이 도는 금발. 다정한 녹색 눈동자. 사람의 정신을 그대로 뽑아내는 듯한 미모의 사내. 나보다 서너 살 연상일까?

가까스로 감사의 인사를 몇 마디 주섬주섬 건넬 수 있었다.

아, 차라리 이런 남자라면 좋을 텐데.

"감사……합니다."

그는 빙긋이 웃었다. 더없이 다정한 미소.

"별말씀을. 이제 제 서모庶母가 되실 분이니, 남도 아니지 않습니까."

"……."

머리가 얼얼했다. 서모? 아버지의 측실을 말하는 거다.

순간 이해했다. 눈앞의 남자는 그 유명한 제국의 유일한 황자이자 황태자.

루크레티우스 르 크렌시아.

바로 그 사람이다.

황태자는 햇살 같은 미소를 띤 채 내 손을 잡아 이끌어 그의 아버지, 즉 남편이 될 노인에게 건네주었다.

자글자글한 주름진 축축한 손가락이 닿는다. 마치 벌레가 내 손 위를 기는 듯한 느낌. 하지만 이를 표낼 수는 없었다. 이미 큰 실수를 한 번 했다. 더는 안 된다.

애써 수줍은 신부의 미소를 얼굴에 가장하며 고개를 숙였다. 노인도, 내 의붓아들이 된다는 미남도 별로 보고 싶지 않았다.

지독한 현실과, 닿지 않을 환상. 누가 일부러 그리기라도 한 듯한 대비가 나를 더 비참하게 했던 것이다.

내 손을 잡은 황제는 나를 계단 위쪽으로 인도했다.

붉은 비로드가 빈틈없이 깔린 계단 위에는 황제와 황태자를 제외한 총 일곱 명의 여인이 서 있었다. 황제는 손을 들어 그 중 가장 높이 선 여인을 내게 소개했다.

"인사 올리어라. 황후 카틀레야니라."

그녀는 황제와 비교하면 놀라우리만치 젊었고 또한 아름다웠다. 연배는 황태자보다 조금 많아 보이는 정도. 높게 잡아도 서른 초반밖에 안 되어 보인다.

황태자 역시 내가 들은 그의 나이보다 어려 보이는 편이니, 황후 역시 보기보다 나이가 더 있을지도 모르겠다.

루비처럼 붉은 머리카락을 높이 틀어 올린 그녀는, 놀랍게도 한눈에 알 수 있을 정도로 배가 불러 올라 있었다.

그 앞에서 허리를 숙여 인사했다.

"제국의 지고하신 황후 폐하를 뵙습니다."

"반가워요."

저리 대답은 하면서도, 황후는 내게 조금도 관심이 없어 보였다.

"그리고 황후 소생의 황녀들. 릴리아나와 로젤리아."

황제는 차례로 황후의 아랫단에 선 두 명의 소녀를 소개해 주었다. 한 명은 십대 중반, 다른 한 명은 대여섯 살 정도 되어 보인다. 그녀들은 황후의 소생임을 증명하듯 붉은 머리칼을 가지고 있었다. 다행히 아비보다는 어미를 닮은 얼굴을 가지고 있어, 내 눈을 더 괴롭히는 불상사는 벌어지지 않았다. 이런 생각은 당연히 숨긴 채, 공손히 예를 올렸다. 황녀들도 얌전이 고개를 숙여 답했다.

그 다음으로 황제가 소개해 준 것은 네 명의 황비들이었다. 그들은 황후 카틀레야보다 더 나이가 있어 보이는 여인과 더 젊은 여인들이 섞여 있었다. 출신지가 다양한지, 제국인과 인종이 달라 보이는 이도 있었다.

그들과 황후의 공통점은 황제와 비교하기 어려울 정도로 젊은 나이에 미모가 뛰어난 여인들이라는 점이다. 그들은 새침한 얼굴로 혹은 덤덤한 얼굴로 내 인사를 받았다.

황제에게는 한 명의 황후와 네 명의 황비, 그리고 내 앞으로 열네 명이나 되는 후궁들이 있다고 했다. 직첩職牒을 받은 후궁들이라 해도 어디까지나 측실. 황제의 정식 부인으로 인정받는 것은 황비들까지가 다다. 때문에 이 자리에 후궁들은 단 한 명도 얼굴을 드러내지 못하고 있었다.

나는 열다섯 번째 후궁이다. 후궁들 중에서도 가장 마지막 서열. 즉 내 앞에는 열아홉 명의 상전이 있는 것과 같았다. 황제와 황태자, 황녀들은 빼고서라도 그 정도다. 새삼 눈앞이 아뜩해졌다.

황제는 마지막으로 황태자를 소개해 주었다.

"그리고 여기 이 미남이 바로 내 유일한 아들 황태자 루크레티우스다."

"제국의 존귀하신 황태자 전하를 뵙습니다."

고개를 숙였다 들어 올리는 그 짧은 찰나, 어쩐지 그의 미소 아래 감춰진 기이한 이면을 본 듯한 기분이 들었다.

얼굴을 온통 가린 다정하고 상냥한 가면의 아래 자리한 지독한 무표정. 눈이 마주친 시간은 극히 짧았으나, 틀림없었다.

'……뭐지?'

황제가 내 손을 쑥 잡아당기는 바람에 더 깊이 생각할 여유가 없었다. 균형을 잃을 뻔했지만 다행히 또 넘어지지는 않았다.

황제는 나를 자신 앞에 무릎 꿇도록 했다. 말에 따르자 내 머리 위에 궁내부장이 가져온 향유를 한두 방울 떨어뜨리고 소리 높여 공표했다.

"에일 공작의 장녀 사비나 데 보네피트를 짐의 열다섯 번째 후궁에 봉하노라.”

모두가 박수치며 축하 인사를 했다. 정식 국혼이 아니므로 귀족들의 하례는 없었다.

제대로 실감이 되지 않지만, 이것만은 분명했다. 이걸로 나는 이 빌어먹을 늙은이의 첩이 된 거다.

입술을 깨물지 않기 위해 온 힘을 다 써야 했다. 애써 입꼬리를 끌어올렸다. 그러나 미소가 떨리는 것은 차마 어쩔 수 없었다.

우레와 같은 박수 소리 속에서 황제는 재빠르게 손을 뻗어 내 허리를 휘감아 당겼다. 허리께를 더듬는 손이 마치 뱀 같았다.

놀란 눈으로 바라보자 황제는 씩 웃었다. 주름으로 자글거리는 입술이 들려 올라가며 다 썩어 검게 물든 이들이 드러난다. 더는 아연할 기력마저도 없었다.

다시 애써 웃었다. 내 표정을 어찌 해석한 것인지, 그는 얼굴을 가까이 대고 귓가에 나직이 속삭였다.

“과연 에일 공작이 자신한 대로 독특한 피부색이군. 특이해. 마음에 들어. 게다가…… 순진하고 정숙한 것이, 처녀가 분명한 것 같군.”

시선이 마치 달팽이처럼 내 뺨을 핥는 것 같았다.

“오늘밤은 오랜만에 신선하겠어.”

소름이 돋았다.

2. 나는 네가 지난밤에 한 짓을 알고 있다

2. 나는 네가 지난밤에 한 짓을 알고 있다

손끝이 차다. 분명 아직 가을인데 한겨울에 눈보라 속에 드나들기라도 한 듯 사지가 곱아들 것만 같았다.

다른 손으로 손끝을 쥐어 주물러 보았다. 서로 마주잡은 양 손끝이 하나도 남김없이 모조리 달달달 떨리고 있었다. 진정을 하려 아무리 애를 써도 잘 되지 않았다.

나를 안내하던 황궁의 시녀장은 어쩐지 안쓰러운 표정으로 바라보며 기다려 주었다.

도리어 재촉하는 것은 뒤를 따르는 오를린이다. 오를린의 냉랭한 목소리가 다시 신경을 긁는다.

"마마. 시간을 많이 지체하셨습니다."

입술을 깨물었다. 저 여자에게 화를 낼 힘도 없었다. 곧 닥쳐올 현실에 대한 두려움이 기력을 모두 잡아먹었다. 내가 지나치게 떨며 제대로 걷지도 못하고 있는 이유를 모르는 이는 여기 없다. 그러나 그 두려움에서 나를 구해줄 이도 없었다.

황제의 시녀장이 직접 나를 부축해 주었다.

"이리, 제게 기대시오소서."

"고마……워요."

간신히 모기만한 목소리로 감사를 표할 수 있었다. 그러나 그녀의 친절에 진심으로 감사할 수가 없다. 이 친절은 결국 나를 황제의 침실로 인도하는 길이기도 한 탓이다.

그녀의 친절도 오를린의 악의도, 내게 강요하는 결과는 같았다. 떨고 있든 어떻든 이들은 나를 씻기고 단장하여 황제의 앞에 대령하는 것이 의무였다. 그들이 살려면 그리 해야 했으니 당연하다.

지금 당장이라도 도망칠까? 하지만, 어디로?

이미 몇 번이나 탈출시도를 했으나 실패했다. 오를린과 에일 공작을 모시는 기사들이 나를 철저하게 감시했기 때문이다. 그들의 손에서도 벗어나지 못한 내가, 이 황궁에서 도망칠 수 있을 리가 없었다.

푸른 비단 커튼이 달린 큰 유리창을 스쳐 지난다.

아, 그냥 이대로 저 창을 열고 뛰어내려 버릴까?

고통 없이 한 번에 죽고 내 죽음으로 에일 공작가문이 벌까지 받을 수 있다면 금상첨화일지도 모른다. 그러나 용기가 없었다. 고통이 없으리라는 보장도 없고, 죽는 데 실패하여 불구라도 되면 어쩌나 하는 걱정도 컸다.

충동과 두려움이 미친 듯이 날뛰며 몸 안에서 버둥댄다. 이대로 다 뿌리치고 도망쳐 버릴까 하고 진지하게 발에 힘을 주려는 찰나였다.

시녀장의 말에 꿈에서 깬 듯 정신을 차렸다. 잔혹한 현실이 닥쳤다.

"도착했습니다. 마마."

덜덜 떨리는 턱을 들었다. 온통 금분으로 치장한 마호가니 목의 거대한 문이 앞을 가로막고 있다. 시녀장은 나를 부축하던 손을 놓고 옷매무새를 가다듬어 주며 당부했다.

“이제 저희는 따라 들어가지 못하옵니다. 그리고 폐하께서 명하시어 방에서 100키나1키나=1미터 바깥으로 나가 대기하여야 합니다.”

저 두꺼운 문에서 100미터나 떨어져 있으라고 했다고? 대체 그 변태 황제는 무슨 짓을 하려는 거야?

“오늘 밤은 오랜만에 신선하겠어.”

그 검은 이빨이 그대로 드러나는 미소가 떠올라 소름이 끼쳤다.

시녀장은 내 몸 상태에 대한 마지막 점검을 마쳤다. 그녀가 고개를 끄덕이자 문 앞을 지키던 시종 둘이 야속하게도 문을 벌컥 열었다.

“듭시옵소서.”

나는 덜덜 떨리는 발을 가까스로 떼어 놓을 수 있었다. 쓰러지지 않기 위해 다음 걸음을 걸었다. 그것을 서너 번 반복하자 등 뒤에서 문이 닫혔다. 쾅. 내게는 마치 내 인생이 이대로 끝나는 것을 선고하기라도 하는 듯한 소리였다.

“…….”

문 뒤에서 시녀들이 바삐 물러나는 조용한 발소리가 들린다. 이대로 내가 문을 열고 뛰쳐나간다고 해도 저들이 막으리라.

100미터 안에 아무도 없다는 말은 100미터 밖에는 철통같은 경비가 있다는 말과 같았다. 내가 여기서 도망친다 한들, 닥칠 일을 100미터를 달릴 동안만 늦출 수 있을 뿐이다. 그 대가는 감당키 힘들 것이 분명하다.

천근같은 발을 가까스로 떼어 앞으로 걸었다. 황제의 침실은 과연 규모도 엄청나서, 내가 지나온 문의 안쪽은 바로 침실이 아니었다. 침실에 붙은 응접실인 모양이었다. 안쪽에 조금 전의 문보다는 조금 작은 문이 하나 있다.

다시 갈등에 휩싸였다. 이대로 여기 서서 하룻밤을 보내면 안 될까? 아까 황제 보니까 치매가 들어도 이상하지 않을 것 같던데, 내가 안 들어온 거 잊어버려 주지 않을까?

그런 어처구니없는 생각……이라기보단 간절한 바람에 가까운 상념들이 어지럽게 지났다.

결국 나는 여기서도 도망칠 용기는 없었다. 덜덜 떨리는 다리를 질질 끌어 가며, 스스로 문을 열고 침실 안으로 들어섰다.

끼익, 지옥문 열리는 소리가 잔인하게 귓전을 울렸다. 방 안의 광경에 나는 할 말을 잃었다.

"늦었군."

"……."

늙은 황제는 맨몸에 금색을 두른 흰 가운 한 장만을 걸치고 침대 앞 테이블에 앉아, 손에는 크리스털 잔에 붉은 와인을 채워 휘휘 돌리고 있었다.

순간적으로 욕지기가 치미는 것을 애써 눌렀다. 공손하게 고개를 숙이고 예를 표했다.

"사비나 데 보네피트가 폐하를 뵙습니다."

그는 능글맞게 웃으며 손을 휘저었다.

"되었느니라. 침의를 입은 모습도, 청초하니 가련하구나."

"……."

축축한 시선이 내 살을 찌르는 것 같다. 식은땀이 등을 푹 적실 지경이다.

이대로 몸을 돌리고 도망칠까 하는데 추한 늙은이가 일어나 다가왔다.

"아……!"

무어라 반응하기도 전에, 그는 문조차 닫지 않고 내 손목을 잡아챘다. 다급하게 저항하려 했다.

"폐, 폐하!"

그는 나를 침대로 잡아끌며 빙글빙글 웃었다.

"왜 그러느냐?"

"우, 우선…… 드릴 말씀이……!"

늙은이는 고개를 주억거리며 노인이 맞는 것인지 알 수 없는 엄청난 힘으로 잡아끌었다. 아무리 저항해도 여자의 힘으로는 무리였다. 내 발은 거의 질질 끌려가기 시작했다.

"그래, 그래, 알겠느니라. 네 꾀꼬리 같은 울음소리는 침대 위에서 기꺼이 들어 주마."

울고 싶다. 온 힘으로 발버둥 쳤지만 황제가 손을 확 잡아당기자 몸의 균형이 무너지며 앞으로 넘어졌다. 황제는 어울리지 않게 민첩한 동작으로 그런 내 허리를 잡아채어, 그대로 침대 위로 던졌다.

"꺅!"

푹신한 침대 위로 내던져진 내가 간신히 고개를 들었을 때, 황제는 능글거리는 미소로 얼굴을 가득 채운 채, 나를 내려다보고 있었다. 손이 뻗어와 내 턱을 치켜든다.

"순진하고 청초한 여아인가 하였더니 야생마 같은 기질도 있구나. 명마는 주인을 제대로 만나야지. 과연 명마인지는 오늘 밤 네 위에 타서 확인해 주마."

"시, 싫……!"

외마디 거부가 제대로 끝을 맺기도 전에 황제가 침대로 뛰어 들어왔다.

노인의 뚱뚱한 몸이 그대로 내 위로 덮쳐 왔다. 늘어진 뱃살이 얇은 침의 위로 선명하게 느껴졌다. 황제는 쭈글쭈글한 손가락을 들어 나의 옷깃을 잡아 내렸다. 맨 어깨가 쑥 드러났다.

늙은이의 눈이 탐욕스럽게 빛났다.

"오오, 속살도 정말 기이한 색이구나. 묘하게 황금빛이 도는 것 같아. 과연 감촉은 어떨지……."

황제는 신이 나 있었다. 비명도 나오지 않았다. 아니, 비명을 지를 수 있더라도 들을 사람은 없었고, 설사 들린다 해도 아무도 도와주지 않을 것이다.

도저히 참지 못하고 눈물을 흘렸다. 이제 도저히 피할 수 없는 현실 앞에서, 눈을 질끈 감고 머릿속에 제일 먼저 떠오르는 이를 불렀다. 이 세계에서 쓰는 말이 아닌 고향의 말이 절로 튀어나왔다.

"*엄마!*"

"……."

뭐지?

아무런 일도 일어나지 않았다.

나는 의아해졌다. 호색한 늙은이의 손이 다가온 뒤에 닥칠 최악의 상황이 제발 오지 않기를 빌었으나, 내 바람이 말도 안 된다는 것도 잘 알았기 때문이다.

황제는 더 이상 아무런 짓도 하지 않았다. 조심스레 눈을 한쪽만 떴다.

황제는 두 눈을 부릅뜨고 내려다보고 있었다. 미동도 없었다.

뭐지?

상황을 제대로 파악하지 못한 채 얼어 있는데, 황제의 몸이 부자연스럽게 천천히 앞으로 쓰러졌다.

내 몸을 덮듯이 쓰러진 황제의 몸은 무겁고 축축하고 냄새 났다. 그러나 그보다 중요한 점은 따로 있었다. 황제의 등에 내가 보기에 오른쪽에 가까운 위치에 단검이 박혀 있었던 것이다.

붉은 피가 천천히 배어나오기 시작했다.

"아……!"

오늘 하루 벌어진 일들은 이미 내가 받아들일 수 있는 한계를 넘어 있었다.

패닉에 빠져 비명을 지르려 했다. 누군가 내 입을 한손으로 틀어막았다.

"읍!"

미처 눈치채지 못한 침입자였다. 복면으로 눈 아래를 가린 사내. 복면 위 차가운 녹색 눈동자와 눈이 마주쳤다. 나는 그 눈빛에서 기시감을 느꼈다. 그 정체를 곰곰이 뜯어 생각할 여유는 없었다.

남자의 목소리는, 낮고 위협적이었다.

"쉬이, 조용히."

내 입을 막고 어깨를 누른 사내의 힘은 강했다. 여자 혼자서 감히 어찌 저항할 수 있는 상대가 아니었다. 노인인 황제의 힘조차 홀로 감당할 수 없었다. 이런 젊고 건장한 사내의 힘은 저항할 의미조차 없으리라.

쓰러진 황제는 단번에 절명했다. 등 뒤에서 심장을 정확히 찔러 사람을 죽인 암살자다. 그것도 암살 대상은 대륙을 호령하는 대제국 크렌시아의 황제. 나 같은 평범한 여자애가 어찌할 수 없는 상대다.

살고 싶었다. 그리고 내게는 죽은 황제의 원한을 풀기 위해 애써야 할 의리 따윈 손톱만큼도 없었다. 애초에 황궁에서 도망칠 시도를 하지 못한 이유도 그저 살고 싶었기 때문이다.

한번 대록 눈을 굴리고는, 순순히 고개를 끄덕였다.

사내의 녹색 눈동자를 감싼 날렵한 눈매가 가늘게 휘었다. 그것이 웃음이라는 것은, 복면으로 얼굴 표정이 다 보이지 않아도 충분히 가늠이 가능했다. 상황과 어울리지 않는 여유로운 표정. 그는 다시 내게 다짐을 받았다.

"절대 소리 지르지 않으리라 믿겠어. 죽고 싶다면 내가 손을 떼자마자 비명을 질러도 좋아. 단, 그리하면 바로 네 남편 곁으로 보내 주지."

나는 필사적으로 고개를 좌우로 저었다. 그러자 그는 약간 유쾌한 웃음을 터뜨리곤, 강한 힘으로 누르고 있던 손을 떼어 주었다.

"하아……."

이제야 숨이 제대로 쉬어진다.

괴한은 어쩐지 기묘한 얼굴로 내려다보고 있었다. 반면 나는 잔뜩 긴장하여 올려다보았다.

지금 이 자리의 주도권은 전적으로 그에게 있었다. 내게 있는 권리는 단 두 개뿐이다. 시키는 대로 따르거나, 거절하고 즉시 살해당하거나. 사실상 선택의 여지는 없었다. 이미 말한 바와 같이, 나는 죽고 싶지 않았기 때문이다.

그는 허리춤에서 단검을 하나 더 꺼냈다. 황제의 등에 꽂힌 것과 완전히 같은 모양. 딱히 어떤 특징도 없는 그저 평범하고 날카로운 강철로 만든 검. 그것이 목덜미에 와 닿았다.

"흡!"

다시 숨을 제대로 쉴 수가 없었다. 피부에 닿은 진짜 칼날의 감촉은 기본적인 신진대사조차 일시적으로 잊게 할 만큼 섬뜩했다. 하지만 이대로 있다간 그냥 그 위협감에 살해당하고 끝날 거다.

생각해야 한다. 이 위협에서 벗어날 방법을. 어떻게든 살아남을 수 있는 길을.

그 방법이 옳은 것인지, 효과가 있을지, 차분히 판단할 여유는 없었다.

번뜩 떠오른 아이디어에 하늘에서 떨어진 동아줄이라도 되는 것처럼 매달렸다.

덜덜 떨리는 턱에 억지로 힘을 주어 입을 열었다.

"난, 나는……."

"너는?"

"당신을 도울 수 있어요."

"뭐?"

상대의 표정에 떠오른 어처구니없다는 표정을 보고 할 말이 없어졌다. 내가 생각하기에도 어처구니없는 말이었다. 힘없는 속국에서 친딸 대신 바친 공녀 출신 후궁이 무슨 도움이 될 수 있을까.

하지만 적어도 아무런 근거 없이 막 던진 말은 아니었다. 지금

이 상황에서는.

침실 안. 하나의 시체와 암살자. 그리고 나.

이대로 살아날 수 있다면, 나는 유일한 목격자였다.

"나는…… 증언할 수 있어요!"

"……."

남자의 눈에 이채가 돌았다. 허를 찔린 듯한 표정. 그 틈을 놓치지 않고 파고들었다. 목숨을 부지할 가능성이 이 하나였던 탓이다. 내 혀는 목을 부지하기 위해, 스스로 살아 움직이는 듯이 말을 자아냈다.

"당신이 무슨 이유에서 황제를 죽였든, 당신을 사주한 사람은 당신이 들키지 않기를 바라겠죠. 그러면 황제가 언제 누구에게 죽었는지 진실과는 다르게 증언할 사람이 필요할 거예요."

"여기서 널 죽이고 빠져나가면 그걸로 내가 들킬 일은 없어."

"하지만 이곳은 황궁이라고요? 이 방에서 100키나 떨어진 곳에는 기사들과 병사들이 득시글거려요. 위험은 조금이라도 줄이는 게 좋을 텐데요? 난 당신이 무사히 빠져나갈 때까지 몇 시간이고 입을 다물고 있을 수 있고, 내일 황족들 앞에서 황제를 죽인 건 오른쪽 눈에 흉터가 선명한 검은 눈에 검은 피부를 가진 사내라고 말할 수도 있어요."

당연히 이 남자는 검은 피부도 아니고 눈에 흉터도 없다. 눈 색도 다르다. 그러니 내가 정말 저렇게 증언하면 용의선상에서 벗어날 수 있으리라.

나도 내 혀가 이렇게 기름칠한 것처럼 움직일지는 몰랐지만, 살기 위해서라면 사실 못할 일도 없었다. 이 빌어먹을 돼지 늙은이의 노리개가 되는 것보다, 돼지 멱을 따 준 남자를 위해 위증하는 편이 도리어 쉬웠다.

내가 생각하기에도 그럴 듯한 말이었으므로 조금 기대감에 차서 그를 바라보았다.

그는 웃었다. 어이없다는 듯 기분 좋은 웃음이 터졌다.

"크, 아하하하! 정말 첫인상과는 전혀 다른 여자로군."

희망이 부풀려는 순간이었다. 내 목에 들이댄 칼날에 힘이 더해졌다.

금속이 주는 선득함은 놀라 입을 다물게 하기에 충분했다. 칼날의 예리함이 주는 두려움을 나는 처음 알았다.

"그러나 굳이 그것까지는 필요 없다면 어쩔 텐가?"

"……네?"

"난 그 철통같은 경비 속에서도 황제의 침실로 숨어든 자야. 그리고 네 예상과 달리 멀리 도망칠 필요도 무엇도 없지. 네 증언은 내게 불필요해."

할 말이 없다.

눈앞이 아뜩했다. 꽤 가능성 있다고 생각하며 던진 승부수가 빗나갔다. 이제 내가 기댈 수 있는 것은 이자의 자비뿐.

별로 가능성이 높아 보이지 않았다. 방금 황제를 늙은 돼지처럼 잡아 죽인 자에게 나는 발아래 개미 정도로밖에 안 보일 것이다. 등 뒤로 식은땀이 줄줄 흘렀다.

암살자는 차디 찬 녹색 눈동자로 나를 내려다보았다. 사람을 보는 눈빛이 아니었다. 자신의 칼 아래 잘게 다져질 고깃덩이를 보는 눈.

상대의 눈을 피하고 싶지는 않았다. 두려움은 감출 수 없으나,

고개 숙이는 것은 싫다. 이미 할 수 있는 것은 다해 보았다. 이래도 죽고 저래도 죽으면 마지막 자존심 정도는 챙겨야 하지 않겠나.

다행히 저자는 황제를 고통을 느낄 사이도 없이 보내 주었다. 내게도 그 정도 자비는 베풀어 줄 수 있겠지.

"한 가지만 부탁해도……, 될까요?"

"부탁?"

남자의 왼쪽 눈썹이 기이하게 튕겨 오른다.

"……날 살려 줄 생각이 없다면, 단번에 고통…… 없이 부탁해요. 그 정도는 부탁해도 괜찮죠? 별로 어려울 것도 없는 것 같으니."

나는 그렇게 말하고 길게 한숨을 쉬었다. 여전히 두 손이 덜덜 떨리고 있다. 턱이 미미하게 요동치는 것도 감출 수 없다. 그럼에도 말은 모두 100% 진심이었다.

그는 내 말을 어떻게 받아들인 것인지 잠시 침묵했다.

그리고.

"큿, 으하하하하!"

"어?"

그는 시원스레 웃었다. 조금 전과는 달리 어쩐지 맑은 목소리였다. 누군가 그 소리를 듣고 들어오지는 않을까 걱정되었지만, 다음 순간 나는 내 생각을 비웃었다.

내게는 차라리 누가 오는 편이 나았다. 그래서 암살자를 쫓아내 주면 목숨은 건질 수 있을 테니까. 다른 목격자가 암살범이 내가 아님을 증명해 주기만 하면 살아날 구멍이 생긴다.

그러니 나 자신이 아니라 저 사내를 걱정한 것이나 다름없었다. 한마디로 표현한다면, 쥐가 고양이를 생각해 주는 꼴이었다. 그것도 고양이 잇새에 낀 생쥐가.

그는 마치 내 생각을 읽기라도 했다는 듯 낮게 한번 큭 하는 웃음소리를 흘리고는 내 목에서 칼날을 떼어 냈다. 드디어 숨을 쉴 수 있었다.

"황제가 만만하고 젊은 여자를 침실에 끌어들일 때는 온갖 비명소리가 들려. 그 때문에 기사들까지 100키나나 물려 놓는 거지. 그러니 오늘 밤은 무슨 소리가 들려도 누구도 이 방으로 들어오지 않아."

대체 황제는 여자들에게 무슨 짓을 한 거야? 침대 위에서 시체가 되어 구르는 돼지의 시체를 걷어차고 싶어졌다.

그건 간신히 참았지만, 이 말은 도저히 참지 못했다.

"……지금이 내겐 다행이네요."

남자는 다시 피식 웃고는 단검을 저글링하듯 몇 번 휘릭휘릭 던져 올렸다 받았다를 반복했다. 날 부분으로 검을 잡아내는, 묘기에 가까운 수준. 내게 날아오지 않기만을 바랄 뿐이다.

나는 얌전히 그의 다음 말을 기다렸다. 저렇게 날붙이를 다루는 사람 앞에서는 조용하고 얌전한 것이 백배 낫지, 암.

남자의 말이 드디어 다시 시작되었다.

"네 말은 틀린 부분이 많지만, 전부 틀린 건 아니긴 해."

"네?"

"네가 날 도울 수 있는 부분이 있기는 하다는 말이야."

그의 등 뒤에서 광명이 내리비치는 것만 같았다.

"뭐, 뭐죠?"

그는 낮게 큭 하고 다시 웃는다.

"내 발등이라도 핥을 기세군."

"못할 것도 없죠."

난 진심이었다. 그가 하라고 시키면 남자의 부츠라도 핥을 준비가 되어 있었다.

"대단한 배짱이야."

목소리에 진심으로 감탄의 감정이 어려 있다. 남자가 손을 뻗었다. 손끝은 황제가 끌어내려 맨살이 드러난 내 어깨를 향하고 있었다.

흠칫하는 것도 무시한 채, 그는 내 옷깃을 잘 끌어올려 여며 주었다. 그리고 나를 침대에서 끌어냈다. 잠시 유심히 관찰하는 것 같더니, 뜬금없이 한마디 던졌다.

"한 바퀴 돌아 봐."

"네?"

눈을 부릅뜨는 그의 기세에, 얌전히 그의 앞에서 한 바퀴를 빙 돌았다. 남자는 뭐가 만족스러운지 고개를 끄덕였다. 내 미모가 맘에 들었……다는 건 내가 생각해도 아닌 것 같다. 저 멀리로 날아가려던 내 주의를 그의 목소리가 다시 끌어 왔다.

"다행히 옷에 피는 안 묻었군."

피?

그는 말꼬리를 이어갔다.

"내가 말했다시피 오늘밤은 어떤 비명소리가 들려도 이곳으로 누구도 오지 않아. 하지만 네가 뛰쳐나간다면 얘기는 다르지."

"네?"

"내가 이 방을 벗어나면 곧바로 밖으로 뛰어나가."

"뭐라고요?"

"자꾸 토 달 건가?"

"……."

얌전히 입을 다물었다. 남자의 말이 이어졌다.

"난 저 문으로 나가지 않아. 창문도 아니지. 저 밖의, 이제 네가 나가서 황제가 암살당했다며 비명을 지르고 알려야 할 기사들에게는 결코 들킬 일 없어. 그러니 내가 나가면 너도 바로 방 밖으로 달려. 기사들 앞에 가서 '황제가 죽었다. 살해당했다.' 이 말을 하고 재주껏 기절하든 펑펑 울든 알아서 해."

"그게……, 당신을 돕는 일이라는 건가요?"

그는 고개를 끄덕였다.

선뜻 이해가 가지 않았다. 암살자는 암살 대상이 최대한 늦게 발견되기를 바랄 것이다. 그런데 빨리 발견되도록 하라고?

"그게 네가 할 일의 전부야. 암살자는 그림자도 못 봤다고 해. 아, 아니군. 아예 내가 나간 뒤에 창문 하나를 열어 두고 뛰어나가서 검은 그림자가 창문으로 뛰쳐나가는 것을 보았다고만 해. 자세한 건 못 봤다고 둘러 대면 되겠지."

얼떨떨하게 고개를 끄덕였다. 정말 그걸로 목숨을 구할 수 있다면 몇 번이라도 할 수 있다. 저것만으로 황제 암살을 목격한 날 살려 주겠다고?

복면 위에 드러난 남자의 녹색 눈동자를 감싼 눈매가 다시 부드럽게 위로 휘었다. 아마도, 웃는 거겠지.

"그래, 그렇게만 하면 살려 주는 것은 물론…… 상도 줄 수도 있어."

상? 무슨 상?

이상하기 짝이 없는 조건에 얼이 빠져 있는 사이, 그는 몸을 돌려 황제의 침실 벽 한쪽 구석으로 다가갔다. 남자가 몇 개의 벽돌을 연달아 누르자, 드륵 하고 벽돌의 일부가 움직이더니 사람 키 반절 정도의 검은 구멍이 드러났다.

내가 경악하거나 말거나 그는 잠시 고개를 돌려 나를 바라보며 살짝 윙크를 했다.

"그러니 잘 부탁해. 공범자 씨."

……깨달았다.

그렇다. 나는 이 사람을 이미 본 적 있다. 정확히는 저 기이한 녹색 눈을. 상냥하고 다정함을 가장한 껍질 아래 차갑고 또한 지독한 뱀이 한 마리 또아리 틀고 있는 저 눈을.

너무 찰나의 스침이어서, 기시감만 느꼈을 뿐 제대로 기억해 내지 못했던 거다.

나는 무의식적으로 중얼거렸다.

"루크……레……."

사내의 얼굴이 무섭게 굳었다.

루크레티우스 르 크렌시아.

제국 크렌시아의 황태자.

침대 위에 엎어진 황제의 유일한 아들.

그리고 오늘 오전 나를 서모라 부르며 부축해 준, 바로 그자였다.

"너무 똑똑하군. 너."

남자는, 아니 황태자는 잠시 혀를 찼다. 그 표정이, 다시 무언가를 고민하는 것 같아 등이 섬뜩해졌다.

암살자의 정체를 알아챈 티를 내다니. 나, 제정신인가? 그대로 등을 돌렸다.

남자, 루크레티우스의 날카로운 목소리가 들린다.

"야!"

"시키신 대로 할게요! 전 당신이 누군지 몰라요! 빨리 도망치세요!"

그대로 온 힘을 다해 앞으로 뛰었다. 내 발로 걸어 응접실을 지나 침실로 올 때는 천년처럼 걸렸던 시간이, 도망치는 사이에는 순식간에 지나갔다. 지옥문처럼 여겨졌던 마호가니 문을 열고 뛰어나올 때까지, 다행히 패륜 황태자가 뒤를 쫓아와 내 머리채를 잡아당기는 일은 없었다.

아마 저 비밀 통로를 통해 황태자는 충분한 알리바이를 확보할 수 있으리라. 비밀을 아는 자를 죽여 입을 막을까 말까 고민할 여유는, 주지 않는 것이 더 낫다.

나는 온몸의 힘을 다해 땅을 박차며 동시에 폐를 쥐어짜 냈다. 당혹한 눈을 한 시녀들과 기사들 앞에서 그대로 쓰러지듯이 엎어졌다. 연이어 울음 섞인 비명을 서리서리 토해 내 황궁을 뒤흔들었다.

"꺄아아아악! 황제 폐하께서……! 폐하께서 살해당하셨어요!"

들리겠지? 이제 나 못 쫓아오겠지?

제발, 난 살고 싶단 말이야!

황제가 암살당했다. 그것도 철통같은 경비에 의해 보호받는 황궁 안의 가장 심부, 황제의 침실에서 벌어진 일이다.

황제의 시체를 발견한 목격자는 당일 황제의 후궁으로 책봉되어 초야에 불려갔던 열다섯 번째 후궁. 첫날 밤 남편의 시체를 발견한 새 신부는 방 밖으로 달려 나와 비보를 전하자마자, 목 놓아 울다가 지쳐 거의 실신했다.

물론 저 후궁이자 새신부가 바로 나다. 나는 패륜 암살자에게서 도망치듯 방에서 빠져나오자마자 비명을 지르며 당황한 기사들과 시녀들 앞에서 목 놓아 울었다. 한 명이라도 많은 사람들이 들어주기를 바라며 온 목청을 다 돋워서 소리 지르고 또 울기를 반복했다.

처음에야 연기였는데 계속 하다 보니, 기막힌 상황에 빠진 내 신세가 덩달아 떠올라 막판에는 거의 진심으로 울고 불다가 진이 빠져 버렸다.

다음날 아침, 나는 퉁퉁 부은 눈으로 제대로 단장도 하지 못한 채 반 강제로 황궁 한쪽의 큰 응접실로 끌려갔다. 그곳에서 나를 기다리는 이들 중에 그가 있었다.

어젯밤과는 다른 모습이었다. 색이 옅은 금발은 단정하게 빗어 넘겼고, 검은 옷을 걸치고 있던 몸은 화려한 금빛 자수가 놓인 자줏빛 예복으로 감쌌고, 검은 복면으로 가렸던 조각 같은 얼굴은 이제 훤히 드러나 있었다. 제 아비의 등을 찌른 단검 대신, 금과 보석으로 폼멜과 힐트를 장식한 예장용 검을 허리띠에 찼다.

다만 변하지 않은 것이 하나 있었다.

여전히 선득한 녹색 눈동자.

그렇다. 내가 아는 그였다.

바로 어젯밤 내 눈앞에서 자신의 아버지를 죽인 패륜아.

또한 이 제국의 유일한 황태자.

내 공범자.

그, 루크레티우스 르 크렌시아 말이다.

녹색 시선이 마치 찌르는 것 같아, 고개 숙여 예를 표하며 피했다.

"제국의 지고하신 황태자 전하를 뵙습니다."

그러자 옆에 무거운 몸으로 앉아 있던 황후가 대놓고 불쾌감을 표현했다.

"그대는 눈이 안 좋은 모양이군."

나는 실수를 깨닫고 황후 앞에서 예를 표하며 인사를 올렸다. 마땅히 황태자의 어머니이자 황제의 정실인 황후에게 먼저 인사를 올려야 맞다. 내가 좀 제정신이 아닌 상황이라 이런 기초적인 것마저 헷갈려 버린 것이다!

어젯밤 울고불고 하느라 완전히 쉬어 버린 목소리가 동정을 사는 데 효과가 있기를 빌며 사죄를 올렸다.

"죄송합니다, 황후 폐하. 천첩이…… 그만……."

그러자 은발을 바닥까지 길게 늘어뜨린 미녀가 생긋이 웃으며 내 역성을 들어 주었다. 이 방에서 나와 황후를 제외하면 유일한 여인이었다. 그녀는 특이하게도 보석으로 짜 맞춘 장신구로 두 눈을 가리고 있었다.

"사비나, 님이라 하셨죠? 사비나 님께선 어젯밤 지나치게 충격적인 일을 겪으셨지 않습니까. 아직 많이 혼란스러우신 모양입니다."

누구인지는 모르지만 상당한 영향력을 가진 여인임은 분명해 보였다. 황후가 그녀의 말에 한 수 접어 줄 정도니.

황후 카틀레야는 그녀의 말에 수긍하는 듯하면서도 한마디 하는 것은 잊지 않았다.

"성녀께서는 너무 자비가 깊으십니다."

성녀.

신의 딸. 이 세계에서 신의 목소리를 들을 수 있는 유일한 사람. 내가 알기로 현재 성녀나 성자가 남은 교단은 전 대륙을 뒤져 보아도 딱 한 곳뿐이라 했다. 즉, 이 여인은 대륙에 남은 마지막 성녀였다.

그녀가 모든 사제들은 물론 대륙 전체의 숭배를 한 몸에 받는다는 사실은, 이 세계에 떨어진 지 겨우 1년 밖에 안 된 나도 알고 있었다. 일생에 단 한번이라도 성녀의 모습을 배알할 수 있다면 그대로 죽어도 좋다는 사람도 있을 정도로 존경하는 이들이 많았다.

그녀가 볼 수 있을지 모르겠으나, 고개를 숙여 도움에 감사를 표했다. 분명히 안대로 눈을 가리고 있건만 그녀는 정확히 내 쪽을 보며 생긋이 웃어 주었다.

간단하게 인사하고 예의를 표한 것뿐인데 진이 빠졌다.

내가 이곳으로 불려 들어오며 안에서 한창 진행되던 논의가 잠시 멈추었던 것 같다. 내가 인사를 끝마치자, 한 사람이 다시 논의의 주제를 들고 나섰다.

"마마를 이곳으로 모신 것은 다름 아니라 어제의 입에도 담기 힘든 흉사 때문입니다."

이 방 안에 선 이들 중 가장 나이든 것으로 보이는 백발이 성성한 노인이었다. 누구지?

황태자나 황후 앞에서 당당히 발언할 수 있을 정도로 높은 지위의 인물이라는 것은 반론의 여지가 없어 보였다. 나는 얌전히 입을 다물고 고개를 숙이고 있었다.

황후의 뾰족한 목소리가 말꼬리를 기다려 찌르고 들어왔다.

"마땅히 그 흉수를 찾아내어 배후의 뿌리까지 모조리 발본색원해야 합니다!"

황태자는 다정하게 웃으며 수긍했다.

"마땅히 그리해야지요. 돌아가신 선황의 원수를 가장 먼저 갚아야 합니다."

나는 고개를 숙인 채 오고 가는 말들만을 귀를 기울여 들었다. 확실히 황태자는 원하면 황제의 원수를 갚을 수 있을 것이다. 자기 목을 찌르면 되니까. 하지만 이런 생각을 입 밖에 낼 정도로 정신이 없지는 않았다.

황후가 불편함이 그대로 느껴지는 어조로 황태자의 발언 중 한 단어를 꼬집고 들었다.

"선황이라니요?"

황태자는 조금도 흔들리지 않았다. 나는 보지 않아도 그가 어떤 얼굴로 저 말을 하고 있을 지 알 것 같았다. 가면처럼 틈새 하나도 없는 미소를 띤 채 자신이 어제 직접 찔러 죽인 아버지의 일을 아무렇지도 않게 입에 담고 있으리라.

식은땀이 죽 흘렀다.

"불행히 승하하신 부황이시니 선황이라 불러야 맞지 않습니까?"

"그러나……!"

백발의 노인이 의도가 너무나도 노골적인 황후의 말을 자르고 들어왔다.

"황공하오나 우선 고정하시오소서. 태후 폐하."

황후는 날카롭게 목소리를 높여 항의했다. 거의 비명처럼 들린다. 그만큼 다급한 상황이라는 뜻이리라. 그녀에게 있어서는.

"재상! 어찌 나를 태후라 말씀하십니까? 아직 폐하의 시신은 식지도 않았습니다!"

아닐 텐데. 지금쯤이면 싸늘하게 식었을 시간 아닌가?

재상은 황후의 무시무시한 기세를 깔끔하게 무시하며 말을 이었다.

"이미 승하하신 폐하께서는 마땅히 선황, 그러하니 황후 폐하께서도 이제는 태후로 공경받으심이 마땅하십니다. 아니 그러한지요? 황제 폐하."

재상은 황태자 앞에 무릎을 꿇었다. 그러자 황후와 성녀를 제외한 주변 모든 이들이 재상을 따라 황태자, 이제는 황위를 이어받은 황제에게 예를 표했다. 나 역시 죽고 싶지는 않았기에 그들을 따라 무릎을 꿇었다.

잠시 침묵이 이어졌다. 그리고 매우 자연스러운 간격을 재고 내놓은 것으로 의심되는, 황태자의 비통한 목소리가 흘러나왔다.

"부족한 몸이나마 부황父皇의 유지를 잇기 위하여 최선을 다하겠다."

재상을 위시하여 모두가 한 목소리로 외친다.

"새로운 폐하를 뵙습니다. 부디 만세를 누리소서!"

"일어나도록."

아직 대관식은 이루어지지 않았으나 이것으로 이미 크렌시아의 황제는 바로 저 남자였다. 루크레티우스 르 크렌시아.

새로운 황제의 명에 따라 가장 먼저 몸을 일으킨 재상은 성큼성큼 걸어 황후, 아니 태후의 앞으로 다가갔다. 그리고 공손히, 그러나 위압감 넘치는 태도로 그녀에게 청했다.

"그럼 태후 폐하, 보관 중이신 국새를 새로운 황제 폐하께."

태후의 얼굴이 흙빛으로 물드는 것을 보았다. 그녀는 자신의 부푼 배를 보호하듯 누르며 날카로운 목소리로 마지막 항의를 던졌다.

"아직, 아직 대관식 이전이 아닙니까? 국새는 그때……."

"폐하. 제국법상 국새는 황제 폐하께서 승하하실 경우 황후께서 보관하시도록 되어 있습니다."

태후의 얼굴이 밝아진다.

"그러니……!"

"그러나 성년의 황태자가 있다면 대관식 이전에 황제로서 즉위가 먼저 인정됩니다. 따라서 제국의 국새는 즉위와 동시에 폐하의 손으로 새로운 황제께 넘겨주셔야 마땅합니다. 루크레티우스님께서는 보령이 이미 스물일곱. 당당히 장성하신 적통 후계자께서 건재하시니 참으로 제국의 홍복이옵니다."

황후, 아니 태후의 얼굴이 붉게 또 푸르게 왔다 갔다 하며 불편한 심기를 감추지 못했다.

태후 카틀레야는 국새가 든 것이 분명한 검은 상자에 올린 손가락에 힘을 주며 낮게 으르렁대듯이 말을 내어 뱉었다. 명백한 거부.

"적통? 감히 황후의 신분으로 간통을 저질러 황족이 아닌 자의 씨를 배어 잉태하는 대죄를 저지른 여인의 자식이 말입니까? 폐하께선 빈번하게 루크레티우스를 자신의 친 자식이 맞는지 의심하셨어요!"

방 안이 싸한 침묵 속에 가라앉았다. 죽은 황제의 얼굴을 떠올려 본다. 살찐 돼지처럼 주름져 있던 검버섯 핀 얼굴. 아무리 나이가 들었음을 감안하더라도, 루크레티우스의 빛나는 미모와는 전혀 다르다. 아마도 모르는 이들에게 부자를 보여 주고 혈연관계가 있어 보이는지 묻는다면, 십중팔구 부정하리라.

태후가 노골적으로 들먹인 '불륜'이 조금은 그럴듯하게 느껴졌다.

'설마…….'

모두가 경악 혹은 분노로 침묵하는 중, 이루 말할 수 없는 불편한 침묵을 먼저 깬 사람은 성녀였다. 여인은 마치 노래하는 듯한 목소리로 부드럽게 침묵을 거두었다.

"태후 폐하. 혹시 선선대 황제 폐하, 즉 선황 폐하의 부친 되시는 켄티우스 3세 폐하의 초상을 보신 적 있으신지요?"

"물론이죠."

"그렇다면 그런 말씀은 하지 못하실 터인데 말입니다."

성녀는 작게 호호 하며 웃었다. 황후, 아니 태후—자꾸 헷갈린다—는 애써 그녀의 말을 무시하려 했다.

"성녀께서는 황실의 일은 잘 알지 못하시지 않습니까?"

"제 거처인 에오스님의 대신궁에는 켄티우스 폐하께서 직접 기부하여 지어 주신 신당이 있답니다. 그곳에는 켄티우스 폐하의 신실함과 은혜를 기리고자 그분의 초상화가 걸려 있습니다. 성화만을 그리셨던 로넬리우스 대주교님께서 유일하게 세속의 사람을 그리셨지요."

"그것이…… 어쨌다는 말씀이신가요?"

"그 그림은 켄티우스 폐하의 20대 무렵 초상입니다. 놀라우리만치…… 루크레티우스 폐하와 용모가 닮았다고들 하더군요. 저는 눈이 이런지라 직접 볼 수 없었으나, 그림을 본 이들마다 입을 모아 그리 말하였습니다. 아마 황실의 서고와 보물고를 뒤지면 켄티우스 폐하의 용모를 확인하기란 쉬운 일일 겁니다."

다시 침묵이 내려앉았다.

어떻게든 루크레티우스의 황위 계승을 막으려 발악하던 황후의 모든 시도는 무위로 돌아간 것이 분명해 보였다. 성녀가 보증한 일을 무시하기란 신궁의 권위를 무시하는 것과 같았으므로.

결국 태후는 이기지 못하고 검은 상자에서 손을 떼었다.

성녀는 기다렸다는 듯 국새가 든 상자를 받아들어 새로운 황제에게 전했다. 그리고 그의 이마에 성호를 그리고 한 번 입 맞추어 축복했다.

"부디 성군이 되시기를."

황실의 법도나 제국의 일을 잘 알지 못하는 내게도 명백했다. 태후는 패배했고, 새로운 황제의 즉위가 이것으로 완전히 굳어졌다.

황태자, 아니 이제 황제가 된 루크레티우스는 직접 검은 상자를 열고 굵은 금으로 만들어진 인장 반지를 꺼내어 손에 끼었다.

이제 다 끝난 건가? 어째선지 모르지만 긴장이 확 풀렸다. 잘은 모르겠지만 무언가 큰 국면이 하나 마무리된 기분이었다.

그러고 보니까 나를 여기로 부른 이유가 뭐지? 아까 어제 일 때문에 불렀다고 재상이 말했던 것 같은데…….

그 순간이었다. 분하다는 듯 새 황제를 노려보던 태후는 마치 눈앞에서 가장 먹음직스런 고깃덩이를 놓친 하이에나가 지나가던 참새를 보는 표정으로 이쪽을 노려보았다. 표독스럽기 그지없는 눈빛.

뭐, 뭐지?

눈빛의 의미를 제대로 이해하기도 전이었다.

황후가 벌떡 일어나며 나를 가리켰다. 그리고 말도 안 되는, 아니 사실은 맞는 말인 것 같기도 한 소리를 내질렀다.

"저 여자를 구속하여 지하 감옥으로 데려가라! 선황 폐하 시해범의 공범일 거다!"

아, 안 돼!

태후의 목소리가 날카롭게 방 안을 울렸다. 일순 찬물을 쏟아 부은 듯 방 안의 공기가 식어 버렸다. 잠시 움찔하던 시녀들이 몇이 태후의 명을 따르기 위해 내게 다가왔다. 아마도 나를 이대로 잡아 감옥으로 끌고 가려는 것이리라.

부지불식간에 황태자, 아니 황제 쪽을 흘금 보았다. 그는 팔짱을 끼고 감상하듯 내가 궁지에 처한 꼴을 보고 있었다. 뭐야, 그때 도망쳤다고 협력자인 날 이대로 버릴 생각은 아니겠지?

저 남자가 정말로 내게 구원의 동아줄을 내려 주리라 확신할 수는 없었다. 그 전에 스스로 내 목숨을 구하기 위해 움직여야 했다.

나는 그대로 자리에 풀썩 주저앉아 없는 울음까지 짜냈다.

어젯밤 울고 불기를 몇 시간 가까이 반복한 데다 잠도 제대로 자지 못하여 목은 완전히 쉰 상태였다. 화장도 거의 하지 못한 얼굴은 부은 눈과 코 때문에 완전히 엉망이었다. 덕분에 연출이 제법 그럴듯해졌다.

나는 울먹이는 목소리로 폭탄을 내던졌다.

"감옥으로 끌고 가시기 전에 제 말을 들어 주십시오! 전 도망치는 암살자의 얼굴을 보았습니다!"

조금 전의 소란과는 비교도 되지 않는 소음이 불에 기름을 부은 듯 방 안을 가득 채웠다.

"그런……!"

"그게 정말입니까?"

"세상에!"

점잔을 빼던 고귀한 분들이 도떼기시장으로 몰려든 장사치들처럼 난리를 피웠다. 어쩐지 그 꼴이 조금 웃겼다.

나를 감옥에 처넣으라 외치던 태후가 시녀들의 부축을 받아 가며 뒤뚱뒤뚱 다가왔다. 눈빛이 마치 횃불처럼 빛났다.

"흉수의 얼굴을 보았다고?"

나는 두 눈을 똑바로 올려 뜨고, 태후를 노려보며 당당히 선언했다.

"예. 분명히 보았나이다."

그러자 황제가 옆에서 끼어들었다.

"허면 왜 어제는 바로 증언하지 않은 겁니까?"

나는 이번에는 시선을 살짝 옮겨 황제의 가라앉은 녹색 눈동자를 바라보며 목소리를 높였다.

"어제는 이처럼 공식적인 자리가 마련되기 전이었으니까요. 지금처럼 고귀하신 분들의 앞에서 증언할 수 있게 되기를 기다렸습니다. 그래서 명예를 알고 또한 제국에 충심 깊은 분들께, 감히 선황 폐하를 해한 자에 대해 말씀 올릴 수 있기를 바랐나이다."

온 힘을 다해 두 눈으로 의사를 표현했다.

'여기서 날 안 도와주면, 다 불어 버릴 거야.'

난 아픈 거에 약하다고! 어두운 것도 싫어. 하룻밤만 어둠 속에 가둬두고 채찍질해 대면 어제 본 걸 단번에 토해 내고 말 게 분명했다.

내가 눈으로 소리 없이 외친 의사표현이 통한 것은 분명했다. 내내 차분히 가라앉아 있던 루크레티우스의 녹색 눈동자가 작지만 분명하게 흔들리기 시작했던 것이다.

그는 낮게 소리 없는 한숨을 쉬고는 태후가 무어라 입을 열려는 찰나, 한 발 앞서 내게 청했다.

“그럼 부디 말해 주시오. 아바마마의 원수를 갚는 것은 마땅히 유일한 아들로서 짐이 해야 할 일. 그에 도움을 준다면 그대의 용기에 기꺼이 감사하고 또 ‘보상’을 하리다.”

유달리 한 단어에 강세가 주어진 것 같은 것은 내 착각은 아닐 터다. 저 말 아래 깔린 의미는 나도 알았다. 어제 그가 한 말이 자연스레 떠올랐다.

“상을 주지.”

어제의, 상.

그리고 오늘의, 보상.

태후는 황제를 노려보더니 다시 내게로 시선을 돌렸다. 조금 전 나를 감옥에 처넣으라 으르던 것과 180도 달라져 사근사근 달래려 했다. 같은 사람이 맞나 싶을 정도의 태세변환이었다.

황태자도 그렇고, 여기 사람들은 전부 야누스라도 되는 건가?

“그래, 어디 말해 보아라. 그 흉수가 어떠한 얼굴을 하고 있었느냐? 누가 이를 사주했다 말하지는 않더냐?”

무얼 바라고 있는지는 분명했다. 아마도 태후는 내 입에서 황제와 선황의 암살을 엮을 수 있는 단서만 주어진다면 기사회생할 수 있으리라.

하지만 아줌마. 난 당신이 좀 전에 귀신같은 얼굴로 날 끌고 가라고 외쳤던 거 기억하고 있거든요? 갑자기 상냥한 척해 봤자 안

먹혀요.

……그렇다고 저 무서운 황태자, 아니 황제를 온전히 믿을 수 있는 건 아니지만.

"……."

겨우 몇 초 동안 머릿속에서 열이 날 정도로 뇌를 돌려 댔다.

태후와 황제. 어느 쪽 손을 들어 주어야 할 것인가.

여기서 내가 황제에게 유리한 증언을 한다면, 황제의 계승은 태후로서는 손대기 힘들 정도로 공고해질 것이다. 그리고 태후에게 유리한 증언을 한다면, 태후는 마지막으로 판을 뒤집을 카드를 얻을 수 있겠지. 제 아비를 암살한 패륜아, 황제를 그 자리에서 끌어내리기에 이보다 적절한 빌미는 없다.

"……."

고민은 길지 않았다. 현재 이 제국의 주인은 황제다. 선황의 유일한 황자로서 황태자에 책봉된 후계자가 그 자리를 잇는 것은 당연한 일. 적어도 그 정통성에 흠 잡을 부분은 없다. 어젯밤 나만 아는 그 일을 제외한다면.

사실, 어찌 보면 내게 유리해졌다고 할 수도 있다. 나는 그의 약점을 하나 잡은 셈인 거다. 황제의 약점을.

게다가 태후는 이미 조금 전 거의 화풀이에 가깝게 나를 쥐어짜려 했다. 그런 주제에 내 입이 열리자 원하는 답을 얻기 위해 태도를 바꿨다. 그런 이를 위해 황제의 적이 되는 것은 결코 올바른 선택일 리가 없다.

게다가 내가 현 황제가 선황을 암살했다 주장한다 한들, 대체 누가 믿어 주겠는가?

태후조차도 황제가 암살자를 고용하였다 생각할 것이다. 고귀한 황태자였던 그가 직접 손에 피를 묻혀 가며 제 아비를 죽이리라고, 대체 누가 예상할 수 있을까.

이 자리에서 어제 본 것을 그대로 입에 담는 일은 자살행위나 마찬가지였다.

길다면 길고 짧다면 짧은 번민 끝에 입을 열었다. 천천히, 말하며 생각을 확실하게 정리하자. 여기서 한 마디라도 실수하면 끝이다.

"제가 선황 폐하의 침실에 들었을 때 폐하께서는 침대 위에 쓰러져 계셨고, 이미…… 흉수의 칼에 당하신 뒤였습니다."

"그 이야기는 이미 들었어!"

태후는 신경질적으로 외치며 나를 채근했다. 기세가 꽤나 히스테릭하고 위협적이라 결심만 더 굳게 만들어 줬다.

잠시 가로막혔던 말을 심호흡하고 이어 붙였다. 이제 얼마나 그럴듯하게 거짓말을 하느냐가 관건이다.

자기 자신에게 최면을 걸듯이 입을 열었다. 정말 싫어하던 학생주임의 얼굴을 떠올리면서.

"그때 창문이 열려 있었고, 그곳으로 시종 복장을 한 사내가 뛰어내리는 것을 보았습니다."

"실제로 가장 오른쪽 창문이 반쯤 열려 있었지요."

황제는 그렇게 내 말을 받았다.

그러고 보면 창문 여는 거 잊고 나갔는데, 열려 있었다고? 아, 황제가 직접 열고 비밀통로로 나간 모양이다. 그 자리에 있었던 것은 나 빼면 저 남자뿐이니, 내가 한 일이 아니니 그가 했을 수밖에 없다. 생각보다 꼼꼼한 남자인걸?

황제가 굳이 저걸 설명해 준 건, 내게 말을 맞추라는 의미일 터. 고개를 끄덕였다.

"예, 그 창문이었습니다. 그자가 뛰어내리는 찰나, 분명하게 얼굴을 보았습니다."

재상은 초상화가를 불러와 내가 말하는 인상착의를 따라 초상을 그리게 했다. 몽타주 같은 것이려나.

"예, 좀 더 마른 얼굴입니다. 왼쪽 뺨 아래쪽에 점이, 네, 그 정도 크기였습니다. 이마에는 주름이 조금 더 져 있었고요."

나는 성실하게 말로 묘사했고, 그 결과 이역만리 다른 차원의 황궁 한 방에서 우리 학생주임 봉만식 선생님의 꽤 재현율 높은 초상화가 그려지고 있었다.

과연 황궁의 화가다. 내 부족한 설명만으로 실존 인물의 얼굴을 이렇게까지 재현할 수 있다니. 속으로 감탄하며 화가가 내민 결과물을 보며 고개를 끄덕였다.

"예, 이 얼굴이었습니다. 키는……, 황제 폐하보다 두 뼘 정도 작고, 재상 각하보다 한 아름 정도 허리가 굵었습니다."

황제는 순수하게 감탄했다. 그 속에 든 것이 비꼼이라는 건, 이 방에서 나와 황제 본인만 알 수 있을 것이다.

"기억력이 대단하군요."

"과찬이십니다. 아마도 선황 폐하의 도우심이셨겠지요."

"그대가 무사한 것이 참으로 다행입니다. 그 덕분에 부황의 흉수에 대해 제대로 단서를 잡을 수 있었으니 말입니다."

나는 아련하게 웃었다. 저 몽타주는 아마 복제되어 제국 전체를 돌 것이다. 미안해요, 만식 선생님. 그래도 이세계에서 선생님 얼굴이 좀 돌아다닌다고 큰 문제는 없잖아요? 이걸로 선생님이 제 빵 뺏어 먹은 건 갚은 셈 칠게요.

학교 다닐 땐 정말 싫어했지만 이제는 차라리 그리워지는 학생 주임에게 잠시 감사와 사과를 날리고, 다시 내가 처한 현실로 돌아왔다.

이제 선황을 죽인 자는 절대 찾을 수 없을 것이다. 다른 차원으로 넘어가 대한민국 서울로 간다면야 찾을 수 있겠지만, 그게 가능한 일일 리가 없잖은가.

이것으로 나는 약속을 지켰다.

두 눈을 똑바로 들어 그를 바라보았다.

이제 당신 차례야.

그는 초상화를 든 채로 기이하게 웃었다.

아, 그때 그 미소다. 등줄기가 서늘해지는 저, 뱀 같은 표정.

어쩌면 최고로 위험한 선택을 해 버린 것일지도 모른다. 눈을 가린 채 호랑이 등에 올라탄 꼴.

그러나 어찌하겠나. 이미 선택은 끝났고, 죽고 싶지는 않았다.

황제는 다시 얼굴 위로 정 많은 사내의 가면을 둘러썼다. 초상화를 다시 화가에게 넘겨주고 가까이 다가와 내 손등에 키스했다. 살갗에 닿는 입술의 감촉이 차가웠다.

내 손등이 미미하게 떨린 것은, 나와 그 단둘만이 아는 일.

다시 고개를 들어 나를 올려보는 시선은 그의 본성 그대로였다. 마치 가면을 순간순간 바꾸어 끼듯 다른 사람 같은 표정으로, 그는 아비를 죽인 사내와 자애로운 황제를 번갈아 가며 연기했다.

황제도 그렇고 태후도 그렇고, 한국에 데려다 놨으면 대배우들이 되었을 것 같다. 화려한 외모도 그렇고 말이다.

“진심으로 그대에게 감사합니다. 그대의 용기가 아니었다면 누구도 부황의 원통함을 풀어드릴 수 없었을 겁니다.”

“……그저, 해야 할 일을 한 것뿐입니다.”

나는 입술이 바짝 마르는 것을 느꼈다. 이제, 어찌 될 것인가.

그는 두 눈을 똑바로 마주한 채 싱긋이 웃었다. 마치 누군가가 붓을 쥔 손에 힘을 주고 입꼬리를 비틀어 올려 점을 찍은 듯 비뚤어진 미소.

이것이다. 어제의 파티에서 처음 얼굴을 마주했을 때 보았던, 일말의 가식도 없는 차디 찬 뱀 같은 사내. 제 아비를 죽인 패륜아.

나는, 이 남자의 공범자다.

황제의 입에서 날카로운 부름이 울렸다.

“서기관!”

“예!”

방 안에서 대기 중이던 사내가 달려와 테이블 위에 미리 준비한 종이와 펜을 두고 명을 기다렸다.

황제는 내게 일순 내보인 진짜 얼굴을 보란 듯 감추고는 불행한 사고로 아비를 잃고 불시에 제위를 이은, 새로운 황제의 얼굴로 명을 내렸다. 이 명령은 내가 선황 시해범의 얼굴을 안다고 주장한 것 이상의 위력을 가진 폭탄이었다.

"에일 공국의 공녀, 사비나 데 보네피트를 나의 제1황비로 봉한다."

여기저기서 경악 어린 비명에 가까운 외침들이 터져 나왔다.

"황비?"

"황비라니요?!"

"그것도 1황비?"

물론 가장 격렬한 반응을 보여 준 것은 황후, 아니 이제 태후가 된 그 사람이었다. 다른 사람들은 당혹스러움이 주라면, 그녀는 분노까지 느끼고 있는 듯했다.

태후는 부른 배를 안고서 벌떡 몸을 일으켰다. 저러다 현기증으로 쓰러지지 않을까 싶은 격렬한 움직임이었다. 임산부들은 원래 빈혈기도 많다던데.

내 걱정과는 상관없이 그녀는 히스테릭하게 외쳤다. 길게 길러 붉게 칠한 손톱 끝이 나를 향했다.

"아니, 선황 폐하의 시신에 피가 마르기도 전에 그 후궁을 황비로 들이겠다니요?! 이건 패륜입니다!"

황제가 패륜아라는 건 사실 틀린 표현은 아니다. 이유는 다르겠지만.

물론 나는 지금 상황에서 사실을 입 밖에 낼 정도로 정신이 없지 않았다. 그래서 얌전히 입을 다문 채 여기저기로 눈알만 굴렸다.

"……."

어째 여기서 입 잘못 놀렸다가는 목이 날아갈 것 같았다.

떨리는 간을 안고 주변의 분위기를 살피는 사이, 태후는 길길이 날뛰고 있었다.

"게다가 저런 한갓 공녀貢女를 1황비라는 중책에 올리겠다니요! 말이 안 됩니다!"

근데 이 여자, 아까부터 왜 사람을 앞에 놓고 삿대질이야, 삿대질은!

물론 속내를 겉으로 드러내는 일은 없었다. 나는 그저 놀란 얼굴로 눈을 크게 뜨고 황제를 바라볼 뿐이었다. 적어도 놀라움은 진심이었다.

그야 그렇지. 뜬금없이 황비라는데 안 놀라고 버틸 수 있을 리가!

분노로 활화산처럼 폭발한 태후 앞에 나선 것은 재상이라고 불린 노인이었다.

"그 말씀은 옳지 못하십니다, 태후 폐하."

어쩐지 마지막에 붙은 태후라는 호칭에 힘이 들어간 것처럼 들리는 건 내 착각일까? 불에 덴 고양이가 날뛰듯 반응하는 태후를 보니 내 착각이 아닌 것 같다.

"뭐라고요, 재상?"

"전 사실을 말씀드린 것뿐입니다, 태후 폐하."

아, 또 강조해서 말했어.

그러고 보면 저 할아버지 목소리가 진짜 좋다. 마치 성우 같은 저음의 목소리로 유들유들하게 태후를 막아선 재상님은 흰 수염과 백발이 멋진 미중년……이라기보단 미노년이었다.

저 할아버지, 아까도 태후에게 맞서서 황제의 즉위를 노골적으로 도왔다. 물론 황제가 급사한 상황에서 황태자가 뒤를 잇는 건 극히 당연한 일이라는 이유일 수도 있지만, 어째 느낌상 속사정이 있는 것 같다.

서로의 약점을 공략하는 펜싱 선수들의 칼끝처럼 날카로운 말들이 이리저리로 날뛰었다.

"아뢰옵기 황공한 말씀이오나, 마마. 마마께서 선황께서 흉사를 당하신 것을 목격하신 것은 신방에 들어서이시지요?"

나는 고개를 끄덕이며 답했다.

"그렇습니다."

그 역시 마주 고개를 끄덕였다.

"감사합니다. 허면 선황께서는 마마께서 신방에 드시기도 전에 사망하신 것이 됩니다. 이럴 경우 국법상 혼인이 성립되지 않은 것으로 칩니다. 또한 에일 공국에 대한 배려 역시 생각해야 합니다. 이미 공녀를 바칠 의무를 다했으나 선황께서 신방에 드시기도 전에 사망하시었는데, 이제 새 황제께서 즉위하시었다 하여 새로이 공녀를 바치라 함은, 공국에 가혹한 요구가 아니겠습니까?"

하긴 공녀라는 것은 결국 공국에 대한 인질과 마찬가지다. 외교적인 이유로 인질을 이미 들여 놓고 이쪽 사정으로 또 내놓으라 하는 것은 지나치다.

그럼에도 태후는 물러설 기미가 보이지 않았다.

"그런……! 그렇다 하더라도 부친의 여자를 아내로 들이는 법이 어디 있습니까?!"

이번에는 곁에서 고요히 지켜보던 성녀가 나섰다.

"하나 태후 폐하, 이런 경우는 어느 신전에서도 혼인 성립이라 보지 않습니다. 그러니 후궁 마마께선 법적으로도 미혼의 몸이시라 보아야 하지요."

"하지만!"

성녀는 자비로이 웃어 보였다. 미소는 더없이 부드럽고 다정하나, 동시에 누구도 범접할 수 없을 정도로 강한 힘을 내재하고 있었다. 태후조차도 쉽게 부정의 말을 내뱉기 힘들 만큼.

"태후께서 무엇을 저어하시는지 압니다. 갓 제위에 오르신 황제께서 부친의 여인을 탐하였다 안 좋은 소리를 들으실 것은 염려하시는 것이겠지요."

"그, 그렇습니다! 그러니……!"

"걱정하지 않으셔도 괜찮습니다. 본래 가문간의 혼약과 혼인은 혼례 성사 전에 신랑신부 중 한쪽이 사망한 경우, 가문 내의 다른 사람이 이어받는 경우도 많습니다."

"그렇지요."

재상이 내가 봐도 얄밉게 옆에서 역성을 들었다. 그리고 성녀의 결정적인 한마디가 태후를 후려쳤다.

"원칙적으로 보아도 이리 문제가 없으니, 제가 잠시 돕는다면 걱정하실 건 없으실 겁니다."

"돕……는다고요?"

태후의 목소리가 떨렸다.

"예, 제가 신전의 이름으로 두 분의 혼례 성사를 이 자리에서 보아 드리고 축복하였다 공표하면 폐하께서 안 좋은 소문에 시달리실 일은 없을 겁니다."

재상이 손뼉을 쳤다.

"명안이십니다!"

태후의 얼굴이 파랗게 질린다.

어째, 이거…… 삼대일 상황인 거 같은데?

건너편 싸움 구경과 불구경은 꽤나 흥미진진한 법이라, 제법 재밌게 삼대일 싸움을 보고 있었다.

그런데 어째 강 건너편 문제가 아닌 것 같다?

뭔가 이상했다. 나는 그냥 어어어? 하고 서 있었을 뿐이었다. 그러는 사이 나와 황제의 결혼이 매우 당연하다는 듯이 기정사실화되고 있었던 것이다! 나는 빼놓고서!

'자, 잠깐?! 이게 대체 무슨 전개야?'

차마 입을 열지 못했다. 등줄기에 식은땀이 흘렀다.

순간적으로 심장이 오그라드는 듯한 공포를 느꼈다. 황제와 태후가 거의 동시에 나를 뚫어져라 바라보고 있었던 것이다.

그들은 포식자이자 맹수였다.

나는 힘없는 생쥐에 불과하다.

먼저 선수를 쳐 입을 연 것은 태후였다. 누구를 향하고 있는지는 분명했다.

"성녀께서 나서 주신다니 폐하께서 안 좋은 말씀을 들으실 일은 없을 듯하여, 안심입니다. ……하나 말입니다."

한국에서 어쩌다 보던 시사 프로그램의 진행자가 비슷한 말을 할 때면 늘 분위기가 반전되고는 했었다. 스릴러로 말이다. 이번에도 크게 다르지 않았다.

"당사자의 의사를 들어 봐야 하지 않겠습니까?"

일시에 방 안의 모든 높으신 분들 시선이 내게로 꽂혀 들었다.

이, 이거 뭐야?

태후는 마치 먹잇감을 앞에 둔 고양이처럼 발톱을 내밀었다. 뾰족하고 날카로운 발톱이었다.

"당사자인 사비나 데 보네피트의 의사를 무시한 채로 황비에 책봉한다면 너무한 일이 아니겠는가 말입니다."

이건 또 무슨 개소리야? 애초에 여기 공녀로 끌려 올 때 내 의견 물어봤어? 아니잖아! 물어봤어도, 싫다고 했어도 무시했을 거면서, 왜 갑자기 내 의견 운운인데?!

등 뒤로 식은땀이 줄줄 흘렀다. 주변의 모든 시선들이 화살처럼 나를 꿰려고 들었다.

태후가 목소리를 높인다.

"자아, 어서 대답을 해 보련? 네 생각이 어떠한지. 받아들이고 싶은지, 혹은 아닌지?"

소름이 쭈뼛 솟았다.

태후는 분명 웃는 표정이었다. 상냥한 얼굴로 내게 말했다. 그러나 말 속에 숨은 발톱은 당장에라도 내 목을 그어 버릴 듯이 날을 세우고 있었다. 숨 쉬는 것조차 힘에 겨울 만큼, 태후의 기세는 무시무시했다.

한마디로, 그녀는 내게 경고 중이었다.

'네가 만약 황비 자리를 받아들인다면 내 손에 죽을 게다.'

그녀의 눈빛이 말하고 있었다.

순간 정신이 까마득해졌다. 맨몸으로 물에 빠진 듯이 숨이 막혔다. 질식의 공포가 나를 덮치려는 순간.

나를 구제해 주는 손길이 있었다. 이미 알고 있는 손이었다.

큰 손이 내 어깨를 짚었다.

"자아……."

얼떨떨하게 고개를 들자, 보는 것만으로도 혼이 나가 버릴 만큼 잘생긴 얼굴이 눈앞을 가득 채웠다. 어제 책봉식 땐 마치 천국처럼 보였던 얼굴. 그러나 오늘 나는 저 얼굴이 절대 천국 같은 것이 아니라는 사실을 잘 알았다. 모를 수가 없다.

그는 꿀처럼 녹아내릴 듯 미소 지었다. 나는 한기를 느꼈다.

"그러고 보면 내가 순서를 착각하였군요."

"네, 네?!"

얼빵한 내 대답에도 아랑곳없이 그는 내 손을 자연스럽게 잡아 올리고는, 손등에 보란 듯 입을 맞췄다. 비단 장갑 위로 닿는 감촉이 서늘하게 느껴지는 것은 내 기분 탓일까?

"그대를 비로 봉한다 하기 전에 먼저 청혼을 하였어야 하는 것인데. 가녀린 그대의 용기와, 또 아바마마의 원수에 대해 증언하여 준 것에 대해 고마움과 애정을 느꼈소."

참으로 부드럽고 로맨틱한 대사다. 하지만 정작 듣는 나는 기쁨이나 간질거림 같은 정상적인 반응이 아니라, 지독한 불안감과 두려움을 느끼고 있었다.

그가 쐐기를 받았다.

"그러니 나의 비가 되어 주겠소?"

"……."

뭐라고 대답해야 하지?

당혹하여 주변을 둘러보았다. 부드러운 미소를 지은 채 나와 황제를 보고 있는 재상과 성녀. 그리고…… 나를 잡아 죽일 듯 노려보며 웃고 있는 태후.

황제와 태후는 내게 선택을 강요하고 있었다. 그리고 내가 지금 누구를 선택한다 해도, 다른 한쪽은 결코 나를 용서하지도 놓아주지도 않으리라.

태후가 채근했다.

"어찌하겠느냐?"

다시 황제와 태후를 번갈아 가며 바라보았다. 어느 쪽을 선택해도 다른 쪽은 버려야만 한다. 그리고 여기서 내가 선택한다는 것은 저들의 싸움 한가운데로 걸어가는 것과 같았다.

실상, 선택의 여지가 남지 않았다 보아야 했다. 등 뒤는 이미 낭떠러지.

나는 실에 꿰인 인형처럼 입술을 열었다.

"예, 폐하. 청혼을…… 받들겠습니다."

이것으로 나를 둘러싼 모든 구도가 정해졌다. 아군은 정말 아군이라 불러야 좋을지 알 수 없으나, 적은 너무나도 분명해졌다.

3. 황비로소이다

3. 황비로소이다

1황비. 이것은 크렌시아 제국에서 상당히 특이한 위치였다.

황제는 유일하게 제국에서 합법적으로 1명 이상의 아내를 둘 수 있는 자로, 그 정실인 황후는 단순한 황제의 배우자로서만이 아니라 제국의 공동 통치자로서의 위상을 가졌다. 그리고 바로 이러한 사실 때문에 1황비는 황제의 여러 후비后妃들 중에서도 독특한 역할을 가졌다.

당연한 이야기지만 황후는 황제의 총애로 결정되는 자리가 아니었다. 그보다 황실과 유력한 가문과의 가장 강력한 연대를 상징하는 자리였다. 주어진 의무와 권력 역시 막대하였으므로, 황후에게는 자신을 보좌할 수 있는, 절대적으로 믿을 만한 존재가 필요 불가결했다.

이 때문에 황후가 결정되면 거의 동시에 1황비 역시 결정되었다. 보통 황후의 친족 중에서 뽑혀, 그 최측근이자 가장 큰 우군으로서 함께 입궁하게 되는 것이 관례였다.

물론 예외 없이 절대적이라고는 할 수 없었지만, 원칙은 그러했다. 때문에 크렌시아 제국에서는 자매가 함께 황제에게 시집오거나, 사촌자매가 함께 궁에 드는 경우가 유달리 많았다고 했다.

1황비는 당연히 황후가 부재하거나 건강이 악화되어 제대로 업무를 수행할 수 없을 경우 국모로서의 의무를 대행하게 된다.

물론 모든 1황비들이 황후의 제대로 된 우군이었던 것은 아니다. 실제로 현 태후는 본디 1황비 출신으로, 이전 황후를 음모에 빠트려 처형시키고 자리를 꿰찬 여자였다. 반면 황후를 대행하여 황후와 황후 소생의 자식들을 철저하게 보호한 황비들도 역사상 존재했다.

결국 황실 내부의 굴곡은 1황비가 결정한다 보아도 좋았다.

그렇게 중요한 자리임을 똑똑히 아는 이상, 묻지 않을 수 없었다.

"대체 왜 날 황비에 봉한 거죠?"

얼굴만 잘생긴 패륜 황제, 나의 남편 루크레티우스. 황비 자리에 관한 세세한 설명을 우리의 공식적인 첫날밤 침실에서 친히 늘어놓아 나를 미치고 팔짝뛰고 싶게 만든 남자는 해사하게 웃으며 간단하게 답했다.

"그냥."

아, 나만 미친 게 아니었구나.

"진짜로 미쳤어요?!"

나는 비명처럼 외쳤다. 그리고 너무 크게 들린 것 같은 내 목소리에 소스라치게 놀라 주변을 둘러보았다.

다행히 이곳은 후궁에 마련된 1황비를 위한 침궁. 지금 이 방 안에 있는 것은 나와 황제뿐이다. 황제의 침실 정도는 아니지만 주변에 작은 방들이 곁방으로 붙어 있는 구조라 이 정도 크기의 목소리가 밖으로 새어 나갈 염려는 하지 않아도 될 것이다.

황제, 즉 루크레티우스는 무표정한 얼굴로 침대 근처 테이블에 앉아 내가 방방 뛰는 꼴을 구경하고 있었다.

"무슨 말이라도 해 봐요!"

"뭘?"

"변명이든, 설명이든!"

그는 살짝 미간을 찌푸리더니 손에 들고 있던 주석 잔을 테이블 위에 쾅! 하고 내려놓았다. 소리가 제법 살벌해서 순식간에 간이 쪼그라들었다.

먼저 기선을 제압한 남자는 그대로 천천히 몸을 일으켜 내게로 다가왔다. 이미 기를 눌려 버린 나는 무의식적으로 그가 한걸음 다가올 때마다 한걸음 뒤로 주춤거리며 물러섰다. 그대로 밀려가다 정신을 차리니 등을 차가운 벽이 막고 있었다.

식은땀을 줄줄 흘렸다. 나 미쳤나?

지금 내 눈앞에 있는 남자는 자기 아버지를 제 손으로 죽인 사람이다. 게다가 그는 오늘로서 제국의 주인이 된 인물. 나 같은 것 하나 정도야 얼마든지 입막음을 위해 한손으로 처리해 버릴 수 있다.

내가 졸아붙어 소심하게 올려다보자, 루크레티우스는 그제야 만족스러운 듯 웃었다.

아, 정말 잘생기긴 겁나게 잘생겼다. 어제 내 목에 닿던 칼날의 감촉을 기억하지 못했다면 아마 저 외모에 홀렸을지도 모르겠다.

나는 무의식적으로 머릿속에 떠오른 말을 그대로 입 밖으로 흘려 버렸다.

“그, 그렇게 웃어도 나 안 넘어가요.”

“…….”

……방금 나 뭐라고 한 거지? 내가 정신이 나갔나? 내 정신아, 아직도 안 돌아왔니?

그대로 바닥까지 졸아붙을 것 같은 기분으로 다시 눈을 들었다.

그때였다.

“풋, 크하핫!!!”

시원스런 웃음소리가 방 안을 울렸다.

그는 전생에 못 웃고 죽은 귀신이 붙은 사람처럼 한참 동안 웃어젖혔다. 그런데 목소리가 너무 맑고 유쾌해서, 나는 저 정도로 잘생긴 인간은 웃음소리도 잘생겼구나…… 하는 의미 불명의 감탄만 하고 멍하니 서 있었다.

그는 너무 유쾌하게 웃은 나머지 눈꼬리에 맺힌 눈물을 새끼손가락으로 훑으며 낮게 감탄했다.

“그대는 내가 상상 못할 말들만 골라 해 대는 재주가 있어.”

“웃기기라도 하시니 다행이네요.”

“제법 비꼬기도 하고 말이야.”

그대로 고개를 돌렸다. 대체 어쩌라는 것인지 모르겠다.

잘생긴 얼굴이 표정도 풀고 있는 걸 보자 다시 간덩어리가 부어올랐다. 일단 지금 처한 상황 정리는 제대로 하고 넘어가야 한다. 다시 낮은 목소리로 항의를 시작했다.

“황비는 무슨 놈의 황비예요?”

“……감사가 먼저 아닌가?”

“감사? 무슨 감사요?”

"그대를 황후, 아니 이제 태후지. 태후의 손에서 완전히 끄집어 내 줬으니 말이야. 게다가 지옥 밑바닥에서 천국으로 끌어올려 주었지. 감사 정도는 받아야 수지가 맞지 않아?"

"뭐라고요?"

그는 다시 테이블로 돌아가 의자에 앉더니, 내려두었던 잔을 다시 들어 올려 휘휘 돌리며 향을 음미했다.

도저히 부자 같지 않았는데 바로 어젯밤 선황이 내 앞에서 한 행동과 엇비슷했다. 부자는 부자라는 건가. 차이가 있다면 돼지 선황은 느끼하고 혐오스러웠지만, 그가 하니 그럴듯해 보인다는 것이다. 역시 사람은 잘생기고 볼 일이다.

그는 잔을 들지 않은 손으로 스스로를 가리키며 단언했다.

"일흔 살 노인의 열다섯 번째 첩에서, 이처럼 젊고 잘생긴 황제의 첫 번째 비가 된 거야. 게다가 황후마저도 아직 없는 유일한 아내야. 인생역전이지. 감사할 만하지 않나?"

어이가 없어 그의 질문을 되돌려 주었다.

"이게 당신이 말한 상인가요?"

그는 고개를 주억거렸다. 더욱 어이가 없어졌다.

나는 치맛자락을 싸쥐고 성큼성큼 다가갔다. 그리고 그의 손에서 잔을 빼앗아 가득 채워진 이름 모를 술을 단숨에 마셔 버리고, 빈 잔을 테이블 위로 내려쳤다.

—탕!

"상을 주려면 말이죠! 최소한 받을 사람에게 이런 상을 받고 싶냐고 물어는 봐야 할 것 아니냐고요! 누가! 이런 상! 받고 싶다고 했냐고!"

비로소 남자의 얼굴에 진심으로 당황한 감정이 떠올랐다.

아, 기분 좋다. 처음으로 한 방 먹였어.

직접 손을 뻗어 은으로 만든 호리병을 들어 올려 방금 비운 잔을 다시 채웠다. 금빛 액체가 한가득 차오른다. 술은 독한 것 같았지만 믿어지지 않을 만큼 달고 향기로웠다.

"당신! *인간관계* 제대로 쌓아 본 적 없지!"

"뭐? *인간관계*? 그게 뭐지?"

"그 따위로 배려 없이 제멋대로 굴면 누가 뭐라고 안 해요? 그래 가지고 나중에 사회생활은커녕, *고등학교*에서도 *왕따* 되기 십상이라고요. 아, 얼굴은 되니까 그 정도는 아니려나."

술은 아주 술술 들어갔다. 루크레티우스는 황당한 얼굴로 '*고등학교?*', '*왕따?*'등등 되지 않는 발음으로 내가 취중 실수로 흘린 한국어를 따라하고 있었다.

말이 말을 끌어내고 술이 술을 잡아당겼다. 술병이 바닥을 드러낼 즈음 조금씩 혀끝이 무거워졌다. 그래도 손은 부지런히 술을 입으로 날랐고, 입은 성실하게 술을 들이켰다.

나는 한국에서 합법적으로 술을 마실 수 있는 나이가 되기 전에 이곳으로 떨어졌다. 에일 공국에서는 늘 긴장하고 실수하기 않기 위해 애쓰고 있던지라, 간단하게 반주로 나온 와인을 맛만 본 것이 전부다. 이렇게 본격적인 음주는 사실상 처음이다. 그러니 내 주량을 알고 스스로 자제하는 것은 불가능했다.

이것이 이날 모든 비극의 원인이라 하겠다.

루크레티우스는 결국 참지 못하고 술잔을 빼앗아 들었다.

"그만하지."

나는 탐닉하던 술을 빼앗아간 원흉을 표독스럽게 노려보았다. 상대는 그 전날과 오늘 사람을 스트레스 받아 미치고 팔짝 뛰게 만든 당사자이기도 했다. 즉 내 분노가 오롯이 향하기에 딱 적당한 대상이었다.

한국에서 이런 말을 들은 기억이 있다. 술은 악마의 선물이라던가. 악마가 술 빚을 포도를 기를 때, 그 뿌리에 양과 원숭이, 사자와 돼지를 죽여 거름으로 주었다고 했다. 그래서 사람이 술을 마시면 양처럼 온순했다가, 원숭이처럼 떠들며, 곧 사자처럼 난폭해졌다가 마지막으로는 돼지처럼 더러워진다고.

나는 그 순서를 정확하게 따랐다.

양처럼 온순한 건 평소에 그랬다고 치고, 원숭이처럼 떠들다가 저 인간에게 술잔을 빼앗겼다. 그러니 이제 사자 차례였다.

나는 사자처럼 분노하며 외쳤다.

"내 술! 내 술 내놔!"

"그만 하라고 했……!"

루크레티우스가 진심으로 화를 내려던 차였다. 나는 이미 분노로 눈앞에 아무것도 보이지 않는 상태였다. 결국 나는 성난 사자가 되었다.

……한마디로 술잔을 빼앗아 든 루크레티우스의 손에 달려들어 손등을 깨물었다는 소리다.

"억!"

아픔 자체보다 경악의 비중이 높은 비명소리가 울렸다. 하긴, 고귀한 황제께서 술 취한 여자에게 깨물린 경험이 또 있을 리 없다.

루크레티우스가 당혹하여 떨어뜨린 술잔은 내가 잽싸게 잡아채어 다시 가져왔다.

그리하여 다시 분노의 사자후를 내질렀다.

"내 술이야!!"

"……."

이빨 자국 선명한 손등을 쥔 채, 황제는 당혹감을 넘어 불가해한 생물을 보는 듯한 눈을 했다. ……나라도 그러겠다.

나중에 이때를 떠올리면, 내가 대체 무슨 생각으로 저런 짓을 한 건지 모르겠다. 신방에 놓인 술병을 거의 혼자 아작 내고는, 패악을 부리다가 술잔을 빼앗겼다고 황제의 손을 깨물다니.

그러나 재앙은 아직 끝나지 않았다.

술에 취하면 마지막에는, 돼지처럼 더러워진다고 하지 않았나.

이미 주량을 한참 전에 넘기고도 계속 마셔댄 대가가 뒤늦게 왔던 것이다. 구토감이 확 치밀었다.

"읍!"

루크레티우스의 얼굴빛이 회색이 되었다. 태어나서 처음 경험하는 꼴을 당하는 중인 그보다, 본능적인 욕구에 몰린 내 쪽이 더 빨랐다. 나는 술잔을 떨어뜨리고 그대로 앞으로 고꾸라지며 루크레티우스의 소매와 옷자락을 붙잡았다.

"자, 잠깐만……!"

황제의 진심 어린 비명이 울렸으나, 이미 늦었다. 나는 이미 돼지가 되어 있었다.

"우웨에에에엑!!"

"……."

루크레티우스의 어딘지 모르게 해탈한 듯한 표정을 끝으로 시야가 암전했다.

아마도 그대로 쓰러져 버린 거겠지.

가장 큰 문제는, 모든 일이 끝난 뒤 숙취로 지끈거리는 머리를 안고 눈을 뜬 내 머릿속에 그 추태가 고스란히 남아 있었다는 사실이었다.

다음날 아침, 이름 모를 새가 지저귀는 소리에 눈 뜬 나는 홀로 침대에서 소리 없는 비명을 질러야 했다.

'세상에! 미쳤어!! 미쳤어!!!'

아침에는 어젯밤에 이은 참사가 하나 더 있었다. 막 숙취에 절은 채 눈을 뜨고 쪽팔림에 이불을 차다가, 실수로 같은 침대 끄트머리에 누운 그를 걷어차는 불상사까지 벌어졌다.

덕분에 폭력적인 방법으로 잠에서 깬 그는 무시무시한 눈으로 나를 노려보았다.

어젯밤에 한 짓과 또 저지른 실수까지 더해지자, 입이 있어도 할 말이 없는 상황이긴 했다.

아, 죽어라. 어제의 나.

그는 시녀들에게 나와 아침 식사를 함께 하겠으니 준비하라며 명을 내리고는, 현실을 부정하며 이불 속으로 파고드는 나를 직접 끄집어내어 푹신한 양탄자 위로 내던져 주었다.

다행히 양탄자가 푹신해서 다치지는 않았다. 잘 보니 어제와는 다른 양탄자가 깔려 있었다. 아마 내가 더럽힌 걸 새 걸로 갈아 놓은 모양이다.

……다시금 그대로 접시물에 코 박고 죽고 싶어졌다.

그런데 이 인간이 내 발에 걷어차였다는 건, 어제 같은 침대에서 잠들긴 한 모양이다. 그 유명한 '손만 잡고 잔다'는 상황인가.

물론 이 경우엔 손도 안 잡고 잤다에 가깝겠지만 말이다.

지금 우리가 떠들고 있는 장소는 황비궁의 3층 테라스로, 내 궁에서 밤을 함께 보낸 그가 이곳에서 조반 역시 함께 하겠노라 명을 내린 것이 오늘 아침의 일.

시녀들은 그의 명령으로 상을 차려 놓고 테라스 밖으로 물러나 있었다. 덕분에 허심탄회한 공범자들의 대화가 이루어질 수 있었다.

갑작스런 제위 계승과 그로 인한 뒤처리로 정신이 없는 황궁은 오늘 아침 그의 명령으로 다시 한 번 발칵 뒤집혔을 것이다. 황제와 황비의 식사를 준비하느라 궁 전체가 난리법석인 것은 나도 알 수 있을 정도였다.

주변의 사람을 모두 물려 놓은 채, 선황제 암살범 겸 황제와 그 공범자 겸 황비가 비밀스런 회담을 나누는 중이다.

막상 그 회담의 내용이라는 것이 여러모로 핀트가 어긋났다는 것이 문제였지만 말이다. 갓 결혼한 부부의 달콤한 밀담은 결코 아니고, 그렇다고 암살범과 그 공범의 음습한 대화라기에도 조금 달랐다.

나는 길게 심호흡을 했다. 겨우 이틀 보았을 뿐이지만 이 남자는 절대 보통이 아니다. 아, 그건 당연했다. 자기 아버지를 제 손으로 저 세상으로 보낸 남자가 평범한 남자일 리 없으니. 이 남자의 패턴에 말려 들어가면 안 된다.

히, 히, 후—.

어쨰선지 무의식에 남은 박자대로 심호흡을 한 뒤, 눈을 반짝 떴다. 가증스러울 정도로 잘 빠진 얼굴의 사내가 나를 빙긋이 웃으며 보고 있다. 나는 입을 열었다.

"장난치지 말아요."

"장난이라니 무슨 장난?"

그는 메인 요리인 바싹 구운 뇌조의 날개를 집어 올렸다. 새끼손가락이 슬쩍 들린 자세가 더할 것도 뺄 것도 없이 우아하기 그지없다.

나는 이를 갈며 그를 따라 새고기를 뜯었다. 물론 그처럼 우아한 자태가 물 흐르듯 자연스럽게 배어 나오지는 못했다. 그래도 딱히 책잡을 정도는 아닌 수준. 그는 이를 확인하고 빙긋 웃었다.

"그래도 에일 공작이 준비는 꽤 시킨 모양이군."

나는 대답하지 않았다. 내가 지난 1년 여간 뼈 빠지게 공부한 모든 예법은 에일 공국에서 사용하는 예법과는 달랐다. 그보다 더욱 엄격해서, 나는 그저 원칙과 현실 사이의 차이 정도라고만 생각했었다.

황궁에 와서 나는 그들이 나를 만나자마자 이곳에 보낼 목적으로 모든 것을 준비했다는 사실을 다시 한 번 확인할 수 있었을 뿐이다. 내가 에일 공국의 보네피트 가문의 성에서 익힌 모든 예법은 크렌시아 제국 황실의 것이었다. 지금 그걸 아주 잘 써먹고 있기는 하지만, 이걸 가지고 그 인간들에게 감사하기에는 내 배알이 뒤틀렸다.

"참으로 현명한 공작이야."

"그렇죠. 정말로 머리가 잘 돌아가시는 분이죠, 내 아버님은."

그도 나도 있는 힘껏 이 자리에 없는 상대를 비꼬아 주며 잠시 동질감을 느꼈다. 정말 잠시간의 동질감이었을 뿐이다. 나는 그가 또 아무렇지 않게 대화 주제를 돌리려 한 것을 다시 잡아챘다.

"친히 내게 1황비가 얼마나 중요한 자리인지 설명해 주셨으니, 그 막중한 자리를 내 어깨에 올려놓은 이유도 제대로 설명해 주세요."

그는 깨끗하게 살이 발라진 뇌조의 뼈를 접시 위로 떨어뜨리며 어깨를 으쓱했다.

"이미 말했잖아? 충동적인 결정이었어."

나는 고개를 저었다.

"그 중요한 황비 자리에 충동적으로 나를 데려다 앉혔다고요? 내가 바보로 보이세요?"

그는 낮게 웃었다. 그리고 손가락에 묻은 기름을 곁에 놓인 흰 대야에 씻으며 고개를 갸웃한다.

"글쎄, 바보인지는 모르겠지만……, 적어도 하나는 분명하군. 그대가 대단한 주정꾼이라는 거 말이야."

황제의 손등에 아직 남은 내 이빨 자국이 선명하게 드러났다. 일부러 드러낸 것이 분명하다!

"……."

손에 들고 뜯던 새 날개가 미끄러져서 접시 위로 뚝 떨어졌다.

아, 진짜 죽고 싶다. 죽어라, 어제의 나!

내가 진지하게 새 날개가 똑 떨어진 접시에 코를 박으면 죽어서 이 민망함에서 벗어날 수 있지 않을까 하고 고민하는 사이, 그는 다시 빙긋빙긋 웃으며 말을 이었다.

"왜 내가 충동적으로 행동하지 않았으리라 생각하지?"

힘 빠진 목소리로 대꾸했다.

"말이 안 되니까요."

"말이 안 된다라. 우리 똑똑하신 황비께서 좀 더 자세히 설명해 주시지 않겠나?"

아침 햇살 때문일까? 황제의 녹색 눈동자 속에 희미한 노란 빛이 감돌았다. 마치 먹잇감의 위치를 파악하는 고양잇과 짐승의 것 같기도 했고, 또아리 안에 생쥐를 가둔 뱀의 눈빛으로도 보였다.

어느 쪽이든 내 자리는 명확하다. 생쥐가 아무리 달려도 맹수나 뱀에게서 벗어나기란 결단코 쉬운 일이 아니다. 나는 신중하게 첫발을 떼었다.

"당신은, 철저하게 계산하고 선황을 죽였어요."

"호오……."

"아마 누구도, 심지어 당신이 그 황제 암살의 배후이길 간절히 바라고 또 확신하고 있을 태후조차도 당신이 직접 움직여서 황제의 등에 칼날을 박았을 거라고는 생각 못할 거예요. 그러니 내가 봤다는 암살자와 당신 사이의 연결고리를 찾을 생각만 하겠죠. 나도 직접 본 게 아니면 절대 안 믿었을 테니까 당연해요."

루크레티우스의 목소리가 날카롭게 파고든다.

"보통 내가 직접 손을 썼다는 부분에서 충동적으로 분노를 못 이겨서 그리한 거라 생각할 텐데."

나는 고개를 저었다.

"그럴 수도 있겠죠. 하지만 어제 당신이 사용한 비밀통로를 보니까 알 것 같더군요. 그런 중요한 걸 다른 사람에게 알려 주는 건 위험한 일일 거예요. 그러니 당신은 그 비밀을 지키기 위해서 직접 나선 걸 거예요. 물론 어디까지나……, 내 생각이지만요."

그는 계속해 보라는 듯 고개를 모로 끄덕였다.

왠지 욱했지만, 자리를 뒤엎거나 하지는 못했다. 우리가 처음 만나 공범자가 된 이후, 단 한순간도 칼자루가 내 손에 쥐어진 적이 없었다. 늘 저 남자의 손에 있었다.

"나를 살려 준 것도 철저한 계산 끝에 내린 결정이었죠. 당신은 나를 통해 황제의 시체가 바로 발견되도록 계획을 바꿨어요. 아마 당신이나 죽은 황제 정도만이 알 것이 분명한 비밀 통로를 통해 거처로 돌아갔을 거고, 아무렇지도 않은 얼굴로 당신의 침실에서 아버지의 부음을 들었을 테니까. 그걸로 오히려 원래 계획보다 확실한 알리바이를 확보한 거죠."

그는 차게 웃었다.

"한 가지는 다르군. 침실이 아니야. 서재였지."

"그 창문, 당신이 열어 둔 건가요?"

"그래. 네가 잊고 갔으니까. 대신해 준 감사는…… 이번에도 하지 않겠군. 황비 자리를 선물한 것에도 감사하지 않고 화낸 여자니까 말이야."

나는 팩 고개를 돌렸다.

"그건 감사하도록 하죠. 내가 깜빡한 걸 대신해 준 거니까."

"이런, 감동적인걸."

그의 비꼼은 꽤나 과장된 말투였다. 접시 위에 떨어뜨린 뇌조 조각을 다시 집어들며 확인했다.

"서재라는 것 말고는 맞춘 거군요?"

"그렇다고 볼 수 있군. 아, 그리고 오늘 새벽에 황궁 외곽의 정원에서 암살자가 쓰고 버려둔 것으로 보이는 시종 복장이 발견되었어."

입을 떡 벌렸다.

"대단하네요."

순수한 감탄이며 또한 경악이었다. 그사이에 내 증언에 대한 증거를 마련해 두다니.

"이것으로 그대의 증언은 증명되었어. 그러니 그대의 공은 누구도 부정할 수 없는 사실이 되었지. 그 공에 대한 상으로, 그리고 용기에 반해, 나는 그대를 나의 비로 삼은 거야."

그의 목소리는 마치 꿀처럼 달콤했다. 하지만 그 금빛 액체는 결코 꽃잎이 흘린 것 따위가 아니라, 뱀의 독니에서 샘솟은 것이었다.

나는 속지 않았다. 저렇게 차가운 눈으로 밀어를 속삭인다고 한들 어떻게 믿을 수 있을까.

"—라는 게, 공식적인 명분이라는 거군요."

그는 날카롭게 입술 끝을 말아 올린다.

"그대는 정말 위험할 정도로 똑똑하단 말이야."

나는 직구를 던지기로 했다. 이대로 계속 끌어 봤자 저 남자의 페이스로 질질 끌려 다니다 끝나고 말 것이다.

"그래서 나를 죽일 셈인가요?"

녹색 눈빛에 이채가 서렸다. 그는 고개를 살짝 들고 나를 잠시 지그시 바라보았다. 아득한 무표정. 그리고 다시 미소의 가면을 두르고 내 질문에 질문으로 답을 주었다.

"왜 그렇게 생각하지?"

"……난 당신의 가장 큰 약점을 아니까요."

"그건 맞는 이야기야."

그는 흔쾌히 고개를 끄덕였다. 그러고는 별안간 자리에서 몸을 일으켰다.

나는 화들짝 놀랐다. 도저히 감정을 제대로 숨길 수가 없었다. 이 남자는 언제나 나의 예상과 기대를 벗어나 행동하고는 했던 것이다.

그는 완전히 굳은 내 곁으로 성큼성큼 다가와 거의 닿을 듯이 고개를 숙였다. 녹색 눈동자가 시야를 가득 좀먹으려 들었다.

"그 일을 너무 자꾸 들먹이지 않는 게 좋아."

"……."

"계속 자극하면, 살아 있는 사람 중 나를 제외하면 네가 그 일을 알고 있는 유일한 사람이라는 걸 자꾸 떠올리게 되어 버리거든. 그러다 보면…… 결국 네 말대로 될지도 모르니까 말이야."

"경고……인가요?"

그는 손끝으로 내 귀밑머리를 감아 귀 뒤로 넘겨 주며 속삭였다.

"아니, 충고야."

"……유념하죠."

"그대가 현명해서 다행이야."

그는 다시 천천히 자신의 자리로 돌아갔다. 그리고 다시 상큼하게 웃었다.

"하던 대화를 계속할까? 그래, 그럼 이제 그 똑똑한 머리로 그저 기다리기만 하면 제위가 굴러 들어올 위치에 있는 내가 굳이 황제를 죽인 이유를 짐작해 보지 않겠나?"

"그 일을 들먹이지 말라고 한 건 당신이에요."

"내가 먼저 물었잖아? 그건 괜찮아."

"……."

아, 정말 제멋대로다, 이 남자.

나는 다시 머리를 이리저리 연기가 날 정도로 굴렸다.

어젯밤 신경질적으로 내게서 선황의 죽음과 황제를 연결시킬 증언을 얻어 내고 싶어 했던, 그리고 황제의 출생을 빌미 삼던 황후는 누가 보아도 수태 중인 몸이었다.

"태후께선, 아마 당신의 생모가 아니신 것 같더군요."

"그렇지."

"그리고 지금 수태 중이시구요."

"정확해."

계모가 자신의 뱃속 아이가 아들이기를 바라며 장성한 의붓아들을 공격하려 드는 것은 흔한 이야기다.

"어이없는 이야기지만, 선황은 진심으로 그 여자를 사랑했거든. 그 속살거림에 속아 자신의 정처를 죽일 정도로."

어제 태후와 황제가 한 말을 생각하면, 선황과 태후가 합심하여 죽음으로 몰고 간 이전 황후는 아마도 그의 생모일 것이다.

루크레티우스가 고개를 들었다. 재밌다는 듯이 눈이 빛났다.

"그러고 보니 어젯밤 그대는 흥미로운 이야기를 했었지."

"예?"

"상을 주려면 원하는 것이 무엇인지 물어봐야 한다고."

"말하면, 들어주실 건가요?"

"그럴 수도 있어."

입술이 바짝 말랐다. 나는 코앞에 내려온 실낱같은 희망을 도저히 버릴 수가 없었다. 눈앞의 사내가 결코 믿을 만한 자가 아님을 알면서도, 나는 무언가에 홀린 듯 진짜 바람을 토해 냈다.

"황궁에서 나가고 싶어요."

"호오?"

"보네피트니 뭐니 하는 이름도 다 벗고 그냥 평범하게 살기를 바라요. 그러니 여기서 나갈 수 있도록 도와주세요."

그는 매우 흥미롭다는 듯 제 날렵한 턱을 손끝으로 매만지며 중얼거렸다.

"의외로군. 아니, 어찌 생각하면 예상할 수 있는 대답이기는 해. 그대는 여기 팔려 온 거니까."

나는 잔뜩 긴장하여 그를 바라보았다.

"들어주실 수…… 있나요?"

아마도 내 목소리에서 간절함을 지우기는 힘들 것이다.

이 살얼음판에서 하루라도 빨리 도망칠 수 있기를 바랐다. 또 가능하다면 집으로 돌아갈 방법도 찾고 싶었다.

그가 던진 전혀 의외의 말이 내 말문을 막히게 했다.

"여기를 나가면, 갈 곳은 있나?"

"……."

어찌 답해야 할까.

갈 곳. 있다는 것도, 없다는 것도 틀린 말은 아니다. 당연히 고향으로, 집으로 돌아가고 싶다. 그곳이야말로 말 그대로 내가 갈 곳이다. 그러나 돌아갈 방법이 과연 있는가를 묻는다면 바로 대답할 수 없었다.

이곳에 떨어진 뒤 지금까지 1년여 간 이 세계에 적응하기 위해 노력하느라 모든 힘을 다 쏟았다. 그 탓에 다른 세계로 가는 방법에 대해 생각하거나 알아볼 여력은 없었다. 과연 돌아가는 것이 가능하기는 할까.

새삼 가슴이 답답해졌다.

내 고민과는 상관없이, 질문한 당사자는 합당한 대답을 원하고 있었다. 그러나 과연 이 사람에게 내가 이세계에서 온 사람이며, 그곳으로 돌아가고 싶다고 말해도 좋을 것인가. 누구나 우선 내가 미치지 않았나부터 걱정할 거다. 그리고 이 인간이라면, 아마 내가 정신병자라 쓸모가 없다고 판단하자마자 바로 죽여 버릴지도 모른다.

당장은 어느 쪽이라고 명확한 판단을 내리기 어려웠다.

결국 애매모호하게 논지를 흐리는 답밖에 내놓을 수 없었다.

"……그건 폐하께서 신경 쓰실 부분은 아니지요."

그는 한 번 흐리게 웃었다. 어쩐지 비틀린 미소.

"그렇게 나오는군."

루크레티우스의 두 눈이 가늘어졌다. 예리하게 갈린, 날카로운 눈빛.

이 남자는 의심하고 있다. 숨 쉬는 것처럼 타인을 재고 의심하고, 이용하는 것에 익숙한 사람이다. 나는 그에게 내가 다른 세계에서 온 사람이라는 말을 하지 않은 것이 옳은 선택이었다고 새삼 깨달았다. 섣불리 믿고 속에 든 말을 해 줄 상대가 아니다.

루크레티우스는 씨익 미소를 덧그렸다. 어딘지 모르게 피비린내

나는 미소.

“하나만은 알겠군. 그대에게는 돌아갈 곳이 있어. 그리고 간절히 돌아갈 수 있기를 바라고 있지.”

“글쎄요. 폐하께서 속단하신 걸지도 모르죠.”

“에일 공작이 제 친딸 대신 어디에서 온 지 모를 여인을 양녀로 들여 후궁에 보낸다는 소식을 들었을 때는, 아마도 인정하지 않던 서녀를 급하게 인지해서 보내는 거라 생각했지. 실제로 그런 경우도 꽤 많고 말이야.”

나는 고집스럽게 입을 다물었다.

“그런데 그대를 보니까 알겠군. 그대는 공작의 혈족이 아닌 것 같아.”

“…….”

“에일 공작은 드문 검은 머리를 가지고 있지. 그래서 난 처음 그대를 파티에서 보았을 때 그대가 에일 공작의 서녀이려니 했어. 머리색 말고는 닮은 데가 없기는 하지만, 어쨌건 그 머리색은 드문 거니까.”

그는 접시에 남은 호박과 적양파를 고양이가 생쥐를 놓고 장난치듯 툭툭 건드리며, 받아 주는 이 없는 말을 이었다.

“외모도 제국인이나 대륙 북쪽의 이들과는 너무 달라. 그렇다고 남쪽의 제노아 같은 사막 민족과도 다르지. 솔직히 내 견문이 적다고는 못하겠지만, 그대와 같은 외모는 본 적이 없어.”

그는 TV에서 본 프로파일러인가 하는 사람들처럼 나를 놓고 눈빛으로 해부하며 분석하여 늘어놓고 있었다. 소름이 돋는 건, 그게 의외로 많이 맞아떨어진다는 사실이었다.

“행동거지도 분명히 지체 낮은 이는 아니고 교육은 잘 받은 듯하지만, 몸에 완전히 익지 않았어. 아마도……, 아예 다른 문화에서 교육 받고 자란 듯하군. 천한 신분을 데려다가 가르쳤다기보다는, 문화와 예법이 전혀 다른 곳의 사람을 데려와 교육한 듯한 느낌이야.”

“…….”

정말로 예리하다, 이 사람.

절로 등줄기에 식은땀이 죽 흘렀다. 그는 마치 내 반응에서 자기 분석의 정확성을 확인하기라도 한 것처럼, 자신만만하게 웃었다.

“……그러니, 아마도 그대는 돌아갈 곳이 있을 거야. 애초에 나가게 해 달라는 말부터가 그래. 내가 알기로 그대의 근거지는 에일 공국뿐이야. 그런데 에일 공국으로 돌려보내 달라는 게 아니라, 황궁에서 내보내 달라고 했지. 그 말은 제국이나 에일 공국이나 그대에게는 똑같다는 의미야. 어째서 에일 공국의 공녀로 보내졌는지는 모르겠지만, 거기가 돌아갈 곳이 아닌 건 분명해 보이는군. 여하튼 중요한 건 하나야. 정확히 어디인지는 모르겠지만, 그대는 이곳을 나가 돌아갈 곳이 있어.”

나는 항복처럼 한숨을 쉬며 긴 말에 대답을 주었다.

“……말해도, 폐하께선 믿어 주시지 않을 거예요.”

“뭐?”

그의 미간이 일그러졌다. 말로 표현할 수 없는 폭언을 들은 듯한 반응이었다.

그는 목소리를 낮추어 짧은 한마디를 던졌다. 위협처럼.

“내가 믿을지 믿지 못할지는 다음 문제야. 지금 문제는 그대가 숨기려 드는 게 있다는 거지. 내게 무언가를 요청하면서, 제대로 설명조차 해 주지 않을 참인가?"

정말 말해도 되려나? 믿어 줄까?

원체 기세가 흉흉했다. 이 인간은 바로 어젯밤 내 눈앞에서 자기 아버지를 찔러 죽인 인간이다. 이 일로 내가 위험하다고 인식하기 시작하면, 난 내가 죽는 줄도 모르고 저세상으로 가야 할지도 몰랐다.

나는 길게 한숨을 쉬며 그에게 다짐을 받았다.

"그러면……, 폐하. 한 가지만 약속해 주세요."

"뭘 약속하라는 거지? 말하기도 전부터 말이야."

"제가 이제부터 할 말을 듣고 제가 미쳤다거나 농담한다고 생각하지 말아 주세요."

루크레티우스의 얼굴에 떠오른 표정은 의문이었다. 내가 왜 이렇게까지 진지하게 반응하는지 모르겠다는 표정.

어찌 되었건, 그는 고개를 끄덕였다. 나는 조마조마한 가슴을 안고 고백했다.

"전…… 다른 세계에서 왔어요."

침묵이 길게 내려앉았다.

황제의 얼굴을 지배한 감정이 무엇인지 가늠할 수 없었다.

당혹? 의심? 그 정도면 차라리 나으리라. 애초에 내 이야기는 듣는 사람으로 하여금 정신건강을 의심케 해도 할 말이 없을 내용이었으니까.

솔직히 저 인간이 '내가 미친 여자를 황비로 들였다니.'라고 말하면서 나를 어디 골방에 처박지나 않으면 다행인 상황.

긴장감이 목 끝까지 차올랐다. 남자는 계속해서 시선으로 나를 해부할 기세로 바라보았다. 한참 만에 그의 입에서 나온 말은 간단하고 가차 없었다.

"……눈빛이나 행동을 보면 미친 사람 같지는 않은데."

"……않은데?"

그는 손을 들어 제 관자놀이 부근에서 뱅뱅 돌렸다.

"혹시 침착하게 미친 건가?"

역시!

나는 입술을 깨물며 날카롭게 받아쳤다.

"황제 폐하의 약조는 겨우 그 정도 무게였군요."

루크레티우스의 얼굴에 표정이 사라졌다.

조금 전 그는 거짓말이나 미친 사람의 말로 취급하지 말아 달라는 청에 고개를 끄덕였다. 그런 주제에 가볍게 반응하다니, 이 정도 비꼼은 들어도 싸지!

또 무거운 침묵이 턱하니 떨어졌다. 그의 얼굴에 떠오른 무표정이 그 어떤 분노보다 두려웠으나, 나는 티 내지 않으려 애썼다.

저 남자가 바로 어제 자기 아버지를 죽인 인간이라는 걸 생각하면, 내 간덩이가 꽤나 부은 건 분명한 것 같다.

아니, 내 간이 비대해서 지방간이 걱정되건 말건, 이건 본인이 자기 입으로 한 말을 어긴 거잖아! 그것도 황제가!

나는 당당하게 고개를 들고 마주 노려봤다.

잠시 찌를 듯한 시선으로 유심히 지켜보던 그는, 내 걱정이나 불길한 예상과 달리 순순히 고개를 끄덕였다.

"그대의 말이 맞군."

"네, 네?!"

"분명히 그대의 요구에 동의하고도 부정하는 말을 한 것은 내 실수니까. 내 스스로 내 말의 무게를 가볍게 만든 꼴이니 내 잘못이 맞아."

지나치게 빠르고 부드럽게 지적을 수용해서, 도리어 무언가 꿍꿍이가 있지 않나 하는 생각이 들 지경이었다.

"허면, 제 말을 믿어 주시겠다는 건가요?"

루크레티우스는 기대대로 고개를 끄덕이지 않았다. 잘생긴 턱이 이번에는 좌우로 흔들렸다.

"그렇다고 해서 내가 그대의 말이 사실이라 믿어 주어야 한다는 의미는 아니지."

"그건……."

내가 항변하려 하자 루크레타우스가 말허리를 자르고 막았다.

"적어도 그대가 거짓말을 꾸며 내는 것은 아니라고 생각해. 왜냐하면 그런 허무맹랑한 말을 지어내서 그대가 얻을 이점이 없으니까."

맞는 말이다.

"게다가 그대의 언동을 보면, 적어도 그대는 대담하면서도 철저하게 자신과 나에 대해 관찰하고 판단하고 있어. 적어도 광인이 보일 법한 행태는 아니지."

"……."

"그렇다고 바로 믿기에는…… 지나치게 말이 안 되는 이야기야."

"그건, 그렇죠."

"당신이 누군가에게 속았다거나, 침착하게 미쳤을 수도 있겠지."

두 눈을 치켜뜨며 강하게 선언했다.

"난 미치지 않았어요."

"그런 것으로 하지."

루크레티우스의 얼굴에 메마른 미소가 스쳤다.

정말이지, 딱 이틀 보았을 뿐인데 이렇게 정 떨어지기도 쉽지 않을 거다.

"어쨌든 내가 한 약조는 지키도록 하지."

"결국 믿어 주겠다는 건가요?"

"아니."

"당, 아니, 폐하……!"

그는 내 허를 찌르고 들어왔다.

"하지만 믿는 척 정도는 해 주도록 하지."

"척?"

"그래. 척. 내 직접 그대가 거짓말을 한 것이나 미친 것이라 생각하지 않기로 하긴 했지만, 부정하지 않는 것과 긍정하는 것은 달라. 그리고 난 당신을 안 지 얼마 되지 않았어. 순순히 믿어 주기에는 지나치게 허무맹랑한 이야기에, 무엇을 근거로 그래야 하는지도 불분명해."

"그러면, 우선 당신을 믿게 만들라는 말인가요?"

"그렇지. 그리고 내가 진짜로 믿기 전까지는, 믿어 주는 '척'을 하는 것으로 해 두지."

"……그렇다고 해 두기로 하죠."

일단 서로 한 발 물러나는 셈이었다.

한숨이 푹푹 나왔다. 저 의심암귀에 씌인 게 분명해 보이는 인간에게, 내가 다른 세계에서 왔다는 걸 무슨 수로 믿게 하라는 건가.

"그런데, 당신이 정말 다른 세계에서 온 거라면……, 황궁을 나간 뒤에는 그곳으로 가고 싶은 건가?"

"그렇죠. 돌아가고 싶어요. 당신이 내 처지라면 집으로 돌아가고 싶지 않겠어요?"

"글쎄, 나로서는 잘 모르겠군. 난 아비를 죽인 자야. 그리고 내게 친구 따위는 없으니까."

"……."

어쩐지 알 것 같았다. 지금 내 눈앞에 있는 남자가 어째서 이렇게 삐뚤어져 버린 건지.

세상에, 친구가 하나도 없다니. 어쩌다가 그런 인생을 살아온 거람? 틀림없이 저 꼬이고 꼬인 태도와 파탄난 인성의 원인도 거기 있을 거다.

나는 약간은 현실도피에 가깝게 생각을 뻗었다.

아마 표정에서 그대로 드러나 보였으리라. 거울로 확인하지는 못했지만 아마 나는 '저런, 불쌍해라.'라는 말을 그대로 표정으로 바꾼 듯 안쓰러운 얼굴로 그를 보고 있었던 모양이다. 황궁 주방에서 심혈을 기울여 구워 올린 흰 빵을 마치 소태 씹은 것처럼 씹고 있는 그의 표정을 보면 분명했다.

나는 그를 진심으로 위로해 주었다.

"괜찮아요. 당신도 앞으로 살아갈 날이 더 길잖아요? 앞으로 적어도 친구 한 명 정도는 만들 수 있을 거예요. 그래도 나처럼 외톨이로 다른 세계에 뚝 떨어진 것보단 낫잖아요."

그의 눈썹 양 끝이 사납게 튕겨 올랐다. 아, 너무했나?

"적당히 해."

치고 빠지는 타이밍은 중요하다. 그가 진짜로 화를 내려는 기색을 보이자 나는 얌전히 납죽 고개를 숙였다.

"예."

잠시 의심스럽다는 듯 나를 바라보던 그는 다시 입을 열어 내 청에 대한 또다른 답을 들려주었다.

"그리고, 일단 황궁 밖으로 나가고 싶다는 건 들어줄 수 없어."

"어째서요?!"

설마 지금 내가 조금 놀렸다고 그러는 건 아니겠지? 설마 그렇게 좀생이는 아니겠지?

그는 마치 내 마음을 읽기라도 한 듯 잘생긴 미간을 일그러뜨리며 낮은 목소리로 경고했다.

"내가 속이 좁아 그대의 청을 거부하는 거라고 생각하고 있겠지만, 아니야."

"네?"

"절차를 빨리 처리하느라 아직 공개적으로 식을 올리지는 않았지만, 성녀는 이미 우리의 성혼을 주재해 주었어. 약식이라고 하나 성녀의 인정을 받는 일은 황후라도 쉽지 않은 일이야. 그대는 이미 공식적으로 나의 비. 이미 그대의 얼굴을 알게 된 이들도 많다. 그런 상황에서 아무리 그대가 원한다 하여도 궁 밖으로 내보내 주는 건 무리야."

"죽은 것으로 처리하고 가상의 신분을 만들어 준다거나, 방법은 충분히 있잖아요!"

그렇다. 내가 조금만 머리를 굴려도 생각해 낼 수 있는 방법이다. 충분한 권력을 가진 그라면 나를 내보낼 수단 정도는 얼마든지 찾을 수 있으리라. 그런데 왜?

그는 마치 나를 약 올리려는 것처럼 보란 듯이 피식 웃었다.
"내가 왜 그렇게까지 해 줘야 하지?"
아, 그렇다. 틀림없어. 이건 백프로다.
이 남자, 쪼잔해!
"그대가 미쳤거나 거짓말을 하는 것이 아님을 내가 믿게 하는 게 먼저야."
나는 소리 내지 않고 이를 갈았다.
남자가 어쩌면 저렇게 속이 좁을 수 있담! 그것도 황제씩이나 되는 작자가! 믿을 수 없어! 내가 잠깐, 쪼오금 놀렸다고 바로 저렇게 나오다니.
배알이 뒤틀리는 것을 억지로 누르며 나는 얼굴 한가득 비굴한 웃음을 채워 넣은 채 다시 매달려 보았다.
"저, 폐하……."
"……."
묵묵부답.
"저, 잘생기신 폐하……?"
"……,"
여전히 요지부동.
"음, 마음 넓으신 폐하?"
끝끝내 대답이 없었다. 그는 이미 끝난 식사의 남은 흔적을 지분거리며 내 쪽은 보지도 않고 있었던 것이다.
짧은 인내심이 결국 뚝 끊어졌다. 나는 식탁에서 벌떡 일어서서 외쳤다.
"사람이 이렇게까지 아부하면서 부탁하고 있잖아요! 듣기는 해야 할 거 아니에요!"

그는 빈 접시에 남은 덥힌 야채를 포크로 찍어 누르며 장난치는 채로, 그제야 내게 시선을 돌렸다.

"응? 왜, 들어 줬잖아?"

"네? 뭐라고요?"

그는 내가 화가 나서 복장 터져 죽게 만들려 한 것이 틀림없다. 저 멀리 계신 부모님과 언니에게 보증 받은 내 전매특허인 재수 없는 웃음보다 몇 배는 재수 없는 미소로 올려다보았으니까.

뒤따른 말은 한술 더 떴다.

"들어는 줬잖아?"

"……."

아아…….

이 남자. 너무 쪼잔해! 뒤끝도 길어!

한 번 타격 받은 내게 그는 당연하다는 듯이 덧붙인 한마디로 마무리를 날렸다.

"그리고 그 정도로 아부가 되겠어? 내가 잘생기고 마음이 넓은 건 너무나 당연한 사실인 것을."

아, 한 대 때리고 싶다.

저 잘생기고 재수 없는 면상을 한 대 날려 버릴 수 있으면 뭐라도 할 수 있을 기분이 들었다.

충동을 행동으로 옮기지 못한 이유는 전적으로 현실 판단력 때문이다. 좀 놀렸다고 저렇게 나오는 좀생이가, 용안을 조금 거칠게 쓰다듬어 준다면 어떻게 나올지 감이 안 왔던 탓이다.

이대로는 원하는 것을 결코 얻지 못한다. 그 전에 목부터 날아갈 것이 뻔했다.

어떻게든 구슬려야 한다. 그러려면 더 화나게 해서는 안 된다. 절대, 절대, 무섭다거나 쫄아서가 아닌 것이다.

아, 짜증나!

세포 하나하나까지 치밀어 오른 분노와 짜증을 가라앉히는 데 잠시 시간이 필요했다. 그사이 그와 내가 대화의 안주 삼아 씹고 뜯은 식사는 완전히 마무리되었고, 연이어 티타임이 시작되었다.

아따, 식사 한번 길기도 하다.

벌써 해가 중천에 뜨려 하고 있었다.

"황제라는 거 은근히 한가하네요?"

이번에도 시종이나 시녀들은 멀리 물려 둔 터라, 그는 직접 자신의 찻잔에 차를 따랐다. 그리고 내 잔에도 친히 차를 채운 다음 슥 밀어 주었다. 고개를 까딱하여 감사를 표했다.

"그야 당연하지. 오늘은 특별하잖아?"

"특별?"

"달콤한 신혼 첫날밤을 보내고 난 다음날 아침이니 이 정도는 당연하지."

"……."

아, 네…….

맞다. 자꾸 잊어버리는데, 나 어제 이남자랑 서류상이긴 하지만 결혼했지. 그 전날에는 이 남자 아빠랑 서류상으로 결혼했고. 그러니까 난 유부녀인 거다. 그것도 결혼 횟수만 두 번인! 그러고 보면 이번은 재혼으로 치는 건가? 아닌가?

생각하니 참으로 파란만장했다. 사흘도 안 되는 동안 이 무슨 난리인지.

한숨을 포옥 쉬는 나를 보고 그는 기다렸다는 듯 본론을 꺼냈다.

"고향으로 돌아가고 싶다고 했지?"

"당연하죠."

"여기서 나가고 싶다고 했고?"

"입 아프게 왜 자꾸 물어요?"

그는 다시 더없이 상냥하고 다정한 남자의 가면을 다시 둘러썼다.

이 남자, 갑자기 왜 이래. 또 무슨 이상한 짓을 하려고.

"그대의 간절함이 진심이라면 어쩌면 내 마음이 움직일 수도 있어."

"무슨 헛소리예요?"

그는 제 손에 든 찻잔을 빙글빙글 돌리며 말을 이었다. 뭐든 음료수는 전부 빙글빙글 돌리다가 마시는 웃기는 버릇이 있는 모양이다.

"단도직입적으로 말하지. 나와 거래하겠나?"

"거래, 요?"

잠시 찻잔을 뚫어져라 노려보던 그는 결국 입에 대지 않고 내려놓았다. 사기 컵받침과 부딪치며 날카로운 소리가 울렸다.

긴장에 입술이 바짝 마른 나는 찻잔을 두 손으로 감싸 들어올렸다. 입에 가져가려는 찰나, 그가 손을 들어올렸다. 그리고 자신의 찻잔을 가리키더니 마치 X자를 그리듯 움직였다.

명백하게 차를 마시지 말라는 의미.

나는 찻잔을 천천히 내려놓았다.

갑자기 왜?

그는 긴장된 공기를 부드러운 미소로 무마하며 다시 대화를 이었다.

"나는 올해로 스물일곱이야."

"저는 스물이에요."

"그리고 27년 동안 제국의 유일한 후계자였지."

"전 평범한 *대한민국*의 *고등학생*이었고, *수능*을 보려다가……, 네, 그만할게요."

그는 그 이상 장난치면 식은 차를 내 코로 들이부어 버리겠다는 굳은 의지를 표정으로 표현했고, 나는 이 이상 반항을 포기하기로 했다. 적어도 지금은.

덕분에 그는 다행스럽게도 방해받지 않고 설명을 계속할 수 있게 되었다.

"그런데 나는 어제까지 미혼이었어. 이상하지 않나?"

"아……!"

당연한 사실을 지금에서야 눈치챈 것이 이상할 지경이다.

이 세계에서 남자는 십대 후반, 여자는 십대 중반에 결혼하는 것이 일반적이다. 내가 황제의 후궁으로 보내지기에는 꽤 늦은 나이일 정도다. 제국 후계자인 그라면 당연히 열 살만 넘어도 바로 결혼시켜서 후사를 든든히 하는 것이 정상이다.

그렇게 본다면 스물일곱에 제위에 오른 그가 나를 황비에 앉히기 전까지 후궁 하나 없었다는 것은 분명 비정상적이다.

"결혼한 경험이 없는 것은 아니야. 약혼 경험은 훨씬 많지. 그러나 약혼은 지루하게 늘어지다가 파혼되는 일이 빈번했어. 어떤 약혼녀는 갑작스레 사망하기도 하고, 또 다른 약혼녀는 갑자기 연인과 야반도주했다며 행방불명되고, 마지막 약혼녀는 수도원에 들어가 버렸지."

"세상에……. 그럼, 부인은……?"

"유일하게 결혼에 성공한 전 아내는 죽은 선황과 같은 이유로 세상을 떠났어."

식은땀이 등 뒤로 줄줄 흐르는 것을 느꼈다.

이 남자, 아버지만 죽인 게 아니라 자기 아내까지 죽였다고?

그는 작게 한숨을 쉬며 물 흐르듯 이어 갔다.

"그렇다고 내가 쾌락 살인마라 죽인 건 아냐. 살기 위해서였지."

"살기 위해서요?"

"황후, 이제는 태후지. 애초에 온갖 방법으로 내 약혼녀들에게 손을 쓰던 태후가 내 결혼을 막지 못하자 자신이 이미 매수한 가문의 여자를 들여보냈었거든. 후사는커녕 침실에서 서너 번 살해당할 뻔한 뒤에는 다른 선택의 여지가 없었어. 후궁조차 없었던 것도 그 여자 때문이야. 얘기가 나오면 그 후보들을 전부 황제의 후궁으로 쓸어 담아 버렸으니까. 바로 네 경우처럼."

말이 제대로 나오지 않았다. 어쩌다 보니 보네피트 가의 인간들이 나를 인간 방패삼아 밀어 넣은 곳은 이런 지옥이었던 것이다.

그들 입장에서는 다행인 것은 분명했다. 그 얼굴만 예쁘지 머리가 텅 빈 리즈벳이 이 자리에 왔다면 앗 하는 사이에 이용당하다 살해당하고 끝났겠지.

그래서 더 화가 난다.

적어도 그자들은 사정을 알았을 것이다. 썩어도 준치라고, 공국을 통치하는 공작의 가문이다. 몰랐을 리 없다. 알면서, 알면서도 나를 여기로 던져 놓은 것이다.

다시 분노로 손이 떨렸다.

그는 눈앞에 놓인 생선을 톡톡 건드려 보는 고양이처럼 물었다.
"충격 받았나?"
"아뇨, 화가 나요."
그의 얼굴에 흥미롭다는 표정이 샘물처럼 솟았다. 그의 호기심이나 재미를 충족시켜 주고 싶은 생각은 없었지만, 치솟은 울화를 어떻게든 풀고 싶은 욕구가 더 컸다.
나는 참지 못하고 속내를 속사포처럼 쏟아 냈다.
"사람 좋은 얼굴로 나를 딸이라고 부르면서 자기 친딸 대신 이런 곳으로 보냈거든요. 그 에일 공작 말이에요."
그는 잠시 나를 관찰하듯 응시했다.
아, 그러고 보면 이 남자는 계속 실험실 생쥐를 지켜보듯 유심히 관찰하고 있었다.
"한 가지만 물어보지."
"뭐죠?"
"너는 네게 해를 끼친 자들을 어떻게 대하나? 용서? 아니면 응징?"
대답을 망설일 필요는 없었다.
"난 나를 이용하고 배신한 인간들을 용서할 정도로 속이 넓지 못해요."
그는 만족스럽게 웃었다.
"다행이군. 나도 그렇거든."
어떻게 보면 천생연분인가. 좀생이 남자와 쪼잔한 여자…… 까지 생각하던 나는 고개를 붕붕 돌렸다.
내가 진짜 미쳤나 봐! 얼굴이 뜨끈뜨끈했다.
의아한 눈으로 그런 내 꼴을 보던 그는 곧 원래 주제로 돌아갔다.

"말했다시피 내가 지금까지 미혼이었던 이유는 태후, 그 여자 때문이야. 황태자일 때도 비정상적인 상황이었지만 황제가 되어 아내를 두지 않는 것은 말이 안 되지. 하지만 그 여자는 이번에도 장난질을 하려 들 거야."

"그게 가능해요?"

"이미 했던 일이야. 그리고 태후가 내궁에서 끼치는 영향력은 막대해. 황후라 해도 태후 앞에서는 음전한 며느리가 되어야 하니까. 내 후궁 전체를 암살자로 채우려 들어도 이상할 것 없지. 게다가 황후 자리가 또 문제야. 황후는 단순히 아내 정도가 아니라 제국의 공식적인 이인자이자, 황제의 공동 통치자. 그 자리에 태후의 꼭두각시를 세우면 사사건건 나를 방해하기가 아주 편해지겠지."

"큰일이네요."

그는 내 대답이 마음에 안 들었는지 미간을 슬쩍 찌푸린 채 툭 하고 폭탄을 던졌다.

"그렇게 남 일처럼 말하지 마. 네 일이니까."

"네?"

"넌 내 유일한 비야. 황후가 없는 지금 내궁의 꼭대기가 바로 너라고. 그리고 다른 건 몰라도 확실한 건 하나 있지. 넌 태후의 사람이 아니야."

벼락처럼 깨달음이 내려쳤다. 온몸이 떨려 왔다.

이 남자!

분노가 해일처럼 밀려들었다. 나는 떨리는 목소리로 확인했다.

"당신, 날 태후의 방패막이로 세운 건가요?"

그는 깔끔하게 인정했다.

"그래."

또! 또 당했어!

그를 노려보며 입술을 깨물었다. 결국 '상'이니 하는 헛소리도, 왜 나를 황비로 세웠냐는 질문에 내놓은 '그냥'이라는 대답도, 전부 거짓인 거다. 애초에 믿지도 않았지만.

본인이 자청해서 이렇게 다 터놓고 말하고 있는 것을 높게 쳐 줄 마음은 별로 들지 않았다.

"그래서, 그 거래, 뭔지 자세히 말해 봐요."

남자의 입꼬리가 말려 올라갔다. 아, 저 미소, 정말 마음에 안 들어. 아무리 눈에 보기 좋으면 뭘 해. 몸에 안 좋은 걸. 아니, 오히려 독이다.

"태후를 몰아낼 때까지 방패 역할을 해 주면 돼. 네가 나서서 태후를 몰아내는 선봉장이 되어 준다면야 더 좋고."

"……그 대가는요?"

"네가 바라는 걸 들어주지. 이 궁을 나가 새로운 삶을 살게 해 달라 하면 해 주고, 네 고향으로 돌아갈 방법을 찾는 걸 도와 달라면 도와주겠어."

"아까는 싫다면서요!"

"먼저 네가 거짓말하는 것이 아니라고 내가 믿게끔 하는 게 전제라는 건 다름없어. 그리고 네가 정말 다른 세계에서 온 이라 해도 내가 돌려보내 줄 능력도 없고, 반드시 돌려보내 준다고도 못해. 하지만 수소문하도록 도와줬으면 한다면, 이 대륙에 나만 한 협력자는 없겠지."

그건 분명한 사실이다. 그는 대륙 최강의 대국 크렌시아의 황제.

내 고향으로 돌아갈 방법을 찾는다면 그의 도움은 반드시 필요하다.

나는 태후의 독기 어린 표정을 떠올렸다. 쉬운 일은 결코 아닐 것이다. 위험이 너무나 크리라. 그러나 위험을 감수하지 않는다면 어떤 것도 얻을 수 없다.

눈을 똑바로 들고 재차 물었다.

"당신이 약속을 지킬 거라 어찌 믿죠?"

"난 네가 다른 세계에서 왔다는 허황된 말도 믿어 주지 않았나. 내가 믿는다면 너도 하나는 나를 믿어 줘야겠지, 공범자 씨."

"믿어준 게 아니라, 믿는 셈 치겠다고 했죠."

"그게 그거지."

나는 한숨을 쉬었다. 그를 백 퍼센트 신뢰할 수는 없었다. 그러나 달리 선택의 여지가 있지도 않았다. 결국 고개를 끄덕였다.

"좋아요. 나도 믿는 셈 치도록 하죠."

한 번만 더 속아 보자.

내 대답에 그는 어이없을 정도로 유쾌하게 웃었다.

그러던 그가 별안간 물었다.

"그러면 사비나라는 이름은 따로 지은 건가? 그대의 본명은 뭐지?"

나는 두 눈을 똑바로 뜨고, 입을 가린 채로 말을 던졌다. 간드러지는 내 목소리는 내가 듣기에도 제법 웃겼다.

"어머, 제가 감히 황실에 제 가명을 말씀 올렸을 거라 생각하신 건가요? 소첩은 슬프옵니다."

그는 내 기대와 달리 미간을 찌푸리지도, 화를 내지도 않았다. 다만 담담히 평할 뿐이다.

"이번 건 재미없었어."

"쳇."

콧방귀를 뀌고는 버터 접시를 내 쪽으로 당겼다. 이거 꽤 맛있단 말이야.

"본명 맞아요. 사비나."

이곳 사람에게 지구의 이야기를 하는 것은 처음이다. 그래서였을까? 불필요한 이야기까지 구구절절이 늘어놓게 되었다. 아, 원래 이 사람에겐 그 얘기를 이것저것 쓸데없이 많이 하게 되는 것 같다.

"단, 사비나가 풀네임이에요."

"풀네임이? 짧군. 여기선 평민도 그렇게 짧은 풀네임은 쓰지 않아."

그는 낮게 혀를 찬다. 나는 무시하고 설명을 지속했다.

"'사'가 성이고 비나가 이름이에요."

그는 잠시지만, 분명히 약간 기묘한 표정을 했다.

"비나……, 그래, 비나로군."

그의 혀와 입술을 통해 울리는 내 이름은 어쩐지 모르게 가슴이 찡하고 떨리는 듯한 느낌을 주었다. 그러고 보면 여기서는 한국에서처럼 '비나'라는 이름만으로 제대로 불린 적이 거의 없었다. 이곳에서 난 사비나 데 보네피트였으니까.

그리운 가족들의 목소리가 덩달아 떠오른다.

'비나야.'

나는 괜한 감상을 머리를 흔들어 털어내려 했다.

"뭐……, 고향에서도 특이한 이름이긴 했죠. 여기서 쓰기에 이상하지 않은 이름이라…… 꼭 누가 짜놓은 것처럼 느껴지긴 하지만요."

"그렇군. 그래, 꼭…… 운명 같군."

나는 다시 콧방귀를 힝 하고 뀌었다.

"운명은 무슨……. 그냥 운이 참 없었던 거겠죠. 지금도 보세요. 에일 공작가 친딸 대신 팔려 와서 고생하고 있잖아요?"

그는 히죽, 길게 웃었다. 보고 있자니 얄미워서 죽을 것 같다.

"대신 나 같은 잘생긴 황제를 남편으로 맞게 되었잖아? 이 경우엔 그대의 행운이 불운보다 더 강했다고 봐야겠지."

"……."

아, 네. 어련하시겠어요.

그의 근거 없는 자신만만함 앞에 나는 잠시 소금기둥처럼 홀로 굳었다. 대놓고 태클을 걸기엔 내 간이 너무 작았다.

길었던 협상이 끝난 뒤 자리에서 일어나며 나는 그가 손대지 않은 찻잔의 안쪽을 보았다. 찻잔 테두리 가까이 둘러진 은장식이 검게 변색되어 있었다.

먼저 자리를 나서는 그도, 뒤따르는 나도 입을 열지 않았다.

4. 호랑이굴에는 애초에 들어가지 않는 것이 낫다

4. 호랑이굴에는 애초에 들어가지 않는 것이 낫다

침착하고 상냥한 인상의, 중년 정도로 보이는 귀부인이 앞에서 나붓이 절하며 인사했다.

옅은 갈색 머리카락을 곱게 뒤로 넘겨 올렸고, 옷은 우아하지만 지나치게 화려하지 않았다. 몸과 옷, 머리를 장식한 장신구는 점잖게 최소한으로 그쳤다. 그럼에도 젊었을 때는 상당한 미모를 가졌으리라고 충분히 알아볼 만큼 고운 얼굴을 한 여인이었다.

"비 전하를 뵙습니다. 폐하의 명으로 오늘부터 전하를 모시게 된 1황비궁 시녀장 거스트 백작부인입니다. 사만다라 불러 주십시오."

나는 고개를 살짝 끄덕여 인사했다.

"만나서 반가워요, 사만다."

그녀는 늘 웃고 있는 표정을 따라 주름이 조금씩 파이기 시작해서, 표정을 굳히고 있어도 웃는 것처럼 보이는 인상이었다. 내 등 뒤에서 나를 감시하는 건지 시중드는 건지 알 수 없는 누군가와는 다르게 말이다.

등 뒤에서 날카로운 질문이 찔러 들어왔다.

"실례지만, 거스트 백작부인."

"예, 말씀하시죠. 데임 클로인."

데임은 세습작위가 아닌 1대에 한하는 준남작이나 기사 작위를 받은 여성, 또는 그 작위를 가진 남성의 부인을 부르는 존칭이다. 즉 데임 클로인은 바로 내 등 뒤에 나를 감시하듯 선 저 여자, 오를린 클로인을 칭하는 것이다.

원래대로라면 오를린은 당당한 백작부인인 사만다 앞에서 절대로 저렇게 빳빳하게 고개를 들 수 없다. 그러나 일단 명목상 오를린은 내가 친정에서 데려온 시녀장. 거스트 백작부인은 주인이 되는 나를 존중하여 그녀에게도 예외적으로 극진한 대우를 하고 있었다.

그 분위기를 눈치챈 오를린은 더없이 도도한 태도로 나와 거스트 백작부인의 대화 사이에 끼어들기에 이른 것이다.

"죄송하지만, 비 전하의 시녀장은 저입니다. 굳이 백작부인께 수고를 끼칠 필요는 없지 않을까 합니다만."

너는 필요 없다는 소리를 대놓고 하냐!

백작부인의 부드러운 얼굴이 굳었다. 내가 입을 다물고 있자 오를린은 더욱 기세가 등등해져서 필요도 없는 부언을 덧붙였다.

정말 머리 나쁘구나, 저 여자. 하긴 그러니 오를린이 키운 리즈벳도 그런 거겠지. 나는 의외의 깨달음을 얻을 수 있었다.

"저는 에일 공국에서부터 전하를 뫼시고 이곳까지 왔답니다. 전하의 생활은 제가 돌보아 드리는 것이 맞을 겁니다."

그걸 누가 결정하는데?

나는 아까부터 거의 입에 대지 않고 있던 찻잔을 부러 거칠게 내려놓았다. 오를린이 직접 우려서 가져온 차였다.

땅! 하고 날카로운 소리가 울렸다. 명백한 의사표현이었다.

그러자 일방적으로 옥신각신하던 두 부인네들은 놀란 눈을 동그랗게 떴다. 백작부인은 한 발 물러섰으나, 여전히 나를 에일 공작이 숲에서 주워온 천한 천덕꾸러기 정도로만 보고 있는 오를린은 여전히 고개가 빳빳했다. 나는 눈을 치떴다.

"차가 쓰군."

"예?"

오를린의 얼굴에 어처구니없다는 감정이 고스란히 드러나 있었다. 그녀는 마치 나를 질책하듯 다가서서 소리를 낮추었다.

"전하, 그런 일은 조금 뒤에……."

호칭은 전하라 하고 있지만, 나를 어찌 보고 있는지 알 수 있는 말투였다.

그녀가 착각하고 있는 것이 하나 있었다. 이 자리의 주도권은 전적으로 내게 있다는 사실.

한 번 심호흡을 깊게 했다. 폐 깊이 빨아들인 공기를 배에 힘을 주어 내뱉었다.

"무엄하다!"

방 안 전체에 식은 찻물을 부은 듯했다. 고요하게 가라앉은 공기 속에서 그제야 자신이 지금 어떻게 몰려 있는지 깨달은 오를린은 주춤거리며 뒤로 물러섰다.

조금 전 거칠게 내려놓느라 찻물이 다 튄 잔과 소서를 그대로 속밀었다.

"치우고 다시 우려 오도록. 친정에서부터 모셔 온 그대가 내 입맛조차 모르다니……."

"저, 전하!"

오를린이 억울한 표정으로 내게 하소연하려 했지만 나는 차가운 얼굴로 다시 명령했다. 숫제 화를 내듯.

"내 말이 말 같지 않나?!"

의도를 눈치챈 것인지 거스트 백작부인이 역성을 들었다.

"전하의 명령이 아니십니까."

결국 오를린은 주변의 시선을 이기지 못하고 떨리는 손으로 찻잔을 들고 방을 나서야 했다.

잠시 나를 관찰하듯 바라보던 사만다가 낮은 목소리로 물어 왔다.

"데임 클로인은 전하의 사람이 아니온지요?"

나는 고개를 들었다. 사람 좋아 뵈는 중년 부인을 빤히 보았다. 내가 그녀를 관찰하고 재고 있다는 사실을 굳이 숨기지 않았다. 어차피 이 사람도 나를 두고 같은 계산을 하고 있을 것이다.

"오를린이 내 곁에 있게 된 건, 내가 크렌시아 황궁으로 출발하던 그날부터였어요."

거스트 백작부인은 조용히 고개를 끄덕였다. 그녀는 이미 내가 어떤 과정을 거쳐 이곳으로 왔는지 알 것이다. 나를 친딸 대신 팔아넘긴 에일 공작 가에서 붙인 시녀장이다. 내 사람일 가능성은 극히 낮다는 것 정도는 미리 확인하였으리라. 그리고 지금 내 언동도 판단을 내리기 충분할 것이다.

사실 이 여자도 제대로 믿을 수 있는 사람인지 가늠할 수 없었지만, 그보다는 오를린에 대한 내 악감정이 더 컸다. 일단 누가 되도 오를린 그 여자보다는 나을 거다.

나는 이제 거스트 백작부인이 과연 어떤 사람일지 한번 알아보기로 했다.

"부인께선 폐하의 사람이겠지요."

그녀는 한층 부드럽게 풀린 표정으로 고개를 끄덕였다.

"예, 폐하께서 어린 시절부터 모셔 온, 그분의 시녀장 출신입니다."

나는 조금 놀랐다. 황제의 성격을 보아서 측근에 두고 있는 사람들은 분명하게 신뢰할 수 있는 이들만을 고르고 골랐을 것이다. 그 황제가 어린 시절부터 곁에 둔 시녀장이라면 최측근이라 보아도 좋으리라. 그런 사람을 내게 붙여 준 것이다.

나는 살짝 헛웃음을 터뜨렸다.

"폐하께 감사해야겠군요. 이 자리를 내리신 것부터 그대까지, 참으로 분에 넘치는 대우를 해 주시지 않습니까."

거스트 백작부인은 부드럽게 웃어 보였다.

"그만큼 전하께서 폐하께 중요하신 분이라는 의미입니다."

저기요, 그건 좀 아닌 것 같은데요. 중요함의 의미를 다르게 해석하면 맞는 이야기일지도 모르겠지만.

아직 위세가 등등하기 짝이 없는 태후 앞에 나를 방패로 세워 둔 주체는 바로 루크레티우스다. 그가 내게 오래도록 태후를 막아 내기를 바란다면, 적어도 태후에게 순식간에 당하지 않도록 도움을 줄 것이다. 거스트 백작부인은 바로 이를 위한 안배였다.

배려라고 표현하지 않은 이유는, 아무리 좋게 보려 해도 배려라 볼 수가 없었기 때문이다. 내 안전을 생각한다면 태후 앞에 어서 공격하시오 하는 느낌으로 던져 놓고 자신의 시녀장을 보내어, 누가 보아도 황제가 나를 중요하게 여긴다는 인상을 사방에 심어 줄 리가 없었다. 차라리 노골적으로 나를 부각시키려는 연출에 가까웠다.

위험해. 이거, 진짜 위험해.

초조함이 치받았다. 아침나절 황제와의 티타임에서 본 장면을 기억했다. 검게 변색된 잔의 은장식. 다른 이도 아니고 황제의 찻잔이다. 그것에 독이 들어 있었다.

물론 황제는 바로 눈치챘고 큰일은 없었지만, 아마도 마시지 말라 경고한 내 잔에도 같은 것이 들어 있었으리라.

죽음의 위기가 종이 한 장 차이로 스쳐간 거다. 그것도 결혼한 바로 다음날에!

이렇게 살벌한 신혼생활이라니, 진이 다 빠질 것만 같다.

게다가 이전 결혼에서는 첫날밤 신랑이 살해당했다. 다름 아닌 아들 손에.

어쩌면 이렇게 파란만장할 수가 있나 싶다.

황제가 명백한 증거인 독이 든 잔을 왜 무시했는지는 나로서도 제대로 짐작할 수 없었다. 둘 중 하나겠지. 그것으로 태후를 엮어 넣는 것이 불가능하거나, 증거가 분명해도 이를 이용할 힘이 없거나. 혹은 둘 다일 수도 있다.

황제가 한 말로 미루어 황궁에서 태후의 영향력은 엄청난 것 같았다. 그리고 황제가 바뀐 겨우 이삼일 정도로 그 영향력이 줄어들었을 것 같지 않았다.

황제가 황태자일 때도 결혼을 방해해 댄 태후다. 제위를 이어받자마자 번갯불에 콩 볶듯이 나를 황비로 앉힌 황제의 의도는 분명했다. 태후가 수를 쓰기 전에 선수를 쳐서 가장 중요한 자리에 나를 들어 얹어 놓은 것이다.

실제로 나를 황비로 삼겠다는 명을 내렸을 때 황제와 나를 잡아 죽일 듯 노려보던 태후의 눈빛은 너무나도 살벌했다. 아마 시선으로 사람을 죽일 수 있다면 태후는 몇 번이라도 할 수 있었을 것이다. 생각할수록 암담해다.

사실 가장 큰 문제는 그게 아니었다. 태후는 물론 큰 적이고, 너무나도 위험하다.

하지만 내 입장에서 제일 심각한 문제는 황제였다.

태후가 눈앞의 적이라면, 황제는 등 뒤에 선 불안한 아군이다. 태후야 애초에 믿을 수도 없고 믿을 리도 없으니 배신당할 가능성은 없다. 하지만 황제는 믿지 않을 수 없고, 그렇다고 믿자니 너무나도 위험했다. 내게 불안감과 두려움을 더 주는 대상은 황제 쪽이다.

그러므로 거스트 백작부인이 황제가 믿는 측근이라는 사실은, 그녀를 내가 믿어도 좋다는 말과 같은 의미가 아니었다.

우리는 서로 공범자 관계인데다 중요한 거래까지 했으나, 나는 그를 진심으로 믿지 않았다. 그 역시 나와 같을 것이다.

어찌되었건 나는 태후보다는 황제의 영향력 안에 놓여 있다. 그런데 그 황제가 도저히 믿을 수 없는 인간이라는 게 환장할 노릇인 거다!

막말로 황제가 직접 나를 독살하고 그 증거를 태후의 짓이라 조작하여 태후를 쳐 내면, 황제 입장에서는 일석이조가 아닌가 말이다. 태후를 쳐낼 명분도 얻고, 선황 암살에 대한 입막음도 확실하게 할 수 있으니.

생각할수록 불안했다.

내가 판단을 제대로 한 것이 맞는지, 내가 본 것들이 분석하고 이해한 그대로인지, 누구도 기다 아니다 이야기해 주지 않는다. 오로지 내 머리와 시선으로 내가 판단해야 하고 그 결과 역시 모두 내 몫. 문제는 감당해야 할 결과가 최악일지도 모른다는 사실이었다.

'난 죽기 싫어!'

어찌 되었건, 황제에게 잘 보일 필요가 있는 만큼 그 측근에게도 잘 보이는 것이 좋다고 판단 내렸다.

복잡하고 음습한 속내를 꾹 눌러 놓고서는 밝게 웃으며 부탁했다. 아, 스스로 보기에도 정말 가증스럽기 짝이 없다. 그렇게 자평하면서도 얼굴에 철판을 딱 깔기로 했다. 단언컨대, 이 세상에 내 목숨보다 더 중요한 건 없다.

"먼 곳에 와서 험한 일만 겪다 보니 불안하기 그지없어요. 부인만 믿겠습니다."

거스트 백작부인은 속을 알 수 없는 미소를 두른 채 허리 숙여 감사를 표했다.

"그리 말씀하여 주시니 영광입니다."

어찌 되었던 살얼음판 위를 걷는 황궁 생활이 본격적으로 시작된 것 같았다.

간신히 긴장을 좀 풀려던 차였다. 한 시녀가 종종거리며 들어와 거스트 백작부인에게 말을 전했다. 그 말을 들은 순간, 손에 들고 있던 물 잔을 떨어뜨릴 뻔했다.

"태후께서 황비 전하를 찾으십니다."

벌써?

다급하게 아직 얼굴도 제대로 익히지 못한 시녀들의 시중을 받아 옷차림을 정돈하고 나서 황후궁으로 향했다.

후궁은 황후궁을 뒤편에서 옹위하듯이 둥글게 모인 모습이었다. 황후와 그 밖의 다른 비빈들의 처지를 단적으로 보여 주는 배치였다. 1황비부터 4황비까지의 거처는 후궁 안에 가장 큰 네 개의 궁으로 이루어져 있으나, 황후궁은 후궁과는 별도로 독립되어 황제의 거처인 본궁 바로 옆에 있다. 즉 지금 루크레티우스와 태후는 바로 옆에서 지내고 있는 것과 같았다.

원래대로라면 태후는 황궁의 남쪽에 위치한 태후궁에 거해야 했다. 그러나 새로운 황제 즉위로부터 이제 겨우 이틀째. 게다가 태후는 선황을 잃은 충격에서 벗어나지 못한 데다 몸이 무겁다는 이유를 들어 대관식 때까지 황후궁을 떠나지 않겠다고 주장했다 한다.

원칙대로라면 말이 안 되는 상황이나, 당장 현 황제에게 자연히 황후 자리에 오를 황태자비가 없었으므로 황후궁을 사용할 사람이 없었다. 때문에 황후궁의 제대로 된 주인에게 자리를 비워 달라는 명분조차 없는 상황에서는, 황제라도 억지로 태후를 황후궁에서 내보낼 수가 없었던 것이다.

그 덕에 나는 황후궁으로 태후에게 인사하러 가는 이상한 상황에 처하게 되어 버렸다. 생각해 보면 사흘 전까지만 해도 본처와 새로 들어온 첩의 관계였는데, 이번에는 시어머니와 며느리의 관계다. 이거 말이 되는 건가?

너무 정신이 없어서 미처 생각을 못했는데, 선황의 후궁이었던 내가 아들인 현 황제의 비가 되는 데 별다른 거부가 없는 것이 이상했다. 법적인 문제가 없다는 건 지난번 성녀와 재상의 입을 통해 들었지만, 과연 감정적인 거부감이 없을지 모르겠다.

우리나라, 특히 조선시대 같은 정서라면 말도 안 될 일일 텐데 말이다. 서양 쪽은 분위기가 좀 다른 것으로 알고는 있지만 말이다.

일단 지금 상황이나 문화적인 분위기를 보면 이곳은 서양 쪽에 가까운 것 같았다. 차이가 있다면 황제에게 황후 외에, 황비들이라는 후실이기는 하나 인정받은 처들이 더 있다는 것 정도가 내가 아는 지구의 서양과 다르다.

나는 행동거지의 롤모델을 한국에 있을 때 본 사극 여자들로 삼고 있다. 그나마 우리나라와 해외를 불문하고 역사를 좋아해서, 사회탐구 선택과목으로 한국사는 기본이요, 전체 수험생의 8퍼센트밖에 안 된다는 세계사를 선택한 인종 중 하나가 나였기에 다행이다.

세계지리 부도에 부록으로 붙은 서양 각 왕가 계보도를 보며 재밌다고 좋아하는 별종이 나였다. 대학도 역사 관련 학과를 가려고 했었다.

그렇다고 해도 재미 삼아 교과서와 참고서로 공부한 내용은 너무 얄팍했다. 이럴 줄 알았다면 좀 더 제대로 배워 두는 건데.

지금은 모두 부질없는 생각이다. 다시 돌아가서 제대로 배우고 온다는 것은 말도 안 되고, 돌아가면 다시 여기 올 이유가 없다. 일단은 돌아가야 재수든 삼수든 수능을 치고 대학도 갈 수 있다. 그러려면, 일단 살아남아야 하지 않겠나.

나는 깊이 심호흡을 했다. 가슴이 당장이라도 터질 듯 두방망이질 쳤다. 슬쩍 옆을 내려다보자 부들부들 떨리는 손끝이 눈에 들어왔다. 떨림을 감추기 위해 손끝에 힘을 주어 치맛자락을 살짝 감아쥐었다.

처음부터 얕보일 수는 없다.

태후의 시녀장이 안쪽으로 고하는 목소리가 울렸다.

"폐하, 1황비 전하 드셨습니다."

인생, 실전인 거야!

나는 이미지 트레이닝으로 두 뺨을 찰싹찰싹 쳐서 정신을 챙기는 상상을 하며, 가슴을 곧게 펴고 발끝에 힘을 주어 방 안으로 들어섰다.

마치 무리의 우두머리 주위를 둘러싼 암사자들처럼, 태후를 위시한 일단의 귀부인들이 응접실에 모여 있었다. 아마도 태후를 따르는 일파의 이들이리라.

그들의 시선이 살을 찌르는 듯했다. 제발 지금 몸 전체에 가득 찬 긴장이 겉으로 드러나지를 않기를 빌며 천천히, 그러나 굼뜨지는 않게 예를 표했다.

"1황비 사비나 데 보네피트가 태후 폐하를 뵙습니다."

잔뜩 꼬이고 꼬인 속내가 명백하게 드러나는 태후의 목소리가 머리 위로 떨어졌다.

"일어나게."

"감사합니다."

그러자 태후의 주변을 보호하듯, 혹은 숭배하듯 둘러싸고 있던 부인네들이 단번에 인사해 왔다. 그들은 마치 한 명이 말하는 듯 일사불란한 한목소리로 예를 표했다.

"1황비 전하를 뵙습니다."

전장에 나서는 군대를 연상하게 하는 엄정함이었다. 나를 따른 일행들은 내가 태후에게 인사를 올릴 때 함께 예를 표한 것으로 끝이었다.

태후궁 시녀장의 안내를 따라 태후의 맞은 편 자리에 앉자, 나를 따라온 시녀장 사만다가 나서서 들고 온 금빛 상자를 은쟁반에 들어 올리곤 태후에게 다가가 아뢰었다.

"이것은?"

"비 전하께서 폐하께 올리는 하례 선물입니다."

태후가 의아한 얼굴로 하문하자, 백작부인은 누가 보아도 흠을 잡기 어려운 부드럽고 상냥한 미소로 답을 올렸다.

태후의 미간이 살짝 일그러졌다. 하례는 응당 축하의 의미를 담는 것. 새 황제의 즉위란 원래대로라면 그 어미인 태후에게 최고의 경사다. 따라서 황제 즉위 직후 며느리인 황비가 태후에게 하례 선물을 올리는 것은 당연하다.

문제는 현 황제의 즉위가 태후에게 결코 환영할 만한 일도, 축하받을 일도 아니라는 것이었다.

이건 어그로 끄는 거잖아? 내겐 미리 상담도 없이!

태후는 잠시 찡그린 미간을 간단히 팽팽하게 펴고는, 내게 얼굴을 돌렸다. 으아, 웃는 얼굴에 저렇게 살기가 돌기도 힘들 것이다. 식은땀을 흘리는 내게 태후는 낮은 목소리로 답례의 감사를 전한다.

"고맙네. 이제 느긋하게 뒷방에 물러나 그대의 효도만 받을 수 있을 터이니 당연히 감사해야겠지."

"……."

대체 뭐라고 대꾸해야 할지 모르겠다. 긴장과 당혹으로 머리가 하얗게 비어 제대로 대답을 못하고 있는 사이, 태후가 손을 들었다.

"어디 한번 열어 보게나. 내가 처음으로 받은 하례품이 무엇인지 좀 보자꾸나."

사만다에게서 상자를 받은 태후의 시녀장이 태후와 그 일파 귀부인이 보는 앞에서 상자를 열었다.

금색으로 번쩍거리는 상자 안에서 나온 것은 검은 빛의 작은 금속 통이었다. 위에 은색 음각 상감이 멋들어지게 들어가 있었다.

태후의 곁에 앉은 여인의 입에서 탄성이 터졌다. 사만다는 기다렸다는 듯이 설명했다.

"근 100년간 최고 품질이었다는 작년에 수확된 홍차, 카마일락입니다."

"세상에, 이건 같은 무게의 금이 아니라 같은 부피의 금과 동일하게 거래된다는 물건이군요!"

누군지는 모르겠지만 한 귀부인이 차를 알아보았다. 그러자 옆에 앉은 귀부인도 경탄하여 맞장구를 쳤다.

"저는 부인만큼 차에 조예가 깊지는 못하지만, 작년 카마일락 산

차가 정말 귀한 품질이라는 소문은 들어 본 적 있어요."

주변에서 고개를 끄덕이며 동의하는 소리가 작게 울렸다. 태후는 불만스러운 표정으로 그들을 빤히 노려보았다. 예상치 못한 귀한 차에 잠시 관심을 빼앗겼던 귀부인들은 태후의 불편한 심기를 깨닫고 입을 다물고 차에서 시선을 거두었다.

태후는 여전히 마뜩찮은 얼굴 그대로 입술만을 움직여, 너무나 부자연스러워 가면 같은 미소로 나를 보았다.

"이거 이거, 너무 고마워서 어쩌나?"

이미 납작 엎드려 분노를 피하는 방책은 텄다. 게다가 설사 내가 그렇게 나갔더라도 태후가 그냥 놔둬 줄지 확신할 수 없었다. 도리어 더 얕보고 좋을 대로 휘두르려 할 가능성도 높았다.

사만다가 이미 앞장서서 저 보스 몬스터의 어그로를 끌어 주었으니, 내게 선택의 여지는 남지 않은 셈이었다. 애초에 황제와의 거래를 생각하면, 그리고 태후의 입장을 생각하면 나와 태후가 잘 지낼 수 있는 가능성은 영에 가깝다.

나는 입술을 한번 꾹 눌렀다가 뗐다.

"황공하옵니다. 어제의 경사를 맞아 제가 할 수 있는 최선의 것으로 준비를 했습니다. 마음에 드신 것 같아 마음이 놓입니다."

나는 '경사'라는 단어에 힘을 주어 발음할 때 태후의 미간이 미세하게 떨리는 것을 놓치지 않았다.

태후는 바로 얼굴에 떠오른 불편한 심기를 거두고 가볍게 손뼉을 쳤다. 짝, 짝, 날카로운 소리가 방 안을 울렸다.

"자아, 그럼 황비의 선물을 우리 함께 즐겨 볼까?"

자리는 갑작스럽게 티타임으로 바뀌었다. 시녀들이 분주히 움직여 다구를 내어 왔다.

그들이 가져온 찻잔과 티포트 등의 다구를 보는 순간 나는 절로 얼굴이 굳어 버렸다.

티스푼 하나까지 전부 번쩍거리는 은제 식기들이었다.

"……."

나와 사만다의 굳은 얼굴에 태후는 아무렇지도 않게 부연했다.

"아무래도 홑몸이 아니다 보니 늘 이렇게 조심하고 있다네."

크렌시아 제국의 사교계에서 식기 전체를 은으로 쓰는 것은, 특히 누군가에게 초대를 받아 간 자리에서 자신이 가져간 은식기를 쓰거나, 타인이 선물한 먹을 것을 은그릇에 담아 상대가 보는 앞에서 먹는 일은 큰 결례 중 하나였다. 상대를 결코 믿을 수 없다는 노골적인 표현이기 때문이다.

물론 독을 검사하는 정도는 모두들 하나, 이렇게까지 거창하게 하지는 않는다. 식기 테두리에 은으로 문양이나 장식을 넣어 사용하는 것이 일반적이다.

이런 상황은, 제국 예법을 대충만 습득한 나도 충분히 알 수 있는, 대놓은 모욕이다.

태후의 시녀들은 표정 하나 깜짝하지 않고 은제 티포트에 차를 우려내었다. 부드러운 온기와 감미로운 차의 향이 방 안에 퍼졌지만, 방 안의 차게 식은 공기를 풀어주지는 못했다.

시녀들은 비웃듯이 내 앞에도 튤립 모양 은제 찻잔을 내려놓았다. 태후와 귀부인들은 하나같이 흥미진진한 얼굴로 나를 관찰하고 있었다. 여기서 내가 어떻게 대응하느냐에 따라 이들의 태도 역시 결정되리라.

결정은 빨랐다. 저들의 페이스에 넘어갈 생각은 없었다. 이것은 황제를 대하며 느낀 것이다. 상대의 페이스에 끌려가기만 해서는 아무것도 제대로 할 수 없다.

나는 일부러 생긋이 웃었다. 그리고 누구보다 빠르게 손을 뻗어 은제 찻잔을 집어 들어 바로 한 입, 차를 음미했다.

"……."

꿀꺽.

여보란 듯 차를 몇 입 마신 나는 황당한 얼굴을 한 태후가 입을 열기 전에 선수를 쳤다. 태후는 아마 윗사람 앞에서 먼저 차에 입을 댄 무례를 질책하려 했을 터다. 그런데 내가 꺼낸 말은 좌중의 예상 범위를 훨씬 뛰어넘었으리라.

"이상은 없군요. 이제 안심하시고 드셔도 되겠습니다, 태후 폐하."

태후의 입가가 미세하게 떨렸다.

응접실 안의 공기가 쨍하니 얼어붙었다. 태후 일파의 귀부인들과 시녀들, 그리고 나를 따라온 사만다와 소수의 시녀들이 보내는 경악한 시선이 뺨을 따갑게 찔렀다. 물론 나는 무시한 채 한껏 미소를 지어 대응했다.

나는 내가 한 행동의 의미를 알았다. 선물에 독이 들었을까 걱정된다고 대놓고 모욕을 준 태후에게, 독 따위는 하나도 들지 않았다고 직접 한발 앞서 먹어서 보여 준 것이다. 그녀의 은밀한 조롱을 수면 위로 끌어올려 정면으로 부정한 것.

어찌 본다면 그녀의 속 좁음을 직접적으로 비꼰 행위이기도 하다. 이제, 어찌 될지는 태후의 태도에 달려 있다.

얼굴에 철로 된 가면을 쓰고 있다고 스스로 최면을 걸며 미소를 유지했다. 도대체 무슨 배짱인지는 나도 잘 모르겠다.

태후의 침묵과 내 미소가 대치하는 시간은 한없이 더디고 더디게만 느껴졌다. 그러나 아무리 긴 시간이라도 끝은 있는 법. 게다가 이 경우에는 실제로 흐른 시간은 체감보다 훨씬 빨랐으리라.

차갑게 굳은 얼굴로 나를 지그시 바라보던 태후는, 곧 높디높은 홍소를 터뜨렸다. 방 안 전체에 마치 해일처럼 웃음의 파도가 우르르 몰려왔다.

"훗, 오호호훗!"

응접실을 전체에 감도는 당장에라도 끊어질 것 같던 긴장감이 어이없이 툭 스러졌다.

조금 놀라서 실수로 찻잔을 떨어뜨릴 뻔했다. 다행히 살짝 찻물이 찰랑이는 정도로 끝났지만.

태후는 긴 웃음소리를 끊어 내고는 손을 슥 흔들었다. 태후의 시녀장이 찻잔을 올렸다. 태후는 한 모금 마시고는 고개를 끄덕였다.

"과연, 네 말대로구나. 게다가 향도 맛도 또한 그윽하여 과연 상품이로다."

그녀의 말이 끝나자, 모든 이들이 기다렸다는 듯이 찻잔을 들어 올려 차를 음미했다.

차의 맛과 향에 대한 귀부인들의 상찬이 한마디씩 더해지자 곧 응접실은 조금 전의 긴장감이 거짓말이었던 것처럼 화기애애한 수다 꽃이 우르르 피어났다. 너무나도 빠른 상황 변화였다.

태후는 나를 의미심장한 얼굴로 바라보며 생긋이 웃었다. 나이가 꽤 있음에도 여전한 미모였으나, 한 꺼풀 안에 든 독의 향이 너무나도 강했다. 입꼬리는 맵시 있게 끌려 올라갔지만, 눈은 여전히 웃고 있지 않았다.

황태자가 뱀이라면, 태후는 맹금.

그녀는 간발의 차이로 제 발톱 끝을 비껴간 생쥐를 노려보고 있었다.

"이거, 명석하고 효심 깊은 며느리를 얻게 되어 기쁘구나. 내 과한 노파심을 그리 앞장서서 희석시켜 주다니, 대단한 아이야. 과연 폐하께서 무리하여 얻으려 드실 만하구나."

언뜻 듣기에는 칭찬이다. 그러나 무언가 가시가 느껴졌다. 아니나 다를까, 조금 전 사만다가 가져온 차를 가장 먼저 알아본 귀부인이 때만 기다리던 맹수처럼 앞장서서 태후가 흘린 미끼를 집어 들었다.

"그러고 보면 저는 비 전하를 뵐 수 있다 하여 기대를 많이 하였답니다."

등 뒤에서 사만다가 속삭였다.

"데클레어 백작부인입니다."

나는 고개를 끄덕였다.

"저도 뵙게 되어 기쁩니다, 데클레어 백작부인."

이름을 불린 그녀는 고개를 한 번 숙여 가볍게 예를 표하고는 말을 이었다. 단어 하나하나를 꽃잎처럼 이어붙인 그것은 실은 꽃잎이 아니라 가시로 무장한 무기였다.

"이틀 전에는 선황 폐하의 후궁, 그리고 이제는 폐하의 비. 가히 경국지색이 났다고들 수도에 소문이 자자하답니다. 과연 실제로 뵈니……."

"……."

데클레어 백작부인은 노골적으로 말꼬리를 흐렸다.

분노가 치밀었다. 아, 그래, 내가 객관적으로 눈에 띄는 엄청난 미녀가 아니기는 하지. 아마 나라도 아무것도 모른 채 부자父子를 차례로 홀린 요부라고만 들으면 눈가에 색기가 흐르는 미녀를 상상할 거다. 거기에 나를 끼워 넣는 건 어른 옷에 아이를 억지로 집어넣는 것과 다를 바 없었다.

그 조롱에 응접실에 짧은 웃음소리들이 화르르 터졌다가 꺼지기를 반복했다.

데클레어 백작부인은 내가 처한 상황까지 한꺼번에 비웃고 있었다. 하루 차이로 부자에게 차례로 시집간 여자다. 여기에서도 내 처지가 곱게 보이지 않을 가능성이 컸다. 나 자신도 내가 황제의 비가 되는 게 말이 되는가 하고 의문을 가졌지 않은가.

덕분에 살짝 엉뚱한 희망이 떠올랐다.

내게 황비의 자격이 없다면, 저 좀생이 황제도 이용가치가 없다고 황궁에서 내보내 주지 않을까?

그때였다. 등 뒤에서 높은 목소리가 데클레어 백작부인의 말꼬리를 잡고 늘어졌다.

"백작부인, 비 전하께서는 선황 폐하의 후궁 후보이셨지 정식 후궁이 아니셨습니다. 폐하의 비가 되시기에 결격사유는 없습니다."

응? 이건 또 무슨 소리예요?

갑작스런 사만다의 지원사격에 응접실 전체에 술렁거림이 커졌다. 공격당한 데클레어 백작부인이 눈꼬리를 떨며 반문했다.

"그건 무슨 궤변인가요? 우리 모두가 비 전하께서 바로 이틀 전에 선황 폐하의 후궁으로서 궁에 들어 책봉까지 받으신 것을 알고 있어요!"

동의하는 목소리들 몇이 맞장구를 쳐 왔다. 그러자 사만다는 여유 있는 미소로 답을 건넸다.

"국법상 혼인은 초야를 치른 뒤 완성됩니다. 비 전하께서 이틀 전 신방에 드시기도 전에 선황 폐하께서 서거하셨으니, 혼인은 성립되지 못한 것이지요. 그렇지 않습니까? 토루카 후작부인."

사람들의 시선이 모인 이는 태후의 곁에 선 시녀장이었다. 아마도 그녀의 위치나 대답이 제대로 된 공신력을 가지는 모양이다.

잠시 딱딱한 얼굴로 응접실 전체를 바라보던 토루카 후작부인이 마침내 입을 열었다.

"틀리지 않습니다."

사만다는 생긋이 웃으며 가볍게 몇 마디로 부연하고 다시 내 등 뒤로 물러났다. 마치 결투에 승리한 기사가 당당하게 제자리로 돌아가는 듯했다. 그녀는 낮은 목소리로 속삭여 주었다.

"3대 전 토루카 후작가 출신의 황후 폐하와 1황비 전하께서, 비슷한 이유로 본래 혼인하셨던 부군의 아우이신 셀레투스 2세 폐하와 재혼하신 전례가 있습니다. 누구도 두 분이 셀레투스 폐하의 후비后妃가 되시기에 자격이 모자라다 말하지 않았습니다."

이해할 수 있었다. 태후의 시녀장 토루카 후작부인은 자기 가문 출신으로 나와 비슷한 상황을 겪은 바 있는 황후와 황비의 예가 있기에, 내 적법함을 부정할 수 없었던 것이다. 나를 부정하는 것은 그녀들을 부정하는 것이 되기 때문이다.

토루카 후작부인이 태후 일파에게 가지는 영향력은 대단한 모양이었다. 그녀가 인정하자 대단한 불명예라도 되는 듯 떠들던 이들이 얌전하게 입을 닫았다. 얼굴에 떠오른 불만까지는 어쩔 수 없어도, 말 한마디로 적어도 입만은 닥치게 만들 수 있다니, 대단하다.

감탄하는 사이 사만다의 부언이 이어졌다.

"토루카 가문은 태후의 친정이기도 합니다."

과연. 나는 살짝 고개를 끄덕였다.

그렇다면 토루카 후작부인은 태후의 인척이라는 말이 된다. 게다가 3대 전 황후와 황비의 일은 태후의 가문 일이기도 한 것이다. 내 정당성을 걸고넘어지려면 그쪽까지 문제가 되어 버린다.

머릿속으로 구도를 그리며, 한국에서라면 절대 맛볼 엄두도 못 냈을 고급 차를 조신한 척 즐겼다. 아, 여자들의 대화는 무시무시하다.

그렇다고 해도 황제와 1대 1로 대화하던 때보다 긴장감이 들거나 무섭지는 않았다. 물론 태후와 단둘이서만 만났다면 이야기는 달랐으리라.

이번에는 선공을 해 보기로 했다.

나는 생긋이 찻잔을 비우며 태후에게 먼저 질문을 던졌다. 공격을 하려면 먼저 움직여야지.

"옥체는 강녕하신지요? 제가 부족해서 가장 먼저 여쭈어야 할 말을 올리지 못했습니다."

"덕분에."

태후는 그리 말하며 자신의 배를 쓸어내렸다. 눈에 띄게 부푼 그 배는 대략 6, 7개월은 되어 보였다. 산달이 그리 멀지 않은 것 같다.

뱃속 아이가 만약 아들이라면 황제에게 정말 큰 위협이 될 것이다. 저 아이와 태후 일만 해결되면, 황제는 나를 놓아주고, 도와줄 수도 있으리라.

태후는 과장되게 배를 내밀어 쓰다듬었다.

"그래, 이 아이도 아주 건강하단다. 부디 선황 폐하를 닮은 황자이기만을 바랄 뿐."

음, 그래도 그 선황을 닮은 건 좀 그렇지 않을까요?

나는 아직도 선황의 주름진 얼굴과 투실한 배를 기억했다.

내가 어찌 보면 전혀 상관없는 생각을 하는 동안, 태후 주변의 여자들이 호들갑을 떨며 맞장구를 쳤다.

"그렇지요."

"마땅히 황자이실 겁니다."

"선황 폐하의 당당하고 분명한 아드님으로 총애 받으셨을 터인데……."

저 당당하고 분명하다는 표현은 은연중에 현 황제의 출신을 의심하는 뜻을 담고 있었다. 그러고 보면 지금 태후의 이전 황후가 불륜의 씨앗을 품었다는 이유로 처형당했다고 했었지.

황제가 해 준 이야기에 따르면 처형된 황후가 바로 그의 친모일 것이다. 또 처형 원인을 제공한 자야말로 태후 카틀레야다.

나는 그녀의 붉은색 눈동자를 똑바로 바라보았다. 그리고 공손히 웃으며 한 번 더 공격을 던져 주기로 했다.

애초에 황비인 내 앞에서 황제의 혈통을 의심하는 것부터가 공격이잖아. 선공을 받았다면 마주 날려 주는 것이 인지상정.

오늘 아침 본 황제의 재수 없는 웃음을 떠올리며 최대한 따라하려 노력했다.

"무거운 몸으로 선황 폐하의 일을 당하시어 저도 폐하께서도 걱정이 컸답니다. 그런데, 직접 와서 뵈니 안심했습니다."

"무엇을?"

미소의 효과는 금방 나왔다. 질문하는 태후의 목소리가 꽤 불편하게 들렸다. 아, 이래서 황제 그 인간이 내 앞에서 그렇게 쪼갠 거구나.

"태후께서 안색이 강녕하기 그지없어 보이시고, 차림새로 보아 심사도 명랑하신 듯하니, 큰 근심을 덜었답니다. 태후께서 무탈하시니 뱃속의 황손께서도 무탈하시겠지요."

쫘악, 응접실 전체에 물 뿌린 듯 침묵이 가라앉았다.

지금 당신 얼굴이나 차림이 이틀 전에 상을 당한 사람 같지 않은 건 사실이니까. 나는 점잔을 빼며 사만다에게서 두 잔째 찻잔을 받아들었다.

아, 차가 달다.

한국에 있을 때 홍차를 그다지 즐기지 않았다. 향은 꽃이 만발한 것 같아도 입 안에 넣으면 따뜻한 향수를 마시는 것 같은 맛이기 때문이었다. 하지만 지금은 그 데운 향수 같던 차가 꿀이라도 탄 듯 달았다.

아까 은식기를 놓고 독 검사를 대신 해 주면서 던진 폭탄보다 이게 더 충격이 큰 모양이었다. 주변 모든 사람들이 숨소리조차 죽인 채, 느긋한 나와 대조적으로 조용한 태후를 번갈아가며 눈치를 보았다.

침묵은 조금 전보다 훨씬 길었다. 이 정도면 제법 회심의 일격이라 자신하며 여유를 가지고 결과를 기다리고 있던 나조차도 불편한 고요함이 길어지자 의아할 수밖에 없었다.

태후가 장고長考 끝에 내놓은 수는 나를 정말로 당혹스럽고도 난

처하게 만들었다.

태후의 눈에서 구슬처럼 눈물이 후드득 떨어지기 시작한 것이다.

바로 눈치챈 태후의 시녀와 귀부인 들이 사방에서 소란을 피웠다.

"태후 폐하!"

"세상에, 폐하!"

"고정하시오소서!"

"폐하!"

나는 당혹감으로 완전히 얼어붙어 버렸다.

그사이 태후는 시녀들이 과하게 부산을 떨며 가져 온 거미줄을 모아 짠 듯 얇은 손수건으로 눈물을 훔치며 몇 마디 서럽게 중얼거렸다. 주변이 시끄러운데도 똑똑하게 들렸다.

"폐하……, 제가 폐하를 뒤따랐어야 하는데…… 욕된 목숨이 혼자 살아서……."

다들 소란을 피우며 그 무슨 망극한 말씀이시냐며 달랬다.

당혹스러움이 심해졌다. 선황이 죽은 지 겨우 이틀 지난 오늘 아침부터 황제의 잔에 독을 탈 정도로 강인한 태후이니, 내가 쑤시면 당연히 벌집처럼 들고 일어나리라 예상한 탓이다. 한데 이 여자는 내 허를 찔러 반대로 행동했다.

"폐하, 태중의 황손을 생각하소서."

모두가 입을 모아 목 놓아 우는 태후를 챙기고 달랬다.

적극적으로 태후를 돌보던 시녀장 토루카 후작부인이 별안간 내게로 표독스런 시선을 향했다. 태후가 무언으로 신호라도 한 것일까? 절묘한 타이밍이었다.

토루카 후작부인의 목소리는 깨진 유리 조각처럼 날카로웠다. 직접 들은 적은 없지만, 전투의 시작을 알리는 화살이 공기를 가르는 소리를 연상시키는 기세였다.

"비 전하! 어찌 말씀을 그리하실 수 있습니까! 태후 폐하께선 선황 폐하의 일이 있으신 후 거의 잠을 주무시지 못하셨습니다! 오늘도 저희가 쉬시라고 강권한 것을 주변에 부담을 주기 싫다 하며 부러 꾸미시고 전하를 모신 것이온데……! 비 전하께서도 이틀 전까지만 해도 선황 폐하의 후궁이 되실 분이셨으면서 어찌 이리도 가혹하십니까……!"

따가운 시선들이 이쪽을 향했다.

이거, 왜 이렇게 돌아가는 거야? 지금 이 상황은 내가 악당인 거야?

낮은 수군거림이 퍼져 나갔다. 태후파 귀부인들과 시녀들은 나를 갓 남편을 잃은 데다 임산부인 웃전을 핍박한 악독한 여자로 보고 있었다.

아니, 먼저 공격한 건 저쪽이라고?!

황당함과 억울함이 목에서 북받쳐 올랐지만, 적어도 여기서 다시 막 나갔다가는 역효과만 날거라고 예상할 주변머리는 되었다. 속으로 이를 바득바득 갈며 상황 수습에 나섰다.

태후의 곁으로 다가갔다. 소매에서 손수건을 꺼내 그녀의 턱에 아롱진 눈물을 닦으며 손을 꼬옥 잡아 주었다.

순간적이나마 뭐 씹은 듯한 표정이 우는 중인 태후의 얼굴에 스쳐 지나갔다.

나는 온 힘을 다해 혀를 씹으며 억지 눈물을 짜냈다. 이 짜증 나는 상황 덕에, 적어도 억울함의 눈물 정도는 짜낼 수 있었다.

나는 조금 전 던진 말에는 정말 단 한 점의 비꼼 따윈 없이 문자 그대로의 안도와 걱정뿐이었음을 강력하게 피력하기 시작했다. 정말 그러했는가는 중요하지 않다. 내가 그렇게 우기는 것이 중요할 뿐!

“그렇게 받아들이시다니, 이를 어쩌죠! 저는 그저 태후께서 슬픔으로 건강을 해치시지 않을까 저어한 것뿐이랍니다! 제 눈치 없는 말이 태후 폐하께 그리 깊은 상처를 드렸다니 이를 어찌 사죄하면 좋을까요.”

나는 이대로라면 올해의 여우주연상은 따 놓은 당상이라고 자평할 만큼 열렬하게, 혼신의 힘을 다해 연기했다.

스스로 생각하기에도 시어머니의 오해를 슬퍼하고 걱정하는 착한 며느리인 척하는 자신이 가증스러웠지만, 어쨌든 겉으로 보기에는 흠 잡을 여지가 없을 정도는 성공한 것 같았다.

좀 막 나가긴 했지만 말 자체만 놓고 보면 태후의 건강을 걱정하는 내용이긴 했으니까.

태후는 눈물을 거두며 해사하게 웃었다. 과하게 몰아붙이지 않고 몸을 빼는 거다.

아, 역시 이 여자도 만만치 않구나.

“이런, 내가 홑몸이 아니라 감정 기복이 격해져서 그만 주책을 떨어 버렸구나.”

그리 말하는 태후는 그야말로 자애로운 시어머니의 표본과도 같아 보였다. 앞서 본 모습들이 아니라면, 그리고 조금만 경계심이 낮은 사람이었다면 깜빡 속아 넘어가기에 부족함이 없었다. 나는 마주 웃으며 등 뒤로 식은땀을 줄줄 흘렸다.

순식간의 일이었다. 자애로운 시어머니이자 갓 남편을 잃은 가련한 임산부의 가면을 쓴 태후가 환하기 웃으며 갑작스럽게 나를 끌어안은 것은.

"정말로, 고맙구나."

기습을 당해 놀라서 굳은 사이, 태후는 내 귓전에 나만 들을 수 있을 만큼 조용하게 독을 퍼부었다.

"맹랑한 아이로구나. 어디, 한껏 재롱을 부려 보렴. 길지 못할 테니."

"……감사, 합니다."

나는 가까스로 목소리를 떨지 않고 가식적인 대답을 하는 데 성공했다.

섬뜩하다. 얼음을 갈라 만든 맹금의 발톱이 내 척추를 훑어 올리는 듯한 감각.

역시 보스 몬스터였다. 절대 만만치가 않으리라.

황궁에서의 남은 앞날이 참으로 험난하리라는 것을 확신에 가깝게 예감하며, 상황의 여파를 최소한으로 줄이기 위해 온 힘을 다해 아름다운 뒷마무리를 시도했다.

간신히 문안을 마치고 나섰을 때, 나는 두 손이 차가운 땀으로 흠뻑 젖어 있음을 뒤늦게 깨달았다.

카틀레야의 서늘한 목소리가 귓전을 떠돌았다.

"에휴……."

절로 한숨만이 푹푹 흘러나왔다. 등 뒤에서 직접 옷 벗는 시중을 들던 사만다가 낮은 목소리로 나를 위로했다.

"그 정도면 태후 앞에서 잘 처신하신 것입니다. 너무 걱정하지 마세요."

"정말인가요?"

의아해서 되물었다. 초반에야 좀 공격이 들어가나 싶었어도 막판에 완전히 발리고 왔는데?

"전하께선 젊으시고 또한 폐하의 유일한 비이십니다. 태후가 지는 해라면 전하께선 뜨는 해이신 거지요. 아직 부족하시더라도 그만큼 발전하실 수 있는 것이고, 또한 제가 보기에 나이에 비해 한참 조숙하시고 또한 명석하시니 곧 자리를 잡으실 겁니다."

"너무 금칠하지 말아요."

나는 피식 웃었다.

태후나 오를린에 비해 편하고 나은 것은 맞지만, 사만다도 허심탄회하게 믿기에는 무리가 많았다.

살짝 운을 띄워 보았다.

"아까 차, 누가 준비한 거죠?"

"……폐하께서 미리 하명하여 두셨습니다."

역시.

나는 거울을 보고 있던 몸을 돌려 그녀에게로 시선을 돌렸다. 최대한 엄하게 들리기를 빌며 목소리를 낮추어 당부했다.

"앞으로 아까처럼 내 명과 상관없이 먼저 움직여 태후 측을 자극하는 일은 삼가세요."

하례 선물이라며 태후에게 차를 들이민 사만다의 행동은 내 등을 떠민 것과 다름없었다. 그녀는 황제의 심복. 적어도 내가 태후에게 넘어가는 일은 막으려 할 것이다. 황제의 명령이어서든 아니든, 결국 그가 원하는 방향으로 행동하려 하겠지.

하지만 내 행동까지 알아서 뒤흔들어 버리는 짓은 절대 사절이다. 특히나 태후 같은 거물 앞에서 이 여자가 멋대로 굴면, 나는 아까처럼 제대로 된 대비도 없이 싸워야 하는 상황에 처할지도 모른다.

사만다는 얼굴을 굳히더니 무릎을 꿇었다.

"예, 명심하겠습니다. 전하."

잔뜩 경계를 하고 있으면서도 이렇게 깍듯한 태도를 보면 마음이 풀리고 말았다.

이게 다 오를린 그 여자랑 너무 비교되어서 그런 거야. 이건 오를린의 또 다른 폐해인가?

그러고 보면, 오늘도 너무나 폭풍 같은 하루라 오를린 일을 잊고 있었다. 벗은 겉옷을 시녀에게 넘겨주는 사만다에게 가볍게 물었다.

"에일 공국에서 나를 따라온 시녀장은 어찌 되었죠?"

사만다는 가볍게 웃으며 내 마음에 쏙 드는 대답을 들려 주었다.

"전하를 따라온 시녀장이라는 이가 생각보다 기본적인 것도 제대로 알지 못하는 듯하여 말입니다, 에일 공국의 수준을 알겠더군요. 일주일 간 황궁 예법을 새로 교육 받도록 명을 내려 두었습니다."

웃으며 고개를 끄덕였다.

아, 태후와 그렇게 진 빠지는 일전을 치르고 왔는데 그 여자의 얼굴까지 보아야 했다면 견디기 힘들었을 거다.

사만다에 대한 평가를 한 단계 높이며 살짝 콧노래를 불렀다. 힘든 하루였다. 이제 자면 되겠지?

내 기쁨 어린 예상은 잔인하게 깨어졌다. 사만다가 전혀 예상치 못한 말로 나를 화들짝 놀라게 한 것이다.

"그럼 이제 씻으시고 폐하를 맞이하실 준비를 하셔야지요."

"뭐라고요?!"

뭐시라고라?

5. 동상이몽

5. 동상이몽

마치 초승달을 연상하게 하는 흰색 욕조의 부연 물 위에 붉은 장미꽃잎이 한가득 뿌려져 있었다. 주변에 늘어선 시녀들은 다들 양손에 용도를 알 수 없는 도자기 항아리를 하나씩 든 채였다.

뭐, 뭘 하려는 거야?

나는 기름칠을 잊은 기계처럼 부자연스러운 동작으로 사만다를 돌아보았다. 나를 여기까지 반 강제로 끌려오게 한 원흉.

"저, 이미 황궁에 온 직후에 씻었잖아요?"

나 피부 건조한 편이라 자주 씻으면 오히려 피부 거칠어진다고요?

게다가 여기는 한국에서처럼 자주 샤워하고 씻는 풍습은 없는 걸로 안다. 그래서 에일 공국에서 지낼 때 꽤 고생했던 기억이 선명했다. 날씨도 겨울이라 자주 목욕을 할 이유는 마땅히 없었다.

그러나 가차 없는 미소를 띤 사만다는 조금 전 보인 정중함과는 정반대로 막무가내였다. 그녀는 고개를 저으며 내 어깨를 단단히 잡았다.

"새신부가 아니십니까? 신혼 때는 무리해서라도 몸을 정결히 하셔야지요. 오늘 밤도 폐하께서 들르시겠다 하셨답니다. 사실 어제는 원체 갑작스럽게 폐하께서 명을 하시고 1황비궁을 비우고 치워 침실을 마련하는 것이 다라 미처 제대로 된 준비를 하지 못하였답니다. 송구스러울 따름입니다. 그래도 오늘은 완벽하게 준비하였사오니 안심하십시오."

"아니……, 그러니까 필요 없……, 꺄악!"

나는 사만다와 시녀들의 능숙한 손길 아래 순식간에 알몸이 되었다. 추, 추워! 아니, 내 의지에 반해서 멋대로 움직이지 말라고 말한 게 방금 전인데?

더 뭐라고 하고 싶었지만, 알몸으로 항의하는 것도 꾸짖는 것도 위신이 안 섰다. 조금 전 깍듯하던 사만다와는 사람이 달라진 듯 기세가 무시무시해서 마구 밀릴 뿐이었다. 사만다가 인간 전차 같아 보였다.

"어서 욕탕에 듭시옵소서."

맑게 웃으며 내 어깨를 잡아 떠미는 사만다의 기세에는 내 반항을 용서하지 않는 무언가가 있었다. 조금 전 그녀가 내 시녀장이었다면, 지금의 그녀는 엄마나 고모라도 된 것 같았다.

그 기세에 어영부영 밀려, 무엇보다 알몸으로 있기에 공기가 제법 추웠기에, 나는 결국 항복하고 욕탕으로 기어들어갈 수밖에 없었다.

"하아……."

기겁하고 저항하기는 했지만 따뜻한 욕탕에 몸을 담그는 일은 정말 기분 좋다. 게다가 물 자체가 특별하거나, 장미꽃 말고도 무언가 입욕제 같은 것을 넣었는지 색깔도 감촉도 특이했다. 미끌미끌. 기분 좋은 향기가 진동했다.

손가락으로 물을 찰박거렸다. 참 신기한 감촉이야.

"색깔도 감촉도 특이하네요."

"수도 인근의 마람 온천수를 오늘 아침에 직접 퍼 온 것이랍니다."

경악할 내용이었다.

"온천수를 퍼 왔다고요?"

"예. 그곳 온천수는 양은 적지만 피부 미용과 피로회복에 효과가 탁월하여서, 황궁의 귀한 분들은 이 물로 목욕하신답니다."

시녀들이 까르르 웃으며 설명해 주었다. 사만다는 그녀들이 농땡이를 부리고 있다 꾸짖으며 내 목욕을 진두지휘하기 시작했다.

"무엇들 하는 게냐! 샴푸와 향유는 넉넉하겠지?"

시녀 셋이 사만다 앞에 항아리를 들고 와 확인받았다. 그녀는 일일이 뚜껑을 열어서 손가락을 넣어 내용물을 확인하고는 새것을 가져와라, 더 저어 두어라 명령을 내렸다.

"세안제는?"

"여기 있습니다."

"좋아. 향유를 전하의 목욕물에 넣어 드리고 마사지를 시작하게. 다들 재게 움직이도록! 시간이 별로 없어."

내가 어어 하는 사이 목욕물에 향기 높은 향유가 섞였다. 곧 시녀 셋이 달려들어 내 몸 곳곳을 마사지하고 씻어 주기 시작했다.

"나 혼자서도 씻을 수 있……!"

항의해 봐야 이번에도 별다른 효과가 없었다.

내가 따뜻한 물 안에서 시녀들의 야무진 손끝 아래 흐늘흐늘 녹아 버렸다가 재조립되어 물 밖으로 나오자, 대기하고 있던 다른 시녀들이 깨끗하고 따뜻한 물로 몸을 씻어 주었다. 다음으로 간이침대 같은 물에 눕혀진 내 주위에 거의 십여 명의 시녀들과 하녀들이 우르르 몰렸다.

사만다의 지시가 정신없이 쏟아졌다.

"자, 너는 머리를 감겨 드리거라. 머릿결이 한 올이라도 상하시면 안 된다! 그리고 너희들은 향유로 다시 꼼꼼히 마사지를! 너와 너! 손발톱을 다듬어 드리거라."

시녀들은 일사불란하게 움직였다. 나는 바삐 움직이는 손과 손 사이에서 갈팡질팡하다 다시 녹진녹진 녹아 버리고 말았다.

아, 마사지 진짜 기분 좋다. 나는 한국에서도 에일 공국에서도 못 받아 본 호사에 잠시 정신을 빼놓아 버렸다.

정신줄을 잡았을 때는 모든 준비가 끝나 있었다.

"어?"

언제 다시 침실로 돌아온 거지?

"이 옷, 뭐야?!"

속이 다 비치는 이 민망한 시스루 잠옷은 또 뭐야아?!

내가 사만다에게 무어라 하려는 찰나, 그녀들은 한입으로 인사를 올리며 썰물처럼 방 밖으로 빠져나갔다.

"편히 침수 드시옵소서."

"잠깐만요!"

당연한 얘기지만 누구도 대답하지 않았고, 문도 꽉 닫혀 있기만 했다.

"하아……."

어쩐다.

방 안 곳곳을 다 둘러봐도 이 말도 안 되게 야한 옷을 가릴 말한 것이 없었다. 숄 하나, 천조각 하나 정도는 있을 법한데, 아무것도 없다.

침실 곳곳을 뒤지다가 결국 침대 속으로 꾸물꾸물 기어들었다. 이불이라도 뒤집어써야지.

홀로 듣는 이 없는 울분을 터뜨렸다.

"*사만다, 내일 두고 봐요!*"

그렇게나 멋대로 굴지 말라고 이야기했는데, 내 말을 콧구멍으로 들은 거야? 그 아줌마!

긴장감으로 머리끝까지 뻣뻣하게 굳어 버렸다.

어젯밤은 너무 정신이 없어서 미처 생각을 못했는데, 여긴, 그러니까…… 신방이다. 그와 나는 일단 대외적으로는 어제 결혼한 신혼부부고, 그는 곧 이 침실로 올 거다. 그리고, 그리고…….

일단 나와 루크레티우스의 의견이 어떠하든 주변이 원하는 것이 무엇인지는 분명했다. 그러나 내가 그것을 원하느냐는 완전히 다른 문제다. 아니, 그 인간이 내 법적인 남편인 것도 맞고, 절세의 미남자인 것도 맞지만, 침실에서 쥐도 새도 모르게 살해당하고 싶지는 않단 말이다!

눈을 말똥말똥하게 뜬 채 이불 속으로 더욱 기어들었다. 이불 밖으로 나와 있는 것은 두 눈 위쪽뿐이다.

아, 제발 그냥 혼자 자게 해 주세요. 살인자, 그것도 존속 살해범과 같은 침대 쓰는 건 어제 하루면 충분하다고요.

물론 나는 내가 그 살인범의 공범이라는 사실은 의도적으로 무시했다.

……물론 살해당하는 일만 걱정되는 것은 아니다.

이곳에 온 뒤 단 하루도 머리가 복잡하지 않은 적이 없었지만, 지금은 더했다. 그래, 도피하지 말자. 지금 내가 걱정하는 건 황제놈이 나를 침실에서 슥삭 해치워 버릴까가 아니다.

어제와 달리 본격적으로 위험해진 듯한 분위기가 진짜 문제였다.

뭐가 위험하냐고?

당연히 내 순결이지!

아직 대학도 못 가 봤고, 고등학교도 너무 성실하게 다니느라 남자친구 한번 사귀어 본 적 없었다고! 대학 가서 미팅도 하고 두근두근하는 첫 연애도 해 보고 싶었단 말이야!

이렇게 초스피드로 살벌한 유부녀가 되어 연애도 건너뛴 채 대뜸 순결부터 걱정하게 되다니. 게다가 황제가 마음만 먹으면 내 순결은 바람 앞의 등불이요, 고양이 앞의 생선 꼴.

아, 제발 그냥 그 인간 오지 말고 끝내 줘!

나는 빌고 또 빌며 이불 속에서 떨었다.

의외로 시간이 바람을 들어주는 것 같았다.

이른 밤이 깊어지고, 달이 이울어 새벽이 될 때까지 황제는 나타나지 않았다.

계속 긴장감 맥스 상태로 대기 중이던 나도, 황제가 오지 않자 결국 깜빡 잠이 들어 버리고 말았다. 안 오겠구나 싶어서 방심해 버렸다.

세상에!

나는 비명을 지르고 싶었다. 너무너무 기뻤기 때문이다.

눈앞에 꼬박 1년 넘게 구경도 못한 김치찌개가 있었다. 아아, 이 푹 익은 신 김치의 냄새! 그리고 푹 익혀 흐늘흐늘하게 녹은 돼지 비계가 선명한 삼겹살!

숟가락을 들어 눈물을 흘릴 기세로 김치찌개를 잔뜩 떠올렸다. 빨간 국물과 투명해 보일 만큼 폭 익은 김치, 그리고 화룡점정으로 올라앉은 삼겹살! 한껏 입을 벌렸다.

아앙!

"어?"

입으로 들어가려던 숟가락이 순식간에 사라졌다. 어느새 눈앞에 다가온 밉살스러운 황제가 빼앗아 들고 있었던 것이다.

그는 내가 심혈을 기울여 비율 맞춰 뜬 김치찌개를 홀랑 한입에 털어 넣었다. 게다가 그의 손에 김치찌개가 냄비째 들려 있었다. 김치찌개 강탈자의 얼굴에 걸린 미소가 몸서리쳐질 정도로 얄미웠다.

얄미워서 죽을 것 같다!

그의 입술이 놀리는 듯 열렸다.

"……지."

뭐라고, 이 도둑놈아?

너무 억울했다. 복장이 터져 죽을 것만 같았다.

그게 내가 얼마만에 본 김치찌갠데 그걸 홀랑 뺏어 먹어? 용서 못해!

남자의 입술이 다시 열렸다. 잘생긴 미간이 일그러졌다.

"좀 정신을 차리지?"

"으응?"

얼굴이 너무 가까웠다.

그제야 정신이 돌아왔다. 꿈과 현실이 기묘하게 섞인 혼란은 내 깨달음과 함께 순식간에 밀려 사라졌고, 남은 것은 온전히 현실뿐.

그러니까, 그 현실이라는 것은 내가 황제의 위에 올라탄 상황을 가리켰다.

나는 모기가 다 죽어 가는 듯한 목소리를 간신히 입 밖에 내었다. 고개는 푹 수그리고 두 손은 무르팍에 얌전히 놓은 채다.

"죄송해요……."

내 맞은편에 걸터앉은 그, 이 나라의 황제이자 내 남편인 루크레티우스는 피식 웃고 사과를 무시한 채 되물어 왔다.

"그래서 내가 꿈속에서 그 *김치찌개*라는 걸 빼앗았고, 그래서 화가 났다고?"

내 귀로 듣고 싶지 않은 쪽팔리는 이유였다. 사실이고 지은 죄도 있는지라 나는 어쩔 수 없이 고개를 끄덕였다.

그가 발음하는 한국어는 사실 굉장히 어설프고 기이해서 듣기만 해도 웃음이 나왔지만, 지금 비웃었다간 정말 사달이 날 것 같아서 나는 급격하게 졸아붙어 있었다.

그는 신기하다는 듯이 되물었다.

"*김치찌개*라는 게 굉장히 귀한 음식인 모양이지? 내가 좀 빼앗아 먹었다고 그렇게 살기를 풀풀 날리고, 잠이 깨자마자 멱살을 휘어잡으며 올라탄 걸 보면 말이야."

어째 하찮은 일반 가정식인데요, 라고 말했다간 그따위 것 때문에 멱살을 잡고 몸 위에 올라타기까지 했던 거냐고 주리를 틀 것 같았다.

온 얼굴 근육을 최대한 활용한 해맑은 미소로 목숨을 구하기 위한 거짓말을 시작했다. 찹찹, 입술에 침도 발랐다.

"그럼요! 제가 살던 곳에서 평민들은 몇 년에 한 번도 먹어 보기 힘든 그런 귀~한 음식이랍니다!"

"호오……."

관심을 보였다. 내 혀가 열렬하게 움직여 내 목을 살리기 위해 최선을 다했다.

"*김치*라는 것은 희귀한 재료를 모으고 모아 *장독*이라는 금처럼 드문 그릇에 담아 몇 년간 땅 아래에서 숙성시켜야 최고의 맛이 된답니다. 그것과 온갖 고기며 귀하고 맛있는 재료들을 넣어 밀봉하고 그대로 삼 일 꼬박 끓이면, 냄새만으로도 *중*이 담을 넘는다고 할 정도랍니다!"

뭔가가 섞인 것 같지만 넘어가자.

그는 내 얼토당토않은 설명을 진지하게 듣다가 의아한 부분을 다시 물어 왔다.

"*중*? 그건 뭐지?"

"아, 고향에서 성직자를 가리키는 말이에요. 계율상 고기를 먹어서는 안 되죠."

"흠, 그렇게 귀한 음식이라면 이해가 가는군."

다행히 그는 고개를 끄덕였다. 그러다 별안간 깨달았다는 듯 재차 캐물었다.

"그렇게 귀한 음식을 먹어 봤다면, 의외로 네 고향의 가문도 좋은 집안이었던 모양이군?"

이 인간 뭐 이렇게 궁금한 게 많아!

잠시 갈등했다. 민주주의니 대통령이니 하는 걸 설명해 준다 한들 이해할 것 같지가 않았다. 할 수 있는 한 내 배경을 높여 설명해 두는 게 유리할 것 같다는 생각이 들었다.

머리 굴리기는 빨랐고, 입은 결정이 끝나자마자 열렸다.

"네, 가문 일원의 숫자는 적지만 오랜 명문가 중 하나랍니다. 두 왕가를 섬기며 관직을 지낸 집안이지요."

우리 거창 사씨 문중 조상 가운데 고려시대 때 벼슬한 분이 있다니까, 틀린 말은 아니다.

"그리고 모친께서는 왕족의 후손이시죠."

엄마가 전주 이씨니까 틀린 말은 아니다.

"호오, 하긴 지나치게 아는 것도 많고 빨리 배운다 하였어."

영문 모를 말이었다. 내가 고개를 갸웃하자, 친절한 설명이 이어졌다. 의외인 부분에서 친절한 남자다.

"아무리 1년간 에일 공작이 집중해서 가르쳤다 해도 한계는 있어. 하지만 그대는 서툴기는 해도 기본적인 지식이나 태도가 제대로 된 고등 교육을 받은 사람 티가 나. 특히나 예법이나 사교계와 관련된 쪽이 아니라 지식 쪽에 더 능한 것 같더군."

역시 눈치가 빠른 사람이다. 나는 고개를 끄덕였다.

"제가 살던 곳은 배우는 분야에 있어서 남자와 여자의 차별이 이곳처럼 크지 않았으니까요. 여자 중에도 관직에 오르는 사람도 많았답니다. 때문에 받는 교육도 차이가 없었죠."

"특이하군."

그는 내 고향의 교육이나 정치에 대해 큰 관심을 보였다. 나는 아는 선에서, 앞에서 한 거짓말과 어긋나지 않도록 두루뭉술하게 설명해 주었다.

다행이다. 그냥 하룻밤 내내 이야기만 하는 게 차라리 마음 편하다. 세헤라자데도 아니고…….

그러나 상황은 결국 내 뜻대로 되어 주지 않았다.

한두 시간쯤 고향에 대해 열정적으로 설명하던 중이었다. 그는 손을 들어 말이 이어지는 것을 막았다.

"천천히 하지."

"네? 아직 남은 이야기가……."

"시간은 많아. 피곤하군."

실제로 그는 많이 피로해 보였다.

생각해 보면 지금은 즉위 겨우 이틀째. 얼마나 일이 많을 지는 상상이 간다. 내가 깜빡 잠들었다 깨어난 것은 한밤중. 지금은 이미 새벽이었다.

약간 긴장한 채로 고개를 끄덕였다. 그는 꾸물거리며 이불 속으로 들어왔다.

나는 엉덩이 걸음으로 천천히 한참 떨어진 곳으로 이동했다. 다행히 황궁답게 침대는 내가 온 힘을 다해 굴러도 1분 넘게 걸려야 떨어질 수 있을 정도로 넓었으므로, 그와 나 사이에 충분한 거리를 확보하는 데 무리가 없었다.

"……."

"……."

이불 속에 자리 잡은 그는 저만치 도망간 내 쪽을 보고 어처구니없다는 듯 침묵했다.

민망해서 입을 다물었다. 하지만 이대로 아무 말도 하지 않고 있는 것이 몇 배는 더 민망할 것 같아, 이성을 거치지 않고 바로 내뱉었다.

"잘 자요!"

루크레티우스가 옆으로 기대 누운 채 손을 뻗어 자신 앞을 툭툭 쳤다. 의사표현이 너무 분명해서 식은땀이 철철 났다. 나는 필사적으로 고개를 돌렸다.

"아, 피곤하다! 먼저 잘게요!"

말이 채 끝나기도 전이었다. 나를 흉내 내듯 그가 재빠르게 몇 바퀴 굴러서 순식간에 옆으로 다가와서는, 내 허리를 감아 챘다.

"꺅!"

목덜미에 대고 속삭이는 그의 목소리가 마치 꿀을 부어 넣는 듯했다.

"자꾸 자극하지 말라고 했잖아? 난 도망치는 걸 보면 잡고 싶어지는 인간이야."

내가 당황해서 허우적거리려 하는 것을 그의 두 팔이 단단하게 감아 막아 버렸다. 참지 못하고 소리를 질렀다.

"저, 저기! 나랑 규칙 정해요!"

"응?"

계속 반대편으로 고개를 돌린 채 외면하고 있던 나는, 꿈질꿈질 몸을 돌려서 그를 정면으로 바라보았다.

아, 다크서클이 저렇게 내려오고도 절어 보이는 게 아니라 우수에 젖어 보이는 저 미모는 역시 사기야. 심장에 안 좋다고.

특히나 이렇게 코앞에서 보기에는, 좀 많이 위험한 수준이다. 체온에다가 심장 뛰는 소리까지 들리는 상황에서는 더더욱.

나는 애써 이성을 다잡으며 외쳤다.

"그……, 그러니까 앞으로 침실 관련해서……! 규칙을 정하자고요!"

"왜?"

아, 다 알면서. 이 인간!

능글능글하게 웃는 얼굴을 주먹으로 날려 버리고 싶었지만 애써 침착함을 다잡으려 노력했다.

"그러니까, 당신…… 나랑 하고 싶어요?"

"뭘?"

아, 진짜! 나는 말 만으로도 얼굴이 터질 것처럼 부끄럽고 민망한데!

내가 부아가 치밀어 못 견디겠다는 표정을 하자, 그는 잠시 웃더니 다시 내게 되물었다. 습관인 것 같았다. 질문을 질문으로 막는 거.

"하지 않아야 할 이유는 또 뭐지?"

"내가 싫어요!"

그는 약간 놀란 얼굴을 했다. 이번에는 진지한 어투로 중얼거리듯이 되뇌었다.

"좀 충격이군. 침대에서 나를 거부하는 여자는 27년 간 네가 처음이야. 나를 몇 번이나 죽이려 한 전처도 날 거부하지는 않았어."

하긴 당연했다. 상대는 눈이 아찔해질 정도의 미남에다가 제국의 유일한 황태자다. 하룻밤 상대라도 당연히 감사하며 달려들리라.

하지만 나는 이 나라는커녕 이 세계 사람도 아니다. 게다가 저 남자의 보기 좋은 껍질과 감투 안에 숨은 것이 무엇인지 안다. 절대, 살 맞대고 일생을 함께 보낼 배우자로는 어울리지 않는 상대다.

"당신은 날 사랑하지 않잖아요."

"……."

"나도 당신을 사랑하지 않죠."

그는 허를 찔린 표정을 했다.

잠시 뒤 어이없다는 듯한 미소와 함께 내게 물었다. 말투에서 허탈함과 어이없는 심정이 드러났다.

"남녀의 결합에 사랑이 왜 필요하지?"

역시, 이 남자, 정상이 아니야.

아, 아니, 여기 상식에서는 매우 상식적일지 모르지만, 적어도 내게는 아니다. 고개를 도리질 쳤다.

"당신이나 이곳 사람들은 어떻게 생각할지 몰라도 나는 아니에요. 나는 사랑하지 않는 사람과 깊은 관계가 되는 걸 원치 않아요. 그리고 사랑 이전에, 난 당신을 못 믿는걸요. 믿음도 나누지 못하는 사람과는…… 싫어요."

"적어도 마지막 말은 이해가 되는군. 하지만 그대는 지금 내 상황을 고려 못하고 있어."

"당신 상황?"

그는 내 턱을 들어 올리고는 마치 입술이라도 맞닿을 듯한 거리에서 속삭였다. 두근두근. 터질 듯 심장 뛰는 소리가 귓전을 울렸다.

"내게는 후사가 절실해. 태후 뱃속의 아이가 딸이라면 상관없겠지만 아들이라면 문제가 커져. 하루라도 빨리 아들이 필요해."

"그, 그럼, 다른 비든 후궁이든 들이면 되잖아요!"

그는 고개를 저었다.

"내가 후궁 간택을 하겠다 하면 태후가 나설 거야. 후궁 간택은 내궁의 일. 태후의 입김을 무시할 수 없어. 아직 황후궁에 버티고 앉은 걸 보면 모르겠나? 그나마 1황비 아래로 후궁을 일소할 수 있었던 건 그대를 기습적으로 이 자리에 앉혀서 가능했어."

세상에, 그래서 굳이 날 1황비에 앉힌 거였구나.

"알겠나? 태후를 몰아내기 전에 황후든 후궁이든 간택을 할 수가 없어. 태후의 간자들이 반드시 섞여들어 올 테니까. 결국 태후를 몰아내기 전까지 내 후궁에 앉혀 둘 수 있는 여자는 그대뿐이고, 내가 후사를 보는 것도 그대 몸에서만 가능해."

나는 긴장했다.

정말? 정말 이 남자, 덮칠 셈인가? 후계자가 필요하다는 건 결국 그런 의미잖아?!

몸이 잔뜩 떨려 왔다. 기다렸다는 듯 그의 손이 내 어깨와 허리를 휘감았다.

설마, 설마—!!

비명이라도 지르고 싶은 심정이었다. 비슷한 상황이야 황궁으로 끌려온 다음날 선황의 침실에서도 있었지만, 그때보다 본격적이다. 그때는 시작하기도 전에 끝났다고! 물론 상대로야 선황 같은 돼지 늙은이보다는 낫기는 낫지만. 그래도……!

두 눈을 질끈 감았다.

뜨거운 체온이나 농밀한 접촉보다 먼저, 잔뜩 흐려진 목소리가 귀를 간질였다.

"하지만 오늘은 너무…… 졸리군. 후계자…… 만들기는 차차…… 하도록 하지."

"……."

김이 확 빠졌다.

그의 녹색 눈이 본격적으로 가물거리고 있었다. 어이가 없어 아무 말을 못하자 그는 슬쩍 웃었다.

"아쉬워 보이는군?"

"아니거든요? 잘 거면 놔줘요! 편하게 자고 싶……!"

그는 내 항의를 묵살하듯 더 강한 힘으로 끌어안았다.

"따끈하니 기분 좋군. 그냥…… 익숙해져."

"이, 익숙?"

"어차피…… 일주일에…… 삼사 일은 내가 올 테니까……."

무슨 헛소리야!

반문하려는 찰나였다. 가물거리던 그의 눈이 그대로 꼴깍 감겨 버렸다.

어쩌지?

몸을 움직여 보았다. 자는 주제에 힘은 그대로라 도저히 벗어날 수가 없었다.

"어흑……, 잘생기긴 또 오지게 잘생겼네……"

한탄과 함께, 나는 결국 밤을 꼴딱 새워야 했다.

이튿날, 나는 매우 충격적인 소식을 들었다. 황제 암살의 범인이 밝혀졌다는 소식이었다.

감히 암살자를 보내어 황제를 암살하는 참담한 짓을 저지른 이는 글레인 백작이라는 사람이라 했다. 이름도 처음 들어본다.

그의 딸은 나보다 먼저 선황의 후궁으로 들어갔다 한다. 그러나 그녀는 선황의 거처로 불려간 다음날 아침 시신으로 침실에서 나왔다고 한다. 강한 구타의 흔적이 몸에 있었으나, 감히 황제의 잠자리 취향에 대해 무어라 할 수 있는 이는 없었다. 백작은 외동딸의 시신을 돌려받아 장례를 치를 수 있음에 감사해야 했다. 그것이 내가 이곳에 오기 약 3달 전 벌어진 일.

그 일로 앙심을 품은 백작은 가산을 털어 암살자를 고용해 끈덕지게 선황의 목숨을 노리다가, 드디어 성공했다는 것이다.

나는 메마른 목소리로 물었다. 소식을 전해준 사람에게.

"……그걸 사람들이 믿어요?"

루크레티우스는 자신만만하게 웃으며 답했다.

"그건 중요하지 않아. 중요한 건 증거고 또 명분이지."

백작은 선황이 죽자, 자신이 원하던 것을 이루었으니 여한이 없다며 일의 전말을 적은 유서를 남기고 자결했다 한다.

“너무 잘 맞춰진 이야기 같은데요?”

그는 킬킬대며 웃었다.

“그래도 황태자가 직접 황제를 암살했다는 것보다는 더 있을법한 이야기 아닌가? 그리고 나의 황비가 다른 세계에서 왔다는 이야기보다는 더더욱.”

“…….”

맞는 이야기다.

백작은 자살했고, 그에게는 죽은 후궁 외에 자식도 다른 혈족도 없다. 가문이 멸문되고, 재산이 국고로 환수되는 것 외에 딱히 피해 보는 이도 없다. 자신들에게 불똥이 튀지 않는 것에 안도하며 넘어갈 이들도 많으리라.

한 명만 제외하면.

“태후가 가만히 있겠어요?”

“당연히 그냥 넘길 리 있나. 어제도 태후의 사주를 받은 이들이 벌떼처럼 달려들어 진상을 밝혀야 한다 우기더군.”

“그래서요?”

루크레티우스는 보는 사람 속을 뒤집어 놓기에 딱 좋은 미소로 대답했다.

“상관없어. 우기면 돼. 선황은 이미 죽었고, 황제는 나야. 어차피 시간은 내 편이거든.”

그는 더없이 자신만만했다.

어쩐지 불길한 느낌이 강하게 들었다.

파란만장한 나날이었다.

그리고 앞으로도 파란만장하지 않으리라곤 장담할 수 없다. 아니, 틀림없이 앞으로가 더 험난해질 것을 생각하면 한숨부터 절로 나온다.

가장 무서운 건 그렇게 하루하루 이 생활에 적응을 해 가고 있는 자신이었다.

생각해 보면 이곳에 떨어진 지 첫 1년간은 적응하는 데 온 힘을 다 쏟느라 여유가 전혀 없었다. 일단 말부터 통하지 않으니 어쩌겠나. 살기 위해 말을 배우고 글을 배우고 온갖 것을 다 배웠다.

그나마 다행인 것은 내가 어린 시절 아버지의 전근 때문에 독일에서 몇 년간 살았던 경험이 있었다는 것이다. 다행히 이곳의 언어는 한국어보다는 독일어와 유사한 발음과 체계를 가지고 있었다. 지구에서도 같은 라틴어를 조상으로 둔 언어들은 서로 쉽게 배울 수 있다고 했다. 그 사실을 이곳에서 몸으로 직접 체험했다.

그렇다 해도, 한 언어를 일상생활이 가능한 수준을 넘어서 귀족들의 소양에 맞는 수준까지 익히는 것이 쉬운 일일 리 없다. 인간 승리라 불러 마땅하다.

결국 중요한 건 절박함이었다고, 생각해 보면 당연한 진리를 중얼거리게 된다.

내가 살던 지구의 한국과는 전혀 다른 곳이 바로 이곳 가르덴부르크 대륙이다. 여기는 지구의 서양 중세에서 19세기 이전까지 정도의 분위기를 풍기고 있다. 어린 시절 보았던 공주님 왕자님이 등장하는 동화나 중학교 들어가면서부터 조금씩 보았던 인터넷 소설 속의 세상, 꼭 그대로였다. 먹는 것, 입는 것, 사는 곳, 쓰는 말, 아니 숨 쉬는 공기까지 모든 것이, 한국과는 달랐다.

그나마 내가 이 정도까지 적응을 한 데에는 적어도 에일 공작가문 인간들의 도움이 영향이 컸다는 것만은 배알이 뒤틀려도 인정할 수밖에 없었다. 물론 인정하자마자 내부에서 반론이 솟아오르며 부아가 치밀지만 말이다.

그들은 내가 이곳의 문화와 언어를 익히는 데 열의를 보이자 기뻐하며 지원을 아끼지 않았다. 꽤나 절박했던 내가 객관적으로 보아도 빠른 성취를 보이자 그들은 진심으로 기뻐해 주었다.

지금 생각하면 이가 갈리는 일이지만.

그들이 속으로 무슨 생각을 하며 내가 절박하게 배우고 또 적응하는 데 매달리는 것을 보았을까? 비웃었을까? 안심했을까? 아니면 모두 다? 어느 쪽이든 나는 용납을 할 수가 없었다.

내가 그들에게 신세를 진 것은 맞다. 그들에게 은혜를 입은 것도 맞다. 어찌 되었든 그들의 도움 없이 내가 이곳에서 살아남을 수 있었을 리 없었으므로. 감정을 다 떼어 놓고 오로지 객관적인 사실만 놓고 보면 그러했다.

나는 그들에게 빚이 있었다.

물론 지금도 있냐고 묻는다면, 나는 아니라고 대답할 것이다.

빚이 있었던 것은 맞다. 하지만 그들이 나를 속여 이곳으로 팔아넘겼을 때, 그 빚은 완전히 청산되었다.

아니, 오히려 이 상황에선 그들이 내게 빚을 졌다 보아야 옳다. 그 알량한 1년간의 보살핌과 도움으로 저당 잡으려 하기에, 내 남은 인생이 너무 길고 너무 중요했다. 적어도 내게는.

그리고 내가 전보다 나은 상황이 되었다 해서 이것이 그들의 덕이라고 할 수는 없었다.

언젠가 황제가 내게 물은 적 있다. 내게 해를 끼친 자들을 용서할 것이냐고. 그것에 대해 나는 이미 대답했다.

그렇다. 나는 그 정도로 착한 인간이 못 되는 것이다. 오히려 이기적이고 못되어 먹은 계집애다.

그러니, 지금 내 앞에서 울고 짜고 있는 오를린은 번지수를 잘못 찾아도 한참 잘못 찾은 것이다.

서러운 한탄이 귀 아프게 울렸다.

"어찌 이러실 수 있습니까?!"

사만다의 미간이 눈에 띄게 일그러진다.

"아무리 들 때와 날 때의 마음이 다르다지만, 공작님과 부인, 아가씨께 입은 은혜를 생각하신다면 저를 이리 홀대하실 수는 없습니다!"

묵묵히 대꾸하지 않고 진한 차를 즐겼다.

사만다는 누구와 달리, 나를 모시기 시작한 지 이틀 만에 완전히 내 입맛에 맞춘 차를 우리기 시작했다. 한국에서 홍차를 별로라고 느꼈던 건 질이 안 좋은 티백이나 가루홍차를 먹었기 때문인 것 같다. 고급 중에서도 고급을 손끝이 야무진 사람이 제대로 우리자 향도 맛도 다르다.

한 귀로 듣고 한 귀로 흘리며 티타임을 이어 갔다.

어디서 개가 짖나.

“전하! 저는 공작님의 명령으로 전하를 모시러 온 사람입니다! 친정에서 데려온 이를 이리 취급하는 분은 들어 본 적도 없습니다!”

갓 구워 따끈한 쿠키를 세 개째 집어 들었다. 아, 황궁에서 입맛만 높아져서 큰일이야. 편의점이나, 비싸 봐야 제과점에서 사먹던 정도가 다였던 과자와는 차원이 다른 맛이다. 재료도 만든 사람의 실력도 차원이 다르지만, 무엇보다 갓 구워낸 것을 따끈따끈할 때 먹는 것이 정말 각별하다는 것을 처음 알았다. 물론 객관적인 맛 자체는 식은 뒤에 나오는 쿠키가 더 나은 것도 같지만, 아직 버터 향이 진하게 남아서 따끈한 쪽이 더 마음에 든다.

악담보다 사람을 지치게 하고 약 오르게 하는 것은 무시인 법이다. 눈물을 찍어 내며 한탄을 거듭하던 오를린은 내가 계속 무시로 일관하자 결국 완전히 폭발한 것 같았다.

“이런 배은망덕한 천한……!”

—탕!

기다리던 말이 떨어지자마자 나는 찻잔을 테이블에 내려치듯이 놓았다. 고갯짓 하자 사만다가 바로 뜻을 이해했음을 몸짓으로 보이고는 위협적으로 오를린에게 다가갔다.

“무, 무슨?”

그제야 자기가 무슨 무례를 저지른 것인지 깨달은 오를린은 창백해진 얼굴로 뒤로 물러났다. 시녀들이 오를린의 양팔을 잡아 찍어 눌렀다. 사만다는 오를린에게 다가서서 손을 들어올렸다.

—짝, 짝!

시원하고 경쾌한 소리가 방 안을 가득 채웠다. 매운 손놀림으로 연이어 오를린의 양 뺨을 날린 사만다는 한 치의 변명도 듣지 않겠다는 듯 엄한 눈으로 그녀를 내려다보았다.

"지금 이 무슨 무례인가, 데임 클로인!"

"아, 아……!"

"지금 감히 그 입으로 비 전하께 무슨 참담한 말을 입에 담은 것인가! 그러고도 네가 비 전하를 친정에서부터 모셔 온 충직한 시녀라 자칭할 생각은 아니겠지!"

"전, 저는……! 공작님께서는…!"

"이곳은 대 크렌시아 제국의 황궁. 에일 공작의 일을 언제까지 들먹일 참이지?"

내용은 참 속 시원한데, 사만다의 목소리는 호통의 대상이 아닌 내가 듣기에도 모골이 송연할 정도였다.

사만다, 역시 무서운 사람이야. 가급적이면 적으로 돌리고 싶지 않아. 게다가 아까 쌍 따귀도 손짓이 심상찮았어.

나는 그녀의 행동과 말에 일일이 평가를 속으로 붙이며 깨소금 맛인 상황을 얌껏 관람 중이었다.

굳이 직접 나서서 명령할 것도 없었다. 사만다가 오를린의 태도 하나하나를 족집게로 집어내듯 지적하며 무섭게 상대를 몰아붙이고 있었던 것이다.

사실 바로 오를린을 쫓지 않고 잠시 놓아둔 것은 과일이 익기를 기다리는 것과 같았다. 혹은 종기가 충분히 곪기를 기다리거나. 이 멍청한 여자는 내 바람대로 황궁에 온 직후부터 지금까지 약 열흘간 있는 패악을 다 부린 모양이다. 그것도 내 이름을 뒷배로 삼아서.

말이 되는 짓을 해야지. 신분도, 성품도, 그 무엇 하나 나은 것이 없으면서 그리 나댄 여자의 말로는 뻔했다.

사만다는 마치 판관처럼 엄하게 오를린에 대한 처우를 결정했다.

"데임 클로인은 오늘부터 수석시녀에서 제명한다. 또한 에일 공국에서의 작위를 제국에서 전하의 보증 없이 인정할 수 없으므로 그대는 귀족이라 불릴 수 없다."

"그 무슨……! 비 전하!"

차갑게 웃어 주었다. 당연히 나는 더 이상 오를린의 신분을 보증해주지 않을 참이다. 저 여자의 신분보증을 해 주는 건, 내가 미쳐야 가능한 일일 것이다.

"하나 이대로 에일 공국으로 돌려보내는 것은 가여운 일일 터이니 하녀로서 황궁에서 봉사할 수 있도록 해 주겠다."

"말도 안 돼!"

사만다는 이 처벌에 대한 내 의견을 물었다. 나는 잠시 뜸을 들였는데, 절대 거부하려는 생각은 아니었다. 단지 오를린의 얼굴에 떠오른 희망을 잠시 즐긴 것뿐이다.

내가 고개를 끄덕이자, 오를린은 비명을 질렀다. 그러나 들어 주는 이는 없다. 하녀들에게 질질 끌려가는 오를린의 절망한 얼굴을, 해맑은 웃음으로 전송해 주었다.

바이바이~, 오를린. 쫓아낼 명분은 고마웠어요. 안녕. 다시 보지 말아요.

묵은 체증이 쑥 내려간 것 같다. 에일 공국으로 쫓아냈으면 다시 리즈벳 곁에 붙어서 편하게 잘 먹고 잘 살게 분명했다. 그렇게 놔둘 생각은 없다.

사만다는 오를린은 특별히 바닥청소나 세탁 등 허드렛일을 하도록 명령을 내려 두었다며 내 마음에 꼭 맞는 부연을 했다. 나는 만족스럽게 고개를 끄덕이기만 하면 되었다.

흠, 사만다, 꽤 괜찮은 사람 같단 말이야.

사만다에 대한 평가를 한 단계 상향 조정했다.

지금 황궁은 예사보다 빨리 잡힌 황제의 대관식 준비로 바빴다.

보통 선황의 서거로부터 석 달 안에 대관식을 하는 것이 일반적이나, 황제는 한 달 만에 대관식을 하겠다 명했고, 이를 위한 준비는 최소한으로 진행되고 있었다. 얼결에 생략된 내 책봉식, 그러니까 결혼식도 대관식 때 겸하여 해치우겠다는 것이 그의 결정이었다.

이렇게 모든 것을 서두르고 있는 이유는 뻔했다. 선황의 장례가 끝나고도 여전히 황후궁에 진을 치고 앉은 태후 때문이었다.

새 황제의 대관식이 끝나면 태후가 황후궁에서 태후궁으로 이사하지 않을 명분이 완전히 사라진다. 황제궁의 바로 옆에 붙은 황후궁에 태후를 앉혀놓은 채로 황제의 치세가 제대로 돌아갈 리가 없다.

이성적인 결정이다. 그리고 그 때문에 나도 덩달아 바빠졌다.

황후가 없으므로 1황비인 내가 황후 대리로 대관식에 참석하게 된다. 황후의 관을 쓰거나 보좌에 앉지는 못하지만, 그에 준하는 모든 역할을 대행하게 될 것이라는 말을 들었을 때는 한숨이 절로 나왔다.

우선 대관식 전야제가 있고, 식 이후 축하 파티만 무려 일주일간 열린다. 이 8일간 입을 드레스를 하루에 두 벌씩, 총 열여섯 벌을 맞추어야 했다. 한 달 만에!

말이 되는 일정이냔 말이다!

그나마 새로 지은 건 세 벌 정도고, 일정을 맞추기 위해 황제의 전처인 죽은 황태자비와, 황제의 생모인 처형된 황후의 드레스와 보석들을 일부 활용할 것이라 했다. 있는 것을 쓴다 해도 내 몸에 맞추어 다시 고쳐야 하므로, 나는 한 달 내내 인간 마네킹이 되어야 했다.

난 한 가지 사실을 간과하고 있었다. 대관식에는 제국 내의 귀족들은 물론 해외 유력한 인사들이 모두 초대된다. 즉 제국에 군주의 딸을 공녀로 바칠 정도의 약소한 속국에서는 당연히 사절을 보내온다는 말이 된다.

대관식 전야제 하루 전, 에일 공국에서 공작 일가가 모두 황궁에 도착했다는 소식을 듣고 잘 먹던 빵을 테이블에 떨어뜨리고 말았다.

설상가상이라더니!

내가 어이가 없어 떨어뜨린 불쌍한 빵은 사만다가 아무런 말없이 처리해 주었다. 맞은편에서 얄미울 정도로 우아하게 흰 빵을 쪼개던 황제는, 자기가 가져온 소식에 대한 내 반응에 혀를 쯧쯧 찼다.

“내 유일한 황비가 이리 칠칠맞지 못하다니…….”

“그게 불만이시면 당장이라도 황비 자리 무르시든가요.”

그는 고개를 저었다.

“그럴 수는 없지. 어찌 되었건 황제가 단 한명의 비도 없는 일은 있을 수 없어. 그리고 나의 비마저 없다면, 나를 놓고 달려들 국내

외 귀족들은 나라도 무서워."

어쩐지 웃음기 어린 그의 목소리가 기이했다. 무언가 다른 것이 숨어 있다는 느낌을 받았다.

근거는 없지만 내가 받은 인상은 '기대감'에 가깝다.

기대감? 무슨 기대감?

내 머릿속으로 방금 전 황제가 직접 입으로 언급한 일이 스쳐 지났다. 사만다가 건네준 버터를 빵에 날카로운 기세로 바르면서 물었다.

"……당신 혹시 뭔가 아는 거 있는 거 아네요?"

"아는 거? 내가 아는 건 너무 많지. 하지만 우리 황비 전하가 무얼 말하는 건지 짐은 잘 모르겠는걸?"

이 능구렁이! 어째 한 달 동안 하루가 멀다 하고 얼굴을 보고 살았더니 저 인간의 원래도 재수 없던 행동들이 더 격의 없어지고 있었다.

일단 호칭부터가 '너'나 '그대'의 비중이 줄고 '우리 황비'니 '황비 전하'니, '아내님'이니 하는 능글맞은 단어들이 자주 등장하기 시작한 것부터가 그렇다. 사람 놀리고 앉았어!

난 입 안에 들어온 따끈한 흰 빵이 마치 눈앞의 그 남편님이라도 되는 것처럼 전투적으로 씹었다. 아, 안 그래도 허여멀건한 색도 비슷하니 딱 좋네. 그나마 차이가 있다면 흰 빵은 혀에도 이롭고 건강에도 이롭다는 것이다. 저 인간은 어째 몸에도 정신에도 해롭다.

저 인간은 어젯밤에도 나를 잠을 못 자게 굴었던 것이다. 근 한 달 간 저 인간은 자기 입으로 한 말을 지키지 않았다. 무슨 말인고 하니, 일주일에 사나흘만 내 침소에서 자겠다 하고는 하루 이틀을 빼면 새벽에라도 꼬박꼬박 출근 도장을 찍어 댔던 것이다.

그 덕에 나는 저 빌어먹을 패륜아 폭군 황제에게서 순결을 지키느라 옥신각신해 대는 바람에 아주 고역이었다. 딴 짓은 안 해도 난로 삼는다며 꼭 안고 잠드는 저 인간 때문에, 뜬 눈으로 밤을 지새우는 날이 태반인지라 내 눈 밑의 다크서클이 턱까지 내려올 기세였던 것이다.

더 복장 터질 일은 내가 낮에 워낙 피곤해하고 꾸벅꾸벅 조는 꼴을 주변에서는 아주 다른 의미로 해석하고 있었다는 점이다. 다들 내가 점심시간쯤에 졸면 흐뭇한 표정으로 낮잠을 잘 수 있도록 자리를 마련해 주거나 몸에 좋다는 음식을 마련하여 주거나 했다.

아니라고, 내 순결은 아직 안전하다고 대놓고 외칠 수도 없는 사정이니 더욱 미치고 팔짝 뛸 지경.

어쨌든 그 한 달간 황제의 행태 덕에 나는 완전히 황제의 제일가는 총비寵妃로 황궁 내에 짜하게 소문이 퍼져 버렸다.

그래도 내 부단한 노력은 황제가 황비궁 침실에서 지낸 이틀째에 결실을 보았다. 황제의 입에서 내가 원할 때까지는 건드리지 않겠다는 대답을 받아 내었던 것이다. 눈물 나는 노력의 결과물이었다. 정확히는 내 쪽의 도발에 가까웠지만.

'당신 자신 없죠?'

'무슨 자신?'

'나를 진심으로 만들 자신이 없으니까……꺅!'

내 말이 끝나기도 전에 황제는 쥐고 있던 손목을 잡아당겨 침대 위로 거의 던지듯 했다. 이어, 내 앞에 거의 키스라도 할 듯이 가까이 다가와 피식 하고 웃었다.

아, 언제 보아도 정말로 미친 듯한 미모라 상황도 잊고 순간적으로 홀린 듯 넋을 놓을 뻔했다. 그리고 내가 놓을 뻔한 정신을 잡아준 것은 등줄기를 싸하게 타고 오르는 불안감이었다.

그렇다. 언제나, 이 남자는 너무 나를 불안하게 했다. 특히나 저렇게 재수 없게 웃고 있을 때는.

'네 장단에 맞추어 주지.'

'뭐라고요?'

그는 손끝으로 내 입술을 슥 훑으며 나직이 속삭였던 것이다.

'네가 먼저 자진해서 내 품에 매달리도록 해 주겠다는 말이다. 그때까지는 널 건드리지 않도록 하지.'

속으로 소리 없이 외쳤다.

'이예스!'

그리고 한 달.

나는 한 달 전의 나에게 욕을 퍼붓고 싶었다. 아, 저 말은 그러니까 저 남자가 작정하고 나를 유혹하겠다는 말이기도 하다는 것을 그때는 몰랐다.

황제는, 루크레티우스라는 인간은 자신이 얼마나 잘생겼는지 지나칠 정도로 잘 알고 있었다.

어느 정도냐면 저 얼굴을 보다 보면, 그 맵시 있게 얇은 입술이 에일 공작 일가가 황궁에 도착했다는 청천벽력 같은 말을, 내게 그들이 도착하고서야 전했다는 사실조차 순간적으로 잊고 저 남자가 얼마나 잘생겼는지를 지금처럼 줄줄이 감탄하게 만들 정도다.

아, 맞다. 나는 어젯밤에 굳이 내 침실 곁방에서 목욕을 하고 젖은 몸에 가운 하나만 걸친 채 내 눈을 어지럽힌 남편이자, 지금 아침 식사 시간에는 눈도 안 나쁜 주제에 안경—시녀들에게 남자가 매력적으로 보이게 하는 아이템이라고 들었단다!—을 쓰고 나를 보며 빤히 웃고 있는 황제의 껍데기에 현혹되지 않기 위해 이성을 다잡으며 외쳤다.

저 인간 저런 미친 짓을 한 달 동안 반복해서 내 잠을 방해하고 있다!

"그 정신 사나운 얼굴 좀 저리 치워 봐요."

"아니, 타고 난 내 얼굴을 어쩌라고."

"아, 됐어요!"

이를 박박 갈며 고개를 슬쩍 아래로 내려서 코 아래만 보았다. 아무리 잘생겨도 반만 보면 그렇게 정신 사납지도 않군. 어차피 저 남자 얼굴에서 쓸 만한 것도 입이고 위험한 것도 입이다.

"에일 공작이 오늘 도착했다면 출발한다는 소식은 진작 들었을 텐데요?"

추궁은 제대로 해야 한다. 저 인간은 얼굴만 매끈한 게 아니라서, 미꾸라지처럼 잘도 빠져나간다.

"그렇지."

"아예 안 알려 주는 것도 아니고 일찍 알려 주는 것도 아니야. 대체 저의가 뭐에요?"

그는 해맑게 웃으며 답했다.

"그게 재밌을 테니까."

아, 내 혈압…….

참자. 참자. 참자.

그래, 참을 인 자 세 개면 살인도 면한다지 않나. 물론 이 인간을 상대로 난 매일매일 참을 인자를 서른 개 씩 속으로 그리고 있다는 것이 문제라면 문제였다. 입술을 사리물었다.

"난 만나고 싶지 않아요!"

"하고 싶은 대로 해."

"정말요?"

그는 내게는 불길함의 상징이 되어 버린 그 얄미운 미소를 띤 채 자신의 물 잔을 들어올렸다.

"단, 그 경우에는 상당한 스캔들을 각오해야겠지."

"당신……!"

"친정의 알현 요청을 거절하는 황비는 구설수의 꼭대기에 오를 거야."

진정하려 애쓰며 심호흡을 했다

"난 그 인간들 얼굴 보면 주먹을 날리고 싶어질 게 뻔하다고요!"

그는 아무렇지도 않게 툭 대답했다.

"맘대로 해."

"뭐라고요?"

이 말 좀 전에도 한 것 같은데? 지금은 그게 문제가 아니다. 지금 이 인간 무슨 소리를 하는 거야?

내 황당한 표정을 보며 그는 천천히 우아하기 짝이 없으신 태도로 물을 마치 와인이나 차처럼 마신 황제 폐하께서는 매우 천천히 입술을 열었다.

"내 말대로야. 네가 어떻게 행동하든 상관없어."

연기가 날 정도로 머리를 휘리릭 돌리고, 그의 말꼬리를 잡았다.

"그거 뭔 짓을 하든 내가 책임져야 한다는 소리죠?"

예상외로 그는 고개를 저었다.

“아니, 그보다는 네가 에일 공작의 뺨을 때리고 공비의 머리에 찬물을 뿌려도 제국에는 정치적인 부담이 전혀 없다는 소리야.”

“네에?”

내 경악한 표정을 보며 황제는 더없이 거만하게 웃었다. 가벼운 웃음인 만큼 오만함이 도드라졌다.

“에일 공국은 황제의 직할령으로 두기에 좋지 않아서 5대 전 황제의 가장 세력 빈약한 이복 아우에게 분봉해 준 지역이야. 멀고, 척박하고, 좁은 데다 다른 산물조차 변변치 않지. 사실상 제국의 어지간한 영지를 가진 백작보다 못한 실세를 가진 가문. 내세울 것은 황실의 방계를 시조로 두고 있다는 것뿐이지만, 황족으로 인정받는 것도 3대까지가 한계. 이제는 그 명예조차 빛이 바랬지.”

나는 할 말을 잃었다.

“공석이 아니면 네가 무슨 짓을 하든 상관없어. 아예 만나 주지 않는 것은 구설수에 오르기 쉽지만, 공식적으로는 가족이니 사적인 자리에서는 네가 무슨 짓을 해도 그들은 공론화 하지 못해.”

“…….”

“친딸 대신 급하게 들여 팔아넘긴 양녀에게 모욕을 당했다며 그 일을 공식적으로 들고 나온다면 결국 자신들 얼굴에 먹칠을 하는 꼴이니까. 명예 외에는 가진 것이 없는 자들이라, 정확히는 그거라도 가졌다고 착각하고 있는 자들이라, 죽어도 그런 짓은 못할 거다.”

머리 위에서 발끝까지 벼락처럼 소름이 내달렸다. 내 안에 밀려드는 감정을 도저히 숨길 수가 없었다. 그 감정의 이름은 희열과 기대였다.

고민은 짧았다. 그에게 확답을 요구했다.

"사적인 자리라면 무엇이든 상관없다는 거죠?"

"물론."

다시 침을 삼키며 그에게 처음으로 순수하게 내가 하고 싶은 일에 대한 요청을 했다.

"한 가지만 날 도와줘요."

그의 녹색 눈동자가 이채를 띠었다.

마침내 그 눈은 마치 뱀의 혀처럼 부드럽게 휘었다.

그날 점심 무렵 에일 공작 일가가 알현을 청해 왔다. 나는 즉시 수락했다.

나는 이제 익숙해진 드레스 룸의 한쪽 벽면을 가득 채운 거울 앞에서 한 바퀴 빙글 몸을 돌렸다. 화려하게 부풀려진 드레스가 좌악 하고 펼쳐지는 모습이 제법 멋있다.

지금 내가 입은 것은 오늘 밤 대관식 전야제 파티에서 입을 예정인 드레스였다. 다른 드레스들은 시간이 촉박해서 재활용했지만 전야제와 대관식, 그리고 축제 마지막 날 입을 드레스는 모두 한 달의 준비기간 동안 새로 마련한 것들이다. 이런 식으로 첫 선을 보이게 되리라고는 미처 생각하지 못했지만.

고개를 돌려 옷매무새를 정리해 주고 있던 시녀장과 시녀들에게 재확인했다.

"어때요?"

다들 한마음 한뜻으로 입을 모아 외쳤다.

"아름다우십니다!"

"위엄이 넘치세요!"

"폐하께서도 흡족해 하실 겁니다!"

황제가 좋아할지 말지는 전혀 상관없다. 이 옷의 원래 목적은 황제의 파트너이자 유일한 비로서 처음으로 공식적인 자리에 서기 위한 성장盛粧이지만, 지금 차려입은 목적은 지극히 사적인 데 있었다.

여자의 전투 준비는 화장이라고 하지 않았나? 화장은 물론 머리와 옷, 머리부터 발끝까지 온몸을 꾸미는 것은 가장 철저한 싸움에 대한 대비와 매한가지였다.

알현 요청을 받자마자, 사만다에게 1황비궁의 가장 여러 응접실 중 가장 화려한 곳이 어디인지 물었다. 그다음 응접실을 완벽하게 준비하도록 명령을 내렸다. 단순히 청소를 시킨 정도가 아니었다. 1황비궁 전체, 모자라다면 황제궁에 가서라도 최고급의 물건들을 모조리 모아 그 응접실을 완벽한 상태로 꾸미라는 내용이었다.

평소에는 명령의 'ㅁ'자도 입에 담은 적 없는 내가 그리 단호하게 내린 명이 처음이었던지라 시녀들은 모두 토끼처럼 놀랐다. 그리고 하나같이 생쥐처럼 부산스럽게 움직이기 시작했다.

나는 황후가 아니므로 황제와 태후, 황후만이 쓸 수 있는 황금색과 보라색은 쓸 수 없었다. 사용할 수 있는 보석과 장신구, 레이스 등의 문양까지 그들에 미치지 못하는 것을 입고 꾸며야 한다. 실제로 내가 선황의 후궁으로 책봉될 때 얼굴만 본 황비들의 복장은 지금은 태후가 된 황후에 감히 비할 수 없었다.

그러나 나는 대관식에서 황후의 역할을 대행해야 했기에 일반적인 황비 수준의 몸차림을 해서는 안 되었다. 태후를 제외하면 이 황궁에서 가장 고귀한 여인인 거다. 게다가 태후가 미망인의 신분과 몸이 무거움을 내세워 대관식에는 참여치 않겠다 했기에, 대관식과 이에 따른 모든 예식에서 내가 먼저 예를 표할 신분의 여인은 존재하지 않았다. 즉, 이 자리에서 나의 위신은 곧 황제와 제국의 위신이 된다.

이 길고 복잡한 이유 때문에 내 드레스와 장신구는 전부 황후에 준하는 수준으로 제작되어 있었다. 황후만이 쓸 수 있는 색을 아슬아슬하게 빗겨나간 정도를 빼면, 황후의 복식이라 보아도 무방한 것이다.

숨을 쉬기 힘들 정도로 꽉 졸라맨 코르셋. 나의, 아니 제국의 자존심처럼 곱게 말아 높이 올린 머리카락. 이것이 제국의 위신이라 웅변하듯 풍성하게 부풀린 최고급 비단 치마. 겹겹의 치맛자락은 고래의 갈비뼈로 만든 뼈대로 지탱되며, 제국의 자존심이 감히 꺼지지 않도록 되어 있었다. 소매 역시 제도 롬부르크의 최신 유행을 따라 마치 풍선처럼 부풀려져 있다.

누가 보아도 결전에 나가는 기사의 기세로 나는 내 모습을 점검했다. 발끝까지 이상이 없음을 확인한 나는, 사만다에게 명했다.

"내일 대관식 때 사용할 푸른 다이아몬드 티아라를."

사만다는 놀란 눈을 하였으나 곧 순순히 명을 따랐다.

눈처럼 새하얀 공단 위에 올려져 내게 바쳐진 푸른 금강석의 티아라는, 황제의 생모인 선대 황후의 유품이었다 한다. 그녀가 황실에 시집오며 가져온 혼수품 중 가장 귀한 물건으로, 황후 자리에 오르기 전까지 사용하던 가장 아끼던 티아라였다고 한다.

마음만이라면 황후의 보관이라도 쓰고 싶었지만, 그건 불가능했으니 내가 쓸 수 있는 것 중 가장 귀한 것을 선택했다. 나는 어찌 되었건 황비. 황제와 황후만이 쓸 수 있는 제국 보관The Imperial Crown은 내 물건이 아니었다.

제국 보관의 위엄에는 미치지 못한다 하여도, 구름처럼 틀어 올린 내 검은 머리 사이에서 빛나는 푸른 다이아몬드만을 엮어 만든 티아라는 마치 밤하늘의 중심에서 빛나는 푸른 별들처럼 충분히 아름다웠다.

좋아. 이제 시작이다.

일부러 그들이 알현을 요청한 시간을 1시간을 넘겨서 몸을 움직였다. 드레스 룸에서 단장을 하는 내게 그들이 보낸 하녀들이 몇 번이나 자신들이 기다리고 있음을 확인시켰지만 답신도 주지 않고 무시했다. 이것도 기선 제압이다.

나는 매우 느리고 여유 있는 태도로 황비궁 복도를 걸어 그 빌어먹을 일가가 기다리고 있는 응접실로 향했다. 물론 사전에 그들이 응접실로 오는 복도 역시 응접실처럼 완벽하게 준비시켜 두도록 명령을 해 두었다.

응접실 문 앞에서 나를 보고 안쪽에 고하려던 이를, 손을 들어 막았다.

“전하?”

의아한 얼굴로 나를 보는 시녀에게 고개를 한번 저어 주고는 직접 손을 뻗어 거칠게 문을 열어젖혔다.

–쾅!

큰 소리가 울리자 방 안의 모든 이들이 일어서서 무슨 일인지 시선이 일시에 모였다. 나는 기꺼이 그 시선을 즐기며 안쪽으로 들어섰다.

만족스럽게도 응접실 준비 역시 확실했다. 일이 끝난 뒤 시녀들을 칭찬해야겠다. 나는 한없이 우아하고 도도한 자세로, 경악한 시선들을 마치 치맛자락으로 쓸어 주듯 안으로 들어갔다.

내 걸음은 무슨 모델이 런웨이 위에서 걷듯이 천천히, 그러나 ‘나의 이 쩔어 주는 모습을 보라고!’라고 외치는 듯한 마음이 그대로 드러나는 걸음걸이였던 것이 분명하다.

그들의 당혹한 얼굴이 조금씩 곤혹스럽게 변해가는 모습이 꽤 만족스러웠다. 물론, 어리고 사랑스러운 금발의 리즈벳은 반짝거리는 눈으로 나를 보고 있었다.

네가 이런 걸 이해할 리 없지.

한숨을 지우며, 이미 내 명령에 따라 시녀들이 마련해 둔 내 자리로 나아갔다. 알현실의 가장 안쪽 벽에는 제국의 상징문양이 수놓인 화려 무쌍한 태피스트리가 걸려 있었다. 그 아래 작게 세 단의 계단이 마련되어 있었고, 그 보단 위에야 내가 앉을 의자가 준비되어 있다.

에일 공작 일가가 엉덩이를 붙이고 있던 것과는 비교도 안 되는 수준의 화려하고 커다란 물건. 사만다의 말에 의하면 이 임시 보단과 의자는 황제궁에서 빌려온 것이란다. 나는 매우 당연하고 태연한 태도로 보좌—이건 의자라고 부를 수 없는 물건이었다— 위에 새침하게 앉았다. 그러고는 더없는 자비를 내린다는 듯한 표정으로 '명령'했다.

"앉으세요."

"……."

"……."

"……."

불편한 침묵이 3인분. 졸지에 윗사람의 등장에 벌떡 일어나 자리를 지키다 윗분이 먼저 앉으며 앉아도 좋다 허락을 내리니, 아랫사람 에일 공작의 표정은 애매해졌다. 하지만 어쩔 것인가. 저게 맞는 것을. 그러나 역시나 공작의 유일한 딸로 세상모른 채 고이고이 자란 머리 빈 아가씨 리즈벳만은 여전히 해맑았다.

"고마워요, 언니!"

그러고는 폴싹 의자에 앉았다.

공작 내외는 그런 딸과 높은 자리에 빛이 번쩍번쩍 나는 화려 무쌍하기 짝이 없는 부담스런 차림으로 앉은 양딸을 번갈아 바라보다 엉거주춤 자리에 앉았다.

나의 '배려'에 대한 감사의 인사가 애매모호하게 모기소리처럼 들려왔다. 그 말끝이 너무 흐려서, 예법에 맞는 존댓말인지 구분하기가 힘들 정도였다.

나는 생긋생긋 웃으며 손뼉을 한번 쳤다. 짝! 하고 차진 소리가 울리자, 가시 방석에 앉은 공작부인은 간이라도 떨어질 것 같았는지 과하게 화들짝 놀랐다.

해맑은 미소를 던지며 아무렇지도 않게 말했다.

"거스트 백작부인? 전에 폐하께서 하사하신 차가 있죠? 그것으로 준비해 주세요. 귀한 손님들이 오셨으니까요."

"예, 전하."

사만다 역시 과장된 태도로 내 앞에서 거의 공식적인 자리에서 표하는 예처럼 한번 무릎을 굽혀 인사하고는 물러났다. 문이 닫힐 때까지 뒷걸음질 쳐 물러나는 행동은 내가 명령한 것이 아닌데도 미리 짠 듯했다. 아, 사만다 역시 눈치 좋아.

황금의 번쩍임과 어색한 침묵의 공기 사이로 곧 향기롭기 짝이 없는 차향이 감돌았다. 나는 진심으로 차를 즐겼다. 사만다의 차 우리는 솜씨는 어째 점점 발전하는 것 같았다.

지독한 어색함과 어색함이 서로 꼬리를 물고 휘젓기만 하던 대치 상태를 깨트린 것은, 과연 가장인 공작이었다.

그는 식은땀을 닦으며 내게 예의상의 인사를 건넸다.

"비나……, 아니, 전하……. 그동안 건강은……."

아니, 건네려 했다. 시도로 끝난 것은 내가 말허리를 잘라 먹었기 때문이다. 냠냠.

"네, 아주~ 잘 지내고 있답니다. 덕분에 말이에요."

나는 단어 수준이 아니라 음절 하나하나에 힘을 주어 발음했다. 그리고 있는 힘껏, 환하게 웃었다.

저들은 내가 불행하리라 생각하며 나를 이곳으로 보낸 자들이다.

억울한 일을 당하거나, 믿은 사람에게 배반당하면 사람들의 반응과 대응은 다양하리라. 가감 없이 분노와 서러움, 고통 등의 감정을 사정없이 쏟아 내는 방법도 있었다. 소리를 지르든, 뺨을 치든, 드잡이 질을 하든 내 자유였다. 한국에 있을 때 TV에서 본 것을 참고하여, 찬물 정도가 아니라 뜨거운 차를 코에 부어넣어 주어도 좋으리라. 게다가 이 대륙 대빵인 남자가 무슨 짓을 해도 좋다 승인하지 않았나.

나는 위에 언급한 모든 행동을 이 사람들에게 할 수 있었다. 그 이상의 짓도 가능하리라. 하지만 내가 이들의 지위를 공식적으로 빼앗거나 감옥에 가두거나 죽일 수는 없다. 왜냐면 이들이 내게 저지른 '짓'은 그 정도의 잘못이 아니라고 받아들여질 것이 뻔했기 때문이다. 사기니 뭐니 해도 저들은 공식적으로 나를 구해서 돌보고 입양한 자들이다.

내 입장에서 더없이 당연한 어떤 처벌을 내려도 여론이 안 좋게 돌아올 가능성이 컸다. 그리고 무엇보다 정말 감옥에 가두거나 죽이고 싶지는 않았다. 그저 머리나 쥐어뜯고 코로 이 뜨거운 차를 부어주고 싶은 정도? 아, 리즈벳의 저 탐스런 금발을 박박 밀어주는 것도 좋겠다. 하지만 나는 잘 알고 있었다. 내 상상속의 보복을 실천한다면 스스로 '격'을 떨어뜨리게 될 것이다.

그러고 싶지 않았다. 저들은 리즈벳을 이 자리에 죽을 만큼 보내기 싫어했다. 분명한 사실이다. 생판 남을 데려다가 양녀로 들이고 온갖 지원을 아끼지 않았을 정도니까.

그들은 내가 사랑스러운 리즈벳 대신 들어온 황궁에서 불행할 것이라 예상하고 있었으리라. 물론 직후에 드라마틱한 상황이 겹쳐

처우가 바뀌긴 하였으나, 저들은 제대로 체감하고 있지 못했다. 저들이 생각하는 나는 1년 1개월 전의 꾀죄죄하고 아무것도 모르며, 작은 친절에도 눈물 짓던 사비나다.

그러니 나는 자신을 최대한 끌어올릴 참이었다. 지금의 나는 눈밑에 점을 찍는 정도를 넘어, 그들과는 감히 비교도 할 수 없는 지위에서 아주 잘 먹고 잘 살고 있다는 것을 우선 보여 줄 참이었다. 찍어 누르는 것은 당연히 그다음이다.

무엇보다 황제가 나를 유심히 관찰하고 있다는 사실을 잘 알았다. 그는 내게 자리를 마련하고 대비할 기간을 최소한도로 주었다. 그리고 내가 요구한 것을 스스럼없이 받아들였다. 이자는, 내가 어찌 하나 마치 실험실의 흰 쥐를 대하듯 보고 있는 것이다. 뻔히 아는데 생각 없이 행동할 정도로 멍청하지는 않았다.

나는 과장되게 상냥한 미소로 평했다.

"이건 폐하께서 결혼 선물로 하사하신 것들 중 하나랍니다. 에일 공국에서 맛본 것들보다 훨씬 귀하고 향도 좋더군요."

"그, 그렇군요."

공작과 공작부인의 얼굴이 눈에 띄게 일그러진다.

나는 만족스럽게 웃었다. 내가 생각해도 유치하지만 어쩌라고. 난 지금 이 유치한 행동이 너무 재밌단 말이다.

하나하나를 다 긁어 줄 생각이었다. 실제로 황제의 말마따나 제국의 어지간한 백작가보다 못한 가세를 가진 에일 공작의 성은 황궁에 비교하면 마구간 수준인 것을.

아, 이젠 차가 고소하다!

속이 텅텅 빈 리즈벳의 감탄사가 터져 나왔다.

"네! 맛있어요! 그리고 언니도 정말 예뻐요!"

"고마워요, 공녀."

나는 의도적으로 마지막 단어에 힘을 주었다. 어차피 이들을 내 가족 취급해 줄 정도로 속이 넓은 인간이 못 된다.

그런데 내가 예상하지 못한 것이 하나 있었다. 리즈벳은 내 상식 이상으로 머리가 텅텅 비어 있었고, 그 빈 공간은 온통 꽃밭으로 채워져 있었던 것이다.

"별말씀을요! 정말 기대되어요! 저도 이제 곧 언니처럼 아름답게 꾸미고 이 황궁에서 살 수 있게 되겠지요?"

……이게 또 무슨 개소리야?

순간적이지만 나는 공작 부처의 얼굴에 지나간 낭패감을 놓치지 않았다. 분명 감추어야 하는 사실을 들킨 사람의 그것이다. 나는 내색하지 않고 손을 들어 리즈벳을 상석으로 불렀다.

"얘야!"

"리즈……!"

뇌세포가 꽃으로 만들어진 것만 같은 아가씨 리즈벳은 부모의 말을 무시한 채 내 명령을 따라 곁으로 다가왔다. 곁에서 내 옷과 장신구를 바라보며 진심으로 감탄했다.

"저도 이렇게 꾸미면 황태자 전하, 아니 이제 황제 폐하시죠. 폐하께서 어여쁘다 보아 주실까요?"

이리 말하는 리즈벳의 얼굴은 호사스러운 옷과 보석에 대한 탐욕이 아니라 핑크빛으로 물든 소녀의 수줍음으로만 가득했다.

오호라, 그러니까 네가 저 황제를 짝사랑 하고 있었던 거로구나?

나는 머릿속으로 그림이 쭉 그려지는 느낌에 밝게 웃었다.

아마 제국에서 에일 공국에 요구한 공녀가 선대의 늙다리에게 바쳐질 후궁이 아니라 젊고 겉껍데기는 멀쩡한 지금 황제의 후궁이었다면, 에일 공작부부는 나를 굳이 양녀로 들이지 않았으리라.

리즈벳이 당시 황태자였던 황제를 직접 본 적이 있을지 의문이 들었지만, 중요하지 않다. 초상화 정도는 충분히 접할 수 있었을 것이고, 그것만으로도 이 꿈 많은 소녀가 사랑에 빠지기엔 충분할 테니.

게다가 상대는 대제국의 유일한 후계자. 당시 첩실 하나 없는 황태자의 첫 후궁으로라도 들어가 빨리 아들을 낳는다면 차차기 황위 계승자의 외가 자리를 노려봄직도 했다. 리즈벳은 황제의 외모와 지위에 홀랑 반하여 그를 원했을 것이고, 공작 부부는 자신들이 제국 내에서 영향력을 올릴 기회를 바랐으리라.

그런데 태후의 농간으로 하나뿐인 딸 리즈벳이 돼지 같은 늙은이 선황의 후궁이 되어야 하는 상황에서, 내가 숲에서 뚝 떨어져 준 것이다.

나는 번뜩이는 깨달음을 속으로 누르며 상냥하고 다정한 의붓언니의 가면을 썼다. 그러자 눈에 띄게 더욱 편해지는 리즈벳의 표정. 아, 역시 얘 너무 쉬워.

나는 리즈벳의 손을 잡아당기며 짐짓 아무것도 모른다는 듯이 물었다.

"무슨 이야기니?"

자, 꿍꿍이를 다 토해내 봐.

공작 부부가 무어라 딸을 말리려는 찰나, 사만다가 그들 앞에 바짝 달라붙어 간식과 차를 권했다. 나이스 타이밍! 그들은 황제의 시녀장 출신인 제국의 당당한 백작부인인 사만다를 나보다 어려워하고 있을 것이 분명하니, 절대 무시할 수 없을 것이다.

사만다의 나이스 어시스트로 나는 리즈벳의 천진하기 짝이 없는, 본의 아닌 이실직고를 낱낱이 들을 수 있었다.

"언니가 1황비가 되셨잖아요? 아버님께 1황비는 대대로 황후와 함께 입궁했다고 들었어요. 게다가 지금 제국에는 황후 자리가 비어 있잖아요? 아버님께서는 폐하께서 언니를 선택하신 건 결국 에일 공작가를 선택하신 것과 같다고 하셨어요."

"……그래?"

"네, 그러니까 결국 저는 곧 황후가 될 거라고……."

아이의 하얀 뺨이 마치 잘 익은 사과처럼 붉게 물들었다. 뇌세포나 뉴런 대신 꽃으로 가득 들어찬 것이 분명해 보이는 머리속에서 그녀는 제국의 가장 고귀한 여인으로서, 왕관을 쓰고 아름다운 황제의 곁에 서 있는 것처럼 보였다. 그 옆에 시녀처럼 서 있는 것이 나겠지.

속이 뒤틀렸다. 끓는 용암을 삼킨 것만 같았다.

설마 이 정도일 줄은 몰랐다.

물론 이들이 내 바뀐 상황을 보고 콩고물이라도 얻어먹으려 들지 않을까 걱정하기는 했다. 오늘 내내 그를 대비한 준비를 하기도 했고 말이다.

한데 콩고물도 모자라 케이크 위의 딸기 수준조차도 아닌, 케이크 전체를 차지하려 들 줄은 생각도 못했다.

나는 차가운 눈으로 공작 부부를 내려다보았다. 잠시 낭패한 표정을 하던 그들은 어차피 이리된 거 어쩔 수 없으니, 강하게 나가기로 마음먹은 것 같았다. 공작이 가슴을 펴고 말문을 열었다.

“황후 자리가 비어 있는 시간은 적을수록 좋지. 애초에 황후와 1황비는 한 가문에서 선택하는 것이 관례. 네가 1황비로 선택되었다는 것은 곧 폐하께서 우리 가문에서 황후를 내겠다는 의사를 표현하신 것이 아니겠느냐.”

말투가 바뀌었다. 조금 전까지는 그래도 형식적이나마 존댓말에 가까웠지만 지금은 드러내 놓은 하대다. 사만다의 얼굴이 흙빛이 되었다.

옆에서 공작부인이 역성을 들었다. 그녀는 공작이나 리즈벳과 달리 내가 공작가에서 아무것도 모른채 리즈벳의 대신이 되기 위해 양녀로서 교육 받을 때에도, 나를 못마땅하게 여겼던 여자다.

“그럼, 그럼, 황실의 피를 이어받은 우리 가문의 양녀인 너를 1황비로 지목하셨으니 마땅히 고귀한 황실의 혈통인 우리 리즈벳에게는 더 맞는 자리를 염두해 두셨겠지. 그에 대해 네게 무어라 언급은 없으셨니? 바로 내일이 대관식이라 준비할 시간이 없을 터이니 대관식에서야 네가 폐하의 옆자리를 지키는 것은 어쩔 수 없다지만, 적어도 오늘 전야제에는 혼약을 알리는 정도는 하셔야 할 텐데…….”

리즈벳은 아름답게 피어난 분홍 장미꽃처럼 수줍어하며 부모들의 성화를 듣고 있었다. 기대감 가득하게 나를 바라보는 리즈벳의 반짝이는 눈을 보아하니 이 아이도 똑같이 생각하고 있는 것이 분명했다.

그러니까, 지금, 이 인간들은 황제에게 맡겨 놓은 황후 자리를 내놓으라 떼를 쓰려고 보니 황제는 무섭고, 그러니 만만한 나를 잡고 어떻게 황제를 구워삶아 보라 재촉하러 온 것이다!

기가 막히고 코가 막혀서 말이 안 나올 지경이다. 내가 1년간 보아온 자비롭고 상냥한 공작 일가는 대체 어디의 누구였을까? 노골적인 욕망이 번들거리는 세 인간의 면상에 구역질이 날 지경이었다.

내 얼굴이 눈에 띄게 굳은 모양이다. 방 안의 공기가 차게 가라앉았다.

그 머리로도 분위기가 이상하게 돌아가는 것을 눈치챘는지 리즈벳은 의아한 얼굴을 가까이 들이댔다. 무의식적인 혐오감에 잡고 있던 리즈벳의 손을 쳐냈다.

살이 살을 치는 날카로운 소리가 방 안을 울렸다.

실제로는 별로 큰 소리도 아닐 것이나, 동요한 심정 때문에, 그리고 분위기가 고요했기에 방 안에 메아리치듯 크게 들리는 것만 같았다.

리즈벳은 충격 받은 얼굴로, 밀쳐진 제 손이 불에 데기라도 한 것처럼 감싸 쥔 채 뒤로 주춤주춤 물러났다. 그러다 임시 보단의 계단을 미처 생각하지 못하고 발이 걸려 넘어질 뻔했지만, 그래도 가까스로 균형을 잡았다.

리즈벳은 나를 눈물이 가득한 눈으로 올려다보았다.

"어, 언니?"

표정만 보면 내가 뺨이라도 때린 줄 알겠다. 코웃음도 나오지 않았다.

나는 차게 굳은 얼굴로 말없이 그들을 차례차례 응시했다. 뻔뻔하고 욕심 많은 그 면면들을 말이다.

이 인간들을 어떻게 요리해 줄까?

이미 결론은 다 내리고 왔다. 준비도 끝났다. 황제가 청을 받아

들여 주었으므로. 그런데 그걸로는 분이 다 안 풀릴 것 같았다.

부족해. 뭔가, 뭔가, 더 통쾌한 방법이 없을까?

길고 껄끄러운 침묵이 보이지 않는 커튼처럼 흔들거렸다. 나는 차오르는 분노에 불타는 한편으로, 어떻게 해야 제대로 되갚아 줄지 추가적인 방법을 고민하고 있었다. 그 옆에서 리즈벳은 엄청난 충격을 받기라도 했다는 듯 흐느끼기 시작할 기세였다.

공작 부부는 낭패한 얼굴을 했지만, 그래도 희망을 놓지 못하고 무어라 다시 매달릴지 고민하는 듯했다.

각자의 생각과 고민이 수면 아래서 해일처럼 파도치는 가운데 곧 끝날 수밖에 없는 침묵은 전혀 예상하지 못한 곳에서 깨어졌다.

–쾅!

큰 소음과 함께 응접실의 문이 열린 것이다. 마치 조금 전 내가 이 방에 들어올 때처럼.

나와 맞춘 색깔의, 오늘 저녁의 전야제를 위한 성장을 완벽하게 갖춘 황제 루크레티우스가 화사하게 웃으며 걸어들어 왔다. 그의 입에서는 전혀 예상 못한 말이 튀어나왔다.

"오, 나의 사랑!"

……저 인간, 정말 미친 거 아냐?

타이밍은 참 기가 막히게 맞췄다. 마치 옆방에서 들으면서 대기타다 딱 맞는 상황을 재어 튀어나오기라도 한 것 같았다.

내가 시킨 일이지만 정말 어이가 없을 지경이다. 물론 황당하다는 표정은 바로 지웠다. 마침 리즈벳이 저 인간 껍데기에 반해 있다면 내가 준비한 이 '쇼'는 최고로 효과적이리라.

나는 마치 수백 개의 꽃봉오리가 일시에 꽃망울을 틔우는 것처럼 환한 웃음 터뜨리며 두 팔을 뻗었다.

"나의 폐하!"

황제는 이 방 안에서 오로지 나만 보인다는 듯, 자신에게 예를 표하는 공작 부부의 존재 자체를 무시하고 들어와서는, 계단 옆의 리즈벳을 돌로 된 장식물에 그러듯 스쳐갔다. 리즈벳의 얼굴에 떠오른 경악과 슬픔을, 나는 생선을 본 고양이처럼 놓치지 않았다.

황제는 과장된 제스처로 손을 뻗었다. 나는 그의 품 안으로 뛰어들어 안겼다.

황제는 나도 미처 예상하지 못한 공격을 퍼부었다.

쓸데없이 잘생긴 황제의 얼굴이 재빠르게 다가왔다. 생각보다 큰 황제의 손이 내 뒤통수를 감쌌다. 그리고 따끈하고 말캉한 것이 갑자기 내 입술을 덮었다.

"……!"

이어 입술보다 더욱 습기 있고 뜨겁게까지 느껴지는 무언가가 틈을 비집고 들어왔다. 그것은 마치 살아 있는 생물처럼 입 안으로 헤집어 왔다.

본능적으로 밀어내려 했지만 그보다 황제가 빨랐다. 이미 그의 품 안에 들어와 있던 내 허리를 단단하게 휘감아 끌어안고, 밀어내려 그의 팔을 잡은 내 팔을 솜씨 좋게 돌려, 마치 내가 그에게 매달린 듯한 구도를 만들었다.

그리고…… 깊고 농밀하게 이어지는 키스.

또…… 키스.

이성과 감정이 미친 듯이 충돌했다.

이대로 메쳐 버려! 하지만 난 그럴 힘이 없는 걸? 사전에 합의한 내용도 아닌 걸 막무가내로 밀어붙이는 인간을 그냥 둘 거야? 하지만 지금 네가 누구 앞에 있는지 기억해야 해.

나는 에일 공작 부부와 리즈벳의 경악 어린 시선을 느끼고 몸을 움츠렸다.

애초에 황제를 이곳으로 부른 것은 나다. 그들의 앞에서 적당히 닭살커플 짓을 떨어 주며 저들을 농락하는 것이 당초의 목표였다. 그러나 현실은 내가 황제에게 농락당하고 있지 않은가. 그렇다고 저들 앞에서 황제를 밀어내고 성추행범이라며 뺨을 때렸다간, 내 분풀이는 졸지에 무위로 돌아갈 것이다.

잠시 황제에 대한 괘씸함과 에일 공작가에 대한 분노가 줄다리기를 했다. 길지는 못했다. 결국 1년간 사육당하고 팽 당한 분노가 이겼다.

그렇다. 난 복수를 택한 거다.

절대 황제 놈의 키스 테크닉이 너무 좋아서 거기에 넘어간 게 아니다. 절대 아니다!

나는 황제를 밀어내려던 손에서 힘을 빼고 오히려 그의 어깨를 더듬어 올려 목을 그러안았다. 그의 움직임에 맞추어 나도 적극적으로 나가자, 순간, 정말 일순간이지만 황제가 살짝 움찔했다. 조금 웃겼다.

"……."

"……."

이, 이건…… 뭐지?

살과 살이 닿아 얽히는 곳부터 마치 작은 폭죽 수백 개가 터지는 듯한 짜릿함이 몰려왔다. 입술과 턱을 타고 시작된 그것은 어째선지 허리께를 타고 오르는 번개와 같은 감각이 되어 버렸다. 이거, 이거 뭐지?

내 20년 인생동안 단 한 번도 경험해 보지 못한 이질적인 감각의 홍수가 내 몸 안에서 회오리쳤다. 이질적이고 생경한. 그러나 결코…… 나쁘거나 거부감이 들지는 않는다. 내 몸은 마치 그 감각을 담은 풍선처럼 한없이 부풀어 올랐다. 그리고 마침내…….

"후……."

감각이 막 폭발하려는 찰나, 황제의 입술이 떨어졌다. 가는 실이 내 립스틱의 색이 옮겨 묻은 황제의 입술에 이어진 것이 보이자 나는 정신이 퍼뜩 들었다.

황제는 내게만 보이는 표정으로 보란 듯 '훗'하고 웃었다.

저, 저 인간! 일부러 이 타이밍에 끊은 거지?

아니, 그 전에 내가 거부를 못할 상황이라는 걸 알고 굳이 '이런' 방법을 쓴 것부터 태클을 심하게 걸어야 할 것 같은데?

표정이 일그러지려는 것을, 황제는 다시 나를 끌어당겨 이마에 가볍게 버드 키스를 쪽 소리가 나도록 날리는 것으로 가려 버렸다.

이, 능구렁이 3천 마리는 고아 먹은 것 같은 인간!

"나의 비나, 그대는 어쩌면 이리도 매 순간 순간마다 더더욱 아름다워지는 것인지 모르겠군."

부글부글 끓는 속은 일단 눌러 두자. 지금 눈앞의 문제는 좀생이 패륜 폭군에 성추행범이라는 범죄 경력이 추가된 황제가 아니라, 저기 소금 기둥처럼 서 있는 에일 공작가 인간들이다.

나는 목청을 가다듬어 한껏 높여 그의 연극을 받아쳤다.

"어머, 부끄러워요. 폐하."

아……, 내가 한 말이지만…… 정말… 아, 내 손발…….

머릿속에서는 내 손발이 닳아 사라지다 못해 흔적도 남지 않았지만, 그래도 나는 복수의 달콤함만을 생각하며 간신히 버텨 냈다. 인내는 쓰지만 열매는 달콤하리라. 내면의 갈등과 고통은 어쨌든 겉으로 나는 남편의 사랑이 부끄럽지만 그래도 기쁜 수줍은 새색시를 완벽하게 연기하고 있었다.

"하지만 폐하, 친정 부모님과 여동생이 보고 있는 중에 이리 행동하시면 저는 부끄러워서……."

내가 수줍게 말을 흐리자, 황제는 그제야 깨달았다는 듯이 주변을 둘러보기 시작했다. 그러고는 감탄을 터뜨린다.

"아아! 그러고 보니 황비가 에일 공작가의 알현을 받고 있었다고 했지. 이거 가족들의 오붓한 만남에 내가 방해를 했나 보군!"

"아, 아닙니다. 폐하."

에일 공작은 뭐 씹은 표정으로, 그러나 황제에게 무어라 할 수는 없기에 대충 받아 주었다. 황제는 '핫핫핫' 명랑하게 웃었다. 좀 미친 것 같았다.

"그래도 나도 사실 남이라 할 수 없으니 가족의 자리에 낄 자격은 있지 않나? 응? 사랑스러운 나의 비나."

내 이름을 부르는 황제의 목소리는 정말 꿀에 퐁당 빠트렸다가 겉에 초콜릿을 코팅이라도 한 것 같았다. 아, 정말이지 겉보기와 스펙만은 참으로 좋은 인간이 맞다. 문제는 속 알맹이가 글러먹었다는 거지만.

나는 울렁거리는 속을 누르며, 수줍은 얼굴로 고개를 끄덕였다.

"아버님께서도 기꺼이 기뻐하실 거예요."

나는 해맑은 미소로 에일 공작을 바라보았다.

"그렇죠? 아버님?"

"다, 당연하지요."

공작의 말은 다시 예의를 챙긴 존댓말로 돌아가 있었다. 역시 사람 봐가며 태도를 바꾸는 인간들이다. 난 그런 사람이 제일 싫어!

이제 명분상으로도 황제를 배제하고 나만을 공략하는 것이 불가능해졌다. 낭패한 것이 분명한 에일 공작부부와, 눈앞에서 나와 황제의 진한 애정행각을 보고 유리심장이 박살 난 것인지 부들부들 떨며 간신히 눈물을 흘리지 않기 위해 안간힘을 쓰고 있는 리즈벳. 다들 꽤 볼만한 꼴이었다.

황제는 내가 조금 전까지 앉았던 보좌에 앉았다. 그러고 보면 저 의자 원래 황제 거였지.

잠시 그를 바라보던 나는 황제도 예상하지 못했음에 분명한 행동을 실천에 옮겼다. 대담하게 다가가, 그의 무릎 위에 비스듬하니 걸터앉았던 것이다.

"헉!"

"힉!"

실제 저런 소리를 낸 것은 아니다. 그러나 공작 부부의 표정은 딱 저런 비명을 지를 모양새였다.

황제는 잠시 당혹한 듯했지만, 내가 가면으로 둘러 쓴 어설픈 교태어린 표정을 앞에서 보고는 피식 웃었다. 그리고 팔을 내 허리에 둘러 앉기 편하게 해 주었다.

나는 한술 더 떠서 그의 목을 한쪽 팔로 둘러 매달리다시피 기댔다. 고개를 돌려 행복한 미소를 리즈벳을 향해 날려 주었다.

황제의 낮은 웃음소리가 내 귀에만 들려왔다. 속삭임은 가랑비처럼 작았다.

“역시 그대는 재밌어.”

나는 연기에 집중하라는 의미로 그 옆구리를 주변에서 보이지 않게 꼬집었다. 역시 황제, 그 정도로는 얼굴에 티도 내지 않았다. 물론 몸이 참지 못하고 움찔하긴 했지만.

루크레티우스는 분명히 밖에서 다 들어서 알고 있는 것이 분명한데도, 굳이 직접적으로 그 일을 거론하려 했다.

“그러고 보면 우리 황비는 오랜만에 만난 친정 가족들과 무슨 이야기를 하고 있었으려나?”

공작이 입을 열려는 찰나, 내가 먼저 대답을 가로챘다.

“폐하께서 제게 내리신 과분한 은혜를 이야기하고 있었답니다.”

“무엇이 과분하지?”

“에일 공작가를 생각하시어 저를 황비에 봉하신 은혜 말씀이지요.”

나는 공작 부부와 리즈벳의 얼굴에 떠오른 기대감을 보며 속으로 비웃었다. 떡 줄 사람은 생각도 안 하는데 알아서 김칫국이나 마시고 있는 인간들.

“……아마 폐하께선 제가 보네피트의 성을 가지고 있지 않았다면 저를 황비에 봉하지 않으셨겠지요.”

그러자 황제는 무섭게 얼굴을 굳혔다.

“그 무슨 말인지 모르겠군. 나는 에일 공작가와는 상관없이 오로지 그대만을 보고 그대를 나의 유일한 비로 들인 것이야.”

나는 혀를 깨물어 이슬 같은 눈물을 짜내었다.

“제가 에일 공국에서 바쳐진 공녀이지만 선황 폐하와 초야도 치르기 전에 선황 폐하께서 서거하시었지요. 결국 한두 달 사이를 두고 두 딸을 모두 공녀로 보내야 하는 처지에 놓인 에일 공작가를 가엽게 여기시어 저를 맞으신 것이 아니었나요?"

"그럴 리가! 누가 그런 말을 하던가?"

황제가 마치 '네놈이냐?'라고 외치는 듯한 표정으로 에일 공작 부부와 리즈벳을 차례로 노려보자 응접실 안 분위기는 싸하게 가라앉았다. 황제는 상심한 총희를 달래기 위해서라는 듯 상냥하고 다정하게 속삭였다.

"그것과는 상관없어! 짐이 에일 공작가를 그리 눈치보고 신경 써야 할 것이라 보나? 내가 본 것이 그대였기 때문이다. 그리고 그대는 선황 폐하와의 신방에 들지도 않았다. 그러니 혼인은 성립하지 못하였고, 따라서 에일 공작가는 내게 다시 공녀를 보낼 필요가 없어. 장차 그대가 내 아들을 낳은 뒤 그 아들에게라면 모르겠군."

나는 부끄럽다는 듯 황제의 품에 얼굴을 묻었다. 아, 정말 척하면 척으로 잘 맞는다. 사전에 대본을 짠 것도 아닌데 이렇게 잘 맞나? 어째 부부 사기단이 된 것 같은 기분이다.

어쨌든 이걸로 황제는 황후는커녕 후궁으로라도 리즈벳을 황궁에 들일 의사가 없음을 천명한 셈이었다.

황제의 팔 사이로 비치는 공작 부부의 새파랗게 질린 얼굴이 볼만했다.

그 순간이었다. 날카로운 비명소리가 들려왔다.

"말도 안 돼요!"

모든 사람의 시선이 한 점에 모였다. 하얗게 질린 얼굴로 부들부들 떨고 있는 리즈벳이 감히 황제의 어전에서 소리 지른 것이다.

그 머리로도 황제가 리즈벳을 후궁으로도 맞지 않겠다 말한 것은 이해가 된 모양이었다.

생각보다 잘 걸려 줬네?

리즈벳은 분홍빛 입술을 바들바들 떨면서도 제 할 말을 전부 내뱉었다.

"말도 안 됩니다. 저는 폐하의 여인이 되기 위해 지금껏 4년을 기다려 왔어요!"

이건 또 무슨 소리야? 나는 3D 안경을 쓰고 팝콘을 들고 싶은 기분으로 황제와 리즈벳을 번갈아가며 바라보았다.

리즈벳은 달달 떨리는 다리로 나와 황제의 앞에 간신히 도착하여 거의 풀썩 쓰러지다시피 주저앉았다. 희고 가는 손가락이 애처로이 황제의 다리에 닿았다.

"그때, 4년 전 대연회에서 폐하와 첫 춤을 준 뒤 지금껏 폐하 한 분만을 마음에 품은 채 기다려 왔어요!"

4년 전이면 리즈벳은 겨우 열 살 남짓한 나이다. 당시 황태자였던 그는 이십대 초반. 열 살 아이의 눈에 이십대 초반의 루크레티우스는 그야말로 백마 탄 왕자님 그 자체였으리라. 풋사랑을 키우게 된 건 무리가 아니다.

그러나 황제는 내가 보기에도 무서울 정도로 차게 굳은 얼굴로 매정하게 다리를 뒤로 뺐다. 리즈벳의 손은 허공만을 쥐었을 뿐. 그의 목소리는 마치 얼음덩어리를 쏟아내듯 차갑디 차가웠다.

"그래서?"

"저는……!"

"내가 무도회에서 춤을 춘 여인들은 아무리 적어도 기백은 넘는다. 내가 그들 모두를 후궁에 들여야 한다는 것은 아니겠지?”

리즈벳의 커다란 푸른 눈에서 진주 같은 눈물이 뚝뚝 떨어졌다. 황제에게 매달리려다 거절당하여 할 말을 잃은 채 눈물만 흘리고 있는 딸을 보자 공작이 나섰다.

“폐하! 에일 공작가가 황족으로 인정을 받지 못하게 된 제 조부대 이후, 그 충성의 증거로서 공녀를 황제 폐하의 후궁으로 바치라 명하신 것은 셀레투스 폐하이십니다! 저의 누님 역시 폐하의 조부이신 켄티우스 폐하의 후궁이 되셨지요!”

“그래, 그리고 그대의 장녀 사비나 데 보네피트가 나의 비가 되었으니 에일 공작가의 이번 대 의무는 끝났다.”

공작부인이 날카롭게 소리쳤다.

“사비나는 선황 폐하의 후궁으로 바쳐진 아이입니다!”

발악 시작인 모양이다. 여기는 나도, 그도 이미 예상하고 있던 바였다.

“선황께서는 불행히도 혼례식 당일 살해당하셨지. 사비나는 초야에 신방에 들지도 못했어. 그러니 나의 비나는 선황의 후궁이 아니다.”

황제의 단언에 공작 부부의 말문이 막혔다. 지난 한 달간 알게 된 지식에 따르면, 실제로 나의 예는 신전에서도 별다른 절차 없이 혼인의 성립을 무효화할 수 있을 정도로, 이곳 전례에 따르면 무난한 사례라고 한다. 게다가 그것을 정법의 수호자 황제가 결정하고 승인하였으니 불복은 곧 반역이다.

“…….”

“…….”

공작 부부는 잠시 침묵에 빠진 듯 보였다. 이것으로 저들은 리즈벳을 황궁으로 들이밀 어떤 명분도 모두 잃었다.

"허면 저는 사비나 데 보네피트를 제 딸로 인정하지 않겠습니다!"

이건 또 무슨 헛소리야?

"무어라?"

황제는 굳은 얼굴로 하문했다. 공작은 여전히 자신하는 표정으로 거듭 의지를 표명했다. 그 발언이 그가 처한 상황을 돌파할 절호의 방법이라 믿고 있는 것이 분명한 기세다.

"사비나를 파양하겠다 말씀 올렸습니다."

"……."

"그리 되면 이번 대 에일 공작가의 의무는 그대로 남겠지요."

무슨 의미인지 알겠다. 저리되면 에일 공작가는 다시 황제에게 후궁을 바쳐야 한다. 또한 공녀의 신분이 아니게 된 내가 황비의 지위를 유지하는 것도 말이 안 된다는 뜻이다.

애초에 황제가 나를 황비 자리에 앉히겠다 선언했을 때 그 난리가 나긴 했어도 일이 진행될 수 있었던 것은, 어쨌든 내가 공식적으로는 공녀公女 신분이었기 때문이다.

자식 없이 황비 자리에 바로 오를 수 있는 것은 타국의 왕족이거나, 적어도 공작영애나 후작영애 정도는 되어야 가능하다. 내가 그 최소한의 자격을 만족한 이유는 바로 에일 공작가에 입양되었기 때문이다.

공작은 그것을 철회하겠다 외쳤다.

"……."

황당함이 스치고 지났다. 분노도 치민다. 정말 이제 방해가 된다고 아무렇지도 않게 헌신짝보다 못하게 버릴 수 있는 존재였구나, 나.

알고 있음에도 다시 슬픔과 분노가 달아올랐다. 그런데 당혹감과 분노가 살짝 가시자, 번뜩 이런 생각이 들었다.

그러면 나 황궁에서 나갈 수 있잖아?

더 이상 황비로 있을 수 없다면, 황제는 나를 내보낼 수밖에 없다.

차라리 좋아해야 하는 것 아닌지 헷갈려하기 시작할 즈음이었다. 황제의 낮은 웃음소리가 울렸다.

"하핫, 하하하하핫!!!"

그것은 작은 종소리처럼 시작되어 곧 우레처럼 방 안을 울리며 가득 채웠다. 방 안의 모든 이들은 놀라고 또 긴장하여 황제를 바라보았다. 리즈벳조차도 훌쩍임을 멈춘 채 토끼 같은 눈으로 황제를 올려보고 있었다.

뚝, 칼로 자르듯 웃음을 멈춘 황제는 밖을 향해 소리쳤다.

"서기관!"

문이 다시 쾅 소리를 내며 열렸다. 저 문이 남아나려나 모르겠다. 오늘에만 몇 번이나 거칠기 짝이 없는 대접을 받는 건지.

양손에 검은 가죽 책과 만년필을 든 서기관이 뚜벅뚜벅 걸어 들어와 황제의 앞에 부복했다. 나를 황비로 봉한다는 명령을 받아 적었던 서기관과는 다른 사람이었다. 황제는 낮은 목소리로 명했다.

"적도록!"

"예!"

서기관은 그대로 바닥에 빈 종이만을 엮은 책을 펴고 펜을 들었다. 황제의 벽력같은 명령이 내리꽂혔다.

"에일 공작이 자신의 장녀 사비나 데 보네피트를 파양하겠다 한다. 그 서약서를 작성하도록!"

방 안의 모든 이들이 경악과 의문에 가득 찬 눈으로 황제를 올려다보았다. 그들의 반응과는 상관없이 서류는 순식간에 작성되었다.

서기관은 가장 먼저 황제에게 가져가 확인받았다. 황제는 짧은 줄글을 슥 훑어보고는 내게 넘겼다.

"그대는 받아들이겠는가?"

대체 어쩌려고?

어쨌든 저 지긋지긋한 인간들과 형식적이나마 가족으로 묶여 있는 것은 질색이다. 그리고 어쩌면 이걸 기회로 날 여기서 내보내 줄 지도 몰랐다.

조금 기대하며 서류에 이름을 적어 넣었다. 파양 서류이므로 데 보네피트라는 성은 쓰지 않았다. 황제는 고개를 저었다.

"서류가 힘을 발휘하게 되면 그때부터 성을 쓰지 못하게 되니 지금은 쓰는 것이 맞다."

나는 다시 손을 들어 데 보네피트라는 성을 한 자 한 자 적어 넣었다. 지난 1년간의 기억이 글자 하나하나마다 서려 빠져나가는 기분. 시원하면서도 기이하게 서글픈, 묘한 느낌이다.

서기관은 그것을 공작에게 건넸다. 공작은 갑자기 지나치게 빠르게 진행되는 상황에 놀란 것 같았다. 또 리즈벳을 거절하던 황제가 공작 자신의 주장을 이렇게 쉽게 받아들이는 상황에 대한 의구심이 든 듯했다. 그래서인지 그는 파양 서약서에 이서하기를 잠시 망설였다.

"조금 전 그대가 직접 파양하겠다 선언하지 않았나?"

"그렇……습니다."

공작은 잠시 고민했지만, 결국 자신이 주장한 일이므로 더 시간을 끌어 고민하지 못하고 이서를 마쳤다. 서류를 받은 황제는 공증인 란에 자신의 이름을 적어 넣고 선언했다.

"이것으로 나의 황비 사비나와 에일 공작 드미트리 데 보네피트의 인연은 끊겼다."

이것으로 내 이름 뒤에 데 보네피트라는 성은 이제 쓸 수 없다. 또한 나는 더 이상 공녀 신분이 아니게 되었다.

나, 이걸로 정말 황궁에서 나갈 수 있게 되는 건가? 황제는 생각보다 착한 사람이었어? 기회가 생기니까 나를 바로 놓아주는 거야? 나는 가슴속에서 차오르는 기대를 미처 숨기지 못했다.

황제는 그런 나를 한번 흘긋 내려다보았다. 그는 선황이 죽은 그 밤에 내게 보인 것과 같은 미소를 띠고 있었다.

기이한 불길함이 어깨를 지그시 눌렀다.

공작이 한발 앞으로 나와 거듭 청했다.

"그러면 이로써 에일 공작가에 내려진 공녀貢女의 의무는 아직 다 하지 못하였습니다. 허니 저의 하나 뿐인 여식 리즈벳을……."

그러나 황제는 고개를 저었다.

"아니, 에일 공작가의 이번 대 의무는 해소된 것이 맞다."

"예?"

"사비나를 파양한 것은 그녀를 그대의 딸로써 공녀로 바친 뒤인가, 전인가?"

"……뒤, 입니다."

"국법상 파양하기 전까지는 그 가문의 일원으로 인정된다. 사비나가 에일 공작가의 일원으로서 크렌시아 제국에 공녀貢女로 온 것은 변하지 않는다. 안 그런가?"

서기관이 긍정했다. 공작과 공작부인의 얼굴이 일그러졌다. 그런 방법이 있었네?

그러나 내가 순수하게 놀라고 감탄할 시간 여유는 주어지지 않았다. 서기관이 한마디를 아뢨기 때문이었다.

"한데 폐하, 한 가지 문제가 있습니다."

"무엇인가?"

"그리될 경우 황비 전하의 신분에 문제가 생깁니다. 대대로 황비의 자리에 봉할 수 있는 여인은 황족이거나, 타국의 왕족, 적어도 공후작가의 영애들만이 그 자격이 있습니다. 황자를 낳은 후궁들은 예외이나 황공하게도 아직 1황비께는 소생이 없으신지라……."

공작부부의 얼굴에 승리의 표정이 떠오르려 했다.

이를 가로막듯, 황제의 목소리가 다시 한 번 울렸다.

"아니, 1황비에게는 자격이 충분하다."

"예?"

"그게 무슨?"

"사실 짐의 1황비는 머나먼 이국의 공녀公女출신이라 말이야."

이건 또 무슨 개소리야? 오늘 왜 이렇게 개소리 퍼레이드인 건데?

내 황당함과는 상관없이 황제는 아련한 표정으로 설명을 이어갔다.

"비나의 고향은 배를 타고도 몇 달이 넘게 걸리는 멀고 먼 곳이라더군. 특이한 머리색도 피부색도 모두 그 때문이지. 그곳에서 비나의 친가는 두 왕가를 섬긴 유서 깊은 공작가. 그리고 모친은 왕족이라 하니, 신분적인 자격이야 이미 충분한 것을."

"그런……!"

"말도 안 됩니다!"

사방에 소란이 일었다. 당연했다. 당사자가 들어도 말이 안 되는 헛소리가 아닌가 말이다. 애초에 내가 황제에게 덜 굶리려고 막 지어낸 개소리가 저 헛소리의 출처니까!

내 얼굴이 하얗게 질리든 말든 황제는 꿋꿋하게 제 말을 밀어붙이고 있었다.

"제국의 황제인 짐이 충분히 듣고 판단하여 승인한 것이다."

웃기게도 그것만으로 황제의 신하들은 이야기의 진위에 대해 반박할 수가 없게 되었다.

아, 이게 그러니까 군주제의 폐해구나. 저런 미친 인간이 황제 자리에 있는데도 바른 말을 못하는 사태가 벌어지는 것이다. 태클을 걸만한 황태후나 재상도 없으면 이리 막 나가는 게 가능하다니. 말세다.

더 참지 못하고 무어라 입을 열려는 찰나, 황제는 자리에서 벌떡 일어섰다. 동시에 자신의 무릎에 앉혀 두었던 나를 번쩍 안아 올렸다가, 천천히 의자에 다시 앉혀 준다.

"자아……."

그는 멍하니 의자에 앉은 내게 손을 뻗었다. 손가락 끝을 까딱거렸다. 잡으라는 의미. 잠시 고민했지만 여기서 뒤로 뺐다가는 후환이 두렵다. 어쩔 수 없이 황제의 손 위에 내 손을 포갰다.

에스코트를 빙자한 강제력에 이끌려 엉거주춤 일어서자, 그는 내 손등에 보란 듯 키스하며 다시 폭탄 선언을 날렸다.

"하지만 사비나의 고향에서 쓰던 성을 이곳에서 그대로 쓰기는 맞지 않지. 그녀는 이미 나의 비."

아뇨, 내 성 제대로 쓰고 있는데요? 사 씨. 내 성 사. 내 이름 비나. 사비나. 당신이 방금 다 잘 말했잖아.

"그러니 그녀에게 나의 성 '르 크렌시아'를 내리겠다."

사고가 멎었다.

지난 한 달간 배운 것이 맞다면, 지금 황궁에 남은 선황의 후비들 중 르 크렌시아의 성을 쓸 수 있는 사람은 단 한 명뿐이다. 카틀레야 태후.

즉, 황가의 성을 받을 수 있는 여인은 단 하나, 황후뿐이다.

이 인간, 돌았어!

6. 별궁에서의 휴일

6. 별궁에서의 휴일

르 크렌시아.

제국 전체를 뒤져 봐도 그 성을 쓸 수 있는 사람은 열 손가락에 꼽힌다. 제국 황실의 성. 그것도 황제와 황후, 그리고 제위 계승자를 제외하면 적통 황족들이 혼인 전에만 사용할 수 있는 성이다.

그것을 내게 내렸다. 상식적으로 생각이라는 것을 할 수 있는 모든 이들이 아마도 황제가 나를 차기 황후로 점찍었다고 생각할 것이다.

즉, 저기 오늘까지는 황후궁에 도사리고 앉아 있을 독 오른 태후 역시.

태후 뱃속의 아이가 아들이라면, 그 가장 큰 경쟁자는 현 황제 루크레티우스. 그 다음을 꼽으라면 장차 태어날 루크레티우스의 적통 황자다. 황제가 나를 황후감으로 보고 있다고 판단한다면, 태후는 본격적으로 나를 노릴 것이다.

즉, 저 인간은 허울 좋고 화려한 껍질을 내게 씌워, 여기가 표적이라고 태후에게 계속해서 주입시키고 있는 것이다.

나는 에일 공작가를 떨쳐 내겠다는 일념으로 알아서 그 빌미를 황제에게 제공해 주고 말았다.

나를 파양하겠다는 공작의 말에 황제가 그리 미친 듯 웃었던 이유를 알 것 같다. 저 인간은 나를 에일 공작가의 호적에서 빼내어 내게 저 무거운 황가의 성을 내려주었다. 그건 '추'였다. 나를 이 지독하게 위험한 바다에서 도망치지 못하도록 묶는, 그리고 더 깊이 바닥으로 끌어내리는 것.

"……."

시간이 별로 없었다. 오늘 밤은 대관식을 위한 전야제. 대대적인 연회로 제도 롬부르크는 그대로 밤을 새우게 될 것이다. 그리고 내일 아침 첫 햇살이 내리비치는 가운데 루크레티우스는 황제 '루크레티우스 1세'로서 정식으로 대관을 받게 되리라.

사실 이미 한 달 전부터 그의 치세가 시작되었으나, 오늘 대관식을 치름으로써 비로소 부정할 수 없이 분명하게 쐐기를 박게 된다.

지금 말을 끝내 놓지 못하면 내일 대관식까지 단둘이서 대화할 시간은 전혀 가질 수가 없다.

남은 시간은 거의 없다. 하지만 먼저 말문을 열 생각은 없었다.

언제나 나는 이 남자 앞에서 먼저 움직이고 먼저 말했고, 그는 내 행동과 말에 맞추어 그의 태도와 반응을 결정했다. 내가 어떻게 발버둥을 쳐도, 모든 상황은 그가 원하는 대로 흘러갔다.

지금 내 행동이 딱히 무언가를 깊이 계산한 결과는 아니다. 단지 철저하게 그의 계산과 기분을 따라 구도가 짜일 것이 분명한 줄다리기에 자청해서 먼저 뛰어들고 싶지 않은 것뿐이다. 아직 내 판을 짜서 저 남자를 끌어들일 만한 능력도 힘도 없으니까.

"……."

그저 침묵하고, 기다릴 뿐. 적어도 지금은 그리하는 것이 낫다는 것만은 알겠다. 본능적인 판단이었다.

맹수 앞에서 지나치게 많이 움직이는 것은 좋지 않다.

말없이 그를 똑바로 바라보았다. 그는 여전히 속을 알 수 없는, 아니, 어둠처럼 깊고 또 깊은 속내를 그대로 보여 주는 미소를 지을 뿐이었다.

어찌해야 할까? 어떻게 해야 이 촘촘한 그물처럼 펼쳐진, 그가 짜놓은 판에서 벗어날 수 있을까.

입으로 주고받는 것이 아무것도 없으나 사실은 보이지 않는 치열한 탐색이 오고가는 자리가 결국 짧게 끝나고 말았다.

종이 울렸다. 신데렐라는 열두번 종이 울리면 다시 재투성이 소녀로 돌아간다. 그러나 나는 이제 지금부터 사비나라는 인간이 아니라 크렌시아의 황비 '사비나 르 크렌시아'가 되어야 했다.

그것이 진짜 나인지 아닌지는 상관없는 일이었다.

—뎅, —뎅.

마지막 종소리가 공기를 떨렸다. 동시에 지금까지의 무언과 미동으로 이루어진 대화와 몸짓을 주고받던 그와 나 사이에 처음으로 변화가 생겼다.

루크레티우스가 손을 내민 것이다.

"자, 가지."

나는 말없이 손을 뻗어, 그의 희고 가늘어 모양새 좋은 손가락

위로 손을 올렸다.

그의 손가락이 마치 살아 있는 거미처럼 제 발을 꽉 옭아 내 손을 쥐었다. 소름이 끼쳤다.

그는 나를 강하게 끌어당겨 전야제 파티의 연회장으로 인도했다.

작게 울린 그의 목소리를, 잠시 착각인가 생각했다. 하지만 그럴 수가 없다는 것을 너무나 잘 알았다.

"역시 네 그런 점이 마음에 들어."

저것을 어떻게 진정한 호감이나 애정의 발로이리라고 순간이라도 착각할 수 있을까. 착각을 하고 싶어도 할 수가 없었다.

차갑게 날 세운 표정으로 나를 보는 사내의 얼굴에서 조금이라도 온기 있고 부드러운 무엇인가를 기대하기란 불가능에 가까웠다.

차라리 쓸 만한 도구, 혹은 가치 있는 무기를 재어 보는 시선에 가까웠다.

졸지에 쇼윈도 위에 놓여 가치를 감정 받는 물건이 된 기분에 분노가 치밀었다. 지기 싫어서, 주변에 들리지 않을 낮은 목소리로 대꾸하여 주었다.

"난 당신의 그런 점이 정말 싫어요."

황제의 낮은 웃음소리는 곧 연회장에서 빛처럼 쏟아지는 소음에 묻혀 흔적도 없이 사라져 버렸다.

그리고 그 소음의 홍수 속에는, 완벽한 황제와 총애받는 황비만이 남겨졌다.

하룻밤을 꼬박 새운 연회의 끝은 떠오르는 아침 해와 함께 시작된 대관식.

눈을 태워 버릴 듯 쏟아지는 황금빛 첫 태양빛 아래에서, 나는 손에 황후의 보관을 든 채 황제 옆에서 대관식을 지켜보았다.

금과 보석으로 엮인 보관은 마치 족쇄처럼 무겁게 내 손을 옭아매려 했다. 그러나 다행히 이것은 아직 나를 묶을 수 없었다.

내가 황비라 이 관을 머리에 쓸 일이 없음에 감사했다. 누가 될지는 알 수 없으나, 그 누군가는 결국 저 심장 없는 괴물에게 사로잡혀 영영 도망치지 못한 채 제물이 되리라.

태양처럼 빛나는 금빛 보관을 쓴 남자 앞에 무릎을 꿇어 예를 표하고, 그의 에스코트를 받아 일어서며 나는 도전하듯 올려다보았다.

'절대, 당신 생각대로 이용당하지는 않아.'

무려 8일간에 걸친 대관식을 기념하는 파티는 황궁 전체를 들끓게 하였다. 그러나 아무리 길고 화려한 파티도 끝은 있는 법. 내게는 매우 다행히, 큰일 없이 무난하게 끝을 맺었다.

파티 기간 동안 사만다의 집중 지도를 받아 각국의 귀빈들과 제국 내 유력 귀족들의 이름과 얼굴을 외워 가며 그들의 접대를 해냈다. 진짜 인간 승리다. 수능 공부할 때처럼 피를 토할 기세로 외워 댄 것이 나름 효과가 있었던 모양이다.

그 대가로 나는 황제에게 휴가를 요구했다.

루크레티우스의 얼굴이 기묘하게 변했다.

"휴가?"

미심쩍다는 듯 되물어 왔다. 아무렇지도 않게 대답했다.

"나 황궁에 들고 제대로 쉰 날이 하루도 없어요. 좀 쉬고 싶어요."

황제는 내 계산을 꿰뚫어 보려는 듯이 유심히 바라보고 있었지만, 나로서는 아무래도 좋았다. 일단은 좀 쉬고 싶었다.

사실 여기 떨어지고 1년 1개월 내내 너무 긴장해서 지냈다. 정말 맘 편히 쉴 수 있는 공간이 황궁에 있을까 싶지만, 적어도 황제나 태후와 얼굴을 마주하고 지내야 하는 동안에는 쉴 겨를이 없을 것이다.

잠시 무언가 생각하던 황제는 곧 어이없을 정도로 순순히 고개를 끄덕였다.

"하긴 그동안 정신이 없기는 하였지. 내일 하루 정도면 되겠나? 방에서 푹 쉬도록. 공식적인 스케줄은 모두 비우고……."

나는 들고 있던 포크를 일부러 쨍 소리를 내며 접시 위로 찔렀다. 황제 대신 애먼 접시가 애처로운 비명을 울렸다.

눈꼬리를 치켜뜨고 노려보았다. 또 평소처럼 얼렁뚱땅 넘어갈 수 있을 줄 알아?

목소리를 높였다.

"난 지금 정당한 요구를 하고 있어요."

"……뭐?"

그는 평소와 다른 내 강경한 태도에 놀란 듯했다.

나는 마치 소년처럼 동그랗게 벌어진 그의 눈매를 똑바로 마주보며 요구했다. 그 정도로 절박했던 탓이었다.

"당신이 원하는 대로 이용당해 주겠다고 했잖아요? 나도 당신을 좀 이용하자고요."

"충분히 보상은 주고 있……."

"장난하지 말아요."

이쪽은 진심이었다.

"당신은 내가 원하는 건 준 적 없어요. 아니, 내가 뭘 원하는지도 관심 없고, 내가 말한 것도 귓등으로도 듣지 않잖아. 난 지금 진심으로 내가 원하는 것을 요구하고 있어요. 당신의 공범자로서. 그리고 황비로서."

침묵이 불편하게 깔린다. 조금은 속이 시원해져서 다 비운 접시를 옆으로 치우고 옆에 놓인 와인글라스를 집어 들었다.

하, 계속 생각하던 걸 이제야 좀 표현한 거다. 아, 몰라! 나 혼자 고민하고 속 썩어 봤자 무슨 소용이람!

결국 저 인간이 나를 대하는 태도가 문제다. 말은 공범자니, 파트너니, 황비니 온갖 번쩍거리는 것을 다 모아다 준다. 하지만 정작 그중 내가 원한 것은 단 하나도 없었다!

내가 그에 비해 불리한 상황인 것은 맞다. 그가 원하고 밀어붙이면 제대로 저항도 하지 못한다. 결국 저 남자를 제대로 이해하고, 그를 내가 원하는 방향으로 끌고 가야만 목적을 이룰 수 있다는 말이다. 제멋대로인 말에 굴레를 씌워서 밭을 갈게 만들어야 하는 상황이니.

정작 지금 상황은 반대였다. 저 인간이 자기가 원하는 것을 위해 나를 질질 끌어가고 있는 꼴이었다.

뱀처럼 차가운 녹색 눈이 기묘하게 웃었다. 그랬다. 저 남자는, 언제나 내가 그의 예상을 벗어난 행동을 하거나, 그가 이미 짜 놓은 구도에 저항하거나 뒤흔들려 들면 저런 표정을 했다. 기이한 것은, 그의 반응이 도전을 받은 이의 불쾌감이나 긴장이 아니라는 점이었다.

루크레티우스는 짧다면 짧고 길다면 긴 침묵 끝에 나의 요구를 승낙해 주었다. 나로서는 도저히 속에 든 생각을 꿰뚫어볼 수 없는 미소와 함께.

"좋아. 그러도록 하지. 황궁과 연결된 로네스 별궁이 있어. 그곳을 내주지. 시간은…… 일주일 정도가 좋겠군. 그 이상은 무리야."

"좋아요."

나는 한숨을 쉬었다. 한 고비는 넘은 것 같다.

로네스 궁은 황궁과 이어진 제도 롬부르크 내의 작은 별궁들 중 하나였다. 황궁과 연결된 곳 외에는 달리 입구를 두지 않는 특이한 구조를 가진 궁이다.

주로 역대 황족들 중 병약한 이나 병자를 멀리 보내기 힘든 경우, 인적인 드문 이곳에서 요양하게 했다. 대외적으로는 내가 잠시 몸이 안 좋아져 며칠 요양을 보낸다는 것으로 알려졌다.

별궁에 처음 발을 들이고서, 나는 잠시 말을 잊은 채 멍하니 서 있었다. 별궁의 풍광 때문이었다.

사만다가 웃는 얼굴로 내게 물어 왔다.

“이 정원이 마음에 드십니까?”

“아, 아…… 네.”

나는 정원 가득 핀 아담한 들꽃들에 거의 넋을 놓고 말았다.

황궁은 언제나 눈을 산란하게 하는 장미 같이 화려한 꽃이 온통 만발한 장소였다. 하나하나 지나치게 화려하고 자기주장이 강한 꽃들만 모아 놓은 곳. 내 눈이 닿는 모든 벽과 천장, 기둥까지 빼곡한 문양과 조각으로 한가득이었다.

이처럼 소박하고 보기만 해도 마음이 편안해지는 곳은 본 적이 없었다. 별궁에 든 첫날, 내가 완전히 마음을 빼앗긴 것처럼 이 정원에서 눈을 떼지 못하자 사만다는 먼저 물어 주었다.

“이곳에서 식사를 하시는 것은 어떠신지요?”

“그래도 되나요?”

“전하께서 원하시면 그리하라 명하지요.”

나는 조금 의아하게 물었다. 기쁘지만 조금 걱정된 탓이었다.

“황궁의 예법에 맞지 않는 것 아닌가요?”

사만다의 대답은 안심 되는 한편 조금은 씁쓸한 것이기도 했다.

“폐하께서 최대한 마음 편히 원하시는 대로 모시라 분부하셨습니다.”

그저 고개를 끄덕였다.

알고 있다. 사만다는 황제의 사람이다. 아무리 친절히 대해 주어도, 나보다 황제를 앞세울 수밖에 없는 것이다. 딱히 안타깝게 여기거나 할 필요는 없었다.

어찌 되었든 지금은 당장의 이 꿀과 같은 휴식을 마음 편하게 즐기기로 마음먹었다.

늘 새벽같이 일어나 단장하고 교육을 받던 지난 1년여 간의 생활이 내 몸에 완전히 배어 버렸음을 새삼 절감했다. 별궁에서도 시녀들이 깨워 주지 않았는데도 불구하고 해가 뜨기도 전에 눈이 절로 뜨였다.

그럼에도 일어나지 않고, 시녀들을 부르지 않은 채, 보드라운 비단 침대 속에서 황금 같은 게으름을 만끽했다. 매일같이 내 수면을 방해하던 황제 놈도 옆에 없으니 잠이 아주 잘 왔다. 완전 꿀잠!

거의 점심시간이 다 되어 일어나면, 내가 누운 침대로 사만다가 직접 가벼운 아침을 가져다주었다. 달걀이나 우유, 구운 빵 두어 조각 정도였다. 그것으로 간단하게 요기를 하고, 가벼운 차림새로 정원으로 나섰다.

사만다와 시녀 두엇만을 데리고서 정원 곳곳을 산책했다. 그러다 출출해지면 정원 나무 그늘에 자리를 깔고 앉아 피크닉처럼 점심 겸 간식을 먹었다.

둘째 날은 바로 그 정원에 앉아 티타임을 가졌다. 너무나도 평화로워 도리어 비현실적으로 느껴지는 나날.

그 사흘째. 사만다가 잠시 별궁의 관리인을 만나겠다며 곁을 비운 때에, 나는 시녀 둘만을 대동한 채 다시 정원으로 나섰다.

경비에 대해서는 굳이 걱정할 것 없었다. 별궁으로 이동할 때의 엄청난 경호를 이미 보았기 때문이다. 마차를 탈 필요가 있나 싶을 정도로 짧은 거리를 이동할 뿐인 내가 탄 황실의 6두 마차를 호위하던 엄청난 숫자의 로열가드들을.

사만다의 말에 의하면 황족을 호위하는 다섯 개의 로열가드 부대 중 하나가 내가 지내는 동안 로네스 별궁을 쥐새끼 한 마리도 드나들 수 없도록 철통같이 경비한다고 했다.

지금도 기사 네다섯 명이 말은 들리지 않지만 바로 달려올 수 있는 거리에서 나와 시녀들을 지켜보고 있었다.

사흘쯤 되자 이제는 기사들의 시선이 익숙할 지경이다. 사실 한 달 간의 황궁 생활동안 나는 자신을 바라보는 타인의 시선에 지나치게 단련이 되어 있었다. 저들 정도의 숫자는 간지럽지도 않은 수준이다.

큰 무리 없이 그들을 정원의 조각상 정도로 취급하는 데 성공한 나는, 이제 얼마 남지 않은 여유와 정원의 향취를 맘껏 즐겼다. 그 고요함과 여유에 취해서일까. 내가 듣기에도 멍한 중얼거림은 원체 고요한 정원의 공기 속에서 마치 외침처럼 크게 들렸다.

"여기는 시간이 흐르지 않는 것 같아요."

루이스가 작게 웃으며 내 멍한 말을 받아 주었다. 그녀는 사만다가 내게 추천하여 별궁으로 함께 데려온 로벤티스 백작영애 자매 시녀 중 언니이다.

"저도 로네스 별궁이 이런 곳인 줄은 처음 알았답니다."

동생인 엘자가 차분한 언니와는 전혀 다르게 부산스러운 목소리로 말을 거들었다. 벌써 3개째의 샌드위치를 집어 들면서도 입은 잠시도 쉬지 않는 것이 신기했다.

"저도요. 사실 전 로네스 별궁에 대해서는 안 좋은 소문만 들었거든요."

나는 그녀가 복스럽게 먹는 모습을 보고 자극받아 두 개째의 샌드위치를 건드리려던 손을 멈추고 고개를 들었다.

"불길한 소문?"

언니인 루이스가 옆에서 엘자에게 핀잔을 주었다.

"쓸데없는 소리 하지 마, 엘자! 전하, 신경 쓰실 것 없답니다."

엘자는 아차 하는 표정을 하더니 곧 난처한 웃음으로 얼버무리려 했다.

"죄송합니다. 제가 또 헛소리를……."

"제 동생은 종종 쓸데없는 이야기를 한답니다. 귀 기울여 듣지 않으셔도 되어요, 전하."

루이스의 목소리는 명백하게 무언가를 감추고 있었다. 이런 걸 그냥 덮어두고 가기에는 좀이 쑤셨다.

지난 사흘간의 휴식은 정말 여유롭고 좋았지만, 이미 폭풍 같은 생활에 익숙해진 나는 조금, 아니 많이 무료했던 것 같다.

이렇게 흥미로운 일을 그냥 넘길 수 없지!

엄한 목소리로 순진한 시녀를 추궁했다. 처음으로 반말을 사용했다. 사만다의 권유에도 주변인들에게 존댓말을 사용해 온 터라, 이들은 내 입에서 권위적인 말이 나오는 것을 처음 들었다.

"분명히 난 들었어. 무슨 이야기지?"

"저어……, 어……."

그녀들의 얼굴이 굳었다. 엘자는 나와 루이스를 난처한 얼굴로 번갈아가며 바라보았다. 흥미진진한 내 표정을 알아본 루이스는 한숨을 쉬더니 소리를 낮추어 당부해 왔으나, 도리어 나를 자극했다.

"시녀장님께서 굳이 전하께 말씀드릴 필요 없는 이야기라고……."

"……."

내 얼굴이 굳어지는 것을 느꼈다. 사만다가 황제의 사람이라는 것은 잘 안다. 오랜 황궁 생활로 잔뼈가 굵은 사람이라, 그녀가 보기에 나는 햇병아리에 불과할 것이라는 것도 잘 이해하고 있었다.

그런데 지금 이 두 사람은 나를 앞에 두고도, 내가 아니라 사만다를 더 신경 쓰고 있었다.

등줄기가 싸늘했다.

기본적으로 이곳의 신분에 대한 의식은 19년을 21세기 한국에서 살아온 내게 이해하기 힘들고 받아들이기도 거부감이 이는 것이었다. 사만다가 한참은 어린 내 앞에서 깍듯이 허리를 숙이거나, 노인인 재상이 새파랗게 젊은 황제 앞에서 고개를 조아리는 모습 같은 것은 익숙해지지 않는다.

하지만 이건 그것과는 다른 문제였다. 내가 신분제에 익숙하지 않고 이를 그대로 수용할 생각이 없기는 하지만, 지금 상황은 그것과는 의미가 달랐던 것이다.

이곳에서 신분제는 단순히 사람의 고귀함과 천함의 문제가 아니었다. 내가 저들보다 고귀하다고 생각하지는 않았다. 하지만 내 식으로 이해하자면, 나는 이들의 상관인 것과 같았다. 사만다 역시 이들의 상관이다. 동시에 나는 사만다의 상관인 것이다.

실질적인 것이 어떠하든 명목상으로 1황비궁에 속한 이들 모두에게 있어, 나는 상관이었다. 이들의 시중이나 떠받듦은 익숙해지지도 않고 익숙해질 생각도 없었지만, 가장 기본적인 주도권을 내 손에 제대로 쥐지 못하는 것은 큰 문제였다.

"저, ……전하?"

두 시녀가 눈에 띄게 굳은 내 얼굴 표정을 보고 안절부절 못하며 눈치를 살폈다.

어찌해야 할지 결정은 이미 내렸다. 속으로 한숨을 쉬었다. 그러나 겉으로는 위엄 있어 보이기를 빌며, 굳은 표정을 유지했다.

나는 황제도 제대로 믿을 수 없다. 사만다 역시 같았다. 내 거처에 속한 사람들이 모두 그들의 전적인 영향력 하에 있어서는 내 손발이 모두 묶인 것과 같았다. 이 상황을 그냥 넘길 수 없는 이유는 하나였다.

나는 황제의 도구로서만 남을 생각이 없다.

그래서였다. 최대한 강하게 나가기로 했다.

입에서 튀어나온 목소리는 내가 듣기에도 얼음덩어리가 뚝뚝 떨어지듯 싸늘했다.

"그대들은 누구의 시녀죠? 거스트 백작부인의 시녀들인가요?"

두 자매의 얼굴이 흙빛이 되었다. 이것은 그들을 질책하는 말이나 동시에 그들의 자존심을 건드리는 말이기도 하다.

로벤티스 백작가는 대표적인 황제의 심복 가문 중 하나로, 바로 그 때문에 이들이 사만다에 의해 내 시녀로 뽑혔다고 들었다. 황제가 지나가듯 흘린 말에 의하면 로벤티스 백작가는 거스트 백작가보다 더 위세 있는 가문이었다. 그런 집안의 영애들에게 너희들이 거스트 백작부인인 사만다의 명령을 따르는 그녀의 시녀들이냐 질책하는 것은, 자존심을 건드리는 것이기도 했던 것이다.

루이스는 얼굴을 굳히고 내게 고개를 숙였다.

"물론 비 전하를 모시는 시녀입니다."

엘자 역시 같은 말을 하며 내게 고개를 숙였다.

황제가 내게 준 것은 허울뿐인 권위이지만, 어찌되었건 나는 황제의 유일한 비였다. 그것도 '르 크렌시아'의 성을 사용할 것을 허락받은. 거스트 백작부인과는 비교할 수 없는 무게다.

이런 것을 내세워야 사람을 내가 원하는 방향으로 이끌 수 있다니, 나는 아직 정말 부족하다. 계속 이래서는 안 될 텐데.

스스로에 대한 한숨은 속으로 접어 두고, 하던 대로 밀어붙이기로 했다. 칼을 뽑으면 무라도 썰어야지. 위엄이든 인덕이든, 능력이든, 차차 주변 사람들을 보고 가려서 내 사람으로 만들어 가면 될 일이다. 이제 시작인걸!

얼굴에 한가득 생긋이 웃는 표정을 그렸다. 동시에 위엄은 그대로 유지하려 노력했다. 표정과 몸짓, 그리고 말투에서 평소의 상냥함과 지금의 엄함을 적절하게 조화시키기란 꽤 어렵다. 얼굴에 경련이 일 것 같았다.

자기 자신에게 '나는 위엄이 넘치면서도 자애로운 황비 전하다.' 라고 세뇌하듯, 행동과 말투를 유지하며 그들에게 부탁했다. 일단 나부터 속여야 남들도 속을 것이다. 내게는 매우 다행이도, 내 노력은 어느 정도 효과가 있었던 것 같았다.

"그러면 이야기해 주지 않겠어요? 이대로 모른 채로 하루를 보냈다간 밤에 궁금해서 잠도 못 자고 말 것 같아요."

두 시녀의 표정이 눈에 띄게 밝아졌다. 안도한 것 같다. 엘자는 자기 언니와 나를 번갈아가며 한 번씩 바라보고는 소리를 낮추어 일러 주었다.

"글쎄 이 로네스 궁에는 나온다고 하네요."

"뭐가요?"

"유령이요!"

"……."

어쩐지 김이 확 샜다.

유령? 유령이라고? 내가 한껏 위엄을 가장해서 얻은 대답이 유령이라니.

민망해서 얼굴이 화끈거려 왔다. 어찌되었든 오버를 해서 얻은 대답이니 제대로 반응을 해 주어야 하기에, 흥미로운 표정을 유지했다.

"유령?"

나보다 두어 살 어린 두 자매는 진지한 얼굴로 고개를 끄덕였다. 특히 동생인 엘자는 어쩐지 진짜로 두려워하고 있는 것도 같았다. 그녀는 흥미가 한가득하지만, 동시에 두려움을 감추지 못했다. 그러면서도 네 개째 샌드위치를 오물거리면서 열심히 열과 성을 다해 내게 설명해 주었다. 언제 봐도 다람쥐 같다.

"지금 이 로네스 궁은 거의 버려져 있다시피 하다네요."

그녀는 허드렛일을 하는 어린 하녀들이 저들끼리 수군거렸다는 이야기를 내게 전했다.

"원래는, 그러니까 지금 폐하의 생모이신 선대 베아트리체 황후 폐하께서 계시던 때에는 이 로네스 별궁이 그분이 특히 사랑하신 곳이었대요. 훨씬 궁인들도 많고 제대로 정돈되어 있었다더라고요."

베아트리체. 처음 듣는 이름이지만, 나는 그것이 현 황제 루크레티우스의 생모인 처형된 황후의 이름이라는 것을 어렵지 않게 연결시킬 수 있었다.

"그러다가 그분이 돌아가시고, 선황 폐하와 태후께서는 이곳을 별로 마음에 들어 하지 않으셔서 이렇게 되었다는 걸요. 그리고, 베아트리체 황후께서 돌아가시고 몇 년 뒤부터, ……나오기 시작했대요."

엘자의 목소리가 한껏 낮아졌다. 나는 확인차 되물었다.

"유령이?"

엘자는 긴장한 얼굴로 고개를 위 아래로 격렬하게 끄덕였다. 여전히 누구에게 들릴세라 낮춘 목소리로 덧붙였다.

"일주일에 두세 번은 밤마다 여자의 찢어지는 듯한 비명소리나 흐느낌이 들려온대요."

"……."

정원이 너무나 고요했다. 등줄기에 무언가 서늘한 것이 닿는 착각이 일 것만 같았다.

"어떤 하녀는 흰 옷을 입은 채 미친 사람처럼 달려가는 여자의 모습을 보고 기절한 적도 있다더라니까요!"

괜찮아. 귀신이라니. 그럴 리 없지 않은가. 애써 마음을 다잡으며 의연하게 웃었다.

"참, 로네스 궁이 한가하긴 한 모양이군요. 하녀들이 그런 뜬소문에 열심히니……."

유령이니, 귀신이니, 다 말도 안 되는 헛소리다.

나는 마음을 다잡으며 점심 피크닉을 파했다.

굳이 말 안하려는 시녀의 자존심까지 긁어 가며 대답을 듣고야 만 과거의 나를, 지금의 내가 어둠 속에서 천장을 올려다보며 원망하고 있었다.

입에서 절로 메마른 목소리가 흘러나왔다.

"*내가…… 미쳤지.*"

너른 방 안에는 나 말고 아무도 없었다. 괜찮아. 지금 이 침실 곁방에서는 당직을 서는 시녀들과 하녀들이 두셋은 있어. 절대 난 지금 혼자 있는 게 아냐.

……귀신이 무섭다고 그들을 여기로 불러들이는 것은, 지나치게 쪽팔리는 일이다. 위엄 넘치지만 자비로운 황비님을 연기하려고 노력한 것이 바로 오늘 낮이다. 그런데 밤에 무섭다고 혼자 자기 싫다고 시녀들에게 매달리면, 나를 어떻게 보겠느냐 말인가. 그러니까 괜찮아. 괜찮아야지. 괜…….

"힉!"

나는 무언가 희끄무레한 것이 시야 구석에 들어오자 기겁하여 몸을 일으켰다. 귀신인가 하고 착각한 게, 열린 창문으로 들어온 바람 때문에 잠시 흩날린 커튼자락이라는 것을 깨닫고 안도할 수 있었다.

안도감이 지나자 연달아 덮친 것은 자괴감이었다. 나는 무릎에 얼굴을 묻고 홀로 중얼거렸다.

"아, 쪽팔려……."

굳이 부득부득 우겨서 들어 놓고는 밤이 되니까 무섭다고 오들오들 떨고 있는 꼴이라니.

여기에서의 1년이 마치 10년처럼 다사다난해서 잠시 잊고 있었다. 나 원래 귀신이나 오컬트 같은 것에 약했었지.

귀신 나오는 영화는 보다가 어이없어서 웃을 정도의 삼류도 절대 똑바로 못 보던 인간인데. 내가, 미쳤지. 여기서는 생활에 적응하느라 너무 정신이 없어 귀신이니 뭐니 하는 것에 신경 쓸 여유가 없었다.

생각해 보면 여기도 사람 사는 곳이다. 사후 세계에 관한 개념도 있었다. 죽은 이들은 반딧불이가 되어 밤하늘을 날아 저승의 여신에게로 향한다고 하던가.

이 세계에도 죽은 사람도 있고, 당연히 유령이니 귀신이니 하는 것도 충분히 있을 수 있다. 한국에 있을 때는 그렇게 무서워했어도 다행히 한 번도 본 적 없었는데, 여기서는 또 다를 수도 있지 않은가.

내가 너무 한심해서 할 말이 없을 지경이다. 그래도 도저히 부정할 수 없는 건 하나였다.

거의 넋을 놓고 멍하니 중얼거렸다.

"차라리 그 망할 놈이라도 옆에 있는 게 낫지."

그때였다.

"신기한 말을 중얼거리는군?"

갑자기 눈앞에 흰 형체가 불쑥 나타났다.

머리가 그 형체가 누구인지를 분석하기도 전에 본능이 비명을 질렀다.

"꺄아아아악!!!!!"

—쾅!

찢어질 듯한 비명 소리가 고요하기 짝이 없는 별궁을 한차례 뒤흔들자, 곧이어 곁방으로 이어진 문이 거칠게 열리며 시녀들과 하녀들이 우르르 달려들어 왔다.

"전하!"

"무슨 일이십니까! 비 전하!"

"무탈하십니까?!"

여성이자 황제의 비인 내 침실이라 기사들은 감히 들어오지 못했지만, 방 밖과 창문 아래 정원 쪽에서 내 방을 경호하던 기사들 몇몇도 웅성거리는 소리가 들렸다.

결연한 표정으로 내 방으로 뛰어든 시녀들이 발견한 것은 비명을 지르는 황비와, 그 앞에 선 침의 차림의 빌어먹을 황제 놈이었다.

"……."

"……."

민망한 고요함이 잠시 방 안을 짓눌렀다. 나는 그대로 쪼그라들어 바닥에 껌 딱지처럼 붙어 버릴 것만 같았다.

아, 하지만 저 인간이 예고도 없이 내 방으로 숨어든 게 문제라고! 누구든 그러면 놀라는 게 당연하잖아! 내가 잘못한 게 아냐!

황제는 아무런 말없이 손을 휘저어 시녀들에게 의사를 표했다. 나는 너무나 쪽팔린 나머지 무릎에 얼굴을 묻고 있었다. 다행히 착한 시녀와 하녀들은 묘하게 웃음을 참는 표정으로 공손히 방 밖으로 물러났다.

아마 그들은 내 신상에 문제가 생긴 것은 아닌가 웅성거리고 있는 로열가드들에게도, 내 방에 스며든 불청객의 정체를 조용히 일러 준 모양이다. 곧 방 밖에서 들리던 웅성거림은 쥐죽은 듯 사라졌다.

두 손으로 얼굴을 감싸 쥐었다. 쪽팔려 죽을 것 같다. 제발 저 얼굴 말고 뜯어먹을 데 하나도 없는 황제놈이 날 배려해서 이대로 사라져 줬으면 좋겠다.

그의 움직임은 내 기대를 당연하다는 듯이 배반했다. 내 엉덩이를 붙인 침대가 곁에 사내의 무게가 실리며 쏠리는 것이 느껴졌던 것이다.

난 여전히 두 무르팍 사이에 얼굴을 묻고 있었고, 황제는 그것이 마음에 들지 않는 것 같았다. 이 폭군 황제 놈은 잘 익은 고구마처럼 빨개진 내 얼굴을 억지로 들어 올려 확인하고는, 낮은 폭소를 터뜨리는 만행을 저질렀다.

"푸핫!"

"웃지 마요!"

"안 그래도 못난 얼굴이 불 붙인 고구마 같군!"

이 인간이 지금 그걸 말이라고!

"아, 그 못난 얼굴 왜 보고 있는데요! 빨리 궁으로 돌아가요!"

그는 빙긋이 웃으며 내게 얼굴을 들이댔다.

"진심인가?"

"내가 왜 거짓말을 하겠어요?"

"하지만 말이지, 난 아까 보아 버렸어. 나를 그리워하는 사랑스런 아내의 진심을 말이야."

"또 무슨 헛소리를 하는 거예요?"

"내가 온 걸 보고 너무나도 기뻐서 환성을 올리지 않았나. 온 별궁이 다 울리도록 말이야."

"……."

아, 역시 미친 인간이야. 제정신이 아니야. 근데 역시 제일 제정신이 아닌 건, 귀신 때문에 무섭다고 저 인간이 다시 읊어 주는 저 헛소리를 중얼거린 나다. 나는 눈을 매섭게 뜨고 되물었다.

"왜 내가 당신을 반길 거라고 생각해요?"

"그래? 내가 아니라 다른 남자인 줄 알고 반가워한 건가? 그러면 불륜에 반역인데. 황제의 후비들이 불륜을 저지르면 이는 반역으로 죄를 받게 돼. 그대가 나 외의 남자가 이 방에 들어왔다 생각하면서 반겼다면, 불륜을 의심할 수밖에 없군."

"……."

루크레티우스는 숫제 빙글빙글 웃었다. 아, 자기도 말이 안 되는 헛소리라는 걸 알고 저러고 있는 거다. 여기서 계속 버팅기기엔, 아까의 놀람과 또 쪽팔림이 정신 에너지를 너무 잡아먹었다. 그냥 넘기기로 했다.

"역시 나를 그리워한 것이 맞군."

"맘대로 생각해요."

너무 어이없게 긴장이 확 풀려 버려서, 그대로 뒤로 쓰러지듯 누웠다.

"그러고 보면 여기는 또 어떻게 숨어든 거예요?"

"이곳은 황궁에 딸린 별궁. 짐의 별채나 다름없지. 아니, 이 제국에 짐이 가지 못할 곳은 없다."

"네, 네……."

어련하시겠어. 꼭 누군가처럼 '짐이 곧 제국이니라.' 외쳐도 전혀 이상하지 않다. 저 인간.

갑작스레 떠올랐다. 아까 엘자가 한 이야기.

생전 베아트리체 황후가 아끼던 이 별궁.

처형된 황후.

유령.

어쩌면 저들이 말하는 유령이 정말 있다면 그건 원한을 놓지 못한 베아트리체 황후가 아닐까.

나는 이 남자가 어렵사리 즉위를 인정받던 자리에서 태후가 외쳤던 표독스러운 말을 기억했다.

불륜을 이유로 처형된 황후. 자신의 아버지를 죽이고 제위를 거머쥔 그녀의 아들.

입술과 혀가 움직인 것은 머리로 판단을 내리기 전이었다.

"……당신 혹시 이곳에서 죽은 사람의 유령을 만난다면 어떨 것 같아요?"

잠시 침묵이 내려섰다. 평소와 분위기가 달랐다. 내가 흰소리를 지껄이면 그는 마치 탁구공을 쳐내는 선수처럼 바로 더한 헛소리나 억지로 되돌려 주고는 하는 사람이다.

이 고요함은 분위기가 많이 달랐다.

……역시 너무 성급했던 것 같았다. 자세한 사정은 모르지만, 어머니가 아버지에 의해 처형된 사건과 관련된 일이다. 함부로 물어서는 안 되었다.

내가 질문을 한 것을 후회하고 있던 즈음이었다. 가라앉은 목소리가 공기를 울린 것은.

"글쎄, 나도 잘 모르겠군."

나는 누워 있었고, 그는 아직 몸을 일으킨 채였기에 그가 어떤 표정으로 저런 말을 하는 것인지는 알 수 없었다. 정말 드물게도, 무어라고 대답해야 좋을지 알 수 없어졌다.

굳은 침묵이 깨어지고 다시 그의 목소리가 공기를 울리기까지의 공백이, 마치 천년처럼 길게 느껴졌다.

"하지만 유령 같은 것이 있을 리 없지. 그러니 굳이 그때 내가 무슨 말을 하고 싶을지, 어떤 기분일지 걱정할 필요는 없겠군."

위에서 내려 보는 그의 얼굴은 평소의 오만하고 천상천하 유아독존인 그 인간 그대로였다.

정말이지, 참 지독한 사람이다. 그리고 상상도 가지 않을 만큼 강한 사람이기도 하겠지.

"그나저나…… 나의 비가 겨우 사흘 나를 못 봤다고 이리도 그리워하는 줄 알았다면 진즉에 올 것을 그랬군."

"이제 봤으니까 됐어요. 잘 가요."

황제에게 손을 살랑살랑 흔들었다.

"나의 유일한 황비는 이리도 수줍음이 많아 늘 마음과는 반대로 말한단 말이야."

그는 내 입에서 나온 말을 정반대로 해석하며, 슬금슬금 이불 속으로 기어들었다.

결국 포기할 수밖에 없었다. 어찌 되었건, 우리는 법적인 부부였고, 그는 공식적으로 요양 중인 아내를 방문한 남편이다. 황제이기까지 하다. 내쫓았다가는 나만 불리해진다.

다시 루크레티우스가 이불 속에서 나를 끌어안았다. 서늘함이 몸을 감쌌다.

이 남자, 체온이 낮은 것도 꼭 뱀을 닮았다. 그래서는 내가 따뜻하다며 난로 대용으로 삼으려 든다. 지금처럼.

평소처럼 더 핀잔을 줄까 싶었지만 결국 포기했다. 만약 정말 이 궁에 나타난다는 유령이 베아트리체 황후라면, 하나뿐인 아들이 같이 있으면 좀 상냥한 얼굴로 나타나 주겠지.

엘자의 조심스러운 언급이 무색하게도 유령은 이틀이 지나도록 코빼기도 비치지 않았다.

로네스 궁은 더없이 고요한 곳이었고, 이곳에서 명목상의 요양 중인 내가 최대한 조용한 생활을 원한다는 의사를 표현했기에, 다들 최대한 말과 행동을 조심하고 있었다.

이곳이 시끄러워질 일은, 재주 좋게도 사흘째와 나흘째에 연달아 내 침실로 숨어든 황제의 행동 정도 밖에는 없었다. 두 번째 방문에는 나도 심하게 놀라지는 않아서 그저 아웅다웅하는 정도였을 뿐이다.

저 황제 놈이 나를 놀래킨 사흘째 밤 이후 로네스 궁은 여전히 평화와 고요 속에서 잠들어 있어야 마땅했다.

그러나 닷새째 새벽, 나는 하늘을 찢을 듯한 여인의 비명 소리에 잠에서 깨어 눈을 떠야 했다.

“아아아아아아아악!”

소름끼치는 비명이었다. 지독한 슬픔과 고통이 서리서리 맺힌 비명. 비몽사몽의 가운데에서 내가 들은 소리가 정말 현실의 것인지, 아니면 악몽의 것인지 가늠하지 못하고 헤매어야 했다.

이것이 꿈이 아닐까 하는 나의 의심을 깨트리기라도 하는 듯, 바로 가슴을 갈기갈기 찢는 듯한 비명이 연달아 울렸다.

"——아기씨! 비아 님! 폐하!"

지독한 비명소리는 곧 방 밖에서 들려오는 웅성거림에 엉겨 짓눌려 사그라들었다. 그런데도 비명을 지른 사람은 누군가의 이름을 끝없이 부르며 울부짖고 있었다.

"————!"

몰려드는 다급한 발소리. 최대한 목소리를 낮추어 서로 주고받는 목소리. 억눌린 누군가의 비명.

내가 들은 비명과 모든 상황이 선연한 현실임을 새삼 깨닫고 몸을 침대에서 몸을 벌떡 일으켰다.

"……하 께서……!"

"……빨리……, 거처……!"

"……정신을……!"

각기 다른 사람들의 목소리 네다섯 개가 서로 얽혀들어 명확하게 무어라 말하는 것인지 구분할 수 없었다. 그러나 그 사실이 오히려 현실감을 북돋았다.

곧 깨달을 수 있었다. 이건 유령 같은 초현실적인 것이 만들어 낸 상황이 아니었다. 현실의 사람들이 만들어 내고 있는 상황이다.

두려움은 썰물처럼 빠져나갔다. 나는 바삐 몸을 일으켜 침대 곁에 놓인 품이 넉넉한 외투를 얇은 침의 위에 걸쳤다.

방문으로 다가가 예고 없이 벌컥 문을 열었다. 시녀들이 대기하고 있어야 할 곁방은 비어 있었고, 곁방에서 복도로 이어지는 문이 훤하게 열려 있었다.

그곳에서 전혀 예상하지 못한 상황이 펼쳐져 있었다.

복도에는 한 백발 노파가 기사들과 시녀들에게 제압당해 바닥에 엎디어 있었다. 그녀의 입이 시녀들에 의해 막혀 있었기에, 나는 조금 전 나를 잠에서 깨운 지독한 비명이 바로 그녀가 지른 것이라는 것을 깨달을 수 있었다.

내가 곁방까지 지나 복도로 성큼성큼 다가서자, 노파를 제압하고 있던 이들이 당혹하여 예를 표해 왔다.

"아!"

"비 전하!"

"전하를 뵙습니다!"

면구스러워하며 당혹하는 기사들과 시녀들보다 내 시선과 주의를 끈 것은 역시나 그 노파였다.

완전히 희게 샌 머리는 숱이 성기어 제대로 묶어 올릴 수조차 없어 보였다. 팔다리도 마치 나뭇가지처럼 가늘어, 기사들이 힘을 주어 누르지 못하고 시녀들에게 제압당한 상태였다. 아마 사내들이 힘껏 누르면 그녀의 팔은 그대로 부러져 버릴 듯 보인 탓이리라. 그런데도 그녀는 미친 듯이 버둥대려 들었다. 그 움직임은 조금 전 나를 잠에서 억지로 끌어낸 처절한 비명소리와 닮아 있었다.

의문이 들었다.

대체 왜 이 노인이 여기서 이러고 있는 것일까?

"전하!"

등 뒤에서 익숙한 목소리가 들렸다. 고개를 돌리자 사만다가 아마 잠들었다 깨어 급하게 달려온 듯 나와 비슷한 차림으로 바삐 달려오고 있었다. 그녀는 헐떡이며 주변을 바라보다 백발의 노파를 보고 안색이 일변했다.

사만다는 당혹감을 얼굴에서 바로 지우고 곧 평소의 그녀 모습 그대로 침착하게 내게 고개를 숙여 왔다.

"궁의 일을 제대로 단속하지 못하여 전하의 휴식을 방해한 죄, 날이 밝으면 먼저 청하겠나이다. 지금 상황은 제가 책임지고 뒤처리를 갈음할 터이니 전하께서는 다시 침수를 드시지요."

그녀는 말을 끝내자마자 시녀들을 재촉하여 노인을 데려가려 하며, 내게도 잠자리에 다시 들 것을 청했다. 하지만 나는 이대로 그냥 물러설 생각이 없었다.

"그만."

내 목소리에 노파를 데려가려던 시녀들의 움직임이 멎는다. 기사들은 물론 시녀들 역시 사만다와 내 눈치를 보며 섣불리 움직이지 못했다. 여기서 내가 집중해야 할 대상은 사만다였다. 그녀는 아마도 저 노파에 대해 이미 알고 있는 듯한 눈치였다. 또한 내게 그 일을 알리고 싶어 하지 않는 것 같다.

"사만다, 그 사람은 누구죠?"

"전하……."

사만다는 난처한 얼굴로 나를 올려다보았다.

이대로 물러나서는 안 된다는 것을 직감했다. 내가 이대로 물러나면 결국 나는 사만다, 그리고 더 나아가서는 황제의 의사대로만 움직이는 꼭두각시밖에는 안 된다.

나는 사만다를 싫어하지 않았다. 오히려 황궁 생활에서 사만다의 도움은 꼭 필요했다. 한 달간 보아 온 바로, 그녀의 심성과 능력을 이미 충분히 알았기 때문이기도 하다.

하지만 내가 필요로 하는 것은 황제의 심복인 사만다가 아니라 나의 심복 사만다다. 사만다가 지금 나를 보호하려 하고 있다는 것을 모르지 않았다. 그러나 이대로는 나 혼자서는 아무것도 할 수 없는 채로 끝나고 만다.

목소리를 높여 그녀에게 최후통첩을 날렸다.

"그 사람은 누구죠? 왜 이곳에 있는 건가요?"

이것이 명령임은, 여기선 누구도 모를 수 없었다.

그때였다. 당혹한 목소리가 반대편에서 울렸다.

"어머니!"

짙은 갈색 머리를 높이 올린 풍만한 몸매의, 사만다 연배의 여인이 달려와 백발의 노파를 보고 비명을 질렀다. 그녀는 노인이 크게 다친 곳이 없다는 것을 확인하고는 안도했다. 그러고는 그제야 곁방 상석에 앉은 상태인 내 존재를 눈치채고 안색이 창백해졌다. 여인은 황급히 허리를 굽혀 내게 예를 표했다.

"황비 전하를 뵙습니다."

이 여인의 얼굴은 기억하고 있다. 로네스 별궁의 책임자, 별궁 시녀장 아그네스. 내가 이 궁에 든 첫날 별궁의 궁인들 가장 앞자리에서 나를 맞아 인사를 올렸던 인물이기 때문이다.

침착함을 가장해 사만다와 아그네스 두 사람에게 물었다.

"저 사람은 아그네스의 어머니인 건가요?"

언뜻 이해가 잘 가지 않았다. 아무리 아그네스가 이 별궁의 책임자로서 일하고 있다 하나 이곳은 황실의 재산이다. 그런 곳에 병들고 정신이 이상한 노인을 데려와 거처하게 할 수는 없었다. 그것은 아그네스가 아무리 이곳의 시녀장이라 해도 불가능한 일이다.

이것이 가능하게 한 원인은 아마도 둘 중 하나다. 아그네스의 월권이거나, 아니면 그 위의 누군가가 이를 묵인한 것.

아그네스가 먼저 입을 열었다.

"예, 이분은 제 모친이십니다. 그리고……."

사만다가 아그네스의 말을 중간에 자르고 들어왔다.

"저분을 이곳에 모신 것은 황제 폐하의 뜻이십니다."

"폐하의?"

"예."

잘 이해가 가지 않았다. 내가 아는 황제는 자신의 친아버지를 죽이고, 계모와 권력을 두고 목숨을 건 싸움을 벌이는 중인 냉혈한이다. 힘없고 병든 노인이라 하여 이런 배려를 베푸는 것은 그에게 정말 어울리지 않는 일로 느껴졌다.

노파를 이곳에 둘 수 있게 한 이에 대해 나는 그저 사만다가 아그네스를 도운 것이 아닐까 하고 막연히 생각했을 뿐이었다. 그런데 황제라니?

내 생각을 읽은 것처럼 사만다는 곧 의문에 대한 해답을 들려주었다.

"데임 도트리아께서는 불행히 서거하신 베아트리체 황후 폐하의 유모이시기도 합니다."

나는 그제야 하녀들이 수군거렸던 유령의 정체를 온전히 알 수 있었다.

백발의 노파는 여전히 눈물을 줄줄 흘리며 누군가의 이름을 부르고 있었다.

"비아, 비아 아기씨……."

저 이름이 누구를 뜻하는 것인지, 모를 수가 없었다.

밤마다 미쳐 별궁을 떠돌고 있는 것은 죽은 황후의 원한 어린 유령이 아니라, 고이 기른 아가씨를 처참히 잃고 미쳐 버린 유모였던 것이다.

한 소녀가 있었다. 소녀의 어미는 그녀를 비아라 불렀다. 그녀는 제국 남쪽을 지키는 변경백 가문의 여식이었다. 그녀의 가문은 제국의 남쪽 바다를 어지럽히는 해적들을 대대로 상대해온 유서 깊은 가문이었다. 그러나 그녀의 가문이 아무리 명예롭고 고귀해도, 그녀는 그런 명예의 한쪽도 제대로 가질 수 없었다.

그녀의 아버지는 변경백이었으나, 어머니는 백작부인이 아닌 한갓 하녀였기 때문이다. 그렇기에 그녀는 그저 하녀의 딸로서, 백작의 영애로서의 대우는 전혀 받지 못한 채 자랐다. 그러나 그럼에도 그녀의 아름다움은 일대에 널리 알려질 정도였다.

그 사실은 그녀에게 그다지 도움이 되지 못했다. 백작부인은 자신이 낳은 딸보다 두어 달 빨리 태어난 남편의 사생아가 자신의 친딸보다 훨씬 아름답다는 사실에 분노했던 것이다. 두 모녀의 생활은 더욱 강퍅해졌고, 소녀의 아비는 외면했다.

그녀의 일생은 탄생부터 죽음까지 결코 행복이나 행운과 그리 가까운 것이라 볼 수 없었다. 그리고 그중에서도 가장 지독한 불행은 바로 그녀가 열여섯이 되어 여인으로서 막 피어나기 시작한 때에 찾아왔다.

후궁 간택령이었다. 선대 황제 르벤시우스는 마흔을 넘길 때까지 후계자를 얻지 못하고 있었다. 초조해진 황제는 제국 내 모든 귀족가에 대해 후궁 간택의 령을 내렸고, 모든 가문에서 의무적으로 한 명씩 후궁 후보를 내도록 하는 초유의 사태가 찾아왔다.

황제의 괴팍함과 엽색행각은 널리 알려져 있었다. 변경백 가문이라 해도 제국 내에서 따진다면 그보다 위세 높은 가문은 발에 채이도록 많았다. 친정이 제대로 지탱해 주지 못하는 후궁은 결국 황제의 노리개에 불과했다.

백작부인은 자신의 딸을 그런 지옥으로 들여보낼 생각이 없었다. 그녀는 남편을 들들 볶았고, 그 결과 소녀는 열여섯이 되어서야 백작의 딸로서 인지 받아 백작영애가 되었다. 그리고 반년도 안 되어 후궁으로 간택되어 황궁으로 팔려가듯 보내졌다.

애매한 귀족가의 사생아로 난 것이 그녀의 첫 번째 불행이라면, 후궁으로 간택되어 끌려간 것은 두 번째 불행이었다. 그리고 세 번째는, 그 미모였다. 아예 황제의 시선을 전혀 끌지 못할 정도였다면 간택도 되지 않았을 것이고, 간택되었더라도 잠시 스쳐 지나는 정도로 잊혀진 채 후궁 구석에서 조용히 살 수도 있었을 것이다.

그녀의 미모는 제국의 꽃을 고르고 골라 모았다 하는 후궁에서도 세 손가락에 꼽히는 것이었다. 황제는 그녀를 가장 총애한 것은 아니었으나, 당시 황후 이상 가는 위세를 자랑하며 최고의 총애를 한 몸에 받던 2황비 카틀레야의 경계와 미움을 사기에는 충분할 정도의 총애를 주었다.

그녀의 인생 마지막 불행은 그 총애의 끝에 아이를 가지게 된 것이었다. 후궁이 된 이듬해, 그녀는 황자를 낳았다. 황자 루크레티우스의 탄생이었다. 황제는 뛸 듯이 기뻐하며 그녀를 4황비에 봉했다. 당시 4황비 자리에 있던 여인은 비의 지위를 빼앗겼다. 이 원한은 그녀에게로 오롯이 돌아갔다.

어찌 되었든 시간은 참으로 빠르게도 흘렀다. 루크레티우스는 선황의 아들 중 유일하게 살아서 세 살을 넘겼다. 그가 3살 생일을 맞았을 때 선황은 루크레티우스를 황태자로 봉했고, 당시의 황후와 이혼한 끝에 루크레티우스의 생모인 그녀를 황후 자리에 앉혔다. 이혼당한 황후와 그 친정의 원한은 다시 그녀의 몫이 되었다.

이제 더는 소녀가 아니게 된 여인은 매우 불행하게도, 황후로서 그리고 황태자의 어머니로서 그다지 어울리는 성품을 가지고 있지 못했다.

그녀는 아마도 평범한 귀족 가문에 시집가 살았다면 일생을 현숙한 아내로, 자애로운 어머니로 사랑받고 또 칭송받을 수 있었을 것이다. 그러나 그녀는 가장 아름다운 깃털로 치장하고 뒤로 가장 지독한 독을 바른 발톱을 휘두르는 무서운 전장의 가장 높은 곳에 앉아 있었다. 전장에 어울리는 무기는 전혀 가지지 못한 채. 이것이 기실 가장 큰 불행이었을지도 모르겠다.

한없이 착하기만 한 그녀의 성품은 황제의 총애를 길게 유지시켜주지 못했다. 결국 얼마 지나지 않아, 그녀는 허울만 좋은 황후로 남았다. 당시 2황비였던 카틀레야는 후궁 안에서도 제대로 적응하지 못했던 황후의 친구를 자처하며 그녀를 도와주었고, 때문에 황후는 1황비의 자리가 비었을 때 자청하여 그녀를 1황비 감으로 황제에게 청했다. 곧 황궁 내에서 실질적인 권력과 온전한 총애는 오롯이, 1황비로 올라선 여인 카틀레아가 쥐고 있었다.

그러던 어느 날이었다. 1황비 카틀레아가 황제에게 마침내 아들을 안겨 주어 황제의 총애를 완전히 홀로 차지한, 그 무렵이었다. 황후에게 싫증을 내며 한동안 찾지 않던 황제는 만취하여 비틀거리며 황후의 거처로 거의 쳐들어가다시피 했다. 그 몇 달 뒤, 황후의 배가 불러오기 시작했다. 황제는 자신이 술에 취해 황후를 찾았다는 사실을 기억하지 못했다. 황제의 의혹과 분노는 거셌다.

후궁에서는 황제가 누구를 언제 찾았는지를 공식적으로 기록하고 있었으나, 비밀리에 카틀레아의 사주를 받은 이들이 기록을 삭제했다. 황후의 측근들과 황후궁의 몇몇 증인들이 그날 황제가 황후를 찾았음을 강하게 강변하였으나, 황제는 기억하지 못했고, 카틀레아는 황제가 그 밤 자신의 곁에 있었다 속살거렸다.

애초에 그녀를 버리듯 후궁으로 팔아넘긴 친정은 도움이 되어 주지 않았다. 황비를 거쳐 황후에 오른 것은 그녀의 의사가 아니었지만, 그 과정에서 생긴 원한은 황제가 아닌 힘없는 황후를 향했다. 결국 황제는 황후의 뱃속 아이가 자신의 핏줄이 아니라 천명했다. 졸지에 황후는 부정을 저질러 황실의 혈통을 더럽힌 반역자가 되어 버렸다.

결국 그녀는 뱃속 아이와 함께 황제의 명에 따라 참수형에 처해졌다. 모두가 그녀의 뱃속 아기가 황제의 핏줄임을 알았다. 그녀는 부정을 저지르지 않았고, 순진하였으며, 착하고 상냥한 심성의 소유자였다. 개인적으로 친분을 가진 이들은 거의가 그녀에게 호감을 가졌다. 그러나 이 모든 것들은 그녀를 죽음으로부터 보호해 주지는 못했다.

딸이 후궁으로 끌려가게 되자 홀로 보낼 수 없다며 유모를 가장하여 함께 따라 온 친어미는 딸이 무고하게 남편의 명에 따라 목이 잘리는 것을 보고 정신을 놓았다 했다.

바로 그 미친 친어미이자 유모가 바로 이 백발의 노파, 아리아 도트리아였던 것이다.

아그네스는 내게 듣는 것만으로도 고통스러운 이야기를 천천히 설명하고는 결국 눈물을 보였다.

처음 울부짖는 노파의 일에 대해 물었을 때, 이러한 과거지사가 내 앞에 펼쳐지리라고는 예상하지 못했다. 실제로 있었던 일이었다고 믿고 싶지 않을 정도로 비참하고 또 잔인했다.

무어라 말을 시작해야 할지 가늠이 되지 않았다. 잠시 망설인 끝에 내가 물을 수 있었던 것은, 그저 일반적인 사실의 확인뿐이었다.

"그럼……, 그대는 선대 베아트리체 황후의 여동생인건가?"

그녀는 고개를 저었다.

"저는 그저 그분을 모신 시녀일 뿐입니다. 다만, 비아, 아니 베아트리체 님께서 사가에 계신 어린 시절, 이분께서 고아가 된 저를 양녀로 맞아 돌보아 주셨습니다."

"……."

여전히 저 과거에 대해 무어라 말해야 좋을지 알 수가 없었다. 정말로 지독한 이야기가 아닐 수 없다.

하나, 이것만은 분명했다. 루크레티우스가 자신의 아버지를 죽일 정도로 증오한 이유는, 분명히 이해했다. 그리고 솔직히 말하자면, 그럴 만하다는 생각밖에 안 들었다.

자신의 어머니를 오명을 씌워 그리 처참하게 죽인 아버지를 증오하지 않을 수 없을 것이다. 나라도 그의 처지에서라면 안 그럴 자신이 없다.

속이 착잡해졌다. 황제를 볼 때마다 '패륜아'라고 불러댔는데, 어째 조금 미안해지기 시작했다.

이제 이만 그들을 돌려보내려던 찰나였다. 나는 길고 복잡한 과거 이야기 중 한 가지 신경 쓰이는 부분을 떠올릴 수 있었다.

"그런데 카틀레야 태후가 그때 이미 아들을 낳았다고?"

내가 알기로 태후 소생은 뱃속 아이를 제외하면 두 황녀뿐이다. 내가 선황의 후궁으로 첫 책봉식을 가졌을 때 보았던 어린 두 소녀가 떠오른다. 황자가 있었다면 당연히 그 자리에 나왔을 것이다.

아그네스는 독기 어린 목소리로 답했다.

"돌을 넘기지 못하고 죽었습니다. 업보를 받은 게지요."

그녀의 목소리에는 단어 하나하나마다 진득한 원한이 서려 있었다. 그것만으로도 그녀가 의붓언니이자 주인이었던 베아트리체 황후를 얼마나 아끼고 또 따랐는지 충분히 짐작하고도 남았다. 등줄기가 오싹해질 정도의 원한이었다.

유령이니 무엇이니 하며 두려워하던 것이 어이가 없다.

이곳에 유령은 없었다.

선명한 원한과 또 고통의 기억을 가진 이들만이 있을 뿐.

나는 영혼까지 몸서리치게 만들던 노파의 비명소리와, 아그네스의 원한 어린 목소리를 떠올렸다.

또한 그녀를 떠올렸다.

남편의 손에 오명을 쓰고 비참하게 죽은 황후. 베아트리체 르 크렌시아.

비아.

어쩐지 내게는 그녀의 처지가 굉장히 익숙하게 들렸다. 그녀의 애칭이 내 이름과 비슷하게 들려서일까? 나는 양녀였고 그녀는 서녀였지만, 애초에 후궁으로 팔려 온 과정도 비슷했다. 귀한 딸을 보호하기 위해 대신 팔려 와 후궁이 된 처지는 거의 같다.

그 순간, 머릿속 깊이 묻혀 있던 짧은 대화가 떠올랐다.

대관식이 끝난 직후의 일이었다.

당시 난 갑작스레 내게 '르 크렌시아'의 성을 내린 그에게 화가 나 있었다. 내 생각에도 꽤나 짓궂은 질문이라고 생각은 하면서도, 굳이 물어본 이유는 역시 그 때문이었으리라. 이 남자를 좀 비꼬아 주고 싶었던 것이다.

'좀 아쉽지 않아요?'

'뭐가?'

장소는 나의 침실. 침대 위. 한 이불을 덮고서—물론 정말 이불 덮고 그냥 같이 자기만 하는 사이라지만— 남편에게 물어보기에는 안 맞는 짓궂은 질문.

'리즈벳 말이에요.'

그의 미간에 주름이 깊어진다. 나는 헤실헤실 웃으며 계속해서 물었다.

'그 애, 같은 여자인 내가 보기에도 정말 예쁘잖아요. 게다가 어리고, 또 순진하죠.'

'무슨 말이 하고 싶은 건가?'

'별거 아니에요. 그렇게 예쁜데다 당신 좋다고 매달리는 애를 걷어차고 기껏 얻은 게 나라니, 아쉬울 것 같은데…….'

언제나 곱게 껍데기를 까놓은 삶은 달걀의 하얀 표면처럼 매끈하던 남자의 미간이 기이어 팍 구겨졌다.

나는 어쩐지 두근거리는 가슴을 누르면서 대답을 기다렸다. 유치하다는 건 알지만 이 남자를 조금이라도 곤란하게 만들어서 반응을 보고 싶었던 것이다.

그는 기대에 찬 내 얼굴을 빤히 보더니 구겨져도 잘생긴 얼굴에 한가득 미소를 그려 냈다.

'나는 머리 나쁜 여자를 싫어해.'

'…….'

황제의 얼굴에 피어오른 미소는 내가 매우 싫어하는 그의 가식적이기 짝이 없는 가면이었다. 그러나 그 가면이 금이 가며 살짝, 속내가 그대로 드러났다. 정말로 잠시간의 일이었지만 말이다.

'그리고 머리 나쁜 여자보다 더 싫은 건, 바보 같을 정도로 착한 여자지. 물론 그 여자는 정말 착한 여자인 것도 아닌 것 같지만 말이야.'

참 별난 인간이로세. 아니, 이 경우에는 이런 패륜 황제에게 만에 하나 걸려들지도 모르는 가상의 착한 처자가 구원받았다는 것을 기뻐해야 할지도 모르겠다.

그렇게만 생각했던 짤막한 대화였다.

지금 생각하면 그의 속내를 들여다볼 수 있는 대화였다고, 새삼스레 깨닫게 된다.

내 작은 머리통 속이 얼마나 복잡한지와는 상관없이 세상은 하던 대로 돌아갔다. 진부한 표현이지만, 시간은 쏜살처럼 흘러 내 짧은 휴가도 곧 끝나게 되었던 것이다.

이 작고 안락한 별궁에서 다시 그 험난한 황궁으로 되돌아가야 한다는 사실이 아쉽지 않는가 하면, 그건 아니다. 아주 많이 아쉽다.

그런데 그것보다 죽은 베아트리체 황후의 일이 머릿속에서 떠나지 않았다. 정확히는 그 사람의 유일한 아들 일이 떠나지 않는 것이다.

루크레티우스와의 두 번째 만남은 바로 그가 자신의 아버지에게 어머니의 복수를 한 자리였다.

솔직히 초반에 정말 이해가 되지 않았던 것 중 하나가 바로 그 사건이었다.

아무리 사이가 안 좋아도 자기 친아버지를 직접 죽이다니. 따로 사람을 쓰는 것도 얼마든지 가능한 위치에 있는 사람이 말이다.

그래서 난 그 이유를 둘 중 하나라고 맘 편하게 생각해 왔었다. 정말 순수하게 살육을 좋아하는 미친놈이든가, 아니면 누구도 믿을 수 없어서 직접 칼을 든 피에 얼음이 채워진 것 같은 인간이리라고.

그렇게 제멋대로 생각했다. 분명히 황제가 죽은 다음날 증언을 요구 받았던 때에, 태후가 처형당한 황후의 일을 언급했음에도 그 쪽까지는 신경이 미치지 못했다.

남을 사주하여 죽이나 직접 죽이나, 사실은 별 차이 없는 일일지도 모른다. 그러나 막상 받아들이기에는 무게가 다르게 느껴지는 것도 사실이다.

그가 한 일이 옳은가 하면 아니라고 대답하겠다. 하지만 그가 그렇게 행동한 것을 이해 못하겠느냐 하면, 아니라고 답하지 못하겠다.

에휴, 이게 다 첫인상 탓이다.

진짜 첫인상은 좋았다. 후궁 책봉식에서 쓰러진 나를 에스코트해 준 그의 외모만 보고, 차라리 이 사람이 남편이면 좋겠다고 생각했을 정도로. 의도적으로 무시해 온 기억이지만.

생각이 깊어지자, 어찌 보면 의미 없을 것도 같은 생각들이 꼬리에 꼬리를 물었다. 살해당한 어머니의 원한을 갚으려 하다 폭군이 된 연산군이라든가. 아버지를 잃고도 무사히 왕위에 올라 명군이라 칭송받은 정조라든가. 해외라면 아버지인 헨리 8세의 손에 어머니가 처형당한 뒤 결국 왕위에 오른 엘리자베스 여왕이라든가. 내가 얄팍하게 아는 역사상의 인물들이 떠올랐다.

그들은 자신의 과거를 이겨내고 영웅으로 거듭나거나, 혹은 폭군으로서 심판을 받았다. 과연, 그는, 루크레티우스는 어떻게 될 것인가.

계속 그와 관련된 생각을 하고 있어서일까. 아니면 부지불식간에 나타나는 그의 패턴에 완전히 익숙해져서일지도 모르겠다.

나는 제 버릇을 누구 못 주고 휴가 마지막 날인 오늘 밤에도 테라스 창문을 넘어 들어온 내 법적인 남편을, 비명이 아니라 손을 흔들어 맞아 주었다.

"어서 와요~."

"아예 예상하고 있었다는 투로군. 이제는 잘 안 놀라는 것 같아서…… 아쉽단 말이야."

그는 입맛을 쩝쩝 다시며 테라스의 유리 창문을 닫고 방 안으로 들어섰다. 나는 생긋 웃으며 물었다.

"비명 안 지르니까 아쉬워요? 내가 그러면 당신도 부끄럽지 않아요?"

저번처럼 사람들이 놀라서 우르르 달려오는 사태는 아무리 그라도 부끄러울 것 같은데.

그러자 그는 당당한 미소로 내 상냥한 걱정을 아무렇지도 않게 넘겨 버리는 것을 넘어서, 황당하게 쳐내 버렸다.

"내가 왜 부끄러워야 하지? 비명을 지른 것은 나의 황비님이시니, 소리 지른 사람이 부끄러워해야 형평성이 맞지. 나는 말하자면 피해자니 말이야."

"아, 네……."

정말이지, 물에 던지면 입만 동동 뜰 것 같은 인간이다. 남 말할 처지는 아니지만.

갑자기 떠올랐다. 그러고 보면 저렇게 날카롭고 때로는 미친 말만을 내놓는 혀를 품은 입술은 생각 외로 부드럽고 말랑말랑했었다. 아니, 사실 혀도…….

"……."

아, 내가 진짜 미쳤구나.

얼굴을 휘휘 털어 쓸 데 하나도 없는 생각을 떨쳐 내려 했다. 그리고 어째 홧홧해지는 얼굴과 속을 달래기 위해 손을 휘저으며, 황제 폐하에게 하기에는 제법 무례한 부탁을 건넸다.

"거기 물이나 한잔 가져다줘요."

당연히 그의 미간에 살짝 주름이 갔다. 부끄러움을 떨친 나는 어쩐지 흥미진진한 상태로 저 남자가 또 어떻게 현란하게 혀를 움직여 나를 비난해 줄 지 기대하고 있었다.

이번에 그는 또 다른 의미로 기대를 배반해 왔다. 매우 놀랍게도, 그는 귀한 손을 직접 움직여 테이블 위의 유리잔에 사기 주전자 속의 물을 따라서 들고 왔던 것이다.

"고……, 고마워요."

나는 얼떨떨하니 그가 건넨 잔을 받아들었다. 설마 정말로 해 줄 줄은……, 미처 생각하지 못했다.

그는 자신만만한 태도로 빙긋이 웃어 보였다. 아, 역시 한순간도 인상이 자신에 대해 긍정적인 인상을 가지고 있게 놔두지를 않는 인간이다.

나는 심호흡을 하며 물을 천천히 마셨다. 방 안은 너무 조용해서, 물을 삼키는 그 작은 소리가 마치 천둥소리처럼 들려온다. 단숨에 물 한 잔을 다 마셔 버렸다. 어째 목이 더 타는 것 같다.

이 인간이, 물 떠다 줄 거면 제대로 한잔 푸짐하게 떠 줄 것이지. 하필이면 반잔이 뭐야. 반잔이.

나는 입술에 묻은 물을 손등으로 훔치며 그에게 빈 잔을 내밀었다.

"한잔 더 줘요."

그는 빙긋이 웃으며 잔을 받아들었다.

그가 다시 잔을 채우러 테이블로 다녀오는 수고를 과연 할까, 그리고 내가 한 번 더 황제 폐하를 부려먹을 수 있을까 고대하고 있었다. 그런데 그는 빈 잔을 침대 맡의 사이드 테이블 위로 내려놓았다.

"이 정도면 충분해."

"칫. 치사해. 한 번 해 준 거 두 번은 못 해줘요? 그럴 거면 한 번에 많이 가져다주던가."

내가 흥흥대고 있자 그는 낮게 웃었다. 유쾌한 웃음소리.

"그동안 푹 쉬긴 한 모양이군. 아주 힘이 넘쳐."

그때였다. 굳게 닫힌 테라스의 유리창 너머로 육중한 종소리가 울려 퍼졌다.

—뎅 —뎅 —뎅.

총 열두 번의 무거운 종소리가 제도 롬부르크의 공기를 떨렸다. 나의 짧은 휴가가 이제 완전히 끝났음을 선언하는 소리였다.

날이 밝으면 다시 산지사방에 적들이 도사리고 있는 적진이자, 내가 이곳을 떠나기 전까지는 나의 '것'인 장소가 그곳에 있었다.

돌아가야 하는 곳.

종소리가 울리자 창가를 바라보는 황제의 옆얼굴은 평소처럼 마치 조각과도 같았다. 그 누군가가 일부러 깎아 놓은 듯한 미려한 선을 바라보며 나는 어쩐지 조금 쓸쓸한 기분이 되었다.

그의 높게 솟은 이마부터 날카로운 콧날을 지나 우아한 턱선을 따라 흐르는 달빛이, 마치 서늘한 눈물 같아 보였던 탓이다.

"음…… 이렇게 말하면 어떻게 들릴지 모르겠는데……, 당신 날 일부러 여기로 보냈죠?"

"무슨 소리지?"

"하필이면 당신의 외조모가 있는 이곳에 보냈다는 건, 내게 그 일에 대해 알려 주고 싶었던 것 아닌가요?"

그는 대답하지 않았다. 나는 조금 쑥스러운 기분으로 이불 속에서 발을 모았다.

"으음……, 어쨌든 당신의 사정은 잘 알았어요."

"뭐?"

그는 어쩐지 어이없다는 표정을 했다. 나는 고개를 갸웃했다.

"당신과 당신 어머니의 사정을 알려 주고 싶었던 것 아닌가요?"

"……난 경고를 하고 싶었던 거야. 내 어머니의 일을 보고도 모르겠나? 네가 발을 들인 이곳은, 네가 생각하는 것 이상의 마굴이야. 조금만 발을 잘못 놀려도 그대로 천 길 낭떠러지 아래로 떨어지겠지."

"……충고, 고마워요."

말이라도 좀 예쁘게 하면 안 되나? 사실 그 말이 그 말이구만!

"어찌 되었건 알려 준 건 고마워요, 공범자 씨. 당신에게는 남에게 알리기 쉽지 않은 힘든 일이었을 테니까."

그의 미간에 잡힌 주름이 점점 더 깊어졌다.

밤이 늦어서일까? 내 시야에 담긴 그의 모습이 점점 흐려 보이는 것 같은 착각이 든다. 눈이 자꾸 감기려 했다. 손끝에 감각이 천천히 사라진다.

나는 의아한 눈으로 그를 올려다보았다. 그는 평소와 달리 어쩐지 진심에 가까운 애매한 표정으로 나를 내려다보고 있었다.

통증보다 더욱 위험한 무력감이 순식간에 온몸을 엄습해 왔다.

이상 사태를 깨달은 것은, 이미 모든 일이 벌어진 뒤였다.

"당……신……!"

무슨, 짓을…!

내 말은 제대로 소리로 완성되어 밖으로 나오지 못했다. 상체를 지탱하던 팔의 힘이 꺾여 그대로 앞으로 쓰러지는 것을, 그가 손을 뻗어 받았다.

나는 황제의 품속에서 속절없이 의식을 잃었다. 까무룩하니 흐려지는 의식 너머로, 그가 속삭이는 목소리가 들렸다.

"……미안하군. 그래도 걱정할 것은 없어. 죽지는 않을 정도로 조절했으니……."

7. 이독제독

7. 이독제독

나는 잘 기억나지 않는 꿈에서 추락하듯 깨어났다.

혼란 속에서 갓 깨어난 직후에는 내가 어떤 상황에 처한 것인지조차 제대로 인식하지 못했다.

마치 길고 어지러운 동굴 속을 간난신고 끝에 해치고 나온 기분. 혹은 끝없는 뻘 속을 헤매다 간신히 진흙을 파헤치고 탈출한 느낌.

제대로 몸을 일으킬 힘이 없어, 식은땀에 푹 젖은 이부자리 속에 갇힌 듯 멍하니 천장을 바라보았다.

제정신이 돌아오는 시간은 의식이 돌아온 시간보다 조금 더 더뎠다. 한참을 멍하니 천장의 무늬를 눈으로 더듬어 열댓 개쯤을 헤아릴 쯤, 내가 어째서 이러고 누워 있는지 간신히 기억해 낼 수 있었다.

황제의 손에 들린 희디희었던 사기 잔. 그 안에 담겨 찰랑거리던 물. 그리고 그는 분명히 내게 말했다.

죽지는 않을 거라고.

헛웃음도 나오지 않았다. 어떻게 인간이 조금이라도 긍정적으로 보려고 한순간 바로 뒤통수를 치느냐는 말이다.

욕설이 바로 터지지 않은 것은 내게 그럴 힘이 없었기 때문이다. 몸 전체가 마치 젖은 솜처럼 축축 늘어진 것 같았다. 짙은 안개가 가득 낀 듯한 머리가 짜증이 났다.

지금 상황도, 내 몸 상태도 토할 것 같다. 일단 상체와 팔에 힘을 주어 몸을 일으켰다. 그리고.

"아야야……!"

무모함의 대가는 깨질 듯한 두통이었다. 누군가가 나를 한 손으로 들어 올린 다음 빙글빙글 돌린 듯이 머리가 띵하고 어질어질했다.

인기척이 가까이 다가오는 것이 어렴풋하게 느껴졌다. 내가 일어나려다 머리를 싸쥐고 비명을 지른 뒤 다시 축 늘어진 것을 보고 방 안에 같이 있던 누군가가 가까이 온 모양이다.

아마 사만다거나 루이스와 엘자, 두 자매 중 하나겠지. 무어라고 말을 하고 싶은데 목이 바짝 말라 갈라질 것만 같아서 제대로 소리가 나와 주지 않았다.

그때 익숙한 목소리가 고통마저도 순식간에 날아가게 만들었다.

"깨어났군."

정신이 번쩍 들었다. 아픔도 어지러움도 잊고 그대로 번쩍 머리를 들어올렸다. 순간적으로 다시 눈앞이 빙빙 돌았지만, 그래도 시야는 멀쩡했는지 앞에 있는 것을 보는 데는 지장이 없었다.

앞에 있는 것은 내가 의식을 잃기 전 마지막으로 본 얼굴이었다.

그는 어쩐지 미묘한 얼굴로 나를 내려다보고 있었다. 그렇다. 내가 의식을 잃기 전 보다 더욱 미묘한 얼굴이다. 살짝 그늘진 느낌도 든다.

뭐지?

그는 대충 엎어진 나를 침착하게 부축하여 푹신한 쿠션을 대고 편히 뉘여 주었다. 태도는 부드럽고 정중하기 짝이 없다. 그러고 보면 이 남자는 언제나 말은 재수 없지만 행동 자체는 신사적이라서 괴이쩍다.

침을 삼키려 했지만, 목구멍 안쪽까지 바짝 말라 있어 제대로 되지 않았다. 그저 뜨끔거리기만 했다.

내가 힘들어하는 것을 보고 의아한 얼굴을 하던 그는 곧 상황을 눈치채고는 직접 물을 따라 내밀었다. 맑은 액체가 담겨 찰랑이는 잔은 내가 의식을 잃기 전 그가 내게 내민 것과 달랐다.

나를 이렇게 쓰러지게 만든 건 흰 사기잔이었고, 지금 그가 내민 것은 은잔이다. 반질거리는 은잔 한가득 채워진 물은 참 시원해 보였지만, 문제는 그걸 든 인간이었다.

제법 불손할 것이 분명한 눈으로 그를 올려다보았다. 내 표정이 불신을 노골적으로 표시하는 데는 성공적이었던 모양이다. 그는 한번 픽 웃고는 그 은잔을 직접 한입 마셔서 보여 주었다. 그제야 나는 그가 내민 잔을 받아들려 했다.

"이런……!"

그의 쯧쯧 혀를 차는 소리가 울렸다. 평소처럼 손을 내밀어 잔을 쥐려 했는데 잘 되지 않았다. 손에 힘이 잘 들어가지 않아 매끄러운 잔이 손에서 미끄러질 뻔했다. 물이 몇 방울 튀긴 했지만, 그가 잔을 다시 잡아 주어서 쏟지는 않았다.

그는 직접 내 입에 잔을 기울여 대 주었다.

"……."

미심쩍고 짜증나지만, 일단 그보다 목이 타는 것이 먼저였다. 감각이 정말 불에 타는 것 같이 느껴질 지경이었으므로, 불쑥불쑥 치솟는 의심과 불쾌감을 누르고 그가 주는 물을 받아 마셨다.

몇 시간, 혹은 며칠만에 마시는 것인지 모를 맑은 물은 시원하고 달았다. 기세 좋게 꿀꺽꿀꺽 물 한잔을 다 비워 버렸다.

그는 내가 물을 다 마시자 잔을 치우고 다시 쿠션에 뉘여 주었다. 참으로 다정한 법적인 남편님이시지만, 기가 찬 것은 어쩔 도리가 없다. 당연하잖아!

나는 한참 그의 얼굴을 비꼬듯 바라보다가 목소리를 가다듬어 입을 열었다. 물을 마신 덕분인가. 쇳가루가 떨어질 것 같은 소리일망정, 이번에는 목소리가 나왔다.

"며칠 지났어요?"

그는 다행히 말을 돌리거나 모르는 척하는 짓은 하지 않았다. 순순히 내가 원하는 대답을 준다.

"3일."

꽤 오래 지났네. 3일간이나 정신을 잃고 있었다니. 20년 인생 동안 처음 있는 일이다.

하긴, 그러고 보면 이곳에 와서는 처음 겪는 일투성이긴 했다. 그렇다고는 해도 이렇게 목숨의 위협을 받은 것은 정말로 처음으로, 절대 기분이 좋거나 익숙해질 수도 없는 일이었다.

갈라진 입술 끝을 끌어올리며, 진심으로 비꼬아 주었다.

"축하해요."

"……."

"내 3일로 뭘 얻으셨나요?"

그는 무표정한 얼굴로 나를 물끄러미 보았다.

침착하게 얼굴을 굳힌 채 그의 대답을 소리 없이 채근했다. 지은 죄가 있어서일까. 그는 이번에는 나를 필요 없이 기다리게 하지 않았다.

"이틀 전 토루카 후작부인 이하 태후궁의 시녀들과 하녀들 중 삼분지이가 끌려가 지하감옥에 갇혔다."

나는 솔직히 조금 놀랐다. 토루카 후작부인이라면 태후궁의 시녀장이자, 태후의 올케이기도 했다. 후작부인의 남편은 태후의 남동생으로, 토루카 가문은 태후의 가장 큰 지지기반이었고, 태후 덕분에 후작가는 더욱 기세를 펼 수 있었다.

결국 이 남자는 나를 삼 일간 쓰러지게 만든 자작극으로 태후의 오른팔을 쳐낸 것이다.

토루카 후작부인이라면 태후의 시녀장이니, 잘만 하면 후작가 자체는 물론 태후까지도 이 일에 엮어 들일 수 있다.

나는 순수하게 감탄해 주었다.

"꽤 비싸게 먹혔네요?"

"……."

그는 이번에도 대답하지 않았다. 어쩐지 불편해 보이는 표정이었다.

대충 할 말은 끝냈으므로 일단 그의 반응을 기다리고 있었다. 그리고 그는 뭔가를 기다리는, 혹은 기대하는 듯한 얼굴로 나를 관찰하고 있었다.

기다림과 기다림이 서로 엇갈리는 시간 끝에 먼저 입을 연 것은, 루크레티우스였다.

"나는 그대가 눈을 뜨면 가장 먼저 내게 욕을 하리라고 생각했어."

솔직히 그럴 생각이 들지 않은 건 아니다. 나는 반은 솔직하게 대답했다.

"그럴 힘이 없어요. 목도 아프고."

의사가 없는 것은 아니다. 잠시 나를 물끄러미 보던 그는 설명을 다시 이어갔다.

"공식적으로 넌 네 잠자리를 돌봐 주러 온 사만다가 네가 테이블 옆에 쓰러진 것을 발견한 것으로 되어 있어. 그리고 당직을 서던 나의 주치의가 이곳으로 바로 달려와 너를 진맥했고, 독에 당한 것이라 진단을 내렸지. 또 그 충격으로 유산한 것도."

유산?

뭔 놈의 유산? 가진 적도 없는 애가 죽어?

약 1초간은 진심으로 당황했으나, 곧 깨달을 수 있었다. 일단 외부에 알려지길, 황제는 나와 혼인한 뒤 달 반 정도를 일주일에 하루 이틀을 빼고 계속 찾아온 것으로 되어 있다. 게다가 대관식 이후 황제는 나 혼자 일주일 정도를 별궁으로 쉬도록 보냈다.

우리 사이의 일을 자세히 알지 못하는 사람들은 신혼인 내가 바로 임신하고 초기에 황제가 비밀리에 나를 쉬도록 한 것이라 보아도 무리가 없는 구도를 미리 짜 둔 것이다.

그래 놓고는 내게 독이 든 물 잔을 내밀었다. 내가 쓰러지자, 황비 암살 미수에 생긴 적도 없는 아이의 존재까지 더해, 황손을 해쳤다는 도망칠 수 없는 죄목을 완성한 것이다.

참으로 알뜰하게도 써먹는구만.

"아주 효율적으로 잘 써먹으셨네요. 내 3일."

"……."

그는 다시 말이 없었다. 또 어색한 침묵이 짙게 깔렸다.

한참만에 그가 덧붙이는 단어들은 이유는 모르겠지만, 어조가 기묘했다.

"네 잔에 넣은 독은 내가 신뢰하는 주치의가 적절하게 조합한 것이야. 양 역시 완벽하게 쟀어. ……원래대로라면 하루 만에 깨어나리라 예상했는데, 생각보다 더 걸렸군. 그건 본의는 아니었다."

잠시 혼란에 빠졌다. 말에 담긴 내용은 내가 아는 저 뻔뻔하기 짝이 없는 황제 폐하 그대로였다. 그런데 말투가, 완전히 달랐다.

지금 이 남자, 변명하고 있는 거야?

내가 어안이 벙벙해서 무어라 대답을 못 한 채 침묵만을 되새김질 하고 있으려니, 그걸 대체 어떻게 해석한 건지, 황제는 주절주절 이런저런 소리를 늘어놓았다.

"네가 쓰러진 후에 널 진료한 궁의는 하루면 눈을 뜰 거라고 했었는데…… 예상외로 네가 오늘까지 눈을 뜨지 못해서 당황했어."

"……."

뭐라고 대답을 해야 할 지 알 수가 없었다. 그래서 그냥 멀뚱멀뚱 보기만 했다.

침묵의 시간 동안, 그는 계속해서 혼잣말인지 대화인지 알 수 없는 말들을 이어 갔다. 어쩐지 조급한 느낌의 어조로.

"궁의는 실력도 믿을 만하고 다른 짓을 못할 거라는 점도 확신할 만하여서 가까이 두고 있었는데……. 내 판단이 틀렸던 모양이야."

정신이 아득해지는 기분이었다. 내가 그간 보아온 이 루크레티우스라는 인간이 이렇게 말한다는 건, 저 대상의 안위가 백척간두에 걸려 있는 꼴이나 마찬가지였던 것이다.

"설마…… 그 사람을 처벌하려는 건 아니겠죠?"

"음? 당연한 일 아닌가? 네가 크게 잘못되지는 않았으니 자비를 베풀어 목숨은 살려 두기로 했고, 그 솜씨가 있으니…… 크게 문제가 되지 않을 소지小指 하나를 내놓는 것으로 용서하기로 했다. 네가 일어났으니 이제 그자에 대한 처벌을……."

"그만둬요!"

참지 못하고 소리를 빽 질렀다. 황제는 눈을 동그랗게 떴다. 그러자 원래 나이보다 한참 어려 보이는 인상이 되었다.

늘 이 인간은 베일 것처럼 날카로운 인상이 전신에 흐르고 있었다. 그간 내가 그를 당황하게 한 경우는 꽤 많았다고 자부하지만, 이렇게 1초 정도 소년으로 보일 정도로 인상이 달라질 만큼 진짜로 놀란 모습은 처음 봤다.

"어째서?"

그는 진심으로 이해할 수 없다는 듯이 되물었다.

아, 진짜, 정말로 폭군이구나. 이 남자.

그동안 속으로 패륜아니, 폭군이니, 갖다 붙이면서도 정말 연산군이니 어쩌니 하는 역사적인 폭군이랑은 다르다고 생각을 했었는데, 아니었다.

일단 내가 보기엔 나라를 혼란에 빠트릴 정도의 인물로는 보이지 않았던 것이다.

차라리 그 기준에 맞는 건 저 남자의 아버지이자, 나의 전 남편(?)인 선황이었다. 역사에 길이 남는 성군이었다는 루크레티우스의 조부 켄티우스 황제가 오랜 치세동안 쌓아올린 업적을, 30년가량의 치세동안 깎아 먹기만 하다 아들의 손에 죽은, 그 돼지 늙은이 말이다.

한데 지금 루크레티우스의 태도야말로 책이나 드라마에서나 보던 폭군의 모습 그대로였다.

물론 아끼는 후궁 옷자락을 밟았다는 이유로 사람을 죽인 연산군보다는 좀 덜하지만, 나는 직감했다. 궁의는 황제의 입장에서 꽤나 중요한 인물이라 이 정도로 끝난 것이다. 아무런 특별한 쓸모없는 하녀나 하인들이 같은 상황에 처했다면, 저 입에서 나올 명령은 아마 연산군이 내린 것과 크게 다르지 않으리라.

어찌 되었건 21세기 한국에서 19년을 살아온 내 신경으로는, 이런 일로 사람 손가락이 잘려 나가는 것은 견딜 수 없었다. 나랑 연관 없어도 불편할 마당에, 그 이유로 날 갖다 붙이는 건 더 질색이다.

"하지 말아요! 의사라면서요! 의사 손가락을 왜 잘라요?! 그게 얼마나 손해인데!"

"그는 오른손잡이야. 그래서 왼손 소지를 자를 생각이지. 의술을 펼치는 데는 큰 영향이 없을 거다. 이 정도면 황족을 제대로 회복시키지 못한 죄를 묻는 것으로는 매우 가벼운 벌이야."

그의 말투는 지극히 당연한 사실을 언급한다는 듯 여상스럽기 짝이 없었다. 저런 평이한 어투로 사람 손가락을 자르는 형벌이 그 죄에 비하면 가벼운 처벌이라 단언하는 신경은 대체 재질이 어떻게 생겨먹어야 가능한 것인지 모르겠다.

나는 조금 전 내는 걸 잊어버린 화까지 모아서 소리를 질렀다.

"나한테 독 먹인 건 당신이면서 왜 애먼 의사를 잡아요!"

그러자 황제의 미간에 살짝 주름이 갔다. 그는 아무런 대답도 하지 않고 나를 멀뚱히 바라보고만 있었다.

말은 멈추지 않았다. 어찌 되었건 나와 무관하지 않은 일에, 나를 제대로 치료 못했다는 말도 안 되는 이유로 사람이 다치는 건 싫었던 것이다. 하지만 내가 보아온 루크레티우스라는 인간은, 21세기의 상식을 들어서는 절대 설득할 수 없을 것이 분명했다. 그래서 나는 약간의 사심과 진심을 담은 말을 날렸다.

"가벼운 처벌이든 뭐든 그 의사를 처벌할 정도면 그 전에 당신부터 벌을 받는 게 순서 아니냐고요?!"

내가 막 던진 말에 대한 그의 반응은 여러 의미로 예상을 초월했다.

나는 그가 화를 내거나 비꼴 거라 생각했다. 그러나 그는 약간 멀뚱한 표정으로 나를 바라보다 고개를 잠시 갸웃하는 듯하더니, 예상 외로 그대로 고개를 끄덕였다.

뭐지?

"옳은 의견이군."

"……네?"

그는 내 손을 감아쥐었다.

내가 아는 그의 체온은 기이하게도 늘 나보다 낮았다. 그래서 그의 몸이 닿을 때면 좋게 말하자면 시원하고 나쁘게 말하자면 차가웠다. 지금은 내 손을 감싼 그의 손 쪽이 더 따스했다. 아마 지금 내가 몸 상태가 좋지 않아 체온이 더 낮아진 탓이리라.

하지만 그런 현실적인 인식과는 상관없이, 평소와 다른 그 온기에 나는 순수하게 놀랐다. 생소한 온기와, 이질적인 말. 내가 알던 루크레티우스가 맞나 싶었다.

당혹감은 연이어 그의 입에서 튀어나온 말에 진정되기는커녕, 더욱 커지기만 했다.

"무슨 벌을 원하지?"

"……."

이 인간 정말 미친 거 아냐? 제정신 맞나?

저 인간이 한 말의 의미가 제대로 파악이 안 되어서 할 말을 찾지 못했다. 덕분에 멍청하니 그를 바라보고만 있었다. 결국 한참 만에 내가 내놓을 수 있었던 대답은 그가 요구한 것과는 전혀 다른 것이었다.

"당신……, 갑자기 왜 그래요?"

루크레티우스는 내가 참 뱀을 닮았다 스스로 평했던 그 녹색 눈동자를 들어 나를 지긋이 바라보았다. 그리고 마치 속삭이듯이 중얼거린다. 뭐, 뭐야……. 진짜 이상해.

"글쎄, 왜일까. 나도 잘 모르겠군."

"……."

이게 대체 뭐지? 뭘 어떻게 해석해야 하는 것인지 모르겠다.

나는 일단 당혹감을 뒤로 미뤄두기로 했다. 좀 천천히 생각하자. 일단 죄 없이 새끼손가락 날아가게 생긴 궁의 하나 구하고, 이 인간이 또 이런 미친 짓을 못하게 못을 박아 두는 게 먼저다.

독이니, 자작극이니, 다 좋다 이거야. 내가 아무리 못을 박든 어쩌든 이 인간 마음먹기에 따라 얼마든지 상황은 바뀔 수 있을 것이다.

필요가 생긴다면 또 같은 일이 벌어질지도 모른다. 그리고 다음에도 내가 무사히 깨어나리라는 보장이 어디 있을까?

앞으로 같은 일이 벌어지지 않게 하겠다고 약조한다 해도 온전히 믿을 수는 없겠지만, 그렇다 해도 어쨌든 내 입장에서는 허울뿐인 확답이라도 받아는 두어야 했다. 그래야 적어도 앞으로 같은 일이 벌어지더라도 적어도 내 인식하에 대비라도 할 수 있을 것이 아닌가.

나는 모든 혼란을 접어 두고 머리를 굴렸다.

지금 그는 일단 평소와 태도가 달랐다. 일단 내가 판단하기에는, 늘 내게 했듯이 나를 손 위에 올린 생쥐처럼 관찰하거나 놀리는 듯한 태도가 아니었다. 솔직히, 이유는 모르겠다. 저 변덕스러운 속내를 누가 어찌 알까.

저 남자의 경계심은 자극하지 말아야 한다. 내가 그를 믿지 못하는 이상으로, 저 남자 역시 나를 진심으로 신뢰하지 않았다. 그렇다면 이성적으로 납득할 만한 이유와 동기를 던져 주어 설득해야 한다. 신중하게 말을 골랐다.

"적어도 이번 일의 이유는 나도 이해해요. 그리고 적어도 당신이 날 죽이거나 크게 해칠 생각이 없다는 것도 확실하게 알았고요."

"……."

"태후의 측근인 토루카 후작부인을 공격한 것도 옳은 판단이었다고 생각해요. 옭아맬 거면 황손을 해쳤다는 명분도 좋아요. 충분히 동의할 수 있어요. 하지만……."

어쩐지 약간 긴장한 듯, 그의 어깨가 살짝 굳는 것 같아 보였다. 설마, 그럴 리가…….

어쨌든 말을 계속 이어갔다.

"하지만 그건 어디까지나 당신이 내게 미리 설명하고 동의를 받았을 경우의 이야기에요. 솔직히 말하자면…… 난 쓰러지면서 당신이 나를 드디어 죽이려는구나 하고 판단할 수밖에 없었다고요."

"……."

나는 보란 듯 길게 한숨을 쉬며 말을 마쳤다.

"앞으로 또 이런 일을 하지 말라는 소리는 안 하겠어요. 하지만 적어도 앞으로는 내게 먼저 말을 해 줘요."

잠시 말없이 나를 보던 그의 어깨에서 힘이 빠졌다. 그는 어쩐지 김이 빠진 듯한 어투로 내게 되물어 왔다.

"그게 벌인가?"

나는 눈을 동그랗게 뜨고 다시 되물었다.

"설마요?! 정말 그게 벌이라고 생각했어요?"

"……."

나는 배시시 웃었다. 어쩐지 그는 조금 웃는 듯도 보였다.

"당신, 이걸로 나한테 하나 빚진 거예요. 어떤 벌을 줄지는 곰곰이 생각해 볼 거예요."

"그래, 그렇군……. 하긴, 네가 그럴 리가 없겠지."

숙고하여 결정할 생각이었다. 즉흥적으로 대충 넘길 생각 따윈 없다. 일단 이쪽은 3일 동안 혼수상태였단 말이다! 지금도 몸에 힘이 하나도 없었다.

일단 그가 말한 벌의 범위를 먼저 잡아 두기로 했다. 기회는 왔을 때 잡아야 한다.

"내가 요구할 수 있는 벌의 범위, 어떻게 돼요? 어디까지 받아줄 건데요?"

그러자 그는 믿어지지 않을 정도로 순순하고 흔쾌하게 대답을 주었다.

"무엇이든."

무엇이든?

나는 속으로 반문하며 귀를 의심했다.

이게 내가 아는 루크레티우스, 저 패륜아에 폭군 황제 입에서 나온 말이 맞는 건가?

그야 그럴 만하지 않나. 자신의 잘못에 대해 벌을 주겠다는 사람에게 그 벌로 '무엇이든' 받겠다 하는 사람이, 내가 아는 루크레티우스 르 크렌시아일 리 없다.

나는 그의 앞에 손을 휙휙 저어 보았다. 그리고 물었다.

"눈 잘 보여요?"

"……."

그의 잘생기고 하얀 미간에 깊게 주름이 갔다. 나는 굴하지 않고 외쳤다.

"당신, 열 있는 거 아녜요?"

"뭐?"

"그야……, 그런 이유가 아니면 당신이 그렇게 말할 리 없잖아요. '무엇이든'이라니."

루크레티우스의 얼굴이 팍 하고 구겨졌다.

"그대는…… 알고는 있었지만 참으로 무례한 혀를 가졌어."

그의 반응에 나는 되레 놀랐다.

"어? 설마 진심이었던……?"

내 질문은 그의 날카로운 목소리에 막혀 버렸다. 어느새 그의 표정은 평소의 온기 하나도 없는 미소로 돌아온 채였다.

"하긴 무엇이든이라니 말도 안 되지."

"엑?"

"조금 전은 짐이 실언을 했다. 다시 정정하지. 그대가 요구하는 것을 보고 내가 합당하다 판단한 것을 하나 들어 주겠다.”

“억! 왜 무르는 거예요! *남아일언중천금* 아니냐고요!”

너무 당황해서 한국어가 나가 버렸다. 내가 놀라서 지금 내 몸 상태조차도 잊고, 쿠션에서 벌떡 고개를 들다가 다시 나를 엄습하는 두통에 다시 침대 시트 위를 구르는 것을, 그는 어쩐지 얄미운 표정을 지은 채 내려다보고 있었다.

“……또 그대의 고향 언어인가? 무슨 말인지는 모르겠지만, 이제 번복은 없어. 그러니 원하는 것을 말하도록.”

나는 그를 노려보았다.

“치사해요!”

그날로부터 며칠이나 이어진 항의에도 불구하고, 그의 선언이 철회되는 기적은 일어나지 않았다. 나는 속으로 피눈물을 흘리며 후회했다. 너무 놀라서 잠시 저 인간이 얼마나 속이 좁고 쪼잔한 인간인지 깜빡 잊었던 거다.

이럴 줄 알았으면 그냥 놀리지 말고 준달 때 받을걸!

아까워 죽겠네!

공식적으로 나는 독살당할 뻔한 데 더해서 유산까지 한 몸이었으므로, 휴식기간이 꽤 길어졌다. 아무리 초기라도 유산은 몸을 갉아

먹으므로 충분한 휴식을 취해야 한다는 상식 덕분이다.

그 핑계로 꽤 만족스러울 정도로 푹 쉴 수 있었다. 실제로 독에 몸이 상한 것은 사실이었던 터라, 황제는 한 달 반가량의 진짜 휴가를 주었다.

그동안 궁의 로우손은 나를 극진하게 바로 곁에서 보살폈다. 그가 내게 지극히 감사하며 목숨을 걸고 나를 모시겠다 말하며 바닥에 무릎 꿇고 머리를 조아렸을 때는, 진짜 놀랐다. 어떻게 내가 그의 손가락을 구해 준 사실을 알게 된 것인지는 잘 모르겠다. 아마도 루크레티우스가 그에게 말을 했지 싶은데, 대체 어떻게 말을 했길래 저런 반응인 건지 감도 안 온다.

어찌 되었든 그의 실력이 확실한 것은 분명했다. 로우손이 주는 약을 꼬박꼬박 챙겨 먹으며 푹 쉬자 빠르게 회복되어 갔다. 한 달 반이나 쉴 필요가 있을까 싶을 정도로, 깨어난 지 보름도 안 되어 거의 평소 컨디션에 가깝게 회복할 수 있었다.

그 덕에 나는 회복기간 중 한 달가량은 로네스 별궁에서 요양 중이라는 명분이 무색하도록 건강하게 지낼 수 있었다. 내가 실제로 유산하지 않았다는 사실을 모르는 엘자와 루이스 자매는 나를 마치 깨질 뻔한 유리 조각처럼 조심스레 대해 주었다. 내 양심에 통증이 올 정도로 말이다.

내가 어느 정도 회복이 된 뒤의 일이다. 그들은 기다렸다는 듯이 죄를 청해 왔다. 정원에서 산들거리는 바람을 맞으며, 루이스는 더없이 진중한 목소리로 내게 말을 '올렸다.'

내가 굳이 이렇게 표현한 이유는 이 외에 그녀의 태도를 달리 설명한 단어가 떠오르지 않았기 때문이다. 그 정도로 그녀의 태도는 무겁고 또 정중하였으며, 비장감에 가득 차 있었다.

"비 전하. 저희들을 벌하여 주소서."

"네? 뭐라고요?"

놀라서 손에 들고 있던 따뜻하고 달콤한 밀크티를 가득 채운 잔을 잘못하면 엎을 뻔했다. 나는 눈을 동그랗게 뜨고 그녀들을 바라보았다.

비장한 루이스의 뒤에서, 그녀의 동생인 엘자 역시 평소의 호기심어리고 장난기 많은 태도는 온데간데없이 굳은 표정으로 나를 올려보고 있었다.

"비 전하의 건강이 안정되시면 직접 말씀 올리는 것이 낫다 여겨 지금까지 따로 말씀 올리지 않았습니다만, 그날, 전하께서 비극적인 흉사를 당하신 날, 당직을 맡은 것은 엘자였습니다.

애매하지만 기억을 뒤져 보니 그랬던 것도 같다. 하지만 그걸 가지고 왜?

"그런데도 전하께 벌어진 흉한 일을 시녀장께서 알려 주시기 전까지 알지 못했던 죄, 죽어 마땅합니다."

"네?!"

나는 그 과격한 말투에 놀라 밀크티를 정말로 쏟을 뻔했다. 하얀 레이스 소맷자락 위로 밀크티 얼룩이 약간 생겼다. 설마 이거, 안 지워지는 거 아니겠지?

신경을 쓸 여유는 없었다. 당장에라도 은장도를 들거나 할복이라도 할 듯이 비장한 기세의 루이스가 계속해서 말을 올리고 있었던 탓이다.

"로벤티스 백작가의 딸로서, 비 전하를 모시는 시녀로서, 책임을 다하지 못했습니다. 엘자를 벌하여 주소서! 그리고 부족한 동생을 제대로 감독하지 못한 죄, 저 역시 다를 것 없습니다. 엄히 죄를 다스려 주십시오!"

왜 나한테 벌 내려 달라는 사람들이 이렇게 많아?

나는 식은땀을 흘리며 바닥에 마련된 낮은 나무 테이블 위에 밀크티 잔을 내려놓았다.

이제 저 비장한 두 여자를 어떻게 설득한다?

나는 잠시 곰곰이 머리를 굴리다가 입가에 경련이 일 정도로 환한 미소를 온 얼굴로 그리며 입을 열었다.

"나는 오히려 기쁘답니다."

"예?"

"네?"

두 시녀가 놀란 토끼 눈을 뜨고 나를 올려다본다. 그녀들에게 내 미소가 마치 저번에 딱 한 번 본 성녀의 미소처럼 자애로워 보이기를 빌었다. 다행히 내 바람은 잘 먹힌 것 같았다.

"그 일은…… 큰 불행이었지요. 그대들에게 일부 책임이 없다고 말하려는 것은 아니에요. 하지만 사만다는 내가 쓰러진 직후 나를 발견했고, 엘자가 사만다보다 나를 먼저 발견했다 해도 그 불행을 막을 수는 없었어요."

"저……, 전하!"

"내 고향에는 이런 말이 있답니다. 불행이 오는 것은 그 뒤에 행운이 오기 때문이라고요. 그대들이 이다지도 나를 걱정하여 주고 있음을 확인한 것이 나는 더 기쁘군요. 그리고 그 일에 대해 책임을 질 사람은 이미 감옥에 갇혀 벌을 받고 있으니 그대들이 더 죄를 청할 필요는 없어요."

나를 감동한 표정으로 바라보던 루이스는, 그러나 다시 무겁게 고개를 저었다.

"하나 전하, 그렇다 하여 저희들의 죄가 사라지지는 않습니다. 애초에 전하의 침실에 있는 물병에 그 삿된 독이 들어 있었던 것 자체가 있어서는 안 되는 일이었습니다."

그렇게 따지자면 이 로벤티스 자매를 벌하기 전에, 한 발 앞서 독을 넣은 당사자인 황제를 족쳐야 한다. 하지만 사실을 밝힐 수 없는 나는 애매한 미소를 지었다.

루이스가 다시 청해 올렸다.

"부디 저희에게 죄에 마땅한 벌을 내려 주소서."

그러고 보면 궁의도 당연히 손가락 하나는 날아갈 거라고 각오하고 있었더구만. 이 궁의 인간들은 전부 메저키스트만 모여 있는 것 아냐?

숭한 생각을 애써 누르며, 표정을 관리했다. 후, 심호흡!

"……좋아요. 그럼 그대들에게 벌을 내리죠."

자기 입으로 벌해 달라 청하였으면서, 루이스와 엘자의 얼굴에 다시 그림자가 어렸다. 하긴, 누구든 정말로 벌 받고 싶은 사람이 어디 있겠나. 그만큼 황족 살해 미수와 황손을 해친 사건의 무게가 크고, 때문에 이들은 자신의 가문에 누가 될까 하여 앞장서서 스스로 벌을 청하는 것이리라. 누구 씨랑은 다르게 말이지.

"엘자를 한 달간 시녀 위치에서 강등하여 하녀로서 내 신변의 모든 시중을 명하겠어요. 그리고 루이스와 엘자 모두 반년 간 월봉을 사분의 일로 감하고, 내가 로네스 궁에 있는 기간 동안은 모든 당직을 둘이 번갈아가며 맡도록 해요."

"저……, 전하!"

"비 전하!"

자매는 서로 짠 듯 감동한 얼굴로 나를 올려다보았다.

내가 내린 벌은 사실 벌이라 하기에도 민망한 수준의 약한 벌이다. 시녀에서 하녀로 강등되는 것은 큰 치욕이나, 한 달 동안 내가 로네스 별궁에 있는 동안만으로 한정했다. 황비궁으로 돌아갈 때는 다시 복귀될 것이므로 문제는 없다.

감봉이야 내가 당했다면 빠아팠겠지만 저들은 당당한 귀족 영애들이다. 황궁에서 시녀로서 일하는 이유는 돈이 목적이 아니라 황족을 모신다는 영예 때문이다. 그런데 그들에게 내 신변의 임무와 내가 잘 때의 당직을 전담시킨다는 것은, 오히려 그들을 내 측근으로 인정하는 행동과도 같았다.

내 결정을 듣고 이들은 나를 태양처럼 우러르고 있었다.

사실 죄 없는 사람들을, 진실을 알면서도 상황대로 이용하는 데 양심에 찔리지 않는 것은 아니었다. 그렇다고 사실대로 말하며 벌을 안 줄 수는 없는 것이다.

결국 이게 최선이겠지. 나는 생긋이 웃어 보였다.

"나는 그대들을 믿어요. 그러니 부디 나를 위해 애써 주세요. 루이스, 엘자."

아, 내가 듣기에도 가증스럽다. 하지만 배경에 깔린 사정을 전혀 알지 못하는 가련한 두 소녀는 당장에라도 빛을 뿜을 듯 반짝이는 눈빛으로 나를 올려다보기 시작했다.

영원할 것만 같았던 달콤한 휴가도 결국 끝이 났다. 나는 황비궁 궁인들의 열렬한 환영과 함께 궁으로 돌아왔다.

태후는 몸이 안 좋은 것을 핑계로 내게 인사를 오지 않아도 좋다 했다. 이유는 뻔했으나 나는 모른 척 넘겼다.

황비궁을 비롯한 황궁 전체가 내게 보이는 태도는 조심스럽기 짝이 없었다. 나의 거처인 황비궁이 가장 심했다. 다들 나의 환궁을 반기며 활발한 태도를 보이면서도 그것을 내 앞에서 드러내지 않으려 조심이었다.

하긴, 공식적으로 내가 유산했다고 알려져 있으니 당연하지.

나는 그늘을 가리려는 듯 거리낌 없이 웃고 떠들었다. 그러자 얼마 지나지 않아 적어도 주변 이들만은 나를 이전처럼 대하기 시작했다. 진짜도 아닌 일로 주변의 동정과 대우를 받고픈 마음이 없었던 나는, 속으로 홀로 안도해야 했다.

환궁과 동시에, 황제는 나의 귀환을 기뻐하며 궁의 모든 시녀와 시종들부터 허드렛일을 하는 사용인들에게까지 좋은 음식과 하루의 휴일을 베풀었다. 이것은 내가 요청한 것으로, 황제에게 이를 요청한 사람이 누구인지도 알음알음 황궁에 퍼졌다. 물론 전적으로 내가 의도한 것이다.

덕분에 나는 돌아온 이후로 궁인들에게서 꽤나 진심 어린 대우를 받을 수 있었다. 물론 이 한 번 정도로 저들이 진심으로 내 사람이 될 것이라 순진하게 믿는 것은 아니다. 단지 이러한 작은 일들이 모여 생기는 인상의 변화를, 계산하고 기대하고 있는 것이다.

내가 경험한 이 세계, 이 시대는 귀족처럼 위에 서는 사람들은 아랫사람들을 절대로 같은 사람이라 여기지 않았다. 때로는 동물처럼 여기기도 하고, 때로는 가구처럼 여기기도 했다.

물론 귀족의 신분을 가진 측근들에게는 달리 대하나, 바닥에서 구르는 사람들에게는 저러하다.

그런 만큼 하층민들은 자신들을 대하는 태도의 차이에 매우 민감할 것이다. 그렇게 계산하고 행동에 옮겼다.

이것은 이전까지는 흘러가는 상황에 맞추어 대응하는 것이 전부였던 내 태도와는 다른 것이었다.

내가 살려면, 그리고 집으로 돌아가려면, 결국 황궁에서 승리하는 수밖에 없다.

태후 일행을 거꾸러뜨리지 못한다면 황제에게 미래는 없었고, 이는 내게도 미래가 없다는 말과 같았다. 이미 황제는 나를 자신의 운명 공동체로 만들어 놓았다.

물론 이것은 내게만 한정된 이야기다. 황제가 패하면 나는 죽을 것이다. 그러나 내가 죽는다 하여 황제가 패하는 것이 분명한 것은 아니다.

참 얄밉게도 구도를 만들어 주셨다. 내가 먼저 손을 놓을 수 없도록. 감탄이 나올 정도다.

별궁에서 쉬는 동안, 할 수 있는 머리를 다 짜내어 여러 계획을 준비해 두었다. 이번에 궁 전체에 상을 내린 것은 그 중 하나였다.

아랫사람에게 인심을 얻지 못하면 결국 중요한 때에 배반당하거나, 중요한 정보가 세어나가는 경우가 많다. 실제 TV에서 보던 사극이나 드라마는 물론, 역사에서도 그러한 예가 얼마나 많았던가. 나는 사전 지식을 적극적으로 활용하기로 했다.

이런 선물 하나 두 개정도로, 드라마에서처럼 내 사람이 되겠노라 우르르 달려드는 인간들은 당연히 없었다. 내가 기대하고 있는 것은 정말 작은 변화들이었다.

나를 보는 긍정적인 시선. 적어도 저 사람은 하찮은 이유로 아랫사람을 버릴 사람은 아니라는 인상. 그 작은 것들이 정말 중요할 거라 생각했다.

환궁한 나를 반긴 것은 또 하나가 더 있었다. 황제의 덫에 걸린 토루카 후작부인의 결말이 그것이다.

결론만 말하자면 태후와 토루카 가문은 후작부인을 잘라 내는 것으로 자신들의 보신을 꾀했다. 태후가 자신과는 연관 없는 일이라 단언하며 외면하고, 후작가는 부인에게 당치 않은 일을 혼자 벌였다며 이혼장을 보냈다.

감옥 속에서 고문에도 끝까지 입을 열지 않고 있던 후작부인은 배신감에 몸을 떨며 거짓 자복을 하겠노라 답했다. 바로 그다음 날 아침, 후작부인은 감옥 돌바닥에서 싸늘한 시체로 발견되었다.

누구나 후작부인을 누가 죽인 것인지 알았다. 그러나 그 사실을 드러내 놓고 언급할 수는 없었다.

싸늘하게 식은 후작부인의 곁에는 떨리는 필체로, 지나친 충성심을 빙자하여 개인적인 질투심으로 황비를 모해하려 한 죄를 스스로 풀어놓은 유서가 남아 있었다. 그런데 대체 그 종이와 펜이 어디서 나온 것인지는 누구도 알지 못했다는 것이 문제다. 그녀가 삼킨 독이 어디에서 온 것인지도 아무도 알 수 없었다.

누구나 그것들의 출처가 어디일지 다들 예측할 수 있었다. 다만 입에 올릴 수 없을 뿐.

"……."

아침 티타임에 듣기에는 별로 좋은 이야기는 아니다. 나는 어이가 없어서 할 말을 찾을 수가 없었다. 동시에 소름이 등줄기를 더듬는 것을 느꼈다.

그런 자들이다. 가문의 일원조차 전체를 지키기 위해서는 가책 없이 잘라 내는 이들.

황제가 내 앞에 세워 놓은 적은 그런 자들이었다.

동요를 숨기고 애써 냉정함을 가장하여 그에게 아무렇지 않게 대꾸했다.

"……그러면 내가 독을 먹은 대가로 얻은 건 후작부인을 쳐내고, 태후궁의 시녀들을 대규모로 물갈이한 것밖에 없는 건가요? 수지가 안 맞네요."

그는 슬쩍 웃었다. 어쩐지 자신만만한, 늘 내가 재수 없어 하는 그 미소였다.

"그렇지는 않아. 내준 것이 있으면 대가는 확실하게 받아 내야지."

잘난 척 하시네. 꼭 자기가 뭘 희생했다는 것처럼 말하는 것이 아니꼬웠다. 독 먹고 쓰러져 앓은 건 나라고요! 흥!

나는 얼굴에 드러난 속내를 굳이 숨기지 않았고, 황제는 그저 나직이 웃을 뿐이었다. 그는 설명을 계속했다.

"토루카 후작가는 이번 일로 후계자를 잃었어."

"네?"

"후작과 후작부인은 거의 장성한 아들을 둘 두었어. 첫째가 열일곱에 둘째가 열다섯이라던가. 어찌되었건 그 중 장남이 후작의 후계자인 건 분명해. 후작에게 첩이 여럿 있지만, 그는 후계 문제를 복잡하게 하고 싶어 하지 않아서 서녀들만 인지하여 적당히 시집보냈어. 귀찮은 서자들은 일찌감치 다른 가문 양자로 보내거나 돈만 쥐어 주며 인정하지 않고 내보냈지."

꽤 심한 이야기이지만, 이곳의 상식에서는 특별할 것도 없으리라. 하긴 이미 별궁에서 들은 선황의 행위에 비하면 매우 약한 수준이기는 하다.

"하지만 이번에 후작부인이 황비 암살 미수와 황손을 해친 혐의를 받게 되면서 이것이 미묘해졌지. 후작가는 후작부인을 내침으로서 자신과 태후, 태후 뱃속의 아이를 지켰어. 하지만 여기서 내가 한 번 더 공격을 날렸지."

"어떻게요?"

그의 얼굴에 내걸린 미소가 한층 짙어졌다. 누가 보아도 표정에 살기가 어려 있음을 부정할 수 없으리라. 나는 조금 긴장한 상태로 그의 대답을 기다렸다.

"후작부인의 죄는 반역에 준한다. 황족 살해 혹은 미수에 해당하는 죄는 응당 연좌제가 적용 돼. 물론 이제는 거의 사문화되어서, 연좌되더라도 죽이거나 하는 일은 거의 없어. 하지만 작위 계승은 이야기가 다르지."

"아!"

나는 그가 무슨 말을 하는 것인지 바로 이해했다. 이혼은 후작부인의 죄가 후작가에게까지 미치는 것은 막을 수 있었다. 하지만 그 이혼이 후작부인이 낳은 후작의 자식들까지 그녀의 핏줄이 아니게 만들 수 있는 것은 아니었다.

결국 황제는 후작부인에게 씌운 죄를 후작부인의 아들들에게까지 적용하여, 그들의 작위 계승권을 박탈했다는 것이다.

그는 오전부터 시종에게 와인을 가져오라 명하여 직접 유리잔에 따랐다. 짙은 루비 색 와인은 고급 술에 대해 잘 모르는 내가 보기에도 명품 중의 명품인 것은 분명해 보였다.

그는 내게도 직접 따라 와인 잔을 건넸다. 나는 별다른 흰소리 없이 잔을 받았다.

“후작은 이미 마흔을 넘겼어. 서자들은 이미 다른 가문으로 보내어져서 데려오려 해도 양자 형식으로 데려와야 해. 그것은 내가 허락하지 않을 거야. 가주의 결혼과 후계자와 직결되는 양자 입적은 황실의 승인이 필요하니까. 나는 서자나 조카의 양자 입적에는 후작의 나이가 건재함을 이유로 거절할 거야. 직계적손으로 작위를 잇는 것이 가장 낫다고 하면서 말이지. 결혼까지야 내가 막기 애매한 명분이니 막지 않을 테니, 결국 후작은 재취해서 빨리 다시 후사를 보아야 할 텐데……. 과연, 위험해지자 바로 이혼장부터 보내고 제 부인을 죽인 후작에게 딸을 주려는 가문이 있을지 모르겠군.”

루크레티우스는 낮게 비웃었다. 참으로 냉혹한 사람이다. 물론 그의 행동을 말릴 생각이 없는 나도 하나 다를 것 없는 처지다.

그는 내게 붉은 색 액체로 찰랑거리는 유리잔을 내밀었고, 나 역시 잔을 마주 내밀었다. 쨍, 하고 맑은 소리가 울렸다.

붉은 와인은 내가 즐겨 마시던 화이트와인이나 샴페인과는 달리

맛이 유달리 짙었다. 시고 약간은 떫다. 그리고 약간은, 피 향기가 풍기는 것 같은 느낌도 들었다. 물론 내 착각이겠지만.

고개를 들고 허리를 편 다음 그에게 물었다. 정확히는 뒤늦은 허락을 구했다.

"이미 데려와 제 궁에 거처를 주었으니 사후 허락을 구하는 것이 되었습니다만, 그래도 허락을 구하는 것이 맞겠지요."

"무슨 일이지?"

"아그네스 말입니다."

"별궁의 시녀장 아그네스 도트리아 말인가?"

"예, 제 시녀로 쓰고 싶습니다."

그는 의구심 가득한 얼굴로 바라보았다. 또 그 시선이다. 나를 관찰하는 듯한 시선.

"그녀라면 믿을 수 있는 사람이기는 하지만……, 왜 그렇게 한 거지? 그리고 어떻게 설득한 건지도 궁금하군. 아그네스는 절대 양모의 곁을 떠나지 않겠다는 여자인데."

나는 내게 죽은 베아트리체 황후의 일을 고하던 아그네스의 원한에 찬 얼굴을 기억했다. 그녀는 헌신적으로 자신의 양모이자 황제의 외조모인 도트리아 부인을 돌보고 있었다.

그녀가 양모인 도트리아 부인과, 양언니인 베아트리체 황후를 진심으로 가족으로서 사랑하고 아끼는 것은 분명했다. 일견, 그녀의 분노는 광기까지 연상시켰다.

때문에 나는 그녀를 선택했다. 그 날선 증오와 분노는 향할 대상들에게 있어서는 최고의 무기가 될 것이다. 이 생각까지는 굳이 드러내지 않았지만.

"그녀는 신뢰할 수 있는 사람이죠. 그래서예요. 믿을 수 있는 사람은 많을수록 좋으니까요."

칼처럼 딱 잘린 대답에 그는 의아한 표정을 했다. 잠시 나를 관찰하듯 바라보던 그는 한숨을 길게 내쉬었다.

"그새 꽤 늘었군. 무슨 생각인지 바로 드러내지를 않으니. 뭐, 좋아. 그대가 의미 없이 행동할 정도로 생각이 없지는 않겠지."

그는 다 비운 잔을 내려놓았다. 나는 굳이 대답하지 않았다.

루크레티우스는 자리에서 일어나려다 생각난 것인지, 잠시 잊혀 있었던 이들의 이야기를 던졌다.

"에일 공작가가 참 질기게 아직까지 황궁에 엉덩이를 붙이고 앉아 있더군. 그대를 보고 가겠다며 우기고 있어. 직접 쫓아내겠나?"

의외의 사실이었다. 나는 진심으로 놀라서 웃으며 손뼉을 쳤다.

"그래요? 잘되었네요. 혹시 돌아갔으면 일부러 불러야 했을 거예요."

재미나게도, 황제의 얼굴이 진심으로 일그러졌다.

"뭐?"

내 폭탄 발언 뒤에 잠시 침묵이 내려왔다. 나는 짐짓 그의 침묵이 표현하는 의미를 모르겠다는 듯 얌전을 떨며 앉아 있을 뿐이었다. 결국 황제 쪽에서 먼저 입을 열어 내게 설명을 요구해 왔다.

"대체 왜 그들을 내치지 않겠다는 거지? 이해할 수 없군."

"글쎄요……."

나는 내 미소가 속이 보이지 않기를 간절하게 빌며 살짝 뜸을 들였다. 딱히 그에게 속내를 비추기 싫다거나 한 것은 아니다. 좀 쪼잔하지만, 그냥 뭐 하나라도 쉽게 해 주기 싫었기 때문이다. '흥, 나 그렇게 쉬운 여자 아니거든?' 이런 느낌.

이제 와서는 늦었을지도 모르지만 어쨌든 내 기분대로, 내 주도권을 확보하기 위해 행동하기로 한 것이다.

그는 탁자 위를 손가락으로 톡톡 두드렸다. 고개를 모로 꼬는 모습이, 딱 보기에도 심기가 불편해 보였다.

"내치지 않겠다, 황궁을 떠났더라도 부르겠다, 라. 이해가 안 돼."

"……."

"설마 하니, 그들을 용서하고 곁에 둘 생각은 아니겠지?"

나는 유리잔에 남은 와인을 단번에 모두 들이켜며 단호하게 답했다. 목구멍을 타고 넘어가는 레드와인의 향은 짙고도 독했다.

"설마요."

내가 미치지 않는 이상 그럴 리 없지. 그도 잘 알고 있으리라.

루크레티우스는 미간에 갔던 주름을 살짝 풀고 나를 보았다. 그의 시선은 내 구체적인 대답과 설명을 재촉하고 있었다.

이쯤이면 되었겠지.

나는 또 살짝 뜸을 들여, 그가 다시 입을 열려는 기색을 기다려 그의 말이 나오기도 전에 끊으며 대답을 내놓았다.

"별다른 것은 없어요. 그저, 태후를 상대할 유효한 수단으로써 그들이 꽤 쓸모 있으리라 생각하는 것뿐이죠."

"그들로 태후를 상대하겠다고?"

다시 묻는 루크레티우스의 목소리에 의아함이 짙게 묻어났다. 당연했다.

"에일 공작가는 제국 내에서 영향력이라고 할 것이 없어. 당연히 그대가 태후와 맞서 싸우는 데는 조금도 도움이 되지 않지. 게다가 그들은 그대에게 악감정만을 가지고 있을 텐데, 도움이 될 리……."

거기까지 말하다가, 그는 곧 무언가를 깨달은 듯 눈을 둥글게 떴다. 그러고는 녹색 눈동자를 감싼 눈매를 유연하게 휘며 웃었다.

"아하, 그건가?"

아직 한마디도 하지 않았는데 제대로 이해한 모양이다. 정말이지, 이런 부분에 있어서는 징그러울 정도로 생각이 빠르고 정확하게 통한다.

루크레티우스는 의미심장하게 중얼거렸다. 나에게 다 들릴 정도로 선명한 목소리로.

"확실히 그자들은 그대의 곁에 둔다면 필히 무언가 사고를 치게 될 자들이지. 딱 한 번 보았지만 그것만은 분명해."

"그렇죠. 특히 리즈벳 그 아이는 내 곁에 있게 되면 자신의 욕심을 주체하지 못하고 행동에 나설 거예요. 아마, 태후의 눈을 끌게 될 가능성이 높겠죠."

나는 흘금 건너편에 앉은 내 법적 남편을 바라보았다.

아름다운 금발과, 보석처럼 색이 선명한 녹색 눈동자. 멋모르는 소녀가 사랑에 빠지기에 충분한 외모다. 내가 대신 선황의 후궁으로 오지 않았다면 리즈벳이 내 자리에 와야 했을지도 몰랐다.

리즈벳은 초야에 살해당한 황제의 시체를 앞에 두고 암살자와 거래를 제의할 만한 머리도, 배짱도 없는 아이였다. 아마도 다음날 발견된 황제의 시체 곁에는 팔려온 첫날 함께 암살당한 가련한 어린 공녀의 시체 역시 누워 있었으리라.

결국, 나는 리즈벳을 대신함으로써 그녀의 목숨을 구한 셈이다. 이것으로 내가 1년간 그들에게 받았던 도움은 갈음하려고 한다.

나는 더 이상 그들에게 갚아야 할 것이 없었다. 서로 남은 것이 없다. 그러니 그들도 헛된 욕심은 포기하고 돌아가면 완전한 남남으로서 지낼 수도 있으리라. 그러나 과연 그렇게 되어 줄 것인가.

답은 이미 보였다. 에일 공작 일가가 아직까지도 황궁에 엉덩이를 붙이고 있는 것을 보면, 쉬이 포기할 생각이 아예 없는 듯했다. 아마 내가 무시하든, 쫓아내든, 가만히 있지는 않을 거다. 그 행동이 내게 긍정적인 일이 될 가능성은 없다고 보아도 좋으리라.

그들이 내가 리즈벳의 목숨을 구했음에 고마워하지 않고 있음은 분명해 보였다. 도리어 내가 지금 1황비 자리를 빼앗은 듯이 적의를 보이고 있다.

분노가 일지 않는다면 거짓말이고, 내 지위를 이용해 그들에게 보복하고 싶지 않느냐면 그것도 아니다. 하지만 나는 이보다는 현실적인 목적 때문에 리즈벳을 곁에 두겠다는 것이다.

이미 태후는 한번 루크레티우스에 의해 공격받았고, 타격을 받았다. 그녀가 이에 대한 보복으로 황제를 다시 공격하려 할 것은 분명했다.

그 과정에서 태후는 공격할 수단으로 나를 택할 가능성이 높았다.

황제의 곁에 있는 이들 중 기반이 미약하여 노리기 쉬운 대상이며, 일단은 1황비의 자리에 있으니 타격을 입혔을 때 상당한 효과를 기대할 만하기 때문이다.

또한, 황제가 태후에게 타격을 입힐 때 나를 수단으로 삼았기 때문이기도 했다. 내가 본 태후의 성정을 생각하면, 그 여자는 황제에게 똑같은 방법으로 되돌려주려 할 가능성이 높았다. 당한 것을 절대 그냥 넘길 사람이 아니다.

그렇다면, 내 주변에 태후가 손을 뻗기 적당한 이를 두어 공격 경로를 특정할 수 있으리라.

가장 좋은 방법은 이중첩자로서 내가 믿을 만한 사람을 태후에게 심는 것이지만, 실현 가능성이 너무 낮았다. 나는 아직 황궁에서 기반이 극히 미약했고, 나를 위해 목숨 걸고 태후에게 첩자로 들어갈 만한 이는 없다. 게다가 그런 이가 있다 한들, 태후가 호락호락 당해줄 위인은 아니다. 이 방법은 불가능하다.

그렇다면 차선책이 하나 남는다. 태후가 첩자로 들일만 한 이를 일부러 내 곁에 두는 것.

경계심 강한 태후가 관심을 보일 수 있도록, 가장하지 않은 적개심을 내게 보이는 이가 나으리라.

또한 그 대상이 리즈벳이라면 위험성 역시 어느 정도 조절이 가능할 거라 자신했다. 내가 아는 리즈벳이라면, 내가 곁에서 행동 패턴을 파악하기가 아주 쉬울 테니까.

내가 일일이 설명하지도 않았는데, 루크레티우스는 모든 사항을 바로 이해했다. 그러고는 한마디로 간단하게 압축해서 평한다.

“결국 저들을 시험하겠다는 소리군.”

“글쎄요…….”

나는 애매하게 말을 흐렸다.

사실 틀린 말은 아니긴 하지만, 저 인간이 내게 하듯 내가 타인을 시험하려고 한다고 내 입으로 인정하기는 좀 그랬기 때문이다.

아, 배운 대로 따라하는 꼴이긴 하구나.

내가 속으로 들리지 않는 한숨을 삼키는 찰나, 그는 비죽이 웃으며 다시 평했다.

"그러니까 그대가 성격이 나쁘다는 거야."

내 손에 들린 치즈를 저 잘생긴 얼굴에 던지고 싶어졌다.

"제 손을 더럽히기보다는 스스로 알아서 넘어져 주기를 바라는 게지. 그 인간들이 정말로 이제 와서 개과천선하는 기적이 벌어지지 않는 한, 아무 일 없이 넘어가는 건 있을 수 없다는 거, 알잖아? 그리고 태후 역시 유효한 수단을 그냥 넘길 여자가 아니지. 물론 너무 빤히 보이는 미끼로 보이지 않게 연막을 잘 쳐야겠지만."

"……."

나는 부정하지 못했다. 사실이니까.

내 새초롬한 얼굴을 보던 그는 어쩐지 동료의 사냥 장면을 구경하는 맹수라도 된 듯, 만족스러운 표정으로 말했다.

"그대의 그런 점은 나쁘지 않아."

"……."

별꼴이야.

내 방식이 자기 마음에 들든 말든 무슨 상관이람.

여전히 겉으로는 얌전을 빼며 입을 다물고 있었다. 내 입술이 고요히 다물린 것을 보던 그는, 빈 와인 잔을 치우고 시종을 불러 새로 차를 우려 오게 했다. 물론 시종은 바로 물리고, 그 따스한 새 차를 자신의 빈 잔에 직접 따라 채우며 물었다.

"그래서, 구체적으로 어떻게 할 셈이야?"

"리즈벳 그 아이를 새 시녀로 들일 거예요."

루크레티우스의 얼굴이 굳었다.

"리즈벳의 시중으로는 오를린을 복귀시켜 다시 붙여 줄 거예요. 그러면 그 아이도 불만은 없겠죠."

황제는 한참 만에 내게 물었다.

"그거……, 위험한 일이라는 건 알고 있나?"

"알아요. 하지만 위험을 감수하지 않으면 어떤 것도 얻을 수 없겠죠. 적어도 정말 내 목숨 걸고 할 생각은 없어요. 내 시녀로 일하게 되면, 사만다의 아래에서 아그네스, 엘자, 루이스에게 둘러싸여 있게 될 테니까요. 그들 사이에서 제대로 눈을 피해 뭔가 할 수 있을 정도로 머리가 좋거나 눈치가 빠르지 못하니까요, 그 애는."

그는 어쩐지 떨떠름한 표정이다.

"내가 리즈벳을 대놓고 홀대하고, 그게 소문으로 번지면, 태후는 리즈벳에게 당연히 관심을 가지겠죠."

"그렇겠지……."

침묵이 다시 길게 내리 끌린다. 나는 한참 만에 물었다.

"왜 그렇게 껄끄러운 얼굴을 해요?"

"……그대는 두렵지 않나? 일이 잘못 풀리면 정말로 목숨이 위험할 수 있어. 태후는 그렇게 쉬운 상대가 아니야. 특히나 지금은 한 번 허를 찔렸으니 더 독이 올라 있지."

"알아요. 누구 덕분에 실제로 죽을 뻔도 했고 말이죠."

나는 피식 웃었다. 그는 대답이 없었다. 하긴, 자기도 민망하긴 하겠지.

"난 살고 싶어서 이러는 거예요. 살고 싶다는 건, 목숨만 부지하는 것을 의미하는 게 아니에요. 나는 내 뜻대로 내 인생을 선택하고 살 수 있기를 바라요. 그러려면 어느 정도의 위험은 각오해야만 하겠죠."

살 것이다. 그리고 집으로 돌아갈 것이다.

그러려면 상황에 질질 끌려가는 것으로는 안 된다.

유아독존의 황제까지도 내 주도권 안으로 끌어들이지 못한다면, 나는 결국 무엇도 제대로 할 수 없을 것이다.

그것을 제대로 된 삶이라 할 수 있을까?

적어도 나는 그렇게 생각하지 않았다.

어째서인지, 루크레티우스는 내가 그를 만난 이후 단 한 번도 본 적 없는 얼굴로 나를 향하고 있었다. 누군가가 그의 뒤통수를 때리기라도 한 것처럼.

내가 그 얼굴의 의미를 알게 되는 것은 조금 뒤의 일이다.

막간 1. 그 남자의 사정

그 남자의 사정

“어째서 황비가 눈을 뜨지 않지?”

황제의 지엄한 물음이 마치 예민한 고슴도치의 가시처럼 곤두서 있었다. 궁의는 황송함에 머리를 깊이 조아리며 죄를 청했다.

“저분께서 독에 대한 내성이 전혀 없으신 것…… 때문인 듯하옵니다.”

황제는 거의 소리를 지르려다, 병자가 누운 앞이라는 것을 깨달은 듯 급히 높아진 목소리를 낮추었다.

“이미 그건 알고 있……! 분명 그대는 내게 그 사실을 알고 적정한 양을 정해 주었다.”

마지막은 거의 이를 갈아붙이는 듯한 기세였다. 그 사실은 조금의 틀림도 없었다. 궁의는 더더욱 고개를 조아리며 바닥에 엎디어 말을 올렸다.

“저분의 체질을 제가 직접 곁에서 오래 두고 보아 가며 관찰하지 못하여 오차가 심하게 벌어진 듯합니다. 하나 심려를 거두소서. 황비 전하의 생명에는 지장이 없나이다."

막 황제가 입을 열려던 찰나, 그의 곁에 시립해 있던 사만다가 조심스레 말을 올렸다.

"폐하. 궁의 로우손은 둘도 없는 제국의 명의입니다. 그의 의술을 잃는 것은 크나큰 손실입니다."

이미 황제가 무어라 입을 열지 눈치채고 있었다는 듯이 말을 끊었다. 황제는 숙고했다. 그리고 그녀의 지적과 지금의 전혀 이성적이지 못한 분노를 저울질한 끝에 결론을 내렸다.

"황비가 잘못된다면 마땅히 네 목숨으로 죄를 물어야 할 것이나, 네 손으로 이틀 안에 부작용 없이 황비를 눈뜨게 한다면 가벼운 벌로 네 죄를 갈음하겠다."

"감읍하옵니다."

궁의는 깊이 자비에 감사한 뒤, 제조를 명해 둔 약을 다시 보기 위해 방 밖으로 나섰다. 황제는 가만히 침대 곁에 앉은 그대로 입을 열었다.

"토루카 후작부인은?"

"입이 무거운 여인이더군요."

"귀찮군. 뭐, 입이 무겁지 않다 해도 제가 하지 않은 일을 했다 자복하는 건 쉬운 일은 아닐 터."

"후작부인의 하녀 들 중 몇몇을 추가로 고문과 회유를 통해 증언을 받아 내었습니다."

황제는 고개를 끄덕였다. 그러나 다음 순간 다시 고개를 저었다.

"부족해. 할 수 있는 최대한을 짜내야지."

“어디까지 엮으면 되겠습니까?”

“가능하면 태후까지. 못 해도 후작가는 얽어 매야 해. 그래야 수지타산이 맞지.”

잠시 고민하던 사만다는 낮은 목소리로 물었다.

“잠을 재우지 않고 식사를 주지 않는 정도로는 후작부인에게서 원하시는 답을 얻기 힘들 겁니다. 그리고…… 명색이 태후의 시녀장이며 후작부인이기에 직접 몸에 손을 대지는 못하고 있는지라 한계가 있습니다.”

그러자 가차 없는 대답이 나왔다.

“수단을 가리지 않아도 좋다.”

“예. 명하신 바를 따르겠나이다.”

사만다는 깊이 고개를 조아린 뒤 방문을 나섰다.

후작부인의 지체로 은밀한 곳을 타인의 눈앞에 드러내는 것은 쉬운 일이 아니다. 설사 같은 여인에게라 해도 감히 내보일 수 없는 곳을 통해 고통을 줄 방법은 얼마든지 있었다.

소녀는 여전히 마치 죽은 듯 누워 있었다. 벌써 2일 밤을 새우고도 오후를 지나는 시점까지, 소녀의 검은 눈동자는 뜨이지 않고 있다.

루크레티우스는 온 곳 모르고 갈 곳 모를 초조함이 속에서 자꾸만 치받는 것을 느꼈다. 그건 속을 태우는 갈증을 닮았고, 그가 그다지 익숙하지 못한 감정 중 하나였다.

어린 시절, 어머니가 부른 배를 안은 채 눈앞에서 처형인의 칼날에 목이 잘리는 것을 본 이후 이러한 감정은 느껴본 바 없다.

증오하다 못해 혐오하는 아비가 노골적으로 그에게 열등감을 드러내며 핍박했을 때에도.

아비를 구워삶은 간악한 계집이 거듭 임신을 하여 어떻게든 아들을 낳아 그의 자리를 빼앗으려 모진 노력을 다하던 때에도.

그를 두고 심장마저 얼어붙은 자라 저주를 퍼부으며, 침대 머리에서 그에게 독을 바른 비수를 찌르려 들던 아내를 보았던 때조차도.

어머니가 죽은 이후 그의 삶은 내내 무채색이었다. 아내의 말 그대로 이미 심장마저 차게 얼어붙어 버린 게라고, 그는 별다른 고통도 없이 자조할 뿐이었다.

그의 자조는 응당 존재해야 할 씁쓸함마저 빠진 것이었다. 아마도 정상이 아닌 것이 맞는다고, 그는 그저 덤덤히 생각했을 뿐이었다.

하필이면 직접 죽인 아내의 일이, 그녀의 원망이 떠오르는 것은 아마도 비슷한 상황이 떠오르는 탓일 가능성이 컸다. 결과도 의도도 완전히 다르나, 그가 한 일과 그 피해자는 비슷한 점이 많았다.

두 번 모두 그는 신중히 양을 조절하여 물에 약을 탔고, 직접 아내에게 건넸다. 처음 잔을 받은 여자는 이제 지하에 묻혀 있고, 두 번째로 잔을 받은 소녀는 지금 눈앞에 누워 있다.

어둠 속에 희뿌옇게 떠오른 사각 침대가 마치 대리석 관처럼 보이는 것은 아마도 그 과거 탓이리라.

옥타비아. 그는 죽은, 아니, 자신이 죽인 아내를 떠올렸다.

그가 죽음으로 몰아간 여자.

적어도 그녀의 친정은 단 한순간도 그의 편이었던 적이 없으나, 그녀는 달랐다. 아마도 그가 조금만 더 '정상적'인 인간이었다면, 그녀의 어설픈 풋정이 지독한 원망으로 변해 버리지는 않을 수 있을 지도 몰랐다.

기대하고 매달리던 순진하고 착하기 짝이 없던 여인은, 결국 원망과 망집 속에 완전히 망그러졌다. 그녀의 비틀린 감정이 표출되는 과정에 태후의 간섭이 있었던 것이 사실이라 해도, 그녀를 거기까지 몰아간 것은 분명 그의 태도와 행동이었다. 그는 객관적으로 사실을 인식하고 있었다.

그는 이미 알고 있는 사실을 재확인했다.

그는 제국의 황태자였고, 반드시 황제가 될 참이었다. 그리고 기어이 이루어 냈다. 아마 여러 아내를 두어야 할 터이나, 이들을 모두 통솔할 황후는 함부로 선택할 수 없었다.

첫째, 친정 세력이 없어야 했다. 이것은 전적으로 그가 황제로서 생각하고 선택한 부분이었다. 친정의 뒷받침 없이 일반적으로 황후가 내궁을 제대로 다스리는 것은 불가능에 가깝다. 그러나 그는 이미 카틀레야의 전횡을 보았다. 같은 일을 용납할 생각은 없었다.

둘째, 똑똑하고 능력이 충분한 여자라야 한다. 그는 외척 세력을 용납할 생각이 없는 만큼, 그가 맞을 황후는 제대로 뒷배를 가질 수 없었다. 물론 그가 최대한 이에 대해서는 지원을 할 용의가 있으나 한계가 크다. 결국 본인의 역량으로 모자란 세력을 채울 수 있는 여자여야 했다.

셋째, 착하기만 한 여자는 안 된다. 그는 이미 어머니의 비극을 보았다. 사람을 의심할 줄 모르고 그저 믿고 의지하며 선의를 베풀면 그만큼 돌아오리라 순진하게 믿은 결과가 바로 처참한 죽음이었다. 그는 일생을 지옥 한가운데서 살 자였고, 그의 아내는 그 곁을 지켜야 하는 사람이다.

그리고 마지막으로, 그를 사랑해서는 안 된다. 그는 이미 자신을 사랑한 끝에 망가진 여자를 제 손으로 죽였다. 같은 일을 반복하는 것은 절대 사양이었던 것이다.

지금 그의 눈앞에서 눈뜨지 않는 검은 눈동자의 소녀를 처음 만난 때를 기억했다.

처음에는 그저 어머니처럼 연약하고 가련한, 팔려 온 여자라고만 생각했다. 그러나 아니라는 것을, 바로 그날 밤 더는 두고 볼 수 없게 되어 직접 처리한 아비의 시체 옆에서 확인했다.

머리가 잘 돌아가고, 눈치가 빠르다.

에일 공작가는 큰 의미가 없는 가문이며, 친딸조차 아니다. 잘라내는 것은 생각보다 더 쉬운 일이었다.

가장 마음에 든 것은 따로 있었다. 이 소녀는 그를 껍데기만을 보고 선망의 눈으로 보지 않았다. 믿지도 않았다. 하나하나를 계산하고 의심한다. 그 점이 가장 마음에 들었다. 그렇기에 마치 그를 위해 누군가가 맞춤으로 만들어 눈앞에 내준 여자 같다고 생각했다.

지금, 바로 이 순간까지는.

어째서일까. 가슴이 술렁거렸다. 지독한 멀미와 같은 감각. 그리고 초조함. 대체 이게 무엇인지를 모르겠다. 분명히 비이성적이라는 자각은 있었다. 하지만 사실인 것은 맞다.

지금 그 무엇을 희생해서라도 저 눈이 뜨이게 할 수 있다면 기꺼이 무엇이라도 내줄 수 있을 것만 같았던 것이다.

그는 진심으로 당혹스러웠다. 27년 일생 동안, 그를 이토록이나 당혹하게 만든 이는 없었다.

세상 누구도 그의 27년 생애를 치열하지 않았다 평할 수는 없으리라. 두 눈이 멀쩡하여 볼 수 있는 자라면, 혹은 두 귀가 성하여 들을 수 있는 자라면, 그를 두고 감히 그리 말할 수 있는 자격을 가진 자는 이 세상에 없었다. 이것은 자랑이나 자조가 아닌, 담담한 현실의 인식에 가까웠다. 실제로 그의 삶이 그러했으므로.

그는 그리 살아왔다. 휴식이나 여유라는 것은 평생 연이 없는 것이었다. 허락되지 않았으나, 이를 아쉽다 여겨 본 바는 없다. 너무나도 당연했기 때문이다. 그에게는 숨 쉬고 먹고 잠드는 일조차, 철저하게 모든 상황과 정치적 의미를 계산하여 판단한 결과로 이루어지는 일이었다.

치열하고 또 치열한, 차라리 지독한 삶.

그렇기에 그가 보기에 정말로 '살아 있는' 인간은 몇 없었다. 상황에 휩쓸려, 어쩔 수 없다며, 타성적으로 살아가는 사람들이 대부분이다.

그런 면에 본다면, 그가 세상에서 가장 증오하고 무슨 수를 써서라도 죽이려 하는 카틀레야 그 여자는, 차라리 정열적으로 스스로 살아가는 인간이었다.

오히려 대표적으로 제대로 살아 있어 본 적 없는 사람은, 바로 그의 어머니 베아트리체였다.

어머니를 사랑하지 않은 것은 아니고, 어머니가 그 자신에게 품은 애정을 모르는 바는 아니다. 그러나 적어도 그 면에서만은, 루크레티우스가 보기에 어머니는 진정한 의미에서 제 삶을 살지 못한 여자였다.

가련하고 또한 무지하며, 어리석다.

집안에 떠밀려 팔리듯 황궁으로 들어왔다. 그리고 우연히 그를 품고 또 낳게 되어서 황후 자리까지 올라갔다. 그리고 함정에 빠져서 비참하게 생을 마감한 것이다. 그녀의 삶과 죽음 어느 곳에도, 그녀 자신의 의지와 바람은 개입되어 있지 않았다.

그는 일생 동안 그런 사람들을 수도 없이 보아 왔다. 그가 보기엔 인형이나 다를 바 없는 자들. 그가 인정할 수 있는 몇 안 되는 살아 움직이는 인간들은 대부분이 큰 적들이었다.

그렇기에 인형을 거느린 채 인간을 적으로 두고 투쟁하여 왔다. 몇 안 되는 격렬한 적들을 제외하면, 세상은 순한 가축들로 채워진 무채색의 그림에 가까웠다.

흥미롭다거나 즐거움을 느낄 대상은 거의 없다 보아도 좋다. 이것은 그가 주변인에게 가진 감정이나 감상과는 연관이 없는 이야기였다. 순수하게, 그리고 치열하게, 그 생의 주인이 진정으로 그 자신인지 그가 인정할 수 있느냐에 관련된 문제였기 때문이다. 호의와 인정은 다른 문제인 탓이리라.

그렇기에 충격이었다.

다른 세계에서 왔다, 자기 입으로 그리 허무맹랑한 말을 지껄인 이 여자의 존재가. 정확히는 그녀가 한 말이.

"난 살고 싶어서 이러는 거예요."

"살고 싶다는 건, 목숨만 부지하는 것을 의미하는 게 아니에요."

"나는 내 뜻대로 내 인생을 선택하고 살 수 있기를 바라요."

그렇다. 충격이 아닐 수 없다.

그는 황궁에서 타인들의 주목 하에 태어났다. 일생 동안 타인의 눈에서 한 시라도 벗어날 수 없는 삶을 살아왔다. 그리고 사람을 믿은 이유로 참살당한 어머니를 보았다. 누군가를 믿기 전에, 타인을 의심하는 것부터 배웠던 것이다. 그런 만큼 적어도 사람을 보는 눈은 어느 정도 있다 자부했다. 그러나 저 여자만큼은 계속해서 예외였다.

처음은 여느 여자들과 완전히 같다 생각했다. 상황에 떠밀려 팔려 온, 그저 그런 여자. 황실의 후궁에는 그런 여자들은 쓸어 담을 수 있을 정도로 넘쳐났다.

그러나 바로 그날 밤, 제 목숨을 구하기 위해 혀를 움직이는 여자는 낮에 그리 가련하고 수동적으로 보였던 여자와 동일인물인지 믿어지지 않을 정도로 달랐다.

이 여자만은 모든 행동이, 말이, 그의 예상을 벗어나 있었다. 그녀는 철저히 그녀 자신의 의지와 머리로서 모든 것을 파악하고 판단했다. 그녀 자신이 원하는 것을 위해.

그 여인의 안에는 그 누구도 감히 범접할 수 없는, 단단하고 견고한 '그녀 자신'의 존재가 선명하게 자리 잡고 있었다. 그로서도 거의 본 바 없는 영혼의 광채였다. 세상 누가, 이리도 선명하고 또 밝은 빛을 가질 수 있으랴.

솔직히 고백한다면, 루크레티우스는 다른 세계에서 왔다 한 그녀의 말을 온전히 믿지 않았다. 그러나 적어도 이성적으로 판단하여, 그녀가 저런 허무맹랑한 소리를 지껄일 이유가 없다는 사실만은 인정했다.

그렇기에 적어도 반 정도는 진심으로 믿어 주었다. 말인 즉, 반은 믿지 않았다는 것과 같다.

하지만 그의 단련된 눈은, 적어도 비나가 그를 근본적인 부분에서 속이려 하는 것은 아니라고 판단하고 있었다.

그렇다 하여도 다른 세계의 존재는 역시 진심으로 받아들이기는 힘들었다. 본인의 착각이거나 비유일 수도 있으리라.

물론 가끔 그녀가 중얼거리는 이상한 언어들은 대륙 전체의 언어를 능숙하게 사용할 수 있도록 교육받고, 이제는 쓰이지 않는 고어까지 통달한 그로서도 전혀 들어 본 적 없는 종류의 것이었다. 결국, 그는 그녀가 온 곳이 전혀 알려지지 않은 다른 대륙 정도는 되리라 어림짐작하고 있었다.

어쩌면 정말로 전혀 다른 세계일수도 있겠다는 생각이 들기 시작한 것은, 그녀의 광채가 눈에 들어오기 시작한 때부터였다.

저 생동감과 생명력은 지나칠 정도로 이질적이다. 너무나도 다른 것이다.

온 세계, 아니, 온 우주의 중심이 마치 '자기 자신'이라 말하는 것만 같지 않은가!

그것은 다른 사람의 의심을 허락하지 않는 절대적인 기반처럼 보였다. 그로서는 어떤 환경에서 어떤 교육을 받고 자라나면 저런 인간이 만들어질 수 있을지는 감도 오지 않았다. 완전히 미지의 존재에 가까웠다.

스스로 빛을 만들어 사방에 내뿜는 듯한 존재. 다른 그 누구의 도움이나 지지 없이도 오롯이 그 자체로서 존재할 수 있는 이. 누구도 그 근본까지 해할 수 없는 사람.

그는 마치 누군가 그의 머리를 세게 때린 듯한 충격을 받았다. 이것은 예감이라기보다는 차라리 현실에 대한 인식이었다. 저 여인의 본질에 대한 깨달음이라는 표현이 차라리 적확하리라.

저 여자는 그가 어떤 행동을 하고, 어떤 말을 주며, 어떤 감정을 쏟는다 하여도 변하지 않으리라. 이미 완성된 저 여인의 본질은, 그 영혼은, 그로서는 어찌 할 수 없는 영역의 것일 것이다. 그것을 변화시켜 오롯이 그의 색으로 물들일 수는 없다. 만에 하나 그리 물들어 제 색을 잃는다면, 결국 그 가치마저 훼손되고 말리라. 이건 딜레마였다.

이것은 기실 그가 그녀가 가진 빛에 매료되었다는 것을 인정하는 말이기도 했다.

그는 그 사실을 의도적으로 생각하지 않기로 했다.

어차피 지금 저 여자는 그의 영향력 하에 있었다. 법적으로는 그의 아내다. 그의 것이다. 이 사실이 잠시 그의 널뛰는 기분을 안정시켜 주었다. 그러나 길지 못했다. 다시 불안감이 밀물처럼 밀려들었다.

하나, 저 여자의 감정을 강제할 수는 없었다. 저 여자가 그가 자신의 남편이라는 이유만으로 그를 선망이나 다정한 눈으로 올려다보는 상황을 기대할 수는 없었다. 솔직히 말하자면 상상도 되지 않았다. 그 사실이 지독히 아쉬웠다.

그의 세계에서 여인들은 상황에 순응했다. 마음에 둔 사람이 따로 있어도, 결혼으로 묶이면 제 마음을 접고 남편을 섬긴다. 하지만 과연 비나가 그가 자신의 남편이라는 이유만으로 그를 따르고 사랑하게 될까?

그는 부정할 수밖에 없었다. 아니, 정말 그를 마음에 품는다 하여도 과연, 그녀가 완전히 그의 것이 된다 말할 수 있을까? 이 모든 물음에 그는 고개를 저을 수밖에 없었다.

매우 당황스럽게도, 그를 지독하게 아쉽고 또 미칠 듯 안타깝게 만든 것은 바로 이 인식이었다.

저 여자는 그를 사랑하지 않을 것이다. 사랑하더라도 온전히 그의 것이 되지 '않'으리라.

이것은 바로 한 달 전까지만 해도, 그를 만족스럽게 해 주었던 사실이었다.

정치적인 판단으로는 옳다. 그러나 심정이 제멋대로 날뛰었다. 그 사실을 깨닫자마자, 마치 심장을 보이지 않는 손이 쥐고 죄는 듯한 감각이 그를 지배했다. 육체적인 감각으로 느껴지리만큼 커다란 박탈감.

이것은, 그가 자신의 감정을 제대로 '인정'한 첫 순간이었다.

8. 독을 마시려면 잔까지

8. 독을 마시려면 잔까지

쨍그랑!

날카로운 소리를 울리며 고운 꽃무늬로 치장된 사기잔이 산산조각 났다.

아까워라. 꼭 네 개째다. 총 사흘 동안 내 눈앞에서 깨져나간 그릇 중 찻잔만 센 것인데도 그렇다. 내 표정이 일그러졌음은 물론이다.

그나마 나는 좀 나았고, 내 옆에서 내 시중을 들던 사만다, 아그네스의 표정은 더욱 험악했다. 특히나 비슷한 또래인 로벤티스 자매는 진심으로 화가 난 것 같아 보였다.

결국 참지 못하고 루이스의 입에서 날카로운 외침이 튀어나왔다. 루이스는 자신의 동생에게도 공적인 일에 있어서는 깐깐하기 짝이 없다. 원래도 마음에 안 드는 것이 분명한 상대를 그냥 보아 넘길 리 없었다. 특히나 이렇게 누가 보아도 잘못의 출처가 명확한 경우라면 더더욱.

"리즈벳 공녀!"

리즈벳의 사슴 같은 파란 눈망울에 바로 눈물이 맺혔다.

"죄, 죄송……, 죄……."

그녀의 목소리는 애처롭게 떨리고 있어, 단어 하나조차 제대로 발음하지 못했다. 그러나 지금 이 방에 저 가련하기 짝이 없는 소녀의 모습에 동정심을 느끼는 사람은 하나도 없었다.

그야 당연했다. 리즈벳이 정식으로 나의 시녀로 들어온 뒤로 약 사흘. 그 기간 동안 그녀가 부숴먹은 그릇과 장신구가 몇 개인지를 모른다.

내가 기억하는 것만 찻잔 네 개에 크고 작은 접시 대여섯 개, 실수로 건드려서 깨먹은 커다란 유리 화병이 또 하나, 단장 시간에 떨어뜨려 보석부분에 흠집이 생기거나 금속이 우그러져 수리를 해야 하는 장신구는 또 서너 개가 넘었다.

그 모든 물건들이 황실의 것들이니, 하나하나가 모두 보물이라 불러도 좋을 고급품들이다. 솔직히 리즈벳이 해먹은 것을 생각하면 차라리 황궁에서 에일 공국에 손해배상을 요구해도 뭐라고 못할 수준인 것이다.

"하아……."

나는 얕게 한숨을 쉬었다. 그러자 시녀장을 비롯한 시녀들의 눈매가 매서워졌다. 저들이 저러는 것은 당연했다. 황비궁의 살림을 맡아 관리하는 시녀장 사만다와 그녀의 보좌로서 일하는 아그네스를 제외한 젊은 시녀들이 하는 일은 빤했다.

애초에 쟁쟁한 귀족 출신인 그녀들이 내 곁에서 하는 일은 정말 제대로 된 노동이라 보기 민망한 수준의 일이었기 때문이다.

세탁, 빨래, 청소, 설거지 등의 진짜 노동은 평민 출신의 하녀들 몫이다. 시녀들은 개인 하녀를 따로 두고 시중 받으며, 하녀들에 의해 이미 완벽하게 처리가 끝난 일들을 내게 제공하는 것 정도가 전부다.

즉, 하녀들이 깨끗하게 씻어서 말린 그릇에 주방에서 해 온 음식을 담아서 가져오면, 그릇을 내게 건네고 내가 식사하는 것을 곁에서 지켜보며 말동무를 하는 정도다.

차 정도는 직접 우릴 때도 있다지만, 리즈벳에게는 아예 시킨 적이 없다. 결국 지난 사흘간의 난리는 하녀들이 날라 와 차린 식기를 내게 건네다가, 혹은 아그네스가 우린 차를 테라스까지 가져오다가, 혹은 내가 옷을 입고 벗을 때 장신구를 대신 받아 하녀에게 맡기면 되는 데 그사이에 물건을 떨어뜨려서 벌어진 사달이었던 것이다.

일은 저렇게 해 놓고, 자기가 실수할 때마다 험악해지기만 하는 분위기에 눈물만 떨어뜨리고 있으니 분위기가 나아질 수가 없었다.

루이스는 대놓고 얼굴을 찡그리며 외쳤다.

"제대로 말씀하세요, 공녀!"

"저, 저……, 저는……!"

울먹거리는 리즈벳의 목소리는 거의 잠기다시피 했고, 어깨는 무엇이 그리도 서러운지 격하게 들썩거린다.

나는 에일 공국에 있을 때를 떠올렸다. 그때는 리즈벳이 저리 울 일이 없었다. 당연했다. 금지옥엽 같은 공작의 하나뿐인 여식이다. 울려는 기미만 보여도 성이 들썩거렸으니, 저리 서러워할 일이 있었을 리 없다.

그러나 이곳은 에일 공국의 성이 아니었고, 주변을 채운 사람들도 공국 사람들이 아니었다.

루이스의 목소리는 서릿발처럼 차가웠다.

"눈물부터 닦으세요! 공녀께서 맡으신 일은 시녀로서도 쉬운 일들뿐입니다! 비 전하께 찻잔과 식기를 올리고, 받고, 그리고 치장하는 것을 옆에서 거드는 정도에요! 이건 다섯 살짜리 아이라도 쉬이 할 수 있는 일입니다! 그런 일들을 이리 처리하고는 울고만 계시면 어쩌자는 겁니까!"

"……죄, 죄송……합……."

리즈벳의 푸른 눈은 눈물로 완전히 흐려졌고, 입은 거의 끅끅거리며 사죄의 말조차 제대로 하지 못하고 있었다.

결국 참지 못한 누군가가 루이스와 사이로 뛰어들었다. 기세가 마치 갓 태어난 새끼를 보호하려는 암사자다.

오를린은 날카로운 눈빛으로 나를 쏘아보며 외쳤다.

"리즈벳 아가씨께서는 에일 공국의 유일한 공녀로서 귀히 자라신 몸이십니다! 이런 일에 서투신 것은 당연합니다!"

오를린은 리즈벳을 거의 끌어안듯이 하고는 루이스를, 동시에 그녀의 너머에 앉은 나를 증오하는 표정으로 노려보고 있었다.

"보네피트 가에 그리 은혜를 입으셨으면서, 아가씨께 어찌 이리도 가혹하게 구신단 말입니까!"

그 품에 거의 안긴 리즈벳은 이제 서럽게 울며 오를린의 옷을 눈물로 적시고 있었다.

나는 오를린에게 샐쭉이 웃어 보였다. 태후나 황제같은 사람들을 대하다 보니, 오를린이나 리즈벳은 이제 하찮게 보일 지경이다. 빈

말로도 귀엽다고는 못 해 주겠다. 그 정도로 정신이 없지는 않거든.

"그 은혜는 이미 내가 제국에 올 때 갚은 것으로 안다만."

"말도 안 됩니다! 그 목숨을 구하고 교육한 은혜를 어찌……!"

도저히 터져 나오는 웃음을 참을 수가 없었다. 그대로 몸을 일으켜서 그들에게 천천히 다가갔다.

마치 내가 그들을 학대라도 한 것처럼, 잔뜩 도사리는 오를린의 모습이 너무나도 우스웠다.

당연하지 않은가. 나는 이들에게 해 되는 일은 한 적은 없다. 아니, 할 기회도 없었다. 내가 무언가 꿍꿍이가 없었던 것은 아니지만 그 꿍꿍이를 구체화하기도 전에, 리즈벳이 너무 어이없는 실수들만을 줄줄이 하고 다녀서 그 꼴을 보고 한숨만 쉬다보니 벌써 사흘이 다 지났던 것이다.

루이스를 옆으로 물리고 그들을 고압적으로 내려다보며 물었다.

"내가 대체 무슨 짓을 했다 그러는 게지?"

"그야 아가씨를……!"

오를린의 말문이 막힌다. 하긴 내가 한 일 자체가 거의 없다. 어떻게든 내게 빌붙어보려 애쓰며 궁에 엉덩이 무겁게 남아 있던 에일 공작 일가를 불러, 리즈벳을 내 시녀로 두고 싶다 말한 것뿐이다.

황족의 시녀가 되는 것은 명예로운 일. 애초에 시녀는 정말 하녀처럼 시중을 드는 사람이라기 보단, 말벗이자 정치적인 측근에 가까웠다. 황실 규범상 황족의 몸에 직접 손을 댈 수 있는 것은 귀족으로 한정하기에, 황족에게 직접 무언가를 올리거나 치장을 돕고, 씻는 것을 돕는 것은 반드시 귀족이 해야 했다. 바로 그 역할을 하는 것이 시녀나 시종인 것이다.

나는 리즈벳을 시녀로 삼는 은혜를 내리고, 내 시녀들에게 하는 일 중 가장 쉬운 것들을 리즈벳에게 시켰을 뿐이다. 근데 저런 작은 일들조차 저 난리를 치를 줄은 나도 몰랐다.

덕분에 태후가 나와 리즈벳의 사이가 안 좋다는 것을 공개적으로 알게 하려면 분위기를 진짜로 괴롭히기라도 해야 하나 고민하던 것이 싹 날아간 건 좋았다. 아무리 그래도 직접 괴롭히거나 시녀들에게 그렇게 하게 시키는 건 꺼려지긴 했기 때문이다.

저렇게 알아서 자폭해 주니, 차라리 고마울 지경이었다. 손을 더럽힐 필요가 없어졌으니까.

리즈벳이 지난 사흘간 저지른 난리를 이미 보아온 황비궁의 사람들은, 가장 말단의 하녀까지도 리즈벳을 흰 눈을 뜨고 보고 있었다. 당연했다. 저 난리를 쳐놓고는 궁의 주인인 내 앞에서 눈을 동그랗게 뜨고 항의하고 있으니.

낮게 혀를 차며 쐐기를 박았다.

"내가 무엇을 하였다 그리 억울해 하는지 모르겠군? 난 그저 과거 나를 도와준 공작의 청을 따라, 네 말대로 은혜를 갚고자, 리즈벳을 나의 시녀로 들였을 뿐이야. 그것이 해를 끼친 일인가? 루이스, 엘자, 내 시녀가 되는 것이 그리도 모욕적인 일이었니?"

루이스는 누구 보란 듯 깊이 허리를 숙이며 부정했다.

"망극한 말씀이십니다. 비 전하. 전하께서는 '르 크렌시아'의 성을 하사받은, 폐하의 유일한 비. 그러한 전하를 곁에서 모시는 것은 여인으로서 가장 영광된 일입니다."

"맞습니다. 저희 자매가 함께 입궁하여 전하를 지근거리에서 모시게 된 것에, 저희 부모님께서는 두 배로 기뻐하시며 폐하와 비 전하께 감읍하셨나이다."

엘자가 옆에서 언니를 도왔다. 가볍게 고개를 끄덕여 주었다.

"다행이군. 나는 남을 괴롭히거나 속여서 이용하는 취미는 없어. 그러니 나를 따르는 것이 그리도 곤욕스러운 일이라면 강요할 생각은 없어. 언제든지 에일 공국으로 돌아가도 좋아. 리즈벳, 넌 내 노예가 아니지 않니?"

리즈벳에게 고개를 돌리고 한껏 웃어 주었다. 나는 늘 당하고 살면서도 그래도 베풀려 들다가 뒤통수 처 맞는 것을 보며 욕하던 드라마 속의 착한 여주인공을 모델 삼아, 따스하고 자애로운 미소를 가장했다.

"나도 네가 익숙지 않은 일로 힘든 것은 싫어. 그러니 언제라도 말해 주렴? 난 공작께서 간절히 원하셔서 이 방법이 좋겠거니 생각했을 뿐이란다."

리즈벳의 멍한 얼굴이 곧 흙빛으로 굳었다. 그녀는 조금 전 사시나무처럼 떨리던 표정과 뚝뚝 떨어지던 눈물이 거짓말이기라도 한 것처럼, 정신을 차리고 맹렬하게 고개를 저었다.

"아, 아니요……! 어, 언……, 아니, 전하……."

무의식적으로 나를 다시 언니라 부르려다, 사만다가 옆에서 날카로운 눈매로 노려보려 하자 호칭을 바꾸었다.

이미 리즈벳은 시녀로 온 첫날 나를 언니라 부르다가 사만다와 아그네스에게 된통 혼난 바 있었다. 나를 먼저 파양하겠다 말한 것이 바로 에일 공작임을 상기시키며, 사만다는 대놓고 리즈벳과 에일 공작가 전체를 모두가 보는 앞에서 비웃었던 것이다.

나는 이를 막지 않았다. 그저 뒤에서 지켜보았을 뿐이다. 모두 사실이니까. 쪼잔하다고 말해도 상관없었다.

어찌 되었건, 그때 공작이 대뜸 상황이 불리해지자 나를 내던지듯 파양한 것은 지금 생각해도 분하고 상처받는 일이었다. 나름 한때나마 진심으로 나를 위해 주는 사람이라 믿고 의지한 적 있었던 만큼, 의외로 상처는 꽤 오래 갔으니까.

나는 방긋이 웃어 주며 말했다.

"그래, 다행이구나."

슬슬 옷을 갈아입기 위해 거울로 다가가며 부탁했다. 그래도 월급은 주는데 일은 좀 시켜 먹어야지.

"이제 문안 시간이 다 되어 가니 슬슬 치장을 해야겠구나. 좀 도와주지 않겠니?"

"네, 네……!"

리즈벳은 서툰 손길로 내가 벗은 가운을 받아드는 데까지는 성공했다. 그러나 연이어 그 가운을 하녀에게 넘겨주려 하다가 엘자의 드레스 자락을 밟고 넘어지는 사고는 막지 못했다. 그 와중에 물이 가득한 화병이 옆으로 넘어가, 화병 속의 물이 아그네스가 준비하던 내 드레스 자락 위로 속절없이 쏟아져 내려 버린 것은 옵션이었다.

맵시 있게 정리 중이던 붉은 드레스가 물에 담갔다 빼낸 것처럼 폭 젖어 버렸다. 결국 분노를 참지 못한 아그네스는 거의 암사자처럼 포효했다.

"리즈벳 공녀!"

……괜히 데려온 게 아닐까. 조금 후회할 것 같았다.

“지난밤에는 안녕하셨는지요.”

나는 짧게 고하며 고개를 숙였다. 내 뒤를 따라온 시녀들이 일제히 치맛자락을 펼치며 인사를 올렸다.

“황제 폐하를 뵙습니다. 태후 폐하를 뵙습니다.”

태후의 맞은편에 앉아 보기만 해도 위가 따끔거릴 것 같은 미소를 띠고 있던 황제가 몸을 일으켜 곁으로 다가온다.

그는 매우 자연스러운 태도로 내게 손등을 내밀었다. 마음 같아서야 이대로 찰싹 한 대 때리고 싶지만, 내 앞에는 카틀레야 황태후가, 등 뒤에는 일부러 데려온 리즈벳이 있다. 그들 앞에서 감정을 그대로 드러내 보이는 실수를 할 생각은 없었다.

나는 수줍음을 가장하여 고개를 숙이며, 그의 손등에 내 손을 올려놓았다. 황제는 오늘도 참으로 느끼한 대외용 립 서비스를 구사했다.

“오늘도 나의 황비는 참으로 아름답군.”

“……태후께서 보고 계신답니다, 폐하. 부끄럽습니다.”

언제 들어도, 내 목소리지만 손발이 오그라들 거 같아!

마음속이 어떠하든 나는 황제에게 최대한 몸을 밀착하고, 사랑하는 남편 곁에서 행복한 여자의 표정으로, 황제의 에스코트를 받아 태후의 맞은 편 소파에 앉았다.

아마 나와 황제의 닭살 행각을 보고, 뒤따라온 리즈벳은 제 감정을 제대로 숨기지 못하고 표정에 그대로 드러냈으리라. 내 맞은편에 앉은 태후에게 뒤에 선 리즈벳의 표정은 바로 코앞에서 보일 것이 분명했다. 잘 보여야 할 텐데 말이다.

나는 얼굴이 바뀐 태후의 시녀장이 내온 찻잔을 받아들고 함박웃음 지으며 먼저 운을 떼었다.

"옥체는 강녕하신가요? 어마마마."

태후의 미간에서 마치 소금 세례를 받은 미꾸라지처럼 혈관이 꿈틀거리는 것이 보였다.

물론 내가 저렇게 가증스럽게 '어마마마'라 부른 것이 진심일 리 없다. 리즈벳 정도를 제외하면 이를 이해 못할 사람은 이 방 안에 없으리라. 그럼에도 내가 굳이 저렇게 오버를 한 이유는 당연히 태후를 자극하기 위해서였다. 감정이 극렬해지면 반응도 커질 거고, 허점도 잘 드러날 테니까.

그러나 과연 태후는 태후. 선황을 사로잡아 수라장과 같은 후궁 다툼에서 살아남아 정점에 앉아 황태자까지 위협했던 여자다웠다. 그녀는 아까 내 앞에서 감정을 숨기기는커녕 울음바람만 피우던 누군가와는 완전히 달랐다. 역시, 위험하다.

그녀의 미간은 조금 전 불쾌함을 드러낸 것이 마치 거짓이었다는 듯이 감쪽같이 원래대로 돌아와 있었다. 카틀레야는 자애로운 미소로 내 인사를 받아쳤다.

"물론이지요. 나도, 또 뱃속의 황손도 지난밤에 아주 달게 잤답니다."

태후는 그리 말하며 콧대를 높이 들고 크게 부푼 배를 보란 듯 쓰다듬었다. 정말 보름달은 저리가라 할 정도로 불러올라 있었다.

내가 처음 궁에 들어왔을 때도 상당히 불러 있었지만, 지금은 아예 부축 없이 제대로 움직이는 것이 힘들겠다 싶을 정도였다. 모르긴 몰라도 산달이 다 된 것 같다.

저 아이가 남아냐 여아냐에 따라 내 남은 황궁 생활의 난이도가 달라진 텐데 말이다. 저 정도 개월 수면 한국에서는 초음파로 성별 구분을 할 수 있을 텐데, 여기서는 낳아 봐야 아니, 그저 기다릴 도리밖에 없다.

태후는 사랑스럽다는 듯 제 배를 쓰다듬다가, 곧 아차 하는 표정을 지었다. 그리고 내게 미안하다는 듯한 표정을 지으며 사과해 왔다. 가식을 굳이 감추려 하지 않는 표정.

"이런, 내가 괜한 소리를 하였군. 안 좋은 일을 겪은 사람 앞에서."

"……아닙니다."

저 미안함과 안타까움이 거짓임은 분명했다. 정말 유산한 사람이라면 저런 태도에 깊이 상처를 받을 터이지만, 나는 가진 적도 없는 애를 잃은 경험 때문에 상처를 받을 일이 없었으므로 문제가 없었다.

그렇다고 너무 멀쩡하면 도리어 이상할 것이 자명한 일. 때문에 나는 도리어 적당히 상심한 표정을 지어내야 했다. 상심함을 알아볼 수 있을 정도로 드러내면서도, 그것을 감추려는 듯. 아, 어렵다.

어쨌든 제법 그럴싸하게 하긴 했나 보다. 태후의 얼굴에 만족스러운 표정이 지나갔다. 살짝 심사가 뒤틀리지만 그냥 넘어가기로 했다.

태후는 여전히 사람 좋아 보이게 웃는 얼굴로 덕담이랍시고 다시 한마디를 덧붙여 왔다.

"나도 설마하니 사적으로 내 올케였던 이가 그런 사특한 일을 벌이리라 상상도 하지 못했어. 그래도 걱정하지 않아도 될 걸세. 내가 적통 황자를 낳으면 황실의 걱정이 한시름 덜어질 터이니, 그대가 그리 무거운 의무를 지지 않아도 될 게야."

……이 할망구가!

나는 아슬아슬하게 무너지려던 표정을 간발의 차이로 수습해 냈다. 애써 웃으며 말을 받았다.

"저는 걱정하지 않는답니다. 폐하께서 한창 때이신 데다 신체 강건하시니 말씀입니다. 또한 폐하께서 곧 황후를 맞으시면 곧 적통 황손을 보실 수 있겠지요."

내 말에 황제와 태후의 안색이 양쪽 다 미묘하게 변했다. 태후의 얼굴이 굳는 거야 이해하지만, 황제는 왜 저런담?

순간적인 의문을 접어 두고 태후를 상대하는 데 집중했다. 게다가 등 뒤의 리즈벳도 신경 써야 한다. 황제는 알아서 잘 할 테니 그쪽까지 신경 쓸 정신이 없었다.

황제와 태후 모두 내가 거론한 황후 문제에 대해서는 애매하게 말머리를 돌리는 것으로 끝냈다. 뭐지?

태후는 황후가 서기를 바라지 않을 테니 이해를 한다만, 황제 입장에서는 정비인 황후를 들여서 황자를 보아야 태후에게 대항할 큰 아군을 얻을 텐데?

전에 황제가 이야기한 전 아내의 일을 떠올리고 납득했다. 하긴 태후는 후궁 전체를 암살자로 채울 수도 있을 거라고 했었지.

내 입장에서도 황후나 다른 후궁들이 가득 차면 태후에게만 신경 쓰는 게 불가능해질 거고, 귀찮은 일들이 더 늘어날 테니 지금이

낫긴 했다. 아, 황제가 침실로 들르는 날이 줄어들 테니 그건 편하겠다. 어째 진심으로 혹하는데?

진지하게 황제에게 언제 건의해 볼까?

믿을 만한 측근들의 가문 위주로 한둘 쯤 들이는 건 나을 것 같았다. 태후를 상대할 때도 도움 좀 받을 수 있을 것 같고. 또한 황제에게 후사가 급한 건 사실이니, 후손을 볼 수 있는 '진짜' 후궁이 필요할 것 같기도 했다.

물론 지금 이 자리에서 그런 얘기를 할 수는 없었으므로, 언제 둘만 있는 자리에서 한번 얘기해 봐야겠다 생각하며 생각을 접어두었다.

혼자 실없는 생각들을 떠올리는 동안 황제와 태후는 쓸 데 하나 없는, 예의만을 곱게 바른 영양가 제로의 대화만을 주고받았다.

지난 몇 달간 황실 예법이나 황족들의 생활을 옆에서 지켜봐 왔는데, 정말이지 예의를 위한 예의로만 쌓아올려 속에 영양가는 하나도 없는 텅 빈 깡통 같은 느낌이었다.

둘이 주고받는 대화와 단어는 묘하게 날이 선 것이, 꼭 깡통 뚜껑을 잘라 낸 입구의 날카로운 부분 같았다. 멋모르고 손을 대면 베이기 십상인데, 쓸 데는 없지 않나. 그렇게 날카롭게 무장한 주제에, 제대로 된 내용은 없다. 톡톡 치면 깡깡 하고 소리가 울릴 것만 같았던 것이다.

황제에게 뚜껑 딴 깡통만 던져 대던 태후는 영양가 하나 없는 대화를 대충 얼버무리더니, 내게로 시선을 돌렸다. 딱 봐도 먹잇감을 보는 눈. 아, 아니다. 그녀의 시선은 지금은 나를 보고 있지 않았다. 적어도 나에게는 저 정도로 호기심과 아래로 깔아보는 듯한 느낌의 시선으로 내리누르지는 않는다.

나는 깨달았다. 태후가 미끼를 문 것이다.

"그런데, 못 보던 얼굴이 있군?"

속으로 회심의 미소를 누르며 답했다. 약간 경계하는 듯한 표정을 꾸민다. 이것도 드러내지 않으려 노력하는 척을 한다.

"예, 제 양부였던 에일 공작의 딸입니다. 얼마 전에 시녀로 들였답니다."

태후가 고개를 끄덕이더니 손을 들어 리즈벳을 불렀다. 리즈벳은 태후가 자신을 지칭하여 부른다는 것을 인식 못하고 멍하니 있다가, 엘자가 귀에 대고 몇 마디를 하자 그제야 깨닫고 놀라 화급하게 앞으로 나와 태후에게 인사를 올렸다.

솔직히 리즈벳이 서두르는 태도를 보고 저러다 넘어지지는 않을까 했는데, 다행히 꼴사납게 바닥을 구르는 것은 용케 피했다.

"에일 공작가의 리즈벳이 태후 폐하께 인사를 올립니다."

"그래……."

태후는 먹잇감을 앞에 둔 암사자처럼 느긋한 얼굴로 가련히 긴장하여 떠는 리즈벳을 관찰했다. 나는 짐짓 긴장한 것을 표내지 않으려는 듯한 표정을 꾸며 내고 있었고, 태후는 내 태도를 흘금 한번 곁눈질로 관찰했다. 물론 이는 전혀 모른 체 한다.

"참으로 어여쁜 아이로구나. 네 주인을 잘 모시도록 하여라. 황제의 유일한 비이니."

"예, 예……, 폐하!"

애초에 황족 여성의 시녀라는 지위만큼 황제나 황태자의 후궁으로 들어가기 좋은 자리는 없었다. 그러니 에일 공작 부부가 내가 리즈벳을 내 시녀로 데려가겠다 했을 때, 그리 반색을 하며 딸의 등을 밀어 넣었던 것이다.

물론, 내 생각으로는 정말 리즈벳을 황제의 후궁 감으로 미는 것은 좀 아니라고 판단하고 있었다. 다른 이유는 아니고, 황제에게 그 정도까지 악감정이 없기 때문이다.

저번에 들은 황제의 취향 얘기로 미루어 봤을 때 절대 안 맞기도 했고, 황실 암투에 도무지 어울리지 않는 성격인 이유도 컸다. 내가 아니라 리즈벳이 선황에게 시집왔으면 황태자의 암살 문제가 아니었더라도, 아마 몇 달 사이에 쥐도 새도 모르게 음모에 걸리거나 이용당하여 험한 꼴을 겪었을 것이다. 심하면 죽임 당했을 지도 모른다.

어쨌든 내 시녀라는 포지션은 태후 앞에 리즈벳의 존재를 가져다 보이기 가장 자연스러운 자리이기도 했다. 태후는 철두철미하고 두려운 상대지만, 리즈벳은 아니다. 태후가 고맙게 내 의도대로 리즈벳을 선택해 준다면, 틀림없이 리즈벳의 허술한 행동이 덜미가 되어 줄 가능성이 높다.

물론 정말 태후가 내 생각대로 나를 공격하기 위한 징검다리로서 리즈벳에게 검은 손을 펼쳐 줄지는 확신 못하겠다. 가능성은 충분하니, 기다려 보면 될 터였다. 아니라고 해도 내게 손해는 아니었다.

개인적으로 약간 심술도 부릴 수 있는 것은 덤이다. 리즈벳이 그리도 목을 매는 황제의 바로 눈앞에서 어필할 수 있는 자리가 바로 나의 시녀다. 여기에 리즈벳을 데려다 놓은 것은, 솔직히 말하자면 희망고문도 좀 겸한 것이었다.

리즈벳이 황제의 껍데기만 보고 반한 거든 어쨌든, 황제를 좋아하는 것만은 분명한 사실이다. 그 사모하는 황제가 매일같이 코앞에서 왔다 갔다 하고 있는 것이다. 먹지 못할 떡이 눈앞에서 오락가락하고 있으면 더 애가 닳겠지. 게다가 그 떡이 남의 손에 있는 것이다. 그 정도 긁혀 주는 건 괜찮겠지.

그래서였다. 내가 태후궁의 시녀들이 내온 다과상에서 건포도가 든 쿠키를 들어 올려 황제의 입에 넣어 주는, 절대 하지 않을 짓을 저지른 것은.

황제의 눈동자가 동그래졌지만, 이런 부분에 있어서만은 나와 참 죽이 잘 맞는 황제는 큰 무리 없이 직접 입에 넣어주는 과자를 낼름낼름 받아먹었다.

아, 맞아. 황제는 건포도를 안 좋아했었지.

"자아, 폐하……."

나는 해사하게 웃으며 건포도쿠키를 집어 들어 황제의 미간이 구겨지기도 전에, 그의 입 안에 거의 쑤셔 넣었다. 아울러 발그레한 얼굴로 수줍은 표정을 연출했다.

황제는 싫어하는 쿠키를 내색도 못하고 받아먹느라 고역스러워하고 있었고, 주변인들은 흐뭇해하거나 불만스러워하거나 둘 중 하나였다. 주로 나나 황제를 따라온 아랫사람들은 흐뭇해하고, 태후궁의 사람들은 떨떠름하니 지켜보았다. 이 중 태도가 아주 극단적으로 갈린 두 명이 바로 리즈벳과 태후였다.

리즈벳의 손끝이 가늘게 떨렸다. 큰 눈에 당장에라도 눈물을 쏟을 듯이 상처받은 티를 절대 감추지 못했다. 나와 황제의 닭살행각을 흰 눈을 뜨고 보던 태후는, 곧 리즈벳의 적나라하게 드러난 감정에 깊은 흥미를 보였다.

태후가 눈을 빛내며 리즈벳에게 관심을 보이던 찰나, 우리가 모여 있는 태후궁 응접실 문 밖에서 작은 소란이 일었다.

쨍그랑! 무언가가 깨지는 날카로운 소리.

시작되는 아이의 울음. 술렁거림이 점점 커졌다.

무슨 일이지?

문 밖의 소란이 점점 커졌다.

"흐아앙! 내 커업!"

"……하!"

"고정…… 이만……!"

"태후…… 께서……!"

자세히 들리지는 않았지만, 어린 아이의 울음소리임은 분명했다. 칭얼거리는 듯한 말투가 몇 마디 흐리게 문 밖에서 얽혔다. 분명한 것은 마지막에 터져 나온 부정의 외침.

"싫어!"

나와 황제의 얼굴에 의아함이 퍼지려는 찰나, 나는 보고 말았다. 태후의 얼굴이 마치 괴물이라도 되는 양, 격하게 일그러지며 불쾌함과 짜증을 표출하는 것을.

"어, 어마마마아!"

아이의 울음이 문 밖에서 본격적으로 터져 나오기 시작했다. 조금 전 내가 태후를 자극하기 위해 부른 '어마마마'라는 호칭과는 달리, 저것은 진심으로 어미를 부르는 소리였다.

이제 저 밖에서 소란을 일으킨 원인이 누구인지, 누구를 찾고 있는지는 명백했다.

나를 소름끼치게 한 것은 저 부름이 아니었다. 나조차도 누구인지 대상을 알 수 있건만, 본인의 자식이 자신을 부르고 있음에도 태후의 얼굴에 떠오른 표정은 너무나도, 지독했던 것이다.

절대 부모가 자식에게 보일만한 표정이 아니었다. 순간적으로 너무 놀라서 그대로 비명을 지를 뻔했다. 그 정도로, 태후의 아름다운 얼굴을 스쳐간 악의는 강렬했다.

태후는 시녀장에게 날카로운 목소리로 명령했다.

"대체 황녀궁의 시녀장과 유모들은 뭘 하는 게냐?! 아이 하나 제대로 다루지를 못하여 이 상황을 만들다니!"

그녀의 노골적으로 짜증 섞인 채근에 주변에 선 시녀들은 황공하다는 듯 허리를 숙여 사죄했다. 그들 중 누구도 태후가 제 자식에게 보이는 혐오감에 대해 놀라움이나 난처함을 드러내지 않았다.

태후는 고개를 돌리며 차갑게 한마디 내뱉었을 뿐이다.

"어서 돌려보내어라!"

밖에서는 여전히 어린 아이의 울음소리가 울리고 있었다. 누구나 마음이 쓰일 법한 처연한 아이의 울음소리는 전혀 태후에게 닿지 않는 듯했다.

"예, 폐하."

태후의 시녀장이 황급히 고개를 숙인 뒤, 잰 걸음으로 문을 향해 다가갔다. 그녀가 문을 살짝 연 순간, 누구도 예상하지 못한 일이 터졌다.

열린 틈은 성인이 지나가기엔 너무 좁았다. 그러나 어린 아이는 충분히 쏙 빠져나갈 만한 너비였던 것이다.

그사이로 한 일고여덟 살로밖에 안 보이는 어린 소녀가 다다닥 달려 들어왔다. 누군가를 떠올리게 하는 붉은 머리카락이 하늘거렸다.

아이는 방 안으로 들어오자마자 고개를 두리번거리더니 바로 반색을 하며 태후에게로, 자신의 어머니에게로 달려들었다. 그대로 태후의 노란빛 드레스에 그대로 포옥 안겨들다시피 하여 치맛자락을 두 손으로 감아쥐고, 눈물이 맺힌 눈동자로 제 어미를 올려다보았다.

"어마마마!"

아이는 조잘조잘 입술을 열었다.

"제가 어마마마를 드리려고 라즈베리 주스를 가져왔는데……, 그만 떨어뜨려서 깨트려 버렸어요. 정말 맛있었는데……! 언니가 어마마마께서 라즈베리를 좋아하신다고 해서 가져오고 있었거든요!"

아이는 어미의 칭찬 혹은 위로를 바라고 있으리라. 애교와 서러움으로 가득한 얼굴을 들어 올려다보던 아이의 얼굴이 희게 질렸다.

나는 이상한 한기를 느꼈다. 주변에 선 태후의 시녀들은 경악하고 긴장한 얼굴로 두 모녀를 바라보고 있었던 것이다. 절대 훈훈한 모녀의 포옹 장면을 지켜보는 아랫사람들의 태도가 아니다. 무엇보다 나를 경악하게 했던 건, 응석부리는 자신의 딸을 내려다보는 태후의 눈빛이었다.

조금 전, 문밖을 노려보던 때에 떠오른 그 악의에 찬 표정과는 또 달랐다. 마치 발아래서 기는 지렁이를 보아도 저렇게는 안 하리라 생각이 들리만치 차가운 경멸의 눈빛.

태후는 손을 들어올렸다. 그리고,

—탁!

자신에게 매달린 어린 딸을 그대로 뒤로 매정하게 밀쳐 버렸다.

성인의 힘을 이기지 못한 아이는 그대로 꽈당 하고 뒤로 넘어져 엉덩방아를 찧었다. 아이는 눈물 가득한 눈으로 어머니를 올려다보더니 기어이 눈물을 터뜨렸다.

그럼에도 태후의 표정은 일말의 미동조차 없었다. 그저 냉정한 말투로 다시 시녀들에게 명할 뿐이었다.

"어서 내보내도록. 그리고 황녀궁의 모든 궁인들에게 처벌을 내리도록 해라."

"예."

태후의 시녀장이 밖으로 손짓을 하자, 밖에서 발만 동동 구르고 있던 다른 시녀들이 고개를 숙인 채 달려 들어왔다. 아마도 황녀를 모시는 시녀들인 모양이다.

유모로 보이는 중년 부인이 아이를 안아 올리려 했다. 그런데 이 어린 황녀는 만만치 않았다. 자신을 밖으로 데려가려는 기세가 보이자 그대로 발딱 일어나 태후의 치맛자락을 다시 잡고 매달리기 시작한 것이다.

"어마마마아!"

"황녀 전하!"

"로젤리아 님!"

사방에서 난처한 목소리가 비명처럼 울렸다. 태후의 얼굴에 떠오른 경멸과 짜증이 극에 달한다.

태후는 내가 처음 보는 모습을 보였다. 순수하게 끓어 넘치는 감정을 주체하지 못하고 히스테릭하게 반응하는, 평범한 여인네의 모습이었다. 내가 보아온 철두철미한 정치인과는 다른 사람인 듯했다.

그녀는 끓은 기름을 부은 불꽃이 폭발하듯, 제 감정을 억누르지 못했다.

"이것, 놓지 못해!"

히스테릭하기 짝이 없는 목소리와 동시에 태후의 손이 거칠게 위로 들려 올랐다.

지금 저 어린애를 때리려고 하는 거야? 그것도 친딸을?

이성이 판단하기 전에 몸이 먼저 움직였다. 태후의 거친 손은 작은 아이에게 닿지 못했다. 태후의 미간이 분노로 꿈틀거린다. 그녀는 날카롭게 외쳤다.

"이게 무슨 짓이지, 황비?!"

"……."

내 손은 태후가 내려친 손을 잡고 있었다. 이성으로 판단하고 한 행동이 아니었다. 그녀가 쏘아보자 나는 천천히 손에서 힘을 빼고 뒤로 물러났다.

다행히 태후는 다시 황녀에게 손찌검을 하려고 하지는 않았다. 하지만 그걸 내게도 다행이라고 할 수 있을 지는 잘 모르겠다. 태후의 목표가 바뀌었기 때문이다.

어린 황녀에서, 나에게로.

태후의 독기 어린 눈빛이 뺨을 찔렀다. 등줄기로 식은땀이 오소소 흘렀다.

나, 잘못 나섰나 봐. 태후가 이렇게까지 무서운 여자였나?

그녀는 차갑고 고고하기 짝이 없는 목소리로 몰아붙였다.

"어서 대답을 해 보거라. 지금 이 무슨 무례인가?! 대체 무슨 이유 때문에 내가 황녀를 훈육하는 것을 방해했지?"

태후의 목소리는 짜증과 분노가 가득했다.

좀 이상했다. 이 여자는 결코 내 앞에서 이렇게 격렬하고 직설적인 분노를 겉으로 드러내지 않았다. 조금씩 드러나는 본심만으로도, 아니, 그게 아니라 해도 태후가 내게 좋은 감정을 가질 수 없는 것은 당연했다. 하지만 이건 그런 것으로도 설명하기 힘든 분노였다.

극히 개인적인 감정의 표출이다. 이 감정의 분류는 처음에는 나를 향한 것이 아니었다. 친딸인 로젤리아 황녀를 향한 것.

믿기지 않는다. 어떻게 친딸에게 이런 분노와 증오, 경멸을 가질 수 있는 건가?

어찌 답할지 말을 골랐다. 여기서 아이를 때리지 말라며, 우리나라 식 이야기를 해 봤자 소용없을 것이 뻔했다. 아니, 21세기의 한국에서조차 제 자식이나 아내에게 손찌검을 하는 사람에게 가족 외의 사람이 끼어들지 못하는 분위기다. 여기서는 말할 것도 없으리라. 때문에 나는 다른 곳을 지적했다.

“고정하시오소서. 옥체에 나쁩니다.”

“……뭐?”

“지나친 화는 옥체에 좋지 못합니다. 그리고 무엇보다…… 태중의 황손께도 좋지 못한 영향을 줄지 모릅니다. 고정하시오소서.”

나는 최대한 태연하고 밝게 웃어 보였다. 태후는 그대로 입을 다물었다. 나를 찔러 죽일 듯 노려보나, 도저히 내가 내놓은 대답에 대해 무어라 트집을 잡지 못하는 듯했다. 다행이다. 정말로 다행이다.

생긋이 웃으며 조용히 물러났다. 그래서는 망부석처럼 무표정하니 앉아서 나와 태후의 일전을 구경만 하고 있던 아무런 쓸모없는 남편 옆에 다소곳이 앉았다.

곁눈질로 황제를 보자, 그는 슬쩍 나를 보며 웃었다. 마치 사냥감을 물어온 사냥개를 칭찬하는 듯한 눈빛. 짜증 나!

태후나 다른 시녀들의 눈에 띄지 않도록 그의 옆에 몸을 기대는 척을 하며, 그의 옆구리를 강하게 꼬집어 주었다. 황제의 어깨가 살짝 떨렸지만, 그는 표정의 미동 하나 없었다. 나도 내가 꼬집은 당사자가 아니었다면, 그가 꼬집혔다고는 절대 생각도 못할 정도였다.

이 이상의 상황 악화를 바라지 않는 내 바람은 다행히 이루어졌다. 태후 역시 더 심각하게 상황을 몰아갈 생각이 없어 보였던 것도 컸지만, 그보다는 내가 물러나자마자 급하게 이 방으로 달려온 붉은 머리의 소녀 때문이었다. 태후의 미간이 다시 일그러졌다.

"로즈!"

방으로 뛰어든 여인은 놀랄 만큼 태후를 닮았으나, 눈빛만은 완연히 다른 십대 중반 정도 되어 보이는 아리따운 소녀였다. 즉, 과거 내 후궁 책봉식에서 황후의 곁에 서 있었던 두 소녀가 모두 이 자리에 모였다.

태후 소생의 첫째 황녀 릴리아나는 다급하게 바닥에 멍하니 주저앉은 어린 여동생을 챙겼다.

"로즈! 내가 이러지 말라고 얼마나……!"

릴리아나 황녀의 걱정 어린 목소리는 길게 이어지지 못했다. 태후의 날카로운 목소리가 그녀의 말을 중간에 찢어 냈던 것이다. 나를 향한 것이 아님에도 순간적으로 어깨가 움츠러들 만큼 소름끼치는 목소리였다.

"릴리아나!"

어머니의 부름에 릴리아나 황녀는 애처로울 정도로 바들바들 떨리는 눈으로 태후를 올려다보았다. 누가 보아도 친딸이 친 어머니를 보는 표정으로는 볼 수 없었다. 소녀는, 자신의 어머니를 진심으로 두려워하고 있었다. 나는 순간적으로 말을 잃었다.

그리 자주 본 것은 아니지만, 고향인 한국에서 몇 번 정도 저런 모녀관계를 보았던 기억이 있다. 설마, 여기에서까지 보게 되리라고는 예상하지 못했지만.

나는 곧 내 생각이 틀렸다는 것을 깨달았다. 이곳은 21세기 한국보다 남녀차별이 더 심했다. 결국 이러한 관계는 이곳에 없다기보다는, 내가 보지 못하였다는 것이 맞으리라. 적어도 에일 공작 부부는 하나뿐인 딸을 손 안의 꽃처럼 애지중지했었다. 지나치게 아껴서 제 딸을 지키기 위해 나를 방패로 삼을 정도로.

내 깨달음과는 상관없이, 태후는 자신의 분노를 큰딸에게 맘껏 풀고 있었다. 마치 쇠를 깎는 듯한 외침과 비난이 방 안을 울린다.

"로젤리아의 행실을 제대로 관리하라 내가 몇 번이나 말하지 않았더냐? 지금 나를 황제와 황비의 앞에서 망신 주지 않았니?!"

"죄, 죄송합니다……, 어마……마마……."

황녀의 입에서 나오는 어마마마라는 표현은 극히 어색했다. 말하는 쪽도, 듣는 쪽도 표현에 어울리는 온기가 없다. 그저, 차가운 경멸이 떨어지면, 예민한 두려움이 방어적으로 위를 향했다.

"어서 데리고 돌아가거라. 오늘 일에 대해 벌은 나중에 내리겠다."

"예……."

벌을 내린다고? 이게 벌을 내릴 일이야? 어이가 없었다.

릴리아나는 떨리는 어깨로 나와 황제에게 인사를 올리고 여동생을 챙겨 물러갔다.

"죄송합니다. 황제 폐하, 황비 전하."

마치 쫓기듯 나간 두 황녀의 모습을 가려 버리듯이 문이 닫혔다. 탕.

조금 전의 소란은 마치 거짓이었다는 듯, 태후는 홀가분하고 자연스러운 태도로 다시 자신의 자리에 앉았다. 그녀의 얼굴은 다시 지극한 여유와 고고함으로 가득 찼다.

"내 어린 여식들의 무례를 사과하겠어요."

그녀의 미소는 자애 그 자체를 그림으로 그려 놓은 듯했다. 달덩이처럼 부푼 자신의 배를 쓰다듬는 손길은, 조금 전 분노에 차 있던 여인과 같은 사람이라고는 믿을 수 없을 정도로 다정하기 짝이 없었다.

불편한 고요가 나와 황제, 또 우리 뒤를 따르는 시중인들 사이에 흘렀다. 다들 조금 전 본 광경에 마음이 불편해진 탓이리라.

"……."

"……."

황제와 함께 태후궁을 빠져나오는 내 기분은 꽤나 착잡했다.

내가 아는 태후는 결코 개인적인 감정을 노골적으로 드러내는 사람이 아니었다. 결코 그녀를 잘 안다 말할 수는 없었으나, 나는 그녀의 적이었다. 한 사람에 대해 누가 가장 열심히 정보를 모으고 연구하는지 묻는다면, 그 사람의 적이라 대답하겠다.

그렇다. 나는 태후 카틀레야의 적이었다. 그렇기에 확신할 수 있었다. 조금 전 내가 본 모습은 확실히 지금까지 내가 알고 있다고 생각했던 태후의 모습과는 지나치게 이질적이었다.

실제로 나의 책봉식 파티 자리에서, 그녀는 자신의 곁에 선 두 딸에게 오늘과 같은 경멸을 표 내지 않았다. 스스로 감추지 못한 감정은 억누르려 시도라도 하는 것이 정상적인 모습이었다.

그런데도 오늘 나나 황제가 보는 앞에서 감정을 여과 없이 보여 준 일이 의미하는 바는 분명했다.

그만큼 자연스러운 일.

적어도 그녀 자신에게 있어서는, 너무나도 당연해서 자신의 적 앞에서 드러내도 전혀 거리낄 것 없다는 의미.

두 황녀는 누가 보아도 태후 카틀레야의 핏줄임을 알 수 있을 정도로 제 어미를 닮아 있었다. 자신을 꼭 닮은 딸을 멸시하는 태후의 태도는 내게 기시감을 불러일으켰다.

지구의 한국에서 지낼 때도 저런 모습이나 상황을 몇 번은 보았던 탓이다. 남존여비니 남녀차별이니 하는 것들이 옛날 얘기가 되었니 어쩌니 해도, 나는 그 말에 동의하지 못했다.

우리 집안만 해도 부모님께 자식이 언니와 나뿐이었는데, 조부모나 친척들은 늘 아들이 없어서 얼마나 허전하니 어쩌니 말들이 많았다. 그놈의 제사 타령은 친척들이 함께 만나는 때면 여지없이 튀어나왔다.

그나마 우리 집은 아무것도 아닌 수준임을 깨달은 것은, 고등학교에 입학한 직후였다.

고등학교 1학년 때 내 친구 유정이의 어머니가 딱 태후 타입이었다.

요즘 세상에 아들 낳겠다고 위로 딸 셋을 낳은 집안이었고, 유정이는 하필이면 그 중에서도 병원에서도 점집에서도, 아들이라고 호언했다는 셋째였다.

이번에야말로 아들일 거라 믿고 낳은 아이가 딸이라는 것을 알고는, 조부모님은 얼굴도 비추지 않은 것은 물론 어머니도 직접 젖 한번 안 물리셨단다.

생일을 챙긴 적이 한 번도 없다니 말을 다했다. 유정이의 어머니는 그렇게 어렵게 얻은 막내아들만을 자식으로 여겼고, 위의 딸 셋을 전부 원수 대하듯 했었다.

태후가 자신의 두 딸을 보던 시선은, 유정이 어머니가 내 앞에서도 개의치 않고 자기 딸을 때리던 모습과 지독하게 닮아 있었다.

고등학교 2학년 때 유정이가 아버지의 전근으로 이사를 가면서 연락이 끊겼지만, 그때 마지막으로 본 모습은 아직까지도 기억에 남아 있었다.

정말 태후가 그렇게 생각하는지 확신할 수 없었다. 분명한 것은, 태후가 자신의 딸들을 조금이라도 귀하게 여겼다면 나나 황제 앞에서 저런 모습을 보일 리는 없다는 사실이었다.

연기일 가능성을 염두에 두지 않은 것은 아니나, 굳이 내 앞에서 저런 모습을 보여서 꾸밀 음모라는 것은 굉장히 한정적이라 충분히 내가 대응할 수 있었다. 무엇보다도 태후의 눈에 드러난 감정은, 내가 판단하기에 분명한 진심이었다.

약간의 의문이 들었다.

난 대체 왜 지금 태후와 황녀들의 일에 관심을 가지고 있는 것일까? 스스로에게 물어보았다.

왜? 동정심이라도 느껴? 연민으로 학대받는 황녀들을 지켜 주기라도 하려고?

웃으며 고개를 저었다. 그 정도로 감상적일 여유가 없었다. 다만, 나는 유정이가 전학가기 전에 내게 했던 말을 기억했다.

'대학만 들어가면, 아니 대학 못 가더라도 성인이 되면 무슨 수를 써서든 이딴 집안, 뛰쳐나가 버릴 거야! 꼭 성공할거야! 성공해서, 엄마가 나중에 나한테 매달리게 할 거야. 그리고 매달리면……, 꼭 똑같이 갚아 주겠어!'

그 분노와 증오에 찬 눈을 기억했다.

잔뜩 위축되어 있던 두 황녀의 모습이 떠올랐다. 그들이 같은 심정이리라 확신하는 것은 아니다. 같은 상황 하에서도, 사람마다 선택하는 길은 전혀 다를 수 있다.

그럼에도 나는 인정할 수밖에 없었다. 적어도 태후와 황녀들의 관계에 대해 제대로 알아볼 필요성만은 충분했다. 잘만 된다면 리즈벳을 이용하여 낚시질을 하는 것보다 훨씬 더 효과적인 수단을 손에 넣을 수도 있었다.

정말 내 생각과 같다면 황녀들에게도 나쁠 것 없는 일이라는 사실정도가 마음을 조금 더 가볍게 해 주었다. 씁쓸하지만 나는 그 정도에서 안일한 감상을 멈췄다.

당장은, 내가 살아남는 것이 먼저였다.

"……가?"

"……."

"듣고 있긴 한가?"

황제의 어쩐지 부루퉁하게 들리는 목소리가 그제야 제대로 이해되었다.

놀라서 퍼뜩 고개를 들었다. 옆에서는 아마 몇 번이나 내게 말을 걸었다가 답을 듣지 못하고는 꽤나 짜증 난 표정의 황제가 서 있었다.

나는 살짝 웃어 보였다. 민망함을 감추기 위한 무의식적인 반응이었다. 황제는 미간에 갔던 깊은 주름을 약간 느슨하게 하고는 질문을 반복해 왔다.

"무슨 생각을 그리 골똘히 하지?"

"글쎄요. ……그냥 아까 본 것을 떠올리고 있었어요."

"……새삼스러울 것도 없는 일이지. 태후는 자신에게 쓸모없는 상대에게는 가차 없는 여자라 말이야."

진심으로 놀랐다. 정말 저런 행동이 일상적이라는 얘기인건가?

"황녀들에게 늘 저런단 말인가요?"

"그나마 나나 그대 앞이라 덜한 거야. 모르긴 몰라도 아마 오늘이나 내일쯤 릴리아나는 꽤나 가혹한 체벌을 받을 게야."

"……."

말은 저리하나, 황제의 목소리는 더없이 평이했다. 오늘 아침 식사의 내용을 평하는 듯한 목소리.

아무리 피가 반만 이어진 관계라 해도 여동생이 제 어머니에게 학대당하는 내용을 담고 있다기에는 너무나도 평온한 어조였다.

하긴, 원래 이런 인간이었지. 이해할 수 있었다. 그에게 태후는 불구대천지의 원수다. 아무리 황녀들 당사자들은 죄가 없다 하여도, 원수를 닮은 원수의 딸이다. 연민을 느끼는 것은 쉬운 일이 아닐 터다.

게다가 이 인간은 자신과 친밀한 상대들에게도 제대로 연민을 느끼기는 할지 궁금한 인간이니, 황녀들을 상대로는 더하겠지. 결국 이 황궁 전체를 통틀어 봐도 두 어린 황녀에게 도움이 되는 사람은 하나도 없는 셈이었다.

여러모로 씁쓸하다. 나는 깊은 한숨을 삼키고는 황제에게 입을 열었다. 이제 슬슬 내 궁으로 돌아가야지. 황녀들에 대한 것도 알아볼 준비를 해야 하리라.

"그럼 이만 돌아가 보겠습니다."

"응?"

"폐하께서도 이제 외궁으로 납시어 국사를 돌보실 시각이시니, 저도 제 궁으로 돌아가 보려 합니다."

나는 생긋이 웃으며 의례적인 말을 날렸다.

"이만 물러가는 것을 허락해 주소서."

이건 정말로 허락을 구하는 말은 아니었다. 그저 예의를 갖춘 말일 뿐이다. 말은 저래도 사실 이만 가보겠다는 통보나 다를 바 없다.

지금까지 내 이런 발언에 대해 황제가 보인 반응도 상식적이었다. 내가 저렇게 말하면 선선히 가보라 말하며, 자기 할 일을 하러 가고는 했던 것이다. 극히 우리들의 관계와 같은 태도와 상황들이었다. 매우 정상적인 구도.

그런데, 오늘은 좀 달랐다.

"아니, 허락하지 않아."

"……뭐라고요?!"

나는 너무 어이가 없어서 내숭도 잊고 입을 떡 벌렸다. 이 인간이 오늘은 뭘 잘못 먹었나?

고개를 갸우뚱갸우뚱 하다가 그에게 물었다. 가능성 높은 가설을 하나 찾아냈기 때문이었다.

"혹시 로우손이 이상한 약이라도 올렸나요?"

"……나의 황비는 대체 나를 뭐라고 생각하는 건지 모르겠군."

그는 길게 한숨을 뽑아내고 손을 내밀었다.

"잠시 같이 가지."

나는 목소리를 죽이고 그의 귓가에 가까이 입을 대고 물었다. 적어도 이걸 시녀들이 다 들을 수 있을 정도로 크게 말하지 않을 정도의 정신은 있었다. 어째 제정신을 자기 궁에 놓고 온 게 아닌가 싶은 누구와는 달리 말이다.

"……즉위한지 몇 달이나 되었다고 벌써 직무태만이신 거예요?"

황제의 미간이 팍 우그러졌다. 그는 짜증을 감추지 않고서, 내 귓가에 닿을 듯 입을 대고 속삭여 왔다.

"그대는 참으로 눈치가 없어."

세상에, 내 인생 20년 동안 저런 말은 처음 듣는다. 나 한 눈치 하거든요? 언제나 한 마디 하면 열 마디는 알아듣는다는 평을 들었거든요?

부루퉁한 표정으로 쏘아보자, 그는 크게 웃음소리를 터뜨렸다. 대체 내 표정의 어디가 그를 기분 좋게 했는지 모르겠지만.

그는 어쩐지 가라앉은 눈으로 나를 내려다보며 잘 들리지 않는 목소리로 중얼거렸다.

"……갈 길이 참 멀군."

그야 그렇겠지. 태후는 지나치게 막강하고, 황제는 태후보다 더하면 더했지 결코 모자라지 않는다. 아마도 내 앞길은 멀기도 멀뿐 아니라, 험난하기까지 하리라.

그 험난한 길의 원인에는 당신도 있을 거라는 지적은 접어 두기로 했다.

나는 상냥하고 다정해 보이는 미소를 얼굴 한가득 올리며 그에게 다시 청했다. 아니, 이번에는 대놓고 통보했다.

"그럼 이제 돌아가 보겠습니다."

조금 전 말꼬리를 잡힌 것을 생각해서, 말을 끝냄과 동시에 그에게 고개를 숙여 예를 표한 즉시 몸을 돌렸다. 또 헛소리하기 전에 도망가야지.

그러나 시도는 무위로 끝나고 말았다.

"앗!"

황제가 몸을 돌리는 내 손을 잡아채어 강하게 끌어당겼던 것이다.

전혀 대비하지 못한 사내의 힘은 역시 당해 낼 수 없었다. 전혀 예측하지 못한 방향으로 무게중심이 무너진 나는, 나아가려던 반대 방향으로 속절없이 쓰러졌다.

즉, 황제의 품속으로.

"……!"

비틀거리다가 거의 그의 품 안으로 뛰어들다시피 한 꼴이 되어 버렸다.

얼굴에 의외로 단단하게 다져진 근육으로 꽉 짜인 가슴팍이 푹하고 와 닿는다.

늘 느끼는 거지만 이 인간은 분명 남자인데도, 기이할 정도로 온몸에서 기분 좋은 향기가 풍겨 왔다. 남자 혼자 쓰는 방에서 풍긴다는 이상한 냄새 같은 건 전혀 느껴지지 않았다.

나는 졸지에 대낮에 외간……은 아니군, 내간(?)남자 품에 뛰어든 꼴이 되어 버렸다!

그의 품 안에서 눈을 세모꼴로 뜨고 그를 노려보았다. 말 대신 시선으로 힐난했다.

이건 또 무슨 짓이에요?

그는 부드럽게 웃었다.

"잠시 그대의 시간을 내가 가지지."

……뭐라는 거야, 이 인간?

9. The Kiss of the Snake

9. The Kiss of the Snake

뜬금없다. 이게 대체 무슨 헛소리야?

버터에 꿀을 바른 듯 느글거리는 말에 대해 내 감정을 제대로 숨기지 못했다. 정확히는 감출 필요를 느끼지 못했다. 대놓고 썩은 얼굴로 올려다보면서 인상을 썼다는 소리다.

하지만 그는 요지부동. 내 표정이 점점 썩어 가도, 남자의 미소는 조금의 변화도 없었다. 도리어 솜씨 좋게 파고든 손이 어느새 내 허리를 감싸 안아 옴짝달싹 못하게 하고 있었다.

이 인간, 왜 이렇게 손이 빨라?

위협하듯 목소리를 낮추어 경고했다.

"그만해요."

"뭘?"

루크레티우스의 어조 끝에서 미미하게 웃음기가 묻어났다. 그것이 내 짜증을 더더욱 부추겼다.

"당신도 할 일 많고, 나도 당신 정도는 아니지만 꽤 바쁘다고요. 누가 이 자리에 앉혀 준 덕분에 말이죠."

사실이었다. 아직 즉위 극 초반인 황제의 업무는 가히 살인적이었다. 지난 몇 달간 옆에서 지켜봐 왔으니, 아주 잘 알 수밖에 없었다.

그야 내 처소로 오는 그가 12시 종이 치고도 한참 지나 새벽에나 숨어들 듯이 찾아오는 일을 너무 자주 겪은 탓이다. 처음에는 황제가 새벽마다 도둑처럼 숨어 다니는 취미라도 있나 했는데—이건 전적으로 처음 만난 날 밤의 두 번째 마주침 탓이 크다—, 알고 보니 아니었다.

일이 너무 많아서 늘 그렇게 늦는 거라는 걸 알고 조금 미안해지려 하다가 그만두었다. 미안해하기에는 매일매일 이 인간이 내 정신건강에 끼치는 해악이 너무 컸던 탓이다.

나 역시 바쁘다는 말도 절대 거짓이나 과장이 아니다. 현재 황궁에는 황후가 없었다. 덕분에 황궁의 안살림은 태후와 내가 나누어 맡고 있다.

태후는 전부 자신이 주관하고 싶어 하는 것이 빤히 보였지만, 황제가 그걸 가만히 두고 볼 리 없다. 태후의 회임을 문제로 들어 일의 반을 들어내 내게 던져 준 것이다.

원래 황후 부재시 대리를 맡는 것이 1황비의 역할이기도 하고, 내 입지가 황궁 안에서 제대로 유지되려면 다른 도리가 없었다. 나는 결국 이를 복복 갈면서도 일을 받을 수밖에 없었다.

게다가 최근의 후작부인 사건으로 태후의 궁내 입지가 축소되며, 동시에 곧 출산을 준비해야 하는 태후의 개인적인 상황까지 겹친 결과, 일이 더 몰리는 참이었다.

이게 다 원수 같은 누구 때문이다!

극히 타당한 사실 지적과 약간의 항의를 겸한 내 말은 무소불위의 절대권력 앞에 가랑잎처럼 가볍게 날아갔다. 그는 가볍게 받아넘겼다.

"그간 힘들여 일했으니, 나도 그대도 좀 쉬어도 되겠지. 황명이야. 오늘은 나도 그대도 휴가다."

아, 이 인간 대체 왜 이러는 건데?

너무 느끼해서 소름이 오소소 돋는 것을 애써 다스리며, 나는 한숨을 길게 포옥 쉬었다.

"그럼 휴가에 감사하며 오늘은 제 궁에서 편히 쉬겠……."

내 회피를 황제가 직구를 던져 막아 버렸다. 그것은, 정말로 먹음직스러운 미끼였다.

"그대, 말 좋아하나?"

"말?"

나는 반짝이는 눈으로 그를 올려다보았다. 가슴이, 쿵쿵거리며 뛰기 시작했다.

단언컨대, 말은 지상 최고의 생물이다.

오로지 달리기 위해 태어났다고 말하는 듯, 머리끝부터 발끝까지 완벽하게 짜인 골격과 뼈를 섬세하게 덮은 근육의 아름다움. 게다가 잘 관리된 말들은 근육 위로 돋은 짧은 털결 위로 자르르한 윤기까지 더해진다.

나는 침이 흐를 것 같은 기분을 애써 억눌렀다. 내 이상을 그대로 그려 놓은 듯한 말의 아름다운 몸체가 눈앞에 있었다!

황제가 이상하게 치근거리는 것을 어떻게든 피해가려 애쓰던 내게, 그가 던진 것은 '승마'라는 미끼였다.

이제 와서 하는 소리긴 하지만, 난 동물 중에 말을 가장 좋아한다. 지구에서보다 여기 와서 더 좋은 것 중 하나가 바로 이것이다.

이미 말이 가축으로서의 역할을 전부 기계에 넘겨준 21세기의 한국과 달리, 이곳은 여전히 말이 가축의 최고위에서 여러 가지 쓰임을 유지하고 있었다. 덕분에 꽤 자주 말을 볼 수 있는 것 자체로도 꽤 즐거운 일이다.

에일 공국에서 받은 교육 중에 기초적인 승마가 있었는데, 내게는 정말로 행복한 일이었다. 물론 공녀에게 승마는 간소한 승마용 드레스를 입은 채 귀부인용 말안장에 앉아 다소곳이 두 다리를 한쪽으로 몰아서, 옆으로 타는 마이너한 교양이었지만 말이다.

제국에서는 공국에서와는 좀 달랐다. 사만다는 내가 말을 타게 되었다고 하자, 기뻐하며 최근 제도에서 귀부인들 사이에서 크게 유행 중인 최신 승마복 퀼로트Culotte를 내게 입혀 주었다. 퀼로트는 폭이 넓은 바지로 치마처럼 보이지만 실제로는 바지라, 활동성이 매우 좋은 옷이었다.

만들게 한 기억이 없는데, 내 드레스 룸에 퀼로트가 있었다. 물론 내 드레스 룸에 얼마나 많은 종류의 옷이 있는지는 정확히 모른다. 전부 사만다가 알아서 관리하고 있으니까.

사만다의 말에 따르면 내가 궁에 든 초반에 몸의 치수는 재어 두었는데, 그때 필요할 것 같다며 미리 만들어 두었다고 했다. 역시 사만다야.

어찌 되었건 기초 중의 기초만 배운 승마가, 내게는 이곳에서 경험한 몇 안 되는 큰 기쁨이었다. 에일 공작가에서 착한 양녀가 되고 싶었던 나는 교양 수준을 벗어난 승마교육이나 개인 소유의 말을 바랄 수가 없었다. 황궁으로 온 뒤에는, 달리 말할 것도 없겠지. 그럴 짬이 없었다.

내 눈앞에 말구종들이 몰아온 두 마리의 말을 보고 넋을 놓을 뻔했다. 하나는 윤기가 자르르 흐르는 거대한 흑마. 다른 하나는 마치 눈으로 빚은 듯한 조금 작은 체구의 백마.

눈을 빛내며 손을 모아 어여쁜 두 말을 바라보았다.

내가 좋아하며 대뜸 따라오자 기분이 좋아 보였던 황제는, 어째선지 모르겠지만 미묘한 얼굴을 하고 있었다. 그는 잠시 고민을 하는 듯 고개를 모로 꼬더니, 결국 다시 평소 표정으로 돌아와 내게 물었다.

"승마는 배운 적 있나?"

나는 열렬하게 고개를 끄덕였다.

"에일 공국에서 기본적인 건 배웠어요. 탈 수 있어요!"

사실 옆으로 타는 걸 위주로 배웠기 때문에 앞을 보고 타는 건 어떨지 잘 모르겠지만, 그래도 우겼다. 정말로 타고 싶었기 때문이었다.

이유는 모르겠지만, 내 열정적인 반응에 루크레티우스의 표정은 더더욱 미묘해졌다. 어쨌든 그는 손을 앞으로 내밀고 권했다.

"자, 그럼 먼저 오르도록."

내 눈앞에 선 두 아름다운 아이 중 조금 전부터 내 마음을 온통 뺀은 아이에게로 다가갔다.

하응……, 너무 예뻐! 이런 말을 직접 탈 수 있게 되다니!

에일 공국에서 승마를 잠시 배울 때는 여기 여자들은 승마복조차 거추장스러운 드레스라 짜증을 냈었다. 도리어 예의범절이 더 빡빡한 크렌시아의 황궁에서 의외로 움직이기 편한 옷과 앞을 보고 타는 말안장을 써서 정말 기대된다.

누구에 대한 짜증 따윈 저 멀리로 날아가 버렸다. 발걸음이 마치 새털처럼 가볍다. 내가 두 말 중 한 말에게로 다가가자, 다들 헉 하는 표정을 했다.

손을 뻗어 까만 눈이 사랑스러운 아이의 털 결을 살살 쓸어내렸다. 주변에 선 이들이 헛바람을 집어삼키는 소리가 들렸다. 왜들 저러지?

옆에 선 하얀 애도 예쁘지만, 역시 까만 털에 윤기가 자르르 흐르면서 근육의 모양새가 그대로 보이는 이 아이가 더 내 취향이다.

내 등 뒤에서 난처한 침묵이 흘렀다. 황제의 질문이 뒤에서 날아들었다.

"그 말이……, 타고 싶나?"

"네!"

뒤돌아보지도 않고 냉큼 답했다. 말에 정신이 팔린 덕분에 주변의 분위기가 기이하게 돌아가는 것을 눈치채지 못했다.

잠시 침묵이 이어진 뒤, 황제는 주변에 내가 말에 오르는 것을 도우라 지시했다.

뭐야? 그냥 태워 주면 될 걸, 왜 저렇게 뜸을 들인담?

어쨌든 꿈에도 상상하지 못할 정도로 멋진 말에 직접 탈 수 있게 되었다.

나는 두근거리는 가슴을 안고, 말구종의 도움을 받아 말에 올랐다. 에일 공국에서는 드레스 때문에 다리를 벌린 채 앞으로 타지 못하기는 했지만, 이번엔 제대로 앞을 보고 말 위에 탔다.

"와아!"

한층 높아진 시야가 기분 좋았다. 그사이 황제 역시 남은 흰 말에 스스로 올라탔다. 나는 잠시 곁눈질로 그와 백마를 살폈다.

금발에 흰 승마복을 입은 루크레티우스가 눈처럼 하얀 말 잔등에 탄 모습은 그야말로 동화책에 나올 법한 백마 탄 왕자님 그 자체였다.

역시 겉껍질 하나는 기똥찬 인간이라니까. 사실은 백마 탄 왕자가 아니라, 백마 탄 폭군이지만.

내가 살짝 발로 말의 옆구리를 건드리자, 흑마가 천천히 앞으로 걷기 시작했다.

꺄하! 움직인다!

다행히 1년 가까이 지났건만 지난 승마 수업의 기억이 아직 남아 있었기에 어렵지 않게 말을 타고 움직일 수 있었다. 말의 발굽이 땅을 밟는 것이 그 몸체를 통해 내게로 전해진다. 말의 체온은 굉장히 따스하고, 또 촉감이 단단해서, 이렇게 높이 올라왔건만 기이한 안정감을 주었다.

방향 전환도 생각보다 쉬웠다. 정말 잘 길이 들어 있는 말인지, 처음 타는 초보인 내 지시에도 잘 따라 주었다. 내가 이리 저리 거닐고 있자, 황제가 능숙하게 백마를 몰아 옆으로 붙어 왔다.

"생각보다 괜찮아 보이는군."

나는 환하게 웃었다.

"당연하죠! 배웠다고 했잖아요?"

"……."

그는 어째서인지 대답이 없었다. 뭐, 상관없지.

외궁에 속한 곳에 마련된 황제의 전용 승마장은 꽤나 넓었다. 솔직히 말하자면, 한국에서 거대한 축구장이나 야구장 정도는 될 법한 넓이였다. 승마장을 둘러싼 벽이 꽤나 멀리 있다.

여기저기를 돌아보며 상당히 자신감이 붙자, 고민하다가 지르기로 했다.

달려 보자!

나는 조금 전보다 힘을 주어 말의 옆구리를 찼다. 그러자 흑마는 순순히 달리기 시작했다.

"우왓!"

세상에! 살짝 앞으로 숙였던 고개를 고삐를 당기며 들자, 시원하고 기분 좋은 바람이 내 얼굴을 스쳤다. 으아! 너무 좋다!

착하게 내 말을 잘 들어 속도를 늦추고 멈춰선 흑마의 목을 쓸어주었다.

좋았어! 이번엔 진짜다!

"이랴!"

등 뒤에서 무어라 시끄러운 소리가 들리는 것도 같았다. 하지만 말발굽이 울리는 소리와 내 몸을 통해 울리는 말의 심장소리, 마지막으로 내 심장의 두근거림이 합쳐져 아무것도 들리지 않았다.

"이랴! 이랴!"

아득한 해방감이 온몸을 사로잡았다.

새삼 깨달았다. 난 늘 황궁에서 답답함을 느끼고 있었다. 그동안 이 세계에서 나 자신이 꽤나 잘 적응해서 견디고 있다고 생각했다. 상황에 비하면 스트레스도 적게 받고 있는 편이라고. 스스로의 적응력이 참 대단하다고, 감탄도 했었다.

내 생각이 틀렸다는 것을, 지금 깨달았다.

나는 정말 많이 나 자신을 억누르고 있었다. 모든 상황에 억눌리고 억압당하면서, 이러한 자유에 정말로 목말라 있었다는 사실이, 절실하게 가슴을 울렸다.

그랬던 거구나.

"……비나!"

날뛰는 바람 소리 사이로 누군가의 목소리가 들리는 것 같았다. 누구? 어쩐지 다급하게도 들렸다.

"비나!"

이해되지 않는 절박함. 나는 고개를 돌렸다.

선명한 녹색 눈동자가 시야를 가득 채웠다. 그는 어느새 백마를 몰아 옆에서 함께 달리고 있었다. 그가 다시 외쳤다.

"멈춰! 위험해!"

불쑥 반항심이 치솟았다. 내가 어디로 가든 그건 내 자유가 아닌가. 나는 고개를 저으며 외쳤다.

"싫어!"

내가 반말을 하고 있다는 자각도 없었다. 황제는 놀란 얼굴로 나를 보다가, 입술을 깨물었다.

그는 쥐고 있던 자신의 말고삐를 던지듯이 놓았다. 그리고 등자에 발을 지탱하며 그대로 몸을 일으켰다. 저 인간, 지금 뭘 하려는 거지?

등 뒤에서 시녀와 시종들의 비명이 들리는 것 같았다.

"까악!"

"폐하!"

"위험합니다!"

나도 심장이 떨어질 듯 놀랐다. 그가 그대로 몸을 날려 내가 올라탄 말의 잔등으로 뛰어들었던 것이다.

경악하여 굳은 동안 그는 내 등 뒤로 재주 좋게 올라타서는, 고삐를 빼앗듯이 잡아챘다.

그가 고삐를 강하게 당기자 길이 잘 든 흑마는 무리 없이 속도를 늦추었다.

"워―!"

말이 멈췄다. 시중인들이 부산스럽게 달려오는 소리와 걱정의 말들이 우르르 쏟아졌다. 하지만 그쪽에 신경 쓸 여력이 없었다. 내 목으로 쏟아지는 거친 숨소리가 내 신경을 온통 잡아당긴 탓이었다.

나는 어째선지 손끝이 찌릿찌릿해지는 것을 억눌렀다.

뭐지?

그대로 오른손을 들어 왼손의 손끝을 주물렀다.

마, 많이 놀랐나, 나?

어째서인지 뱃속에서부터 얼굴로 열이 오르는 것을 느꼈다. 그걸 휙휙 털어버리려는 의도로, 과장해서 볼멘소리를 툭툭 던졌다.

"치사해요. 좀 신나게 달려보려는 참인데……."

등 뒤에서는 대답이 없었다. 거친 숨소리가 마치 짐승의 것과 같이 느껴졌다. 내가 무어라 더 입을 열려는 찰나, 그가 내 말문을 가로챘다.

"……승마 초보자들의 실수는 종종 제 목뼈를 부러뜨리는 것으로 끝나기 마련이지."

아주 저주를 해요!

나는 고개를 도리질했다.

"안 죽어요! 그 정도로 빨리 달린 것도 아니고!"

내 목뒤로 그의 한숨이 내려앉는다. 마치 어린아이의 투정을 어찌할 수 없다는 듯이 넘기는 어른의 태도. 어쩐지 다시 욱하는 기분을 느꼈다. 목소리가 절로 퉁명스러워졌다.

"이제 내리세요. 천천히 몰 테니까요."

그는 강한 힘으로 고삐로 가져간 내 손을 억지로 빼앗았다. 제 한쪽 손에 고삐를 몰아 쥔 품세가 힘이 들어가 있다.

지금 뭐하자는 거야? 말 타게 해 준다며?

"허락하지 않아."

오늘 따라 뭐 이렇게 허락하지 않는 게 많은 건데?

내가 어이가 없어 대답도 못하고 얼은 사이에, 그는 멋대로 말을 출발시켰다. 말은 조금 전처럼 달리지는 않지만 조금 빠른 속도로 걷기 시작했다.

다각다각, 규칙적인 소리가 울렸다. 간신히 정신을 차린 나는 낮은 목소리로 그를 힐난했다.

"둘이 타면 무겁다고요. 말 학대예요!"

"아니, 이 정도로는 안 지쳐."

그의 목소리는 어째 피식거리는 것처럼 들렸다. 다시 항의의 목소리를 끌어올렸다. 나 혼자라면 몰라도 성인 남성 무게까지 더해지면 말에게는 힘들 것이 분명했다. 이건 동물 학대야!

"당신이 어떻게 알아요?!"

"그야 잘 알지. 케논은 이정도로 지칠 놈이 아니야."

"케논?"

"이 녀석 이름이지."

그렇게 말하며 말의 목을 슥슥 훑는 그의 손짓이나, 말의 이름을 부르는 그의 목소리에서는, 눈에 띄게 친근감이 묻어났다.

뭔가 머릿속을 스쳤다. 조금 전 내가 이 말을 지명했을 때 주변에 늘어선 시중들의 이상한 분위기.

설마……. 나는 잠시 망설이다 물었다.

"이 말, 당신 말이에요?"

"그래. 태어날 때부터 받아서 함께 자라다시피 한 내 최고의 애마지."

"……."

그는 턱짓으로 착하게 우리를 따라오고 있는 백마를 가리켰다.

"그리고 그대에게 선택받지 못한 저 불쌍한 녀석이 원래 그대를 위해 준비한 녀석이야. 이름은 벨라. 순하고 혈통 좋은 숙녀야. 내가 그대를 위해 준비한 선물이지. 주기도 전에 거절당했지만."

"……."

그제야 아까 내가 이 흑마에 관심을 보였을 때, 주변인들이 보인 미묘한 태도를 이해했다. 아무리 황제에게 총애 받는 비라 해도, 황제의 오랜 애마를 대뜸 타겠다 했으니 그렇게들 기이한 눈으로 보았던 거다.

으으……. 이게 뭔 사태람.

나는 한숨을 쉬며 항복했다.

쪼잔한 인간 같으니, 자기 말 탔다고 이러기냐?

"알았어요. 잘못했어요. 그럼 이제 저 말로 돌아갈게요. 그럼 되죠? 벨라에 혼자 탈 테니까 내려 줘요."

"……."

그는 한참 말이 없었다.

뭐지?

내가 의아해하며 올려다보려는 찰나, 그가 강하게 말에게 박차를 가했다.

"하!"

조금 전 내가 비슷하게 했을 때와는 비교도 되지 않는 박력. 거대한 흑마인 케논은 주인의 재촉을 충실히 따랐다. 엄청나게 빠르게 달리기 시작했다. 아까 내가 달린 정도는 빠른 것도 아니라는 듯이.

"꺅!"

"아니, 혼자 타게 두지 않아."

"뭐, 뭐라고요?"

그는 그대로 내 뒷목에 얼굴을 묻었다. 맨 살갗위로 입술이 닿았다. 서늘했다.

"……."

"……."

다각다각. 침묵 속에서 말발굽 소리만이 선명하다. 그의 장담은 옳았다. 케논이라는 이름을 가진 이 흑마는 내 예상과 달리 엄청난 체력을 가진 놈이 분명했다. 성인 남녀 둘을 태우고도 전혀 지친 기색이 없어보였다. 괴물 같은 말이다.

한편 그 까맣고 반드르르한 잔등 위에서, 그와 나는 침묵으로 대화를 나누고 있었다. 내가 침묵으로 의문과 비난을 던지면 그는 침묵으로 그것을 묵살했으므로, 그와 나는 분명히 의사소통이 되고 있었다.

물론 이 의사소통이라는 것이 진실로 서로 의견을 피력하고 이해하여, 둘 사이의 갈등이 해소되는 진정한 의미에서의 대화라고는 볼 수 없었다.

그저 서로 각자의 의견만 내세우며 침묵으로 시위하고 있었으니, 여기서 내가 '대화'라 표현한 것은 사실상 비꼼에 가깝다.

나는 눈꼬리를 한껏 치켜 올려 그를 노려보았다. 루크레티우스는 그 특유의 매끄럽기 짝이 없는 미소로 내 불만 표시를 미끄러뜨리고 있었다.

진짜 인간 미꾸라지도 아니고!

결국 참지 못하고 먼저 낮은 목소리로 불만을 표출했다.

"내려 줘요."

그는 웃음기 어린 목소리로 되물어왔다.

"왜 그러지? 말을 타고 싶다고 하지 않았나?"

나는 이를 복복 갈며 그에게 또박또박 따졌다.

"그러니까 나 혼자 타게 해달라고요!"

"……위험해. 나의 황비는 아직 말 타기에 익숙하지도 않으면서 대뜸 달리기부터 하는 망아지 같은 여자라 말이야."

"안 달리면 되잖아요!"

"그래도 안 돼."

막무가내다. 도대체, 갑자기 왜 이러는 거야? 이 인간.

나는 갑자기 목 뒤가 간지러운 것을 느꼈다. 무언가가 닿은 것은 아니다. 거기서 살랑거리고 있는 것은 내 머리카락뿐.

내가 떠올린 것은 조금 전의 그 갑작스러운 접촉. 서늘하던 입술의 감촉.

그것이 떠오른 순간, 몸 전체가 마치 불을 지핀 것처럼 달아올랐다. 잊어버리고 싶었는데, 역시 당사자랑 딱 붙어서는 무리다.

그는 마치 나를 놀리듯 빈정거렸다.

"자아, 이제야 간신히 얌전해지셨군. 내 신부는 지나치게 말괄량이라 내가 꽤 힘들단 말이야."

온몸에 달아오른 열기도 잊고, 빽 외치고 말았다.

"누가 말괄량이라는 거예요!"

그의 대답은 태연하기 짝이 없다.

"그대 말고 또 누가 있겠나. 나는 이렇게 말괄량이인 여자는 한 번도 본 적이 없어."

그야 그렇겠지. 21세기 한국에서 살던 여자가 나 말고 또 누가 있겠어. 여기 사람들 보기에야 지구의 현대에서 살던 사고방식을 가지고 뚝 떨어진 여자가 어떻게 보일지 알만 하다.

게다가 얼마 전까지 황태자였고, 지금은 황제인 그다. 그의 앞에서 여자들이 얼마나 얌전하게들 굴었겠나. 하지만 나는 다르다.

당당하게 턱을 쳐들었다.

"하긴 이 세계에 나 하나뿐이겠죠. 그러니까 행운으로 생각해요. 당신, 이 세계에 단 하나뿐인 여자의 남편이 된 거라고요. 물론, 한

시적이지만.”

“한시적?”

날카롭게 느껴지는 목소리가 튀었다. 고개를 돌려 보려 했지만, 어째선지 나를 감싼 그의 손과 팔에 힘이 들어가서 제대로 몸을 움직이기 힘들었다. 결국 말로 답하고 또 물을 수밖에.

“잊었어요? 계약. 내가 당신을 도와주면, 당신도 나를 도와주겠다고 했잖아요.”

“…….”

“난 약속은 지켜요. 당신이 태후를 몰아낼 수 있도록 도울 거예요. 최선을 다해서 말이죠. 그러고 나면 당신도 약속을 지켜야 해요. 내가 집으로 돌아갈 수 있도록, 궁에서 나갈 수 있도록 도와줘야 해요.”

“…….”

그는 말이 없었다. 뭐지? 이 인간 왜 갑자기 이렇게 조용해?

침묵이 꼬리를 물고 이어진 끝에 나를 불안하게 만들 지경이 되었을 때, 그는 작게 무어라 중얼거렸다. 정말 작은 소리였으나 이미 침묵 속에서 신경이 곤두서 있던 나는 제대로 알아들을 수 있었다.

“만약 내가 약속을 지키지 않는다면, 그대는 어찌할까?”

목에 힘을 주었다. 그가 나를 두른 손에서 약간 힘이 빠진 덕분에 나는 상체를 돌릴 수 있었고, 그를 마주보는 것이 가능했다.

망설임 없이 손을 뻗었다. 그의 멱살을 잡아서 내 앞으로 끌어당겼다. 놀란 녹색 눈동자가 내 시야를 덮는다. 나는 말로 인두를 찍으려는 듯이 또박또박 속삭였다.

“그런 짓 해봐요. 절대 용서 안 할 거야.”

"……."

"죽어도 용서 안 해."

"……명심하도록 하지."

내 선언은 더없이 진지했건만, 듣는 사람 입장에서 저 대답은 참으로 성의가 없었다.

몇 마디를 더 쏘아붙일까 말까 고민하던 중, 말없이 나를 잠시 내려다보던 그가 갑자기 얼굴을 들이밀었다.

"어? 읍……!"

내 입을 자기 입으로 틀어막아 버렸다.

내 두 팔이 당황하여 허우적거리자 그의 손이 마치 긴 뱀의 몸통처럼 강하게 휘감듯이 상체를 온통 감싸 버렸다.

그대로 단단히 잡혀서, 나는 마치 뱀에게 삼켜지는 작은 짐승이 된 듯한 기분으로 두 번째 키스를 맞이했다.

그렇다. 마치 뱀의 또아리 속에 사로잡힌 느낌.

"……."

"……."

그는 한참만에야 나를 놓아주었다. 호흡이 곤란해지기 시작할 즈음이었다.

온통 혼란에 빠져 얼떨떨한 사이, 그는 단단하게 잡고 있던 나를 놓아주고는 말 잔등에서 훌쩍 뛰어내렸다.

어느새 말은 멈춰 있었다. 그것도 모를 정도로 나는 넋을 놓고 있었다. 그만큼 갑작스런 키스였던 탓이다.

그는 내게 우아한 자태로 흰 손을 내밀며 말했다.

"자아, 그럼 내리시죠. 나의 레이디My Lady."

대체 저 인간의 저 잘생긴 머리 안에 든 뇌가 무슨 생각을 하고 있는 건지 알 수가 없어졌다.

아까의 목 뒤에 닿던 입술. 그리고, 방금 전의…….

나는 머리를 붕붕 저었다.

말도 안 돼!

그가 내게 손을 내민 것도, 나와 그의 주변에 시중인들이 다가와서 줄줄이 서 있는 것도 잊고, 반 패닉 상태에서 고개를 저어 댔다.

주변에서 당황한 분위기가 번지려 했다. 평소의 나라면 절대 하지 않을 행동이다. 그러나 그는 전혀 당황하지 않고 빙긋이 웃더니, 뻗은 손으로 내 한쪽 손을 잡아채서는 그대로 잡아당겼다.

말 위에 올라타 있던 내 몸은 아주 손쉽게 균형을 잃었고, 결국 그를 향해 기울어지더니 떨어질 뻔했다.

"꺅!"

'뻔'한 것으로 끝난 이유는 간단했다. 나를 떨어뜨린 인간이 매우 자연스럽게 내 몸을 받아냈기 때문이었다.

그는 나를 안아들고서 주변에 선 시중인들이 다 들으라는 듯이 중얼거렸다. 말투는 중얼거림이나, 절대 그렇게 낮은 목소리가 아니었다.

"나의 비는 너무 부끄러움이 많아. 이제는 익숙해질 때도 되었는데 말이야."

바로 그 순간, 나는 내 시중인들 사이에 선 누군가와 눈이 마주쳤다.

크고 파란 눈이 가늘게 떨리고 있었다. 눈물이 그렁거리는 것을 간신히 참으며, 그녀는 황제에게 안긴 내 모습을 지켜보고 있었다.

리즈벳.

그랬다. 황제의 미친 작태에 잠시 너무 당황해서, 그녀를 잊고 있었다.

온갖 당황스러움과 부끄러움, 의구심이 다 날아갔다. 이유가 매우 분명해졌기 때문이었다.

나는 매달리듯 그의 목에 팔을 둘렀다. 정말 그 혼자서만 들을 수 있는 작은 목소리로 속삭였다.

"지원은 고마워요. 하지만 이렇게까지 할 필요는 없어요. 과하다고요."

"……."

가까운 곳에서 깊은 한숨소리가 울렸다.

이유를 모를 한숨을 한 번 뽑아낸 그는 나를 천천히 바닥에 내려주었다. 주변에서 시녀들이 다시 다가왔다.

그사이에 낀 리즈벳이 비칠비칠 나와 황제를 보며 창백한 얼굴로 가장 느리게 오는 데에 신경을 온통 집중하고 있던 중이었다. 황제는 고개를 숙여 내 귀에 대고, 나를 아연실색하게 할 말 한마디를 던졌다. 주변에 선 모든 이들이 들을 수 있는 소리였다.

"오늘 밤도 그대를 찾을 예정이야. 밤을 준비하고 있도록."

밤? 무슨 밤?

꿈에도 상상하지 못할 단어가 툭 앞에 떨어졌다.

내가 얼이 빠져 멍청하니 그를 올려다보는 동안, 저 인간은 느끼하기 짝이 없는 웃음을 하나 툭 던지고는 그는 거대한 흑마에 올라탄 채 쌩하니 사라져 버렸다.

남겨진 것은 넋이 나간 나, 그리고 영문을 모른 채 내 주변을 둘러싼 내 시중들뿐.

잠시 시간이 지난 뒤에야, 나는 가까스로 정신을 차리고 소리 없는 비명을 질렀다.

'저 인간, 진짜 미친 거야?!'

육성으로 내뱉지 않은 것은 마지막 이성이 나를 잡고 말린 때문이었다.

내가 넋을 놓고 있는 동안에도 시간은 무정할 정도로 빠르게 흘렀다. 정신을 차리니 벌써 해가 져 있었다. 식사도 코로 들어가는지, 입으로 들어가는 지도 몰랐다.

저녁 식사를 돌보아 준 아그네스가 공손히 물어 왔다.

"전하, 이제 목욕 준비를……."

나는 소금뿌린 새우처럼 푸드득 튀며 고개를 저었다.

"아니! 필요 없어요!"

아그네스는 고개를 갸웃했다.

"전하, 낮에 승마를 하셨지 않습니까? 더운 물로 몸을 씻으시는 것이 침수 드실 때 좋으실 텐데요?"

"아니, 아니, 필요 없어요! 땀도 별로 안 났고!"

나름 필사적이었다. 내가 혼신의 힘을 다해 목욕을 거부하자, 아그네스는 물론 다른 시녀들과 사만다 역시 의아한 얼굴을 했다. 특히 사만다는 더욱 이해가 잘 되지 않는다는 듯한 표정이었다. 내가 입궁한 직후부터 나를 계속해서 돌보아 온 사만다는 내 성향을 잘 알았기에 더욱 그러했다.

그도 그럴 것이, 지금 내 행동은 평소의 나와는 정 반대였기 때문이다. 다름 아니라 내가 이곳에서 황비 노릇하면서 제일 만족하고 좋아하고 있는 것이, 바로 지금 내가 격렬하게 거부한 목욕이었다.

어찌 보면 당연하지만, 황궁에서 황족으로 산다는 것은 의식주 모든 부분에 있어서는 최고의 대우를 받는 다는 것과 같았다. 혀를 즐겁게 하는 귀한 음식들과, 피부를 부드럽게 감싸는 비단이나 눈을 찌를 정도로 현란한 보석들, 그리고 발로 밟는 것조차 미안하리만치 거울처럼 반들거릴 정도로 닦인 고급 대리석으로 치장된 거처.

그 모든 것들 중에 단연 나를 만족스럽게 해 주는 몇 안 되는 것 중 하나가 바로, 호사스런 목욕이었다.

황족들의 목욕은 물조차 온천에서 퍼온 물을 따듯하게 데우고, 외국에서 특별히 사들였다는 향유와 향료들을 아낌없이 사용한다. 목욕탕에 가서 전신 때밀이도 가끔 큰 맘 먹고 받아야 했던 여고생에게는, 현실이라고 믿어지지 않을 정도로 호화롭다.

머리가 아찔해질 정도로 향기로운 목욕물에는 붉은 장미꽃잎이 늘 띄워져 있다. 게다가 내가 힘써 직접 몸을 씻을 필요도 없다. 아니, 탕에 들어가기 위해 옷을 벗는 일조차 내가 직접 할 필요가 없는 수준이다.

대여섯 명은 족히 들어갈 수 있을 정도로 거대한 욕탕에, 취향에 완벽하게 맞춘 온도의 온천수 안에 들어가 있으면 내 할일은 끝나는 것이다.

하녀들과 시녀들은 내 머리카락 한 올까지 정성스럽게 씻고 닦고 말려 주고 관리까지 완벽하게 해 준다.

그 덕에 내 몸은 지구의 한국에 있을 때와는 비교도 되지 않을 정도로 반지르르하니 상태가 좋다. 피부는 그야말로 물광 피부 저리

가라 할 정도로 윤이 났고, 머리카락은 과장 조금 보태서 비단실처럼 찰랑였다. 손톱발톱은 완벽하게 정리되어 건강한 핑크색으로 빛났다. 아마 무사히 집으로 돌아가게 된다면, 적어도 이것만큼은 진심으로 그리워하게 될지도 몰랐다.

내가 그렇게 좋아하는 목욕을 마다하는 모습에 시녀들은 의아해할 수밖에 없었다. 사만다는 내게 조심스럽게 다시 청했다.

"오늘 밤에 폐하께서 드실 거라 전갈이 와 있습니다. 단장을 하시는 것이……."

나는 고개를 붕붕 저었다.

그것 때문이라고! 그것 때문에 목욕하기 싫다는 거야!

"아뇨! 괜찮아요!"

시녀들이 모두 식은땀을 흘리며 당황한다. 뭔가 분위기가 이상했다. 남편이 밤에 올 거라는데 목욕을 거부하고 있는 여자가 대체 주변에 어떻게 보일지 상상도 가지 않는다. 하지만 난 지금 절박했다.

사만다가 걱정스러운 얼굴로 내게 다가와 속삭였다.

"전하, 어찌 그러하십니까? 혹여 폐하와 무슨 안 좋은 일이라도 있으셨던 겁니까?"

나는 그녀와 다른 시녀들의 걱정 가득한 표정을 보았다. 또한 그들 뒤에서 어째서인지 관찰하듯 나를 보고 있는 리즈벳의 얼굴 역시.

그녀의 눈빛은 무언가를 기대하고 있는, 혹은 탐색하는 듯한 눈빛이었다. 나는 엉겁결에 외치고 말았다. 틈을 줘서는 안 된다는 무의식적인 반응이었다.

"폐, 폐하께서 그걸 더 좋아하세요!"

애매한 침묵이 무겁게 내리깔렸다.

무언가 이상한 오해를 주변에 불러일으킨 것 같지만, 어찌 되었든 간신히 목욕을 피하고 나 홀로 잠자리에 들 수 있었다. 평소에 시녀들이 발라주거나 뿌려주던 향수나 향유도 사양했다.

그렇게 깔끔 떠는 인간이니, 잘하면 냄새가 싫다면서 바로 나가주지 않을까? 그러기를 진심으로 빌었다. 너른 침실에 홀로 남자, 싱숭생숭한 생각만이 자꾸 떠오른다.

그가 낮에 남긴 목소리가 다시 귓속에서 재생된다.

"밤을 준비하고 있도록."

밤? 무슨 밤?

……이라고 하고 싶어도, 다른 밤이 있을 리가 없다. 아무리 머리를 돌리고 다시 돌려 봐도 다른 의미로 해석할 수 있는 여지 따위는 없다. 연달아 떠오른다. 목 뒤로 와 닿던 입술의 감촉.

그리고, 그 깊은,

키스.

말도 안 된다. 부정하고 싶었다.

하지만 저 인간이 근래에 들어 기이할 정도로 들러붙으며 묘한 행동과 말들을 던지는 것의 의미를 이해하지 못할 정도로, 나는 눈치가 없지 않았다.

하지만…….

나는 고개를 저었다. 아니다. 그럴 리 없다. 정말 그런 것일 리 없었다. 그래서는 안 된다.

나는 입술을 깨물었다.

만약 정말 그런 것이라면, 아니게 만들 것이다.

기다림은 길었다. 나는 이것이 기다림이 아니게 되기를 빌었다. 안 오면 기다림이 아니게 되잖아!

그도 낮에 나와 승마를 하며 꽤나 땡땡이를 쳤다. 황제의 일은 황비에 불과한 내가 맡은 일과는 비교도 할 수 없는 수준으로 많았다. 모르긴 몰라도 평범한 인간이라면 일만 하다가 과로로 죽을 수도 있을 것이다. 그러니까, 정말 잘하면 미뤄 놓은 일에 치여서 오늘 밤 못 올지도 몰랐다.

제발 그랬으면 좋겠다.

바로 그 순간 문이 열렸다. 익숙한 얼굴이 눈에 들어왔다. 언제나 참 얄미울 정도로 잘생겨서 눈에 호강이면서, 동시에 정신에는 해악인, 내 법적인 남편 놈이!

"약속대로 왔어."

……이런 상황에서 내가 비는 대로 될 리가 없지.

그는 낮은 목소리로 물었다. 느끼할 정도로 다정하기 짝이 없다. 그가 성큼, 한 발 앞으로 다가온다. 가까이로.

"무슨 일이 있나? 나의 황비."

긴장감을 누르고, 생글생글 웃으며 대답했다. 동시에 두 걸음을 빠르게 옮겨 뒤로 물러났다.

"아무런 일도 없답니다."

그의 시선은 침묵처럼 고요했다. 절로 잔뜩 긴장한 어깨가 움츠러들었다.

굳은 얼굴로 나를 내려다보던 그가 한 걸음 뒤로 물러났다. 살짝 안도하여 온몸에 가득 차 있던 긴장을 살짝 풀었다.

방심의 결과는 그대로 되돌아왔다. 마치 먹잇감의 틈을 노리고 달려드는 독사처럼 그가 날카롭고 빠르게 달려들었던 것이다.

"꺅!"

그의 팔이 내 허리를 감싸 안아 그대로 반짝 들어올렸다. 두 발이 단숨에 허공에 떴다. 나는 기겁하여 외쳤다.

"이거 놔요!"

"알았어."

어? 그는 의외로 순순히 대답을 주었다. 내가 이게 웬일인가 하고 놀라려는데, 그는 정말로 나를 놔주었다.

침대 위로 내던졌단 소리다.

그렇다. 푹신한 침대 위로 나를 놔주긴 했다. 그리고 우아하게 늘어진 흰 천개 사이에 당당하게 섰다.

재빠르게 머리를 굴리고 눈치를 보아도, 내가 도망칠 만한 곳은 보이지 않았다. 그는 완벽하게 퇴로를 차단하고 있었다.

결국 정면 돌파뿐인가. 목소리의 떨림을 애써 지우고 할 수 있는 한 날카롭게 갈아서 그에게 외쳤다.

"이게 무슨 짓이에요?!"

루크레티우스의 표정이 제대로 보이지 않았다. 그것이 더없이 불안했다.

위에서 떨어지는 그의 목소리는 더없이 평온해서 평소의 황제 루크레티우스 그대로였다. 확 짜증이 일었다. 내게는 이렇게 짜증나고 위협적인 상황인데, 이 남자는 장난하는 것 같아서다.

그가 내게로 몸을 숙인다. 남자의 얼굴이 바로 코앞까지 다가온다. 그는 손을 뻗어 어깨 위로 흘러내린 내 머리카락을 손끝으로 감아 올렸다. 연달아 꿀 같은 목소리로 낮게 속삭여 왔다.

"……정말 내가 왜 이러는지 모르겠나?"

"……."

두 입술 사이에 풀이라도 바른 듯 딱 붙어서 떨어지지 않는다. 껄끄럽기 짝이 없는 나의 침묵은 사실상 그의 질문에 대한 대답이었다.

그는 작게 빙긋이 웃었다. 그것이 너무 짜증이 나서, 눈꼬리를 확 치켜 올렸다.

저 얄미운 인간!

무슨 의미인지 모르냐고?

불행하게도, 나는 그 정도로 눈치가 없지는 않았다. 정확히는 저 인간의 태도와 행동이 너무나도 노골적이었다고 봐야겠지.

물론 이전에도 다른 사람들의 눈이 보는 앞에서는 나를 사랑스러운 총희 대하듯 했었지만, 둘만 있을 때는 달랐다. 꼭 장난감을 두고 대하듯, 애완동물을 보듯 행동하고는 했던 것이다.

그런 만큼 단둘이 있을 때의 저 남자가 보이고 있는 이 극적인 변화를 내가 알아챌 수 없을 리 없다.

하지만, 정말이지……,

"알고 싶지 않아요."

간신히 떨어진 두 입술이 그간 내가 필사적으로 숨기고 있던 속내를 빠르게 토해 냈다.

그의 얼굴에 쓰인 가면은 이 상황에서도 건재했다. 일말의 미동도 없었다. 정말 이 순간까지도, 저 남자가 반한 여자가 말하는 거절의 단어 앞에서 보이는 표정이라고는 믿어지지 않는 딱딱한 표정.

……당연하지 않나. 나는 돌아가고 싶었다. 집으로, 부모님의 곁으로, 언니의 옆으로 말이다.

내가 돌아가도 이미 내가 죽은 줄 알고 가족들은 장례식을 치렀을지도 모른다. 이미 1년 넘는 시간이 흘러, 수능 공부한 것도 모조리 잊어버렸고, 재수를 넘어 삼수, 사수 나이에 다시 수능 공부를 시작해야 할지도 모른다.

하지만 그렇더라도 상관없었다. 집으로 돌아갈 수만 있다면 그런 것쯤은 아무렇지도 않았다.

눈물이 날 것 같은 것을 억지로 눌렀다. 이 인간 앞에서는 약한 모습, 약점을 보이고 싶지 않았다.

그렇다. 난 늘 이 사람 앞에서는 맹수 앞에 선 생쥐가 된 기분이 되고 만다. 그는 내 목숨 따위는 손가락 하나 눈빛 하나로 빼앗을 수 있는 절대 권력자다. 게다가 그 성정은 뱀마저 놀랄 정도로 차고 또 지독하지 않은가.

대체 그런 남자의 사랑이라는 것이 어떤 모습일지, 두려웠다.

분명한 것은 이 남자가 나를 사랑하게 된다면, 혹은 이미 사랑하고 있다면, 내가 집으로 돌아가려는 것을 두고 볼 리 없다는 사실이었다. 그것이 걱정스럽고 또한 두려웠다.
나는 나 자신에게, 그리고 그에게 다짐하듯이 다시 되뇌었다.
"난 알고 싶지 않아요."
그는 대답하지 않았다. 짙은 녹색 눈동자가 빤히 나를 관찰했다. 저 눈빛이 싫었다. 온몸의 솜털이 있는 대로 전부 곤두서는 느낌. 누가 자신을 감정하듯이 보는 시선을 좋아하겠는가.
그렇다. 나는 저 사람의 사랑 이전에, 저 사람 자체를 믿을 수가 없었다.
침묵은 길었다. 내가 난처함 끝에 대롱대롱 매달려 흔들리다가 멀미를 일으킬 지경에 이르러서도 끝나지 않았다. 결국 먼저 입을 연 것은 이쪽이었다.
사람이 거절을 했으면 가타부타 말을 해야 할 것 아냐? 저 인간?!
"……폐하."
그는 가볍게 고개를 저었다. 이어, 뜬금없이 대답을 던졌다.
"틀렸어."
"……네?"
그는 어느새 멀어졌던 얼굴을 다시 바로 앞으로 가져왔다. 녹색 눈동자가 놀랄 만큼 가까운 곳에서, 이대로 시선으로 박제해 버릴 듯이 뚫어져라 나를 가두려 했다. 그는 귓가에 위험스레 속삭여 왔다.
"이름을 불러."
"……."
미치고 팔짝 뛰겠다.
순순히 넘어갈 생각이 없었다. 눈을 똑바로 뜨고 올려다보며 또

박또박 대답했다.

"황제 폐하."

그는 무표정한 얼굴로 혀를 찼다. 그는 나를 던져 놓은 침대 옆에, 곁에 엉덩이를 붙이고 앉았다.

그의 틈을 노려 침대에서 도망칠 궁리를 해 보았지만, 지금까지 내가 보아온 이 남자의 반사신경과 내 운동신경을 생각하면 성공 가능성이 너무 낮다고 판단 내릴 수밖에 없었다. 결국 포기했다는 소리다.

황제는 희고 기름한 손끝을 뻗었다. 그, 사람의 살인지 아니면 뱀의 비늘인지 모를 손끝이 내 어깨를 짚어가며 목을 타고 올랐다. 내가 느끼기에는 독을 품은 흰 거미의 여덟 발이 엉금엉금 기는 것처럼 느껴졌다.

차가운 손끝이 내 턱을 감아쥐고 그에게로 방향을 돌리게 했다.

"쉽지 않으리라 생각은 했지."

"……."

"하지만 상상 이상이야. 언제나 그대는 나의 예상을 뛰어넘어."

참지 못해 대놓고 빈정거렸다.

"설마 하니 귀한 남자분의 마음을 받다니, 황공하고 기쁘와요~, 이러면서 제가 당신을 사랑하게 되는 거라도 꿈꾸셨나요?"

어릴 때부터 어딘가에서 본 이야기에서 내가 가장 싫어하는 부분이 그거였다. 남자가 자신을 사랑한다고 바로 나도 좋아하는 마음이 생기는 건, 상상도 가지 않는 일이다. 특히나, 이 인간을 상대로라면 더더욱.

나에게만 헌신적인 나쁜 남자라니, 그런 편하고 좋은 게 하늘에서 뚝 떨어져 줄 거라 어떻게 믿으라는 건가?

이 남자가 내게 가진 감정이 진짜라 해도, 황제 루크레티우스라는 인간은 사랑을 위해 모든 것을 내던질 로맨스 소설의 남자 주인공이 아닌 것은 분명했다.

사랑한다 한들, 자신의 목적과 필요를 위해서라면 희생시키는 것이 차라리 이 인간답다. 연인으로서도 남편으로서도 실격이다.

그는 낮게 키득거리더니 고개를 주억거린다.

"적어도 그대는 그럴 사람이 아니라는 것은 잘 알지."

"……다행이군요."

적어도 머리는 정상이어서.

내가 생략한 말을 못 알아먹을 정도로 멍청한 남자가 아닌 것도 다행이다. 그는 다시 낮게 실소했다.

"이거, 역시 내가 너무 그대에게 인심을 잃은 모양이야."

"행동을 돌아보세요. 당연한 일이죠."

"……확실히, 그 점에서는 변명할 여지가 없는 것이 사실이군."

나는 살짝 웃어 보였다.

"그러니 어울리지 않는 놀음은 그만 하세요."

뾰족한 일침에 그는 잠시 말이 없었다. 한참 내 차가운 표정을 바라보던 그는 은근히 낮은 목소리로 물어 왔다. 쉿쉿거리는 뱀의 혀가 움직이는 환청이 들릴 것만 같은 목소리.

"그대는 두렵지 않나?"

"무엇이요?"

그의 두 손이 내 양 어깨를 감쌌다.

"내가 강제로 그대의 몸이라도 가지려 할지 모른다는 두려움 말이야."

소름이 돋았다. 나는 순간적으로 얼굴과 몸에 떠오른 두려움의 흔적을 숨기지 못했다. 그는 내 반응을 내려보다 혀를 찼다.

"어지간히 내가 인심을 잃기는 했군."

"……."

"믿을지는 모르겠지만, 안심해도 좋아. 일전에 그대와 한 약속은 어기지 않을 테니."

무슨 약속을 말하는지, 잘 알고 있었다. 내가 원하지 않는 한 손대지 않겠다 한 약속을 말하는 것이다.

미심쩍은 눈으로 그를 노려보았다.

"너무 그렇게 뾰족한 시선으로만 보지는 말아 줘. 이러다가 침실에서 두 번째로 칼에 찔리게 되겠군."

"……난, 칼 없어요."

"그대의 시선이 예리한 칼보다 무서우니 하는 말인 게지."

말이라도 못하면.

속으로 앓는 소리를 삼켰다. 어찌 되었건, 나는 다시 한 번 다짐을 받았다.

"정말……이죠?"

"물론이야."

그는 드물게 진심인 것이 그대로 드러나 보이는 미소를 지으며 뺨으로 흘러내린 내 머리카락을 귀 뒤로 넘겨주었다. 어울리지 않게 다정한 태도.

"나는 욕심이 많은 사내라 말이야. 내가 원하는 사람은 몸도, 마음도, 영혼도, 온전히 내 것으로 하고 싶어지거든."

"……난 누구의 것이 되거나 하지 않아요."

"너무 그렇게 매정하게 굴지 말라 했잖아? 소유의 의미가 아냐. 그저…… 그대도 나를 원하게 되기를 기다리겠다는 의미지."

나는 도저히 이해가 가지 않아 그를 멀뚱히 올려다보았다. 루크레티우스는 마치 소년처럼 웃으며 내가 표정으로 보인 의문에 답을 주었다. 너무나도 순순히. 믿어지지 않을 만큼.

"그대가 나를 원하여 내 품에 들지 않으면 의미가 없어. 그대에게는, 그래, 그러할 만한 가치가 있으니까."

그는 손을 뻗어 내 손을 감아쥐었다. 연달아 장난스럽게 손등에 입을 맞춘다. 살갗에 닿는 감촉이 평소의 서늘함보다, 조금, 아주 조금 온기가 있는 듯한 착각이 들 것 같다.

"그러니 이 불쌍한 남자를 위해 부탁을 하나 들어주지 않겠나?"

"……무엇을……요?"

"내 이름을 불러 줘."

혼란스러웠다. 무엇이 무엇인지 알 수 없다. 분명한 것은 하나였다. 이 남자는 칼자루를 쥐고 있었다. 적어도 내게 있어서 이 남자가 가진 권한은 대단해서, 내 의사를 꺾고 본인이 바라는 바를 관철시키는 것도 가능하리다.

그런 남자가 먼저 굽혀 온 것이다. 분명히 주린 상태인 맹수가 언제든 한 입에 나를 삼킬 수 있음에도, 그리하지 않은 것이다.

그러고는 '부탁'을 해 왔다. 처음으로. 이것은 그가 내게 '명령'이나 '거래'가 아닌 것을 처음으로 내민 것이다. 이성으로든 감정으로든, 이것을 무시하거나 거절하기는 어려웠다.

몇 번을 망설인 끝에 입을 열었다. 너무나도 설은 단어가 혀 위를 굴러 공기 중으로 흘러나왔다.

"루크……레티우스."

그러지 말았어야 했다.

한번 입 밖에 내어 버린 그것은 예상보다 무겁고, 또한 선연한 실체를 가지고 갑자기 다가왔다.

막간 2. 그 소녀의 사정

그 소녀의 사정

"네 잘못은 잘 알겠지? 릴리아나."

열네 해를 살아오며 단 한 번도 그녀에게 따스한 적 없었던 어머니의 목소리는 이 순간, 유달리도 엄격하고 냉혹했다. 릴리아나는 어깨를 잔뜩 움츠린 채 고개를 떨어뜨렸다. 그리고 살짝 고개를 끄덕였다.

"네, 어마마마……."

"잘 안다니 직접 네 입으로 말해 보려무나."

제국에서 이 소녀보다 고귀한 이들은 찾기 힘들 정도로, 그녀의 신분은 드높았다. 그러나 지금 그 신분은 어떤 방패도 되어 주지 못했다.

아니, 그녀가 태어난 뒤부터 단 한 번도 황녀라는 신분은 도움이 되지 못했다. 이유는 간단했다. 그녀가 바로 태후 카틀레야의 딸이었기 때문이다.

릴리아나는 애처로울 정도로 바들바들 떨며, 입을 열었다.

"제가……, 로즈의 행동을 제대로 감독하지 못했습니다. 그 때문에 어마마마께서 황제 폐하와 황비 전하의 앞에서 체면을 상하셨습니다."

카틀레아는 붉은 입술을 기이하게 틀어 올리며 낮게 비웃었다.

"진정 그것뿐이냐? 다시 말해 봐라."

"……."

릴리아나는 입술을 떨며 고민했으나 제대로 된 답을 대지 못했다. 애초에 객관적으로 잘못한 일이 없으니 당연했다. 벼락처럼 내려친 카틀레아의 분노는 릴리아나의 예상을 벗어난 종류의 것이었다.

"아니, 애초에 너는 태어난 것부터가 잘못이란다. 쓸모없는 것!"

그녀가 늘 들어 왔지만, 언제 들어도 잔혹하고 고통스러운 말들이 이번에도 가혹하게 쏟아졌다. 마치 칼날의 비를 맞는 것처럼 소녀는 작게 어깨를 떨었다. 누구도 그녀를 보호해 주지 못했다.

"네가 죽었어야 했어! 네 쌍둥이 오라비를 잡아먹고 살아 있는 주제에 잘도 뻔뻔하게……! 토미리스만 살아 있었다면 루크레티우스 그놈이 저 자리에 앉아 뻔뻔히 고개를 쳐들고 있는 꼴은 보지 않아도 되었을 것을!"

그녀의 쌍둥이 오라비가 돌도 못 넘기고 명을 달리한 뒤로, 늘 그녀에게 쏟아진 분노와 저주가 다시 반복되었다.

실제로 릴리아나와 함께 태어난 토미리스가 지금까지 살아 있었다면, 이제 14세. 선황이 살아 있던 때 카틀레아의 위세를 생각한다면 능히 루크레티우스의 자리를 위협하고도 남았을 것이다.

카틀레아가 원한대로 되었다면 그가 루크레티우스 대신 제위에 앉아있을 것이고, 섭정으로서 카틀레아가 제국의 국권 자체를 쥐고 흔들 수 있었으리라.

"루크레티우스, 그 악독한 놈이 내게 무슨 짓을 하고 있는지 아느냐?!"

카틀레야는 히스테릭하게 외쳤다.

"오늘 아침에도 내 식사에서 독이 발견되었어! 그놈 짓이겠지! 그런데도 꼬리를 찾을 수가 없었단 말이다!"

태후와 황제는 이삼일에 한 번씩은 서로의 음식에 독을 넣거나, 암살자를 보내는 일을 주거니 받거니 하고 있다. 정략에 대해 잘 알지 못하는 릴리아나조차, 카틀레야가 루크레티우스를 독살하려 몇 번이나 시도했음을 알았다.

"나는 그놈이 자란 뒤로 물 한 모금 안심하고 먹은 적이 없어!"

마치 비명 같은 목소리였다. 그녀의 분노는 바로 곁에 있는 가장 손쉽고 저항하지 못하는 상대를 향했다. 이것이 얼마나 불합리한 분노인지는 분명했으나, 그 사실이 황녀에게 쏟아지는 폭력을 막아 주지는 못했다.

"이게 다 너 때문인 게야! 네가 토미리스 대신 죽었으면 이런 일도 없었을 게야!"

깨진 유리조각처럼 날카로운 목소리가 공기를 긁는다. 카틀레야는 잔뜩 부푼 배가 불편할 텐데도, 기꺼이 허리를 굽히고 딸의 등과 허리를 꼬집고 마구 찔렀다.

"제 오라비를 잡아먹은 것도 모자라서! 약혼자까지 잡아먹다니!"

릴리아나는 더욱 고개를 숙였다. 본래 릴리아나의 약혼은 올해 정식으로 발표될 예정이었다. 혼례는 내년으로 정해져 있었다. 그 상대는 바로 그녀의 사촌이기도 한 토루카 후작가의 장자, 즉 외삼

촌의 후계자였다. 태후 카틀레야는 자신의 친정의 권위를 더욱 세우고 확고히 하는 용도로 딸을 이용하려 한 것이다.

그러나 황제가 황비 암살 미수와 태중의 황손 시해라는 자작극을 일으켜서, 토루카 후작부인에게 그 죄를 덮어씌우며 모든 일이 어그러졌다.

토루카 후작부인이 모든 죄를 쓰고 죽으며, 그녀의 아들들은 작위 계승권을 잃었다. 게다가 황제의 농간으로 서자를 다시 데려오거나 양자를 들이는 일도 여의치 않았다.

양자 입적 이야기를 꺼내면, '후작이 아직 정정하니, 마땅히 친자를 보아 후사를 잇게 하는 것이 옳다.' 말하며 허가하지 않는다. 그녀도 이미 몇 번이나 후작의 재취 자리를 알아보았으나, 태후의 손발로서 일한 데다 장성한 아들까지 둔 후작부인을 팽한 후작가에 딸을 시집보내겠다 나서는 이들이 거의 없었다.

이대로라면 정말 체면이 맞지 않는 이름뿐인 작위를 가진 집안에서 딸을 사 와야 할 판이다. 그렇게 들인 후처에게서 후사를 본다 한들, 귀족 사회에서 새 후작부인도 후사가 될 아이도 당연히 안 좋은 시선과 소문에 시달리게 되리라.

이것이 의미 없는, 그저 화풀이에 불과하다는 것은 누구보다 태후 카틀레야 자신이 알았다. 그러나 남편인 황제의 죽음부터 계속해서 그녀의 야심과 계획이 어그러지는 상황이 연달아 터져 왔다. 이전에는 감히 상상할 수도 없을 만큼 그녀는 지금 지독하게 몰려 있었다. 게다가 임신 중이라 제대로 감정 조절이 되지 않는 것도 컸다.

그녀에게는 이 분노를 쏟아낼 곳이 필요했다. 늘 곁에 있고, 단 한 번도 도움이 된 적 없는 큰딸은 가장 적절한 대상이었다. 적어도 그녀는 이 판단이 매우 적절하고 당연하다고 생각했다.

"네 오라비로는 성이 안 찼느냐?! 네 약혼자와, 네 외가까지 말아먹으려 들어?!"

제 분을 이기지 못하고 씩씩대던 태후는 곁에서 가만히 고개를 숙이고 있던 시녀들에게 외쳤다.

"버드나무 회초리를 가져오거라!"

릴리아나의 어깨가 얻어맞은 듯이 떨렸다. 본래 황손에 대한 직접적인 체벌은 같은 황족이라 해도 할 수 없는 일이다. 그러나 그런 예법 따위를 카틀레야가 신경을 쓸 리 없다. 그렇다고는 해도 직접적으로 눈에 띄는 곳에 큰 흉터를 만들 생각은 그녀도 없었다.

토루카 후작가의 지위를 올리는 용도로 쓰지 못한다 해도, 적통 황녀는 다른 귀족가와의 연대를 만들 때 사용하기 좋은 가교다. 눈에 띄는 흉터는 응당 흠이 될 터. 때문에 태후가 황녀들을 체벌할 때는 늘 옷으로 가려지는 부분을 꼬집고 찌르거나, 가는 회초리 따위로 흉이 지지 않게 매질하고는 했다.

시녀들은 익숙하게 회초리를 가져와 태후에게 바쳤다.

태후는 흥분을 가라앉히기 위해 심호흡을 하며 소파로 물러나 제 몸을 기댔다. 그녀의 명령을 받은 시녀들은 익숙하게 황녀의 상의를 벗기고 그 등에 회초리를 내려치기 시작했다. 살을 찢을 듯한 날카로운 소리가 반복해서 울렸다.

그 꼴을 옆에서 지켜보며 굳어 있던 로젤리아는 거의 경기를 일으키기 직전이었다. 어머니가 좋아하는 먹을 것을 직접 드리겠다며 기쁘게 달려왔던 아이의 천진함이 부른 결과가 너무나도 참혹했던 탓이었다. 로젤리아가 놀라 제대로 숨도 쉬지 못하고 컥컥대고 있건만 신경 쓰는 이들은 없었다.

두 황녀를 직접 돌보는 유모들과 시녀들이라면 태후의 앞에서라도 조금은 다른 태도를 보였으리라. 그러나 바로 그 때문에 지금 그들은 이 자리에 들어와 있을 것을 허락받지 못했다. 자신의 시녀들이 명령을 충실하게 이행하며 큰딸을 매질하는 모습을 눈을 내리깔고 지켜보며, 태후는 자신의 부른 배를 다정하게 쓸어내렸다.

—짝! 짜악!

고통 속에서 릴리아나는 제 어미의 모습을 올려다보았다. 그녀는 저런 모습을 잘 알았다.

그녀가 더 어렸던 때, 릴리아나는 어미의 뱃속에 있던 로젤리아를 질투하고 미워했었다. 자신만은 이리 미움받고 학대당하는데 뱃속에 있는 아이는 꼭 지금처럼 사랑받고 있었다. 그러나 로젤리아가 태어나 딸이라는 것이 밝혀지기 전까지의 이야기였다.

그녀의 아버지인 선황은 지나치게 많은 황녀들에게는 아무런 관심이 없었고, 이복 오라비인 루크레티우스는 카틀레야의 가장 큰 정적이었다.

아무도 그들에게는 단 한 조각의 관심도 도움도 주지 않았다. 그녀의 약혼자 외에는. 그러나 그마저 이제는 신분을 잃고 그녀의 약혼자 자리 역시 빼앗겼다. 희망은 단 한 톨도 남지 않았다.

로젤리아는 태어나자마자 어미의 저주와 함께 거의 버려지다시피 했다. 릴리아나는 눈물을 흘리며 자신이 미워했던 어린 동생을 홀로 돌보아야 했다.

자신과 똑같이 버려지다시피 하여 천덕꾸러기로 자라는 어린 동생을 더는 미워할 수도 없었고, 도리어 미안하고 안쓰러웠던 탓이다. 그래서 최대한 로젤리아만은 자신이 어머니인 카틀레야에게 사랑받지 못하고 있음을 깨닫게 하지 않기 위해 노력했다. 그러나 오늘로, 그 노력조차 부질없이 이런 상황에 이른 것이다.

릴리아나는 너무나도 두려웠다. 지금 저렇게 상냥하고 다정히 자신의 부른 배를 쓰다듬는 어머니의 모습이, 두려워서 견딜 수가 없었다.

로젤리아도 태어나기 전까지는 저리 사랑받았었다. 아마도 그녀 자신 역시 뱃속에 있을 때는 같았으리라. 저 애정이라는 것이, 카틀레야 자신을 위한 가치를 가진 황자에게만 해당되는 것이라는 사실이 문제였다.

그 때문에 릴리아나는 제발 지금 어머니의 뱃속에 있는 동생이 아들이기를 바랐다. 어려운 정치는 잘 알지 못했고, 아무래도 좋았다. 그저 어머니의 가혹함 앞에서 자기 자신과 어린 여동생을 간신히 건사하는 것이 전부인 것이 그녀의 한계였다.

릴리아나가 보기에도, 지금 저 아이는 어머니 카틀레야에게 주어진 마지막 기회였다. 부황은 이미 죽고 없었고, 카틀레야의 나이도 있어 이 이상 황손을 낳는 것은 불가능하다. 그런데 저 아이가 황자가 아니라면……. 상상도 하고 싶지 않았다.

만약 저 아이마저 여동생이라면, 대체 어머니가 어떤 선택을 하려 들지 상상도 가지 않았다.

당장의 고통보다도, 릴리아나는 그 사실이 너무나도 두렵고 또 두려웠다.

-2권으로 계속-

BLACK LABEL CLUB 019
이세계의 황비 1

1판 1쇄 발행 2015년 9월 30일
1판 6쇄 발행 2019년 12월 6일

지은이 임서림
펴낸이 신현호
편집부장 예숙영
편집 이영조
편집디자인 한방울
영업 · 관리 김민원 조은걸 조인희
물류 이순우 최준혁 박찬수

펴낸곳 ㈜디앤씨미디어
출판등록 2002년 5월 1일 제117-90-51792호
주소 서울시 구로구 디지털로 26길 111 JnK디지털타워 503호
대표전화 (02)333-2513 팩스 (02)333-2514
전자우편 dncbooks@dncmedia.co.kr
디앤씨북스 블로그 http://blog.naver.com/dncbooks

ISBN 979-11-5842-966-9 (04810)
ISBN 979-11-5842-965-2 (세트)